古典詩歌研究彙刊

第一輯

龔鵬程 主編

第 10 冊

唐代茶詩研究

林珍瑩 著

國家圖書館出版品預行編目資料

唐代茶詩研究／林珍瑩 著—初版—台北縣永和市：花木蘭
文化出版社，2007〔民96〕

目 4+286 面；17×24 公分（古典詩歌研究彙刊 第一輯；第 10 冊）

ISBN-13：978-986-7128-92-8（全套：精裝）
ISBN-13：978-986-7128-81-2（精裝）
1. 中國詩－歷史－唐（618-907） 2. 中國詩－評論
820.9104   96003133

ISBN - 9867128812

9 789867 128812

古典詩歌研究彙刊
第一輯　第 十 冊　　　　ISBN：978-986-7128-81-2

唐代茶詩研究

作　　者　林珍瑩
主　　編　龔鵬程
出　　版　花木蘭文化出版社
發 行 所　花木蘭文化出版社
發 行 人　高小娟
聯絡地址　台北縣永和市中正路五九五號七樓之三
　　　　　電話：02-2923-1455／傳真：02-2923-1452
電子信箱　sut81518@ms59.hinet.net
初　　版　2007 年 3 月
定　　價　第一輯 20 冊（精裝）新台幣 28,000 元

唐代茶詩研究

林珍瑩 著

作者簡介

林珍瑩 台南縣人
國立高雄師範大學國文系碩士
國立中正大學中國文學系博士
台南科技大學通識教育中心副教授

提　　要

　　本論文以涉及茶事之唐詩作為研究對象，分析其文化內涵、茶道思想與藝術特色，並探討其形成之背景。論文共分八章。第一章〈緒論〉說明本文研究之必要性、相關研究現況、以及本文的研究重點和方法。同時對唐以前之茶詩作一回顧，概論其對唐代茶詩之影響；對唐代茶詩作一鳥瞰，以明其確有可觀之處。第二章〈唐代茶詩形成之背景〉運用歷史研究法，縱向地掌握飲茶的歷史嬗變以及文學本身的發展脈絡，同時橫向地考察有唐的文化背景和詩人選擇茗飲的內在動機，以歸納唐代茶詩形成的主因。第三章〈唐代詩人與茶之結緣〉本章在分析唐代詩人與茶深入結識之因緣，實亦說明了唐代茶詩之文化內涵之所以豐富、其反映層面之所以廣泛的原因。第四章〈唐代重要茶詩作家概述〉採質量兼重之原則，分期介紹唐代重要之茶詩作家及其作品特色。第五章〈唐代茶詩之文化內涵〉從文化的角度來研究唐代茶詩的內容，研究結果發現：唐代茶詩所反映之茶文化層面包含文人、宮廷、佛道和平民等四大方面，各具特色，此四大層面構成了唐代豐富多姿的飲茶文化，也證明了飲茶在唐代已然是雅俗皆好之道。另一方面，透過此章之探討，還發現到唐代文人補充了陸羽《茶經》在品茶方面的不足，豐富了飲茶的美感情韻，使得飲茶再進一步發展成休閒藝術；而唐代文人對品茗情境的用心經營，實啟發了後代文人，並影響至今。此為唐代文人對飲茶的一大歷史貢獻。第六章〈唐代茶詩之茶道思想〉由思想層面來探討唐代茶詩所透顯的茶道精神，發現其茶道思想是以儒家思想為主體，而融匯了儒、釋、道諸家之精神，正反映了唐代調和融匯三家思想的學術傾向。第七章〈唐代茶詩之藝術特色〉從整體上來看唐代茶詩的藝術表現，可以發現到以下共同的特色：雅化生活的詩歌情趣、不拘一格的詩體運用、直敘曉暢的詩歌語言、理性內省的詩歌精神及清幽閒適的詩歌意境。不僅具體而微地反映著中晚唐的詩歌風貌，也下開了宋詩取材生活化、以文為詩、理性思辨的先河。第八章〈結論〉通過各章之論述而為唐代茶詩作一總體性的評價。

目錄

第一章　緒　論

第一節　導　言

　　中國是詩歌的國度，又是茶樹的原產地〔註1〕，最先開始飲用茗茶的國家，因此茶和詩很早便發生了聯繫，茶詩可說是茶與詩歌聯姻的結晶。遠在先秦，《詩經》中便有關於「荼」的描寫，有些學者解作「茶葉」；而能夠完全肯定為描述茶事的詩歌，是西晉時代的作品；至於茶詩的大興與專意詠茶之詩的出現，則要到飲茶蔚然成風的唐代了。

　　從茶文化的歷史來看，唐代可說是我國茶文化史上深具劃時代意義的重要時代－結束散漫飲食而進入規範化的成熟階段（開始以清飲為主流），飲茶風氣大盛，茶業繁榮發達，茶書亦相繼問世〔註2〕；從

〔註1〕 本世紀以來，關於中國大茶樹的正式調查報告相當多，植物學家們結合地質變遷和考古論證，已確定雲貴高原為茶樹的原產地無疑。有關茶的起源與發現等問題，可以參考《中國茶文化》緒論，王玲著，北京中國書店，1992 年 12 月出版；《中國茶文化》一、〈茶文化之源〉之 1、茶的發現，姚國坤、王存禮、程啓坤著，1995 年 1 月初版一刷。

〔註2〕 如陸羽撰有《茶經》、《茶記》、《顧渚山記》，張又新撰有《煎茶水記》，溫庭筠撰有《採茶錄》，蘇廙撰有《十六湯品》，溫從雲和段碼之合著《補茶事》，皎然撰有《茶訣》，裴汶撰有《茶述》，五代毛文錫撰

詩歌的發展來看，唐代又是中國詩歌史上的黃金時代。結合上述兩個觀點，則唐代茶詩本身即應有可觀之處，況且茶詩何以開始大量出現於唐代？詩人是如何與茶結緣的？又怎麼會愛上茗飲乃至於援之入詩？唐代茶詩究竟呈現出什麼樣的人文精神（茶道思想）？其藝術表現如何？都是值得深思探討的問題。然而，儘管今天學界對茶的研究是方興未艾，焦點卻多擺在茶葉歷史（包含飲茶歷史之嬗變、歷代茶政的演變、茶葉與各代政治社會的關係……等）、茶業經濟、茶葉科學及茶學文化（包括茶藝、茶具、茶書、茶禮、茶食、茶道思想……等）〔註3〕，相對地冷落了茶文學，至於全面性探討唐代茶詩的專著

有《茶譜》等，雖然今天可見保存完整的茶書僅陸羽《茶經》和張又新《煎茶水記》兩部，其餘或剩斷簡殘編，或已亡佚（參見吳智和、許賢瑤主編《中國茶書提要》頁11～76，台北：博遠出版有限公司，1990年），不過茶書的相繼問世，正是茶文化已然成熟的標幟。

〔註3〕 如程光裕〈茶與唐宋思想界及政治社會關係〉（收入《中國茶藝論叢》第一輯，台北大立出版社，1985年5月）、劉修明《中國古代的飲茶與茶館》（台北：商務印書館，1995年6月）、余悅《問俗》（浙江：攝影出版社 1999年2月三刷）、余悅《茶路歷程》（北京：光明日報出版社，1999年8月）等，對茶葉歷史的綜述；李書群《唐代飲茶風氣及其對文學影響之研究》（臺灣大學中文研究所碩士論文，1992年）、蔣作貞《唐人飲茶風尚—兼論茶的產銷、茶法、製造》（東海大學歷史研究所碩士論文，1995年）等，對唐代飲茶風尚的論述；陳欽育〈唐代茶的生產與運銷〉（《故宮文物月刊》第七卷第九期，1989年12月）著意探討唐代茶業經濟、孫洪升《唐宋茶業經濟》（北京：社會科學文獻出版社，2001年1月）專門研究唐宋的茶業經濟；王宏樹和汪前合撰〈飲茶對人體的保健作用與生理功能〉（收入《農業考古・中國茶文化專號7》，1994年第二期）、胡建程和浩耕合著《紀茗》（浙江：攝影出版社，2000年2月四刷）等之解說茶葉科學知識；劉學君《文人與茶》（北京：東方出版社，1997年6月）特就中國傳統文人的飲茶藝術作深入探討、童啓慶《習茶》（2001年5月五刷）講述品茶相關技藝、陳香白《中國茶文化》（山西人民出版社，2001年1月三刷）講述中國茶文化及茶道思想、林治《中國茶道》（北京：中華工商聯合出版社，2001年6月三刷）探究中國傳統茶道之眞諦，以及一般研究茶文化的相關書籍（見註3）之廣博的論述……，以上諸作對於本文研究唐代茶詩的形成背

論文更是付之闕如〔註4〕，因此，整理唐代茶詩，並作深入的探究，
實有其必要性！

　　關於描寫茶的詩歌，大體上可分爲狹義的和廣義的兩種。狹義的
指專意詠茶之詩，也就是說「茶」必須是詩人歌詠、審美的主要對象，

　　　景、唐代茶詩中的茶道思想，和唐代茶詩之反映各階層飲茶文化上，
　　　啓發很多，可謂助益匪淺。

〔註4〕　一般研究茶文化的書籍多列有專章介紹茶文學，如王玲《中國茶文
　　　化》的第四編介紹歷代的茶詩、茶詞、茶諺、茶的故事與傳說、茶
　　　歌和有關茶之戲劇等（北京中國書店，1992年12月）；姚國坤、王
　　　存禮、程啓坤《中國茶文化》五、「茶與文學藝術」介紹茶詩、茶詞、
　　　茶聯、有關茶的傳說、小說和戲曲等（台北洪葉文化事業有限公司，
　　　1995年1月）；王河《茶典逸況》各章均附帶介紹各代的茶詩、茶
　　　詞、茶賦等（北京：光明日報出版社，1999年8月）；王國安、要
　　　英編著《茶與中國文化》之十、十一介紹茶詩、茶詞、茶文、茶諺、
　　　茶聯、有關茶之小說和戲劇等（上海漢語大詞典出版社，2001年6
　　　月三刷）但止於附帶介紹，未作全面深入探討。關於茶詩的研究現
　　　況：完整的專著有石韶華《宋代詠茶詩研究》（台北文津出版社1996
　　　年9月）、呂瑞萍《宋代詠茶詞研究》（臺灣師範大學國文研究所碩
　　　士論文，2000年），都是研究宋代的作品；錢時霖的《中國古代茶
　　　詩選》采集唐至清代的茶詩，並加以析注，但畢竟限於選注性質（浙
　　　江古籍出版社，1989年8月）；陳香的《茶典》（台北國家出版社，
　　　1988年9月）、朱小明的《茶史茶典》（台北世界文物出版社，1990
　　　年7月）、陳宗懋的《中國茶經》（上海文化出版社，1999年11月十
　　　二刷）等，也編附有茶詩，但只是兼論性質，蒐集有限；其他如劉
　　　昭瑞《中國古代飲茶藝術》（台北：博遠出版有限公司，1992年4
　　　月再版）、梁子《中國唐宋茶道》（1994年11月）、于良子《談藝》
　　　（浙江：攝影出版社2001年5月四刷）等，著重在飲茶藝術、茶文
　　　化、茶與各種藝文之關係的探討，對茶詩的賞析，誠聊備一格。另
　　　外，還有一些零星的單篇論文，就研究唐代的來說，日人布目潮渢
　　　有〈白居易的喫茶〉（收入許賢瑤編譯《中國古代喫茶史》，台北：
　　　博遠出版有限公司，1991年2月）、王能傑有〈白樂天之茶飲藝術〉
　　　（《國立臺灣體專學報》第一期，1992年6月）著重在引白居易之
　　　茶詩以探討白居易的飲茶藝術，並未賞析其詩歌，何況研究也僅限
　　　於白居易一人耳。因此，就筆者所見，關於茶文學的研究，目前未
　　　成系統，是一片值得開發的園地，而全面性探討唐代茶詩的專著論
　　　文尚付之闕如。不過，上述諸作對本文研究唐代茶詩的內容及藝術
　　　表現裨益良多，皆具有參考價值。

茶的描寫在全詩中需佔相當的份量，即詩歌的主題是「茶」，此稱之為詠茶詩。廣義的不僅包括詠茶詩，也包括涉及茶事的詩，只要詩中提到了「茶」即可，此稱之為茶詩〔註5〕。由於唐代專意詠茶之詩約莫百餘首，僅佔唐代茶詩的六分之一〔註6〕，故本論文研究唐代描寫茶的詩歌，乃採取廣泛的定義作為擇詩之標準，以期更能全面深入地掌握唐代描寫茶的詩歌，至於版本則選用北京中華書局出版的《全唐詩》和《全唐詩補編》（包括《全唐詩外編》－即匯集王重民《補全唐詩》和《補全唐詩拾遺》、孫望《全唐詩補逸》、童養年《全唐詩續補遺》等，和陳尚君《全唐詩續拾》兩部分）為底本而逐一檢索，共篩出六百多首茶詩作為研究對象，詳細目錄則明列於本論文結尾處。

在實際研究上，首先運用歷史研究法，縱向地掌握飲茶的歷史嬗變以及文學本身的發展脈絡，同時橫向地考察有唐的文化背景和詩人選擇茗飲的內在動機（即心理需求），以期由外緣內因以揭開茶詩成熟大興於唐代的謎底，並闡明飲茶對唐代文人的深層意義。然後從文化的角度來探討唐代茶詩的內涵，檢視唐代茶詩所反映的文化層面〔註7〕，另一方面也同時關照詩歌中所透顯出的人文精神－茶道思想。再運用理論分析法，借鏡中國古典文學批評，並參考專家學者對唐詩的相關評論，整體性地分析唐代茶詩的藝術表現，儘可能凸顯其主體特色，舉實例解說其形成之所以然；此外，唐代重要茶詩人的作品及其風格，亦有專章介紹說明。最後綜合各章所論，對唐代茶詩作一總評價。

本章為全書之緒論，除了說明本文研究之必要性、相關的研究現況，以及本文的研究重點和方法外，並對唐以前之茶詩作一回顧，概

〔註 5〕 參考陳宗懋主編《中國茶經》之說法（見該書頁 609），上海文化出版社，1999 年 11 月十二刷。

〔註 6〕 參見本論文之附錄，不附詩句之茶詩即為專意詠茶之詩。

〔註 7〕 唐代茶詩雖有六百多首，但專意詠茶之詩的數量卻不算多，且其內容又多以敘述煎飲、讚歎茶效、採製茶葉、歌詠茶具、記載名茶為主，故本論文在分析唐代的茶詩內容上乃從文化內涵的角度出發。

論其對唐代茶詩之影響；同時對唐代茶詩作一鳥瞰，以明其確有可觀之處。

第二節　唐以前之茶詩

　　雖然中國人的飲茶歷史悠久，起源甚早〔註8〕，但是在先秦的文獻中卻找不到「茶」字的蹤影，倒是「荼」字頻頻出現。其實，唐代以前，茶之異名不下十餘種，陸羽《茶經》便舉了五種稱呼，其曰：「茶者，南方之嘉木也。……其名，一曰茶，二曰檟，三曰蔎，四曰茗，五曰荈。」（見「一之源」），直到陸羽撰著《茶經》時，一律將「荼」字減去一劃，寫成「茶」字，從此之後，茶的形、音、義才確定下來〔註9〕。

　　唐以前茶之異名雖多，但用得最多、最普遍的是「荼」，而「荼」字最早見於《詩經》。《詩經》是我國第一部詩歌總集，也是首次記載「荼」的文學作品集〔註10〕，如：

　　　　周原膴膴，堇荼如飴。（〈大雅·綿〉）

　　　　誰謂荼苦，其甘如薺。（〈邶風·谷風〉）

　　　　採荼薪樗，食我農夫。（〈豳風·七月〉）

　　　　予手拮据，予所捋荼。（〈豳風·鴟鴞〉）

　　　　出其闍闍，有女如荼。雖則如荼，匪我思且。（〈鄭風·出其東門〉）

不過，唐代以前，「荼」是個多義字，除指茶葉外，也有苦菜的涵義，或指一種開著旺盛白花的植物、陸草……等等，究竟這些詩句中的「荼」字是否指茶葉，至今仍是爭論不休的學術問題〔註11〕。況且，

〔註8〕　見本論文第二章第一節。

〔註9〕　參見姚國坤、王存禮、程啓坤著《中國茶文化》頁12～18〈茶的稱呼與「茶」字的確立〉，台北洪葉文化事業有限公司，1995年1月。

〔註10〕　參見王河《茶典逸況》，北京：光明日報出版社，1999年8月；于良子編著《談藝》，浙江：攝影出版社，2001年5月四刷。

〔註11〕　參見《中國茶文化》一、〈茶文化之源〉之1、茶的發現，姚國坤、王存禮、程啓坤著，1995年1月初版一刷；《宋代詠茶詩研究》，石韶

這些詩句中的「荼」字多作為比擬法中的喻依，或當名詞用，對以後涉及茶事或專意詠茶的茶詩而言，其實影響不大的。

現在可以肯定最早語涉茶事的茶詩，據陸羽《茶經》所輯，有四首，都是漢代以後，唐代以前的作品，茲引如下：

> 吾家有嬌女，皎皎頗白皙。小字為紈素，口齒自清歷……其姐字蕙芳，面目粲如畫……馳騖翔園林，果下皆生摘……貪華風雨中，倏忽數百適……心為茶荈劇，吹噓對鼎䥶。（左思〈嬌女詩〉《全漢三國晉南北朝詩》〔註12〕）

> 借問揚子宅，想見長卿廬。程卓累千金，驕侈擬王侯。門有連騎客，翠帶腰吳鉤。鼎食隨時進，百和妙且殊。披林採秋橘，臨江釣春魚。黑子過龍醢，果饌踰蟹蝑。芳茶冠六情，溢味播九區。人生苟安樂，茲土聊可娛。（張載〈登成都樓詩〉同上〔註13〕）

> 茱萸出芳樹巔，鯉魚出洛水泉。白鹽出河東，美豉出魯淵。薑桂茶荈出巴蜀，椒橘木蘭出高山。蓼蘇出溝渠，精稗出中田。（孫楚〈出歌〉〔註14〕）

> 桑妾獨何懷，傾筐未盈把……傳聞兵失利，不見來歸者。奚處埋旌麾？何處喪車馬？拊心悼恭人，零淚覆面下。徒謂久別離，不見老孤寡。寂寂掩高門，寥寥空廣廈。待君竟不歸，收顏今就檟。（王微〈雜詩〉《全漢三國晉南北朝詩》〔註15〕）

左思的〈嬌女詩〉細膩生動地描寫了作者兩個嬌女嬉戲打鬧的生活情事，姐妹倆於園林中追逐嬉笑、攀摘果子，玩得累了渴了，急著飲茶，便一起對著風爐吹氣，以求水快點兒燒開，那少女煎茶自飲的天真情態躍然若現。由此可見，茗茶在左思的時代已是老少咸宜的日常飲料了，再者，詩中所說的「鼎䥶」，是指燒茶水用的兩種茶具－風爐和鍋，是我國最早明確地描寫煮茶用具的文獻，深具史料

華著，台北文津出版社，1996年9月。

〔註12〕全詩有五十六句，陸羽僅摘十二句。

〔註13〕全詩有三十二句，陸羽僅摘後十六句。

〔註14〕原詩佚，此據《茶經》「七之事」引。

〔註15〕全詩有二十八句，陸羽僅摘後四句。

價值〔註16〕；張載盛讚成都的茶是「芳茶冠六清，溢味播九區」，觀其詩意，詩人乃視飲茶為一種高雅的享樂方式，把它看作是士大夫閒情生活的一部分。此詩也反映了當時巴蜀之茶業冠甲全國；孫楚的〈出歌〉描寫各種土產之出處，說明了茶產於巴蜀的史實；王微的〈雜詩〉描述一名女子對陣亡丈夫的哀悼與思念，由於此悲此思過於濃烈難解，只得藉茗飲以自慰，「收顏今就櫂」成了這名桑妾往後人生裏唯一的精神寄託。此詩同時反映出當時已有茶可滌煩消憂的認知。這四首詩歌涉及茶者雖僅隻言片語，不過卻反映了當時的相關茶文化，並且已開了茶詩之先河，尤其詩中茶的形象十分鮮明，對後世描寫煎飲茗茶、抒發品茶閒情、描繪茶區風光、敘說茶葉功效等涉及茶事的茶詩而言，必當起了一定的示範作用。

　　唐代以前，見存專意詠茶的詩歌，要屬東晉杜育的《荈賦》了〔註17〕，其曰：

> 靈山惟嶽，奇產所鍾。厥生荈草，彌谷被崗。承豐壤之滋潤，受甘霖之霄降。月惟初秋，農功少休。結偶同旅，是采是求。水則岷方之注，挹彼清流。器澤陶簡，出自東隅。酌之以匏，取式公劉。惟茲初成，沫沉華浮。煥如積雪，曄若春敷。

杜育以優美的筆調謳歌茗茶，大意是說：靈秀的高山生長著一種奇異的荈草，它佈滿整個山谷，披滿整座山崗，吸收了肥沃土壤的養份，承受了充沛雨水的滋潤。初秋的月夜，耕作了整年的農人們總算可以稍事休息了，於是他們成群結伴去尋採那荈草。他們舀取岷山的清流，以產自東方的陶簡為容器，學公劉拿葫蘆瓢酌茶來喝。那剛煮好

〔註16〕　在此詩之前，雖有王褒〈僮約〉「烹茶盡具」（見本論文第二章第一節引），和《廣雅》「搗末置瓷器」（現存《廣雅》無此條，今引自陸羽《茶經》「七之事」）的記載，不過究竟指什麼茶具，一直令人費解，而左思的〈嬌女詩〉則描寫得十分明確了。

〔註17〕　南北朝鮑令暉有《香茗賦》，今已亡佚。廣義地說來，賦也是詩歌，何況唐以前專意詠茶之詩歌僅《荈賦》與《香茗賦》，則其內容及表現技巧，必當對後世之詠茶詩有所啟發，故於此引《荈賦》（據《藝文類聚》卷八十二引），並作一解說。

的茶，湯面浮起一層餑沫，就像積雪般的瑩明，像春日般的熾盛。這
首作品篇幅雖短，內容卻相當豐富而富於概括力，包含了茶葉的生長
環境和條件、採茶、烹飲及茶葉煎成後的美妙情形，其描寫茶性之靈
秀、取水之甘潔、擇器之古雅、湯色之煥曄，已呈現出品茗的悠閒與
美感了。《荈賦》不僅爲後人留下了珍貴的茶史資料〔註18〕，更流澤
後代詩壇，開啓了後世以茶爲主題的專意詠茶詩歌。

　　總之，唐代以前可謂是茶詩的孕育期，斷金碎玉亦彌足珍貴，其
篳路藍縷之功是爲後世之茶詩打下了基礎，使之得以成長茁壯。

第三節　唐代茶詩概述

　　唐代，隨著飲茶風氣之大盛，湧現了大量的茶詩，其作者涉及
各界人士，文人雅士、皇室貴族、僧人羽客、布衣處士，無不留下
了茶影詩痕，如王維、劉長卿、李白、杜甫、韋應物、岑參、李嘉
祐、皇甫冉、皇甫曾、錢起、戴叔倫、王建、陸羽、袁高、柳宗元、
劉禹錫、張文規、孟郊、張籍、盧仝、元稹、白居易、劉言史、李
德裕、韋處厚、施肩吾、姚合、周賀、朱慶餘、杜牧、喻鳧、薛能、
李群玉、賈島、溫庭筠、李郢、皮日休、陸龜蒙、司空圖、李咸用、
秦韜玉、鄭谷、韓偓、杜荀鶴、黃滔、徐夤、曹松、李洞、李中、
徐鉉、皎然、貫休、齊己等，約在一百五十人以上〔註19〕，所創作
之茶詩至少有六百多首。大體而言，玄宗朝以後多有茶詩，中唐繁
榮，而晚唐鼎盛。

　　唐代茶詩體裁多樣，舉凡古詩、絕句、律詩、宮詞、寶塔詩、聯
句詩、唱和詩，無不皆備〔註20〕，藝術表現十分精彩〔註21〕，反映茶

〔註18〕　此賦是中國茶史上第一次寫到「彌谷被崗」的植茶規模，第一次寫到
　　　　　秋茶的採摘，第一次寫到陶瓷的宜茶，第一次寫到「沫沉華浮」的
　　　　　茶湯特點。（參考于良子《談藝》頁 27～28，浙江：攝影出版社，
　　　　　2001 年 5 月四刷）
〔註19〕　詳細之目錄，參見本論文之附錄。
〔註20〕　見本論文第七章第二節。

文化之層面相當廣泛〔註22〕。至於其題材，則可說是琳瑯滿目、包羅萬象的：

（1）記載名茶

　　最早記載名茶的詩歌，是李白的〈答族姪僧中孚贈玉泉仙人掌茶〉（《全唐詩》卷一七八），此後，許多名茶紛紛入詩，其中數量最多的是紫筍茶和蜀茶，如白居易〈夜聞賈常州崔湖州茶山境會，想羨歡宴，因寄此詩〉（《全唐詩》卷四四七）、張文規〈湖州貢焙新茶〉（《全唐詩》卷三六六）之記紫筍茶，施肩吾〈蜀茗詞〉（《全唐詩》卷四九四）、崔道融〈謝朱常侍寄貺蜀茶剡紙〉（《全唐詩》卷七一四）之記蜀茶。其他如孟郊〈憑周況先輩於朝賢乞茶〉（《全唐詩》卷三八〇）、白居易〈琴茶〉（《全唐詩》卷四四八）之記蒙頂茶，白居易〈春盡日〉（《全唐詩》卷四五九）之記昌明茶，姚合〈乞新茶〉（《全唐詩》卷五〇〇）之記碧澗春，李群玉〈龍山人惠石廩方及團茶〉（《全唐詩》卷五六八）之記石廩茶，齊己〈謝澗湖茶〉（《全唐詩》卷八四〇）之記澗湖茶、〈宿沈彬進士書院〉（《全唐詩》卷八四四）之記岳茶，貫休〈酬周相公見贈〉（《全唐詩》卷八三五）之記洞平茶，薛能〈蜀州鄭使君寄鳥觜茶，因以贈答八韻〉之記鳥觜茶、〈謝劉相寄天柱茶〉（均見《全唐詩》卷五六〇）之記天柱茶，皎然〈對陸迅飲天目山茶〉（《全唐詩》卷八一八）之記天目山茶、〈飲茶歌誚崔石使君〉（《全唐詩》卷八二一）之記越州剡溪茗，徐夤〈謝尚書寄蠟面茶〉（《全唐詩》卷七〇八）之記蠟面茶……等。

（2）說明採製

　　說明茗茶之採製的詩歌相當多，如姚合〈乞新茶〉（《全唐詩》卷五〇〇）、秦韜玉〈採茶歌〉（《全唐詩》卷六七〇）、皮日休〈茶舍〉（《全唐詩》卷六一一）、陸龜蒙〈茶焙〉（《全唐詩》卷六二〇）、廖融〈題

〔註21〕見本論文第七章之論述。
〔註22〕見本論文第五章之論述。

伍彬屋壁〉（《全唐詩》卷七六二）、徐鉉〈和門下殷侍郎新茶二十韻〉（《全唐詩》卷七五五）、皎然〈顧渚行寄裴方舟〉（《全唐詩》卷八二一）……等。

（3）敘述煎飲

敘述煎煮茗茶、抒發品茶心得的詩歌，如儲光羲〈吃茗粥作〉（《全唐詩》卷一三六）、杜甫〈重過何氏五首〉其三（《全唐詩》卷二二四）、劉禹錫〈西山蘭若試茶歌〉（《全唐詩》三五六）、盧仝〈走筆謝孟諫議寄新茶〉（《全唐詩》卷三八八）、白居易〈睡後茶興憶楊同州〉（《全唐詩》卷四五三）、劉言史〈與孟郊洛北野泉上煎茶〉（《全唐詩》卷四六八）、李德裕〈憶茗芽〉（《全唐詩》卷四七五）、崔玨〈美人嘗茶行〉（《全唐詩》卷五九一）、陸龜蒙〈煮茶〉（《全唐詩》卷六二〇）、鄭谷〈峽中嘗茶〉（《全唐詩》卷六七六）……等。

（4）頌揚名泉

「水為茶之母」，茶性必得良水才能盡發，而唐人飲茶已很講究水質，常常不遠千里地取用名泉以煎茶〔註23〕，是以詩人也於詩中頻頻頌揚天下之佳水美泉，如李華〈雲母泉詩〉（《全唐詩》卷一五三）之詠雲母泉、陸羽〈六羨歌〉（《全唐詩》卷三〇八）之詠西江水、劉禹錫〈西山蘭若試茶歌〉（《全唐詩》卷三五六）之詠金沙泉、白居易〈蕭員外寄新蜀茶〉（《全唐詩》卷四三七）之詠渭水、皮日休〈題惠山泉二首〉（《全唐詩續補遺》卷九）之詠惠山泉、司空圖〈重陽日訪元秀上人〉（《全唐詩》卷六三二）之詠雪溪泉、成彥雄〈煎茶〉（《全唐詩》卷七五九）之詠虎跑泉……等。

（5）吟詠茶具

唐詩中吟詠茶具最多的詩人要屬皮日休和陸龜蒙了，在他們兩人的唱和詩中，描寫茶具的就有十首，分別是〈茶籯〉二首、〈茶灶〉

〔註23〕著名之例子如李德裕的水遞惠山泉。（見本論文第三章第四節〈愛茶種茶，嗜茶成癖〉）

二首、〈茶焙〉二首、〈茶鼎〉二首和〈茶甌〉二首。其他如杜甫〈又
于韋處乞大邑瓷盌〉(《全唐詩》卷二二六)、陸龜蒙〈秘色越器〉(《全
唐詩》卷六二九)、徐夤〈貢餘秘色茶盞〉(《全唐詩》卷七一○)……等。

(6) 謳歌茶人

如皮日休〈茶人〉(《全唐詩》卷六一一)、陸龜蒙〈茶人〉(《全
唐詩》卷六二○)、皇甫冉〈送陸鴻漸棲霞寺採茶〉(《全唐詩》卷二
四九)、皇甫曾〈送陸鴻漸山人採茶回〉(《全唐詩》卷二一○)、皎然
〈尋陸鴻漸不遇〉(《全唐詩》卷八一五)……等。

(7) 描繪茶園

茶園秀麗的景觀,也是唐代詩人筆下喜歡描繪的對象,如李嘉祐
〈送陸士倫宰義興〉(《全唐詩》卷二○六)、韋處厚〈茶嶺〉(《全唐
詩》卷四七九)、皮日休〈茶塢〉(《全唐詩》卷六一一)、陸龜蒙〈茶
塢〉(《全唐詩》卷六二○)、羅隱〈送雪川鄭員外〉(《全唐詩》卷六
六二)、陸希聲〈茗坡〉(《全唐詩》卷六八九)、無可〈送喻鳧及第歸
陽羨〉(《全唐詩》卷八一三)……等。

(8) 批判貢茶

貢茶之採製勞民傷財[註24],為此,悲天憫人的詩人不禁發出
批判之聲,代民抒怨,如袁高之〈茶山詩〉(《全唐詩》卷三一四)、
張文規之〈湖州貢焙新茶〉(《全唐詩》卷三六六)、李郢之〈茶山貢
焙歌〉(《全唐詩》卷五九○)等。

(9) 鋪寫茶會

唐代茶會興盛,文人雅士匯集一堂,談詩論文、共品佳茗、聯絡
情感,這是一種格調高尚優雅的聚會[註25],著實教人難忘。是以詩
人將之形諸筆墨,故而產生許多鋪寫茶會的詩作,如鮑君徽的〈東亭
茶宴〉(《全唐詩》卷七)、劉長卿〈惠福寺與陳留諸官茶會〉(《全唐

[註24] 參見本論文第五章第四節之一、「宮廷茶文化」。
[註25] 參見本論文第五章第三節之二、「人境」其3、「茶會」。

詩》卷一四九）、錢起〈過長孫宅與朗上人茶會〉（《全唐詩》卷二三七）、白居易〈夜聞賈常州崔湖州茶山境會，想羨歡宴，因寄此詩〉（《全唐詩》卷四四七）、劉眞〈七老會詩〉（《全唐詩》卷四六三）、顏眞卿等〈五言月夜啜茶聯句〉（《全唐詩》卷七八八）、鄭概等〈雲門寺小溪茶宴懷院中諸公〉（《全唐詩續拾》卷十七）……等。

（10）讚嘆茶效

飲茶的好處不勝枚舉，唐代詩人對此亦有相當的體認〔註26〕，故而選擇茗飲，並於詩中屢屢讚嘆茶效，如劉禹錫：「清峭徹骨煩襟開」（〈西山蘭若試茶歌〉《全唐詩》卷三五六）、張振祖：「破睡當封不夜侯」（〈飛龍澗飲茶〉《全唐詩續補遺》卷十）、司空圖：「茶爽添詩句」（〈即事二首〉其一《全唐詩》卷六三三）、徐鉉：「解渴消殘酒」（〈和門下殷侍郎新茶二十韻〉《全唐詩》卷七五五）、陸善經：「香浮茗雪滋肺腑」（〈寓汩羅芭蕉寺〉《全唐詩續拾》卷十二）……等。

其他如白居易〈琵琶行〉（《全唐詩》卷四三五）之描寫茶葉貿易、杜牧〈入茶山下題水口草市絕句〉（《全唐詩》卷五二二）之勾勒茶草市鎮的風光、皮日休〈包山祠〉（《全唐詩》卷六一○）之記載以茶祭祀的禮俗等，實難以歸類於上述十類中，況且上述十類不過爲概略而言，若具體分析某首茶詩，則其內容往往涵蓋好幾方面的題材，如言名茶的又語涉採製、煎飲，詠名泉的又讚嘆茶效。總體來看，唐代茶詩之內容比起前代隻言片語提及茶事的茶詩來說，顯得複雜多了，此爲茶詩發展成熟的必然現象。

如上所述，唐代茶詩在取材上可謂相當廣泛，至於其詩歌之具體內容和藝術表現亦頗爲可觀，此則留待於第五章、第七章再行探討。

〔註26〕參見本論文第三章第二節〈深知茶效，選擇茗飲〉。

第二章　唐代茶詩形成之背景

　　茶詩在唐代以前可謂寥若晨星，入唐以後漸次繁衍，至中唐以下茶詩大增，其反映茶文化層面之寬廣與茶詩之作者眾多，絕非偶然。探討唐代茶詩繁花簇錦的原因，除考慮漫長的飲茶歷史條件、唐代茶風興盛的社會基礎外，還需發掘詩人自覺選擇茗飲並以之入詩的心理需求與文學本身的發展等因素。本章即從內因外緣來分析唐代茶詩形成之背景。

第一節　唐以前之飲茶歷史

　　中國是世界上最早種茶、製茶和飲茶的國家〔註1〕，有關飲茶的起源，最早見於唐代陸羽的《茶經》，其「六之飲」曰：

　　　茶之為飲，發乎神農氏，聞於周魯公。齊有晏嬰，漢有揚雄、
　　　司馬相如，吳有韋曜，晉有劉琨、張載、遠祖納、謝安、左思

〔註1〕　參看《中國茶文化》頁5～10，王玲著，北京中國書店，1992年12月出版；〈略論兩晉南北朝飲茶風氣的形成和轉盛〉周兆望，《農業考古——中國茶文化專號7》頁226，1994年第二期；《中國茶酒文化史》頁2～3，朱自振、沈漢著，台北文津出版社，1995年12月初版一刷；《茶與中國文化》王國安、要英編著，上海漢語大辭典出版社出版，2000年1月一版；《茶之文史百題》頁2，阮浩耕編著，杭州浙江：攝影出版社發行，2001年7月一版一刷等書。

之徒，皆飲焉。傍時浸浴，盛於國朝。〔註2〕

這段文字說明茶由起源至唐代飲風興盛的大略經過。關於茶的起源雖至今尚無定論〔註3〕，但先秦典籍裏確已有關於茶的記載，惟當時多作藥用，茶葉的發展亦未成氣候〔註4〕。

根據現存茶史資料顯示，中國茶業最初興於巴蜀〔註5〕，此因地緣近於茶樹的原產地雲貴高原也〔註6〕。自兩漢至魏晉，巴蜀地區已成為我國最早的茶葉集散中心，不僅士大夫已養成飲茶的生活習慣，宮廷裏也出現了飲茶的風氣：

> 蜀郡王子淵，以事到湔上寡婦楊惠舍。惠有夫時奴名便了。子淵倩奴酤酒。便了拽大杖上夫冢巔曰：大夫買便了時，但要守家，不要為他人男子酤酒。子淵大怒曰：奴寧欲賣耶。惠曰：奴大忓人，人欲無者。子淵即決買券云云。奴復曰：欲使皆上券，不上券便了不能為也。子淵曰諾。券文曰：神爵三年正月十五日。資中男子王子淵從成都安志里女子楊惠買亡夫時戶下髯奴便了。決賈萬五千。奴當從百役使，不得有二言。晨起早掃……烹茶盡具……武陽買茶。(西漢王褒〈僮約〉《漢魏六朝百三家集》〔註7〕)

> (孫) 皓每饗宴，無不竟日。坐席無能否，率以七升為限，雖不

〔註2〕 台北：新興書局，1979 年 1 月，筆記小說大觀，第二五編第二冊(《說郛》卷八三)。

〔註3〕 有主張源於史前說、有西周說、有西漢說、還有堅持源於東晉南朝說，詳看《中國茶文化》王玲著，北京中國書店，1992 年 12 月出版；《中國茶酒文化史》，朱自振、沈漢著，台北文津出版社，1995 年 12 月初版一刷。

〔註4〕 同上。

〔註5〕 孫楚〈出歌〉：「姜桂茶荈出巴蜀，椒橘木蘭出高山。」(見《先秦漢魏晉南北朝詩》，逯欽立輯校，台北木鐸出版社，1983 年 9 月)；　常璩《華陽國志·巴志》：「武王既克殷，以其宗姬于巴……上植五穀，牲具六畜。桑、蠶、麻、紵……茶……皆納貢之。涪陵郡，巴之南鄙。……無蠶桑，少文學，惟出茶、丹漆、蜜。……」《華陽國志·蜀志》：「什邡縣，山出好茶。」(台北中華書局，1966 年 3 月)

〔註6〕 同註 3。

〔註7〕 張溥編，台北：新興書局，1963 年。

悉入口，皆澆灌取盡。曜素飲酒不過二升。初見禮異時，常爲
裁減，或密賜茶荈以當酒。(陳壽《三國志・吳志・韋曜傳》〔註8〕)
芳茶冠六情，溢味播九區。人生苟安樂，茲土聊可娛。(西晉張
載〈登成都樓詩〉《先秦漢魏晉南北朝詩》)

王褒〈僮約〉證明茶葉在漢代已經開始買賣；〈韋曜傳〉則至少說明
了吳國宮廷中備有不少茶葉以供帝王享用或賜予臣子，可見當時吳國
飲茶頗爲流行，而韋曜身爲寵臣被密賜以茶代酒，必然平日有飲茶的
習慣，可作爲吳國嗜茶的代表；張載之詩則指出西晉時成都之茶葉已
名聞遐邇、巴蜀茶業是冠甲全國的。

　　兩晉南北朝時，茶已成了社交的媒介，且由於帝王、貴族聚斂成
風，競相誇豪鬥富，是以有識之士提出了以茶養廉的觀念：

陸納爲吳興太守時，衛將軍謝安嘗欲詣納。納兄子俶怪納無所
備，不敢問之，乃私蓄十數人饌。安既至，納所設唯茶果而已。
俶遂陳盛饌，珍羞畢具。及安去，納杖俶四十，云：汝既不能
光益叔父，奈何穢吾素業。(見《晉中興書》原書佚，據《太平御覽》
〔註9〕卷八六七引)

桓溫爲楊州牧，性儉，每讌飲唯下七奠伴茶果而已。(《晉書》〔註
10〕卷九十八)

(齊武帝)永明……十一年……七月……又詔曰：……我靈上
慎勿以牲爲祭。唯設餅、茶飲、干飯、酒脯而已。天下貴賤，
咸同此制。(《南齊書・武帝本紀》〔註11〕)

陸納、桓溫以茶待客，齊武帝以茶爲祭品，均提倡儉樸的風氣，這已
提昇了飲茶的意義，誠如王玲在《中國茶文化》中所說：「飲茶已不
是僅僅爲提神、解渴，……不完全是以其自然使用價值爲人所用，而
進入精神領域。茶的『文化功能』開始表現出來。此後，『以茶代酒』、

〔註8〕　台北：藝文印書館，1958年。
〔註9〕　台北：商務印書館，1967年。
〔註10〕　台北：藝文印書館，1972年。
〔註11〕　台北：藝文印書館，1972年。

『以茶養廉』，一直成為我國茶人的優良傳統。」〔註12〕

　　從整體趨勢來看，晉代是我國飲茶風氣的正式形成時期〔註13〕，茶成了飲料，走進士大夫們的日常生活中。在南方飲茶風氣的影響之下，西晉時，北方至少洛陽的一些官宦人家已開始飲茶〔註14〕。南北朝時，儘管鮮卑貴族不喜歡飲茶，卻也無法抵擋南朝日趨轉盛之茶風，是以在宮廷或家中都備有茶葉以招待嗜茶和南方之客人〔註15〕。而隨著鮮卑貴族退出歷史舞台與南北的統一，隋唐以降，茶業有了空前的發展。當然，在這漫長的飲茶歷程裏也產生了一些零星的茶詩〔註16〕，多少對後世的茶詩起了一定的影響，這是形成唐代茶詩的歷史遠因。

第二節　唐代茶風興盛

　　唐代可說是我國茶文化史上深具劃時代意義的重要時代，史稱「茶興於唐」、「茶盛於唐」，飲茶至中唐不僅已從朱門走向了柴戶，普及民間，更遠傳至西北、西南等少數民族地區，真正成了風靡全國的「比屋之飲」和人們日常生活中的必需品〔註17〕。同時，陸羽作《茶

〔註12〕　見該書頁 28，北京中國書店，1992 年 12 月出版。

〔註13〕　參見〈略論兩晉南北朝飲茶風氣的形成和轉盛〉周兆望《農業考古·中國茶文化專號 7》1994 年第二期。

〔註14〕　左思〈嬌女詩〉描寫他的兩個嬌女玩渴了，對著茶爐吹火，等不及要吃茶的情態。可見左思家已有飲茶的習慣，詩見《玉臺新詠》卷二，台北：商務印書館，1968 年。

〔註15〕　《洛陽伽藍記》卷三城南報德寺：「肅初入國，不食羊肉及酪漿等物，常飯鯽魚羹，渴飲茗汁。京師士子見肅一飲一斗，號為漏卮。……時給事中劉縞，慕肅之風，專習茗飲。彭城王謂縞曰：『卿不慕王侯八珍，好蒼頭水厄；海上有逐臭之夫，里內有學顰之婦，以卿言之，即是也。』……自是朝貴讌會，雖設茗飲，皆恥不復食，惟江表賤民、遠來降者好之。」（楊衒之撰，台北：正文書局，1982 年 9 月）

〔註16〕　參見本論文第一章第二節。

〔註17〕　唐·陸羽《茶經》六之飲：「茶之為飲，發乎神農氏……盛于國朝兩都並荊渝間，以為比屋之飲。」；唐·楊華《膳夫經手錄》：「今關西山東閭閻村落皆喫之，累日不食猶得，不得一日無茶也。……然雖遠自交趾之人，亦常食之。」（台北：新文豐出版公司，1989 年）；

經》，產生茶學〔註 18〕；茶始收稅，建立茶政〔註 19〕；茶始銷邊，茶馬互市〔註 20〕。誠如朱自振、沈漢在《中國茶酒文化史》裏所說：「直到這時，茶在我國社會經濟、文化中，纔眞正成爲一種顯著的生產事業和文化。」〔註 21〕

　　茶之所以興盛於唐，除先前漫長的飲茶歷史爲其植下了深厚的根基之外，自然還有它優於前代的主客觀條件在。首先由客觀的茶葉生產條件來看，茶樹原生於熱帶雨林常綠闊葉林地區，性喜溫、溼、酸，又耐蔭，最適宜在 20～30 度左右之氣溫下生長，而隋唐時期我國氣候開始變暖，茶樹自然生長界限得以向北推移，至於南方的自然環境本就利於茶葉生長，唐代以來南方的經濟、文化各方面又有了很大的進步，多闢爲茶區〔註 22〕。所以整體而言，茶葉的產

唐‧封演《封氏聞見記》卷六飲茶：「古人亦飲茶耳，但不如今人溺之甚。窮日盡夜，殆成風俗，始自中地，流於塞外。往年回鶻入朝，大驅名馬，市馬而歸，亦足怪焉。」（台北：新文豐出版公司，1983年）又，《舊唐書‧李珏傳》：「茶爲食物，無異米鹽，人之所貴，遠近同俗，既祛渴乏，難舍斯須。」說明了入唐以後，飲茶一事成了全民的生活習慣。（台北：藝文印書館，1972年）

〔註 18〕　詳見本論文第四章第二節。

〔註 19〕　杜佑《通典》卷十一：「貞元九年，制：天下出茶州，商人販者，十分稅一。」這是唐政府正式稅茶的開始。（台北：商務印書館，1987年）關於唐代榷茶一事，孫洪升在《唐宋茶葉經濟》第四章第一節中有精闢的論述，可以參考，北京：社會科學文獻出版社，2001年1月一版一刷。

〔註 20〕　參見註 17 引文《封氏聞見記》一條；又，李肇《唐國史補》卷下：「常魯公使西蕃，烹茶帳中，贊普問曰：『此爲何物？』魯公曰：『滌煩療渴，所謂茶也。』贊普曰我此亦有，遂命出之，以指曰此壽州者，此舒州者，此顧渚者，此蘄門者，此昌明者，此澠湖者。」（台北：藝文印書館，1966年）贊普所示者，均爲當時之名茶。由上面兩段文獻，可知茶馬互市和邊茶貿易始於唐代。關於此問題，可參看《中國茶酒文化史》朱自振、沈漢著，台北：文津出版社，1995年12月初版一刷、孫洪升《唐宋茶葉經濟》頁101，北京：社會科學文獻出版社，2001年1月一版一刷。

〔註 21〕　見該書頁 34，台北：文津出版社，1995年12月初版一刷。

〔註 22〕　唐武宗開成五年 10 月鹽鐵司奏文云：「伏以江南百姓營生，多以種茶爲業。」（《冊府元龜》卷四九四，台北：中華書局，1967年）；

地範圍比前代擴大了很多，加上唐代水利事業進步、農業生產技術快速發展，這使茶葉的單位面積產量能夠大幅提高。至於茶葉生產所需要的大量人力〔註23〕，統一而強盛的唐王朝人口大量增加，安史之亂前後，北方人口大量南遷；安史之亂以後，長江流域成為全國人口密集區，正可為茶業提供較為充分的人力資源。在北魏至初唐的均田制之下，受田農戶種植作物須按規定行事，農民既不能自由選擇種植作物，茶業便難以正常發展，但唐代中葉以後均田制度崩潰，租庸調法也隨之瓦解，代之而起的是不再干預農民經營種植的兩稅法，農民可依當地的自然條件和實際的需要種植適合的作物，這當然為茶業的發展又創造了一項好條件。在上述相依相附的利因交互作用之下，才能為市場所需提供大量的茶葉商品〔註24〕。

　　茶既為南方重要的經濟作物，唐代宦官又多半來自茶區，可能會傳播一些飲茶習俗，加以南方士人在步入中央政府後，多少也會對飲茶風氣起了推波助瀾之用吧〔註25〕！然而促成茶風大興最直接有力的主觀人為因素還是僧人的提倡：

　　　唐‧張途〈祁門縣新修閶門溪記〉：「山多而田少，水清而地沃。山且植茗，高下無遺土，千里之內，業于茶者七八矣。」（《全唐文》卷八〇二，上海古籍出版社，1990 年）；李商隱〈為京兆公乞留瀘州刺史洗宗禮狀〉說瀘州一帶：「地接巴黔，作業多仰於茗茶。」（《全唐文》卷七七二）

〔註23〕在沒有機械化生產的古代社會，從採茶到製茶都得依靠手工，為了保持茶葉的質量，往往還要爭時機、搶速度，及時採摘，因此遇上採茶時節，茶農全家都暫停其他工作而投入採茶的情形所在多有，一如袁高〈茶山詩〉所述：「氓輟耕農耒，采采實辛苦。一夫且當役，盡室皆同臻。」《全唐詩》卷三一四。

〔註24〕孫洪升《唐宋茶葉經濟》第一章第一節〈茶葉生產發展的條件〉從「農業生產的發展」、「勞動力資源充足，從業者眾多」、「自然條件適宜」和「農民經營的獨立性增強」等四方面來分析唐宋發展茶葉生產的最基本條件已具備，論證詳細、論點足資參考，本文此處即採其說，北京：社會科學文獻出版社，2001 年 1 月一版一刷。

〔註25〕見《唐宋茶葉經濟》頁 218，孫洪升著，北京：社會科學出版社，2001 年一版一刷。

> 茶早采者爲茶，晚采者爲茗，《本草》云止渴、令人不眠。南
> 人好飲之，北人初多不飲。開元中，泰山靈巖寺有降魔師，大
> 興禪教。學禪，務於不寐，又不夕食，皆許其飲茶。人自懷挾，
> 到處煮飲，從此轉相仿傚，遂成風俗。（唐 封演《封氏聞見記》
> 卷六飲茶）

喝茶既能解渴又可驅走睡魔，這對僧人的禪修大有助益，無怪乎僧人
要提倡飲茶了。值得一提的是，禪宗本興起於南方，南方又多產茶，
則或許南禪宗早已以茶助功，但正式連繫飲茶與禪修的記載卻是在北
方。唐代佛教興盛，僧人飲茶都已成風，那麼信徒轉相仿傚乃至於蔚
爲全國時尚，也是極其自然了。

　　固然各地茶風日益興盛，但飲者未必能體會飲茶的要旨與妙趣，
茶聖陸羽正在這樣的歷史背景下，潛心事茶、發心著述，總結前人有
關茶的知識與經驗，終於完成中國（也是世界）第一部的茶學專著－
《茶經》〔註26〕：

> 楚人陸鴻漸爲茶論，說茶之功效，并煎茶炙茶之法，造茶具
> 二十四事，以都統籠貯之。遠近傾慕，好事者家藏一副。……
> 於是茶道大行，王公朝士無不飲者。（唐封演《封氏聞見記》卷
> 六飲茶）
>
> 羽嗜茶，著經三篇，言茶之原、茶之法、之具尤備，天下益知
> 飲茶矣。（《新唐書》卷一九六）

從以上兩段史料可知，陸羽《茶經》規範了飲茶的程式、傳授茶的相
關知識、指導人們體會茶道的妙理，同時也成爲唐代推動飲茶風尚的
第二股力量，更影響了後代對茶學的研究與著述。

　　唐代雖飲茶蔚然成風，酒卻也未被人們拋棄，不過造酒所費糧
食甚多，因此唐朝曾爲節省糧食而頒布禁酒令〔註27〕。喝酒和飲茶

〔註26〕詳見本論文第四章第二節。
〔註27〕唐高宗咸亨元年「以穀貴禁酒」；肅宗至德三年3月「以歲饑禁酤酒，
　　　　俟麥熟依常式。」見 宋 莊綽《雞肋編》卷中，台北：商務印書館，
　　　　1966年。

原可並行而不悖，但在糧食短缺、朝廷又禁酒時，百姓對茶的消費當會更多一些〔註 28〕。且在北方飲茶風氣的影響之下，開元以後，宮廷用茶的數量也與日俱增，一般的土貢已不能滿足，需要設立一個專門生產皇室用茶的場所，顧渚貢焙即緣起於此〔註 29〕，上之所好，民必從之，朝廷此舉，無異於鼓吹飲茶、助長茶風了。還有，「自唐代開始，南方的草市、墟市等農村集市逐漸增多，這為茶園戶出售茶葉提供了便利。」〔註 30〕在運銷暢通的茶市場上既然可以輕而易舉地買到茶葉商品，那麼時尚所趨，當然會造成「自鄒、齊、滄、棣，漸至京邑城市，多開店舖，煎茶賣之。不問道俗，投錢取飲。」〔註 31〕的局面了。

在上述的各項條件互相刺激鼓盪之下，茶風終於以銳不可當之姿態而大興於唐了。所謂「文變染乎世情，興廢繫乎時序」(劉勰《文心雕龍》〔註 32〕〈時序篇〉)，文學作品必然要反映社會生活的面貌，詩人自然會以之入詩了，更何況詩人還有自覺選擇茗飲的理由〔註 33〕。這便是唐代茶詩形成的外緣因素。

第三節　飲茶符合文人之心理需求

茗飲既蔚為中唐以後之潮流，追求風尚、浸染時俗自人情之在所

〔註 28〕 王玲《中國茶文化》和孫洪升《中國茶葉經濟》分析茶風之所以興於唐時，均以為唐中期以後的禁酒措施必然多少起了一定的影響。(王書 北京中國書店出版，1992 年 12 月；孫書，北京：社會科學文獻出版社出版，2001 年 1 月。)
〔註 29〕 詳見本論文第五章第四節。
〔註 30〕 引自孫洪升《唐宋茶葉經濟》頁 91，北京：社會科學文獻出版社，2001 年 1 月。該書第二章從唐宋時期茶葉市場網路的形成與發展、茶葉市場的主體與客體、和茶商資本等方面，詳細地分析唐宋茶葉商品的流通情形，極具參考價值。這說明有了便利暢通的茶市場交易體系，人們才能輕易地買到所要的茶葉。
〔註 31〕 封演《封氏聞見記》卷六飲茶。
〔註 32〕 見《文心雕龍注》，黃叔琳校注，台北：開明書店，1985 年 10 月。
〔註 33〕 見本章第三節之論述。

難免。不過，廣大百姓大多是但知其然而不知其所以然，而對於深具思想的知識份子來說，飲茶的意義則不單純只是追流行趕時髦，寫作茶詩也不盡然僅在於反映時事而已。除了不可免俗的社會需求外，更有文人自覺選擇茗飲特殊的心理需求〔註34〕。

　　詩是唐代文學的代表，是一種最普遍的文學形式；唐代進士出身者乃天之驕子、社會的寵兒，而進士科考的正是文學詩賦〔註35〕。所以會寫一手好詩對唐代文人來說，是無比重要之事。而作詩多賴靈感，作家在構思時還得要有虛靜的腦子，才能捕捉紛至沓來的感受，誠如劉勰所言：「是以陶鈞文思，貴在虛靜，疏瀹五藏，澡雪精神。」（《文心雕龍》〈神思篇〉）茶具有提神益思的功效〔註36〕，這點不僅唐以前之古籍上已有記載，唐代文人也已認識到了〔註37〕，是以嗜酒之文人雖不少，茶卻更適於不擅喝酒的文人藉以提神醒腦、激發文思，難怪盧仝要高呼「三椀搜枯腸，唯有文字五千卷」（〈走筆謝孟諫議寄新茶〉《全唐詩》卷三八八）了。

　　其實，對中唐以後的文人來說，飲茶還不單純爲了「蕩昏寐」

〔註34〕瞿明安《隱藏民族靈魂的符號──中國飲食象徵文化論》一書從象徵人類學的角度，探討中國的飲食象徵文化。該書以爲食物可以作爲傳遞信息的媒介或載體，它具有象徵符號的特性，且認爲飲食文化有滿足人類生理需要、心理需要和社會需要的三重屬性，眞正能夠傳遞信息、表達思想感情，從而具有象徵符號性質和特徵的，主要是那些在一定時間和場合可以滿足人們心理需要和社會需要的飲食活動。這個論點對於研究「茶詩何以勃興於唐」深具參考價值。但本論文的重點既不在於處理唐代的社會茶俗及其象徵義這一層面（關於本論文的處理重點，請見第一章之說明。），故而並未進一步探討唐代飲茶的社會需求因素，本節所在意者：文人選擇飲茶進而抒寫茶詩的心理需求爲何？並透過此心理需求以了解飲茶對文人的象徵意義，則茶詩何以勃興於唐自然不言而喻了，瞿書　昆明雲南大學出版社出版發行，2001 年 7 月一版一刷。

〔註35〕參見《科舉之路與宦海浮沉──唐代文人的仕宦生涯》第一章〈漫漫科舉路〉，尚永亮著，台北：文津出版社，2000 年 5 月一刷，

〔註36〕見《中國茶道》頁 170，林治編著，北京：中華工商聯合出版社，2001 年 6 月第三次印刷。

〔註37〕詳見本論文第三章第一節〈深知茶效　選擇茗飲〉的論述。

〔註38〕以增益文思，更重要的是它的另一療效－「滌煩〔註39〕」。前者在於滿足了他們作詩時的心理需求，後者則幫助他們撫平那心靈深處共同最大的憂惶，找到新的安身立命之所。

究竟中唐文人有什麼共同最大的憂惶呢？這得由中唐的政治環境談起了。歷時八年的安史之亂使得唐王朝元氣大傷，曾被詩人們倍譽載道的盛世氣象從此一去不復返，接踵而至的，囂張跋扈之藩鎮與專權蠻橫之宦官已成了政治上難以割除的兩大毒瘤，加上朝臣本身的朋黨之爭，唐王朝可謂處於風雨飄搖之勢了，而從中唐走到晚唐的歷程中，又發生了一連串教人驚心動魄的慘酷事件。首先，一度鼓舞了民心士氣、獲得順宗支持的永貞革新竟落得慘敗的下場，王叔文英雄末路被殺於貶所，八司馬遭貶「縱逢恩赦，不在量移之限」〔註40〕，短暫的中興猶如曇花一現，徒教人欷歔不已。此後，唐憲宗李純被宦官陳弘志等所殺、敬宗李湛被宦官劉克明等所殺，穆宗李恒、文宗李昂又皆立於宦官之手。文宗與翰林侍講學士李訓、太僕卿鄭注謀誅宦官事敗，李訓、鄭注與宰相王涯同被殺，史稱「甘露之變」，仇士良等宦官更擴大屠戮，逢人即殺，橫死的大臣官員成百上千，朝列幾乎為之一空〔註41〕。隨著朝政的腐敗，民生也跟著凋敝，連年的水旱造成百姓流亡失所，終於爆發了大規模的農民起義〔註42〕。本就沉痾許久的唐王朝，現在是綿惙已極了，最後還由「白馬之禍」收其命：

〔註38〕 見陸羽《茶經》六之飲。

〔註39〕 見劉禹錫〈代武中丞謝賜新茶第一表〉《全唐文》卷六○二。

〔註40〕 見《舊唐書》卷十四〈憲宗紀〉。關於王叔文集團的永貞革新，可參看《舊唐書》卷一三五〈王叔文傳〉、《資治通鑑》卷二三六順宗永貞元年條（台北：商務印書館，1967 年）及《中國皇帝全傳》唐之卷‧順宗李誦，北京：工商出版社，1996 年 3 月等相關之記載。

〔註41〕 關於「甘露之變」可參看《舊唐書》卷一六九〈鄭注傳〉、〈王涯傳〉、卷十七〈文宗紀〉及《中國皇帝全傳》唐之卷‧文宗李昂，北京：工商出版社，1996 年 3 月等相關之記載。

〔註42〕 有關唐末王仙芝、黃巢之亂，可參見《舊唐書》卷十九〈僖宗紀〉。

（昭宗天祐二年）五月，……柳璨恃朱全忠之勢，恣爲威福。會有星變，占者曰：「君臣俱焚，宜誅殺以應之。」璨因疏其素所不快者于全忠曰：「此曹皆聚徒橫議，怨望復非，宜以之塞災異。」李振亦言于朱全忠曰：「朝廷所以不理，良由衣冠浮薄之徒索亂綱紀。且王欲圖大事，此曹皆朝廷之難制者也，不若盡去之。」全忠以爲然。癸酉，貶獨孤損爲棣州刺史、裴樞爲登州刺史……自餘或閥閱高華，或科第自進，居三省台閣，以名檢自處，聲跡稍著者，皆指爲浮薄，貶逐無虛日，縉紳爲之一空。……六月，戊子朔，敕裴樞、獨孤損、崔遠、陸扆、王溥、趙崇、王贊等並所在賜自盡。時全忠聚樞等及朝士貶官三十餘人于白馬驛，一夕盡殺之，投屍於河。（《資治通鑑》卷二六〇）

這麼多的官員同日受戮，血染黃河，怎不令人聞之喪膽啊！面對日益混亂艱險的時局，有志之士心中莫不深感憂惶〔註43〕，也曾想力挽狂瀾，一大批知識份子如陸贄、陽城、陸質、王叔文、呂溫、柳宗元、劉禹錫、李絳、裴度、韓愈、白居易、元稹，都在貞元、元和之際挺身而出，積極參政、改革時弊，爲挽救危局、對抗惡勢力做了最大的努力〔註44〕。但是，他們越努力想阻止頹勢，卻越加大與集權制度的衝突和更深化社會的危機〔註45〕，如此濟濟英才奮鬥

〔註43〕誠如錢起〈送王使君赴太原行營〉：「太白明無象，皇威未戢戈。諸侯持節鉞，千里控山河。……須傳出師頌，莫奏式微歌。」（《全唐詩》卷二三八）充滿了前所未有的危機感；大和二年，文人劉蕡就敏銳地預言：「宮闈將變，社稷將危，天下將傾，四海將亂。此四者，國家已然之兆。」（見《舊唐書》卷一九〇）

〔註44〕尚永亮、李乃龍在合著之《浪漫情懷與詩化人生——唐代文人的精神風貌》第四章第四節「許國忘身」中，詳細地分析了中唐文人的參政意識和精神風貌，可以參考，台北：文津出版社，2000年5月一刷。

〔註45〕參見王毅《園林與中國文化》：「中唐以後的社會危機乃是傳統文化體系內部矛盾發展及其生命力衰竭的必然結果。所以士大夫階層一切試圖通過更能能動地參與、調節集權政治以阻止這一頹勢的努力，也就無法從根本上消除產生危機的根源；相反，最終只能加劇士大夫階層與集權制度的矛盾和社會危機的程度。其結果又迫使社會機制必須將專制制度進一步強化，以保證它對士大夫階層的絕對制約

的結果還是徹底失敗了。中唐尚且已然，更遑論氣數將盡、大廈將傾的晚唐，對多數高自期許、意欲有爲的文人〔註46〕來說，「虛負凌雲萬丈才，一生襟抱未曾開」（崔玨〈哭李商隱〉《全唐詩》卷五九一）是他們最好的寫照。

　　這些士大夫無不在當時激烈慘酷的政治鬥爭中心力交瘁，而其下場有的被貶、更有被殺的，對劫後餘生的文人而言，往往在心靈深處烙下了難以抹滅的印記。在改革失敗、理想破滅後，僥倖得以回朝的文人爲了遠離風暴躲避危險，大多是退縮於「壺中天地」〔註47〕，過

不至失效。這種惡循環的具體表現之一，就是從中唐到明代，士大夫階層中的傑出人物不斷進行著政治改革的努力，而這種努力的主要結果就是皇權在對士大夫的反制中更趨專制，就是改革者無一例外的悲劇命運。白居易等中唐士大夫積極參政的努力及其結局正是上述惡性循環的發軔之始。」（頁 235、236）上海：人民出版社出版發行，1991 年 7 月二刷。

〔註46〕如杜牧曾說：「平生五色線，願補舜衣裳。」（〈郡齋獨酌〉《全唐詩》卷五二○）；陸龜蒙：「所志在功名，離別何足歎。」（〈別離〉《全唐詩》卷六一九）；韋莊：「平生志業匡堯舜」（〈關河道中〉《全唐詩》卷六九五）。又，參見尚永亮《科舉之路與宦海浮沉──唐代文人的仕宦生涯》第五章第三節之論述，其說以爲晚唐文人的大多數雖有官職，卻並無政治上的發言權，實際與朝政方針無涉，處於政治的外圍和邊緣，在他們那裡，懷才不遇、感時憂傷是最普遍的心態。李商隱正是一個最好的例子，台北：文津出版社，2000 年 5 月一刷，，，

〔註47〕所謂「壺天」，源於《後漢書》卷八十二：「（費長房）曾爲市掾，市中有老翁賣藥，懸一壺於肆頭，及市罷，輒跳入壺中，市人莫之見，唯長房於樓上睹之，異焉。因往再拜奉酒脯。翁知長房之意其神也，謂之曰：『子明日可更來。』長房旦日復詣翁，翁乃與俱入壺中，唯見玉堂嚴麗，旨酒甘肴盈衍其中，共飲畢而出。」（台北：藝文印書館，1958 年）本爲方士炫說神仙本領之大，可以伸縮自如，「後世希冀避世之文人卻賦予『壺天』以新的意義，把它視作身在塵世卻可擺脫塵世煩囂的理想之境，藉以休息身心、怡養情趣。」（尚永亮《科舉之路與宦海浮沉──唐代文人的仕宦生涯》第五章第二節「壺天境界」 台北文津出版社，2000 年 5 月一刷）如白居易〈酬吳七見寄〉所云：「君住安邑里，左右車徒喧。竹藥閉深院，琴樽開小軒。誰知市南地，轉作壺中天。」（《全唐詩》卷四二九）

著任它翻雲覆雨、我自追求閒適的生活。白居易的「中隱」說，爲此
作了最佳的詮釋：

> 大隱住朝市，小隱入丘樊。丘樊太冷落，朝市太喧囂。不如作
> 中隱，隱在留司官。似出復似處，非忙亦非閒。不勞心與力，
> 又免饑與寒。終歲無公事，隨月有俸錢。君若好登臨，城南有
> 丘山。君若愛遊蕩，城東有春園。君若欲一醉，時出赴賓宴。
> 洛中多君子，可以恣歡言。君若欲高臥，但自深掩關。亦無車
> 馬客，造次到門前。人生處一世，其道難兩全。賤即苦凍餒，
> 貴則多憂患。唯此中隱士，致身吉且安。窮通與豐約，正在四
> 者間。（〈中隱〉《全唐詩》卷四四五）

這是一種不失俸祿產業而又能避離政治的安逸生活，它所代表的意義
誠如王毅在《園林與中國文化》中所說：「爲士大夫階層在集權專制
日益森嚴的包圍和日益沉重的壓迫之下，找到維持其相對獨立地位之
延續所必需的隙罅。〔註48〕」所以中唐以後，「中隱」成了士大夫們
全身心的執著與追求，「壺中天地」是他們新的安身立命之所〔註49〕。

　　爲了追求「中隱」、營造「壺中天地」，士大夫們就不可能過著
像陶淵明一般躬耕田園自食其力的清貧日子，他們還是要有官作（但
必須是遠離政治旋渦的閒職）以免除經濟後顧之憂，才能輕鬆地構
建「數尺之間卻含納大千」的「壺中」園林〔註50〕以供其消遣怡情；

〔註48〕　見該書頁236，上海：人民出版社，1991年7月二刷。

〔註49〕　王毅《園林與中國文化》第二編探討仕隱出處間的平衡關係對中國古
　　　　　典園林的發展之影響，以爲白居易的中隱說與中唐以後日益惡化的
　　　　　政制體制是分不開的，它的意義既是爲維持士大夫階層相對獨立地
　　　　　位而創造可能的條件，所以它一經產生就立即成爲士大夫生活乃至
　　　　　園林藝術存在的基礎，上海：人民出版社，1991年7月二刷。

〔註50〕　如上文所述，「壺中天地」的境界正符合「中隱」之旨趣，誠如白居
　　　　　易所云：「簾下開小池，盈盈水方積。中底鋪白沙，四與甃青石。勿
　　　　　言不深廣，但取幽人適。……豈無大江水？波浪連天白。未如床席
　　　　　前，方丈深盈尺。」（〈官舍内新鑿小池〉，《全唐詩》卷四三○），再
　　　　　看元結〈宴樽詩〉：「巉巉小山石，數峰對宴亭。宴石堪爲樽，狀類
　　　　　不可名。巡回數尺間，如見小蓬瀛。」（《全唐詩》卷二四一）、孟郊
　　　　　〈喜與長文上宿李秀才小山池亭〉：「塊礙笑群岫，片池輕眾流。」

而擁有了一塊既能擺脫塵俗又可免於奔波衣食、專屬自己的小小天地後，醉心於其間把玩奇石、欣賞書畫、品茗飲酒、聽琴對棋，享受閒適的生活，自是必然的結果。所以，中唐以後文人多熱衷於構建園林〔註 51〕，並將一切士大夫之文化體系納入其中；至於晚唐文人所追求和愛好的，更是越來越細小袖珍，注意力幾乎是擺在身邊的瑣事上〔註 52〕！就飲茶一事來講，它不僅能提神醒腦激發文思，又可使「平生不平事，盡向毛孔散」（盧仝〈走筆謝孟諫議寄新茶〉《全唐詩》卷三八八），更何況慢節奏的品茶過程充滿著無窮的情趣，文人可以放鬆身心涵養性情，從而品味閒適的人生〔註 53〕。因此，飲茶對文人的意義在於：幫助文人提神醒腦以「陶鈞文思」之外，更重要的是撫慰他們受創的心靈，讓他們在理想破滅退入「壺中天地」後得以品味從容悠閒、清醒平靜的人生。一言以蔽之，飲茶眞正符合了中唐以後文人特殊的心理需求，無怪乎茶風興起後，文人會如癡如狂地愛戀著它，並援之入詩了。

第四節　茶詩同味

　　前已言及，隨著中唐以後有志之士企圖改革弊政以挽救唐王朝衰頹命運的理想破滅，多數文人選擇退入「壺天」過著「中隱」的生

（《全唐詩》卷三七五），便知「壺中天地」的園林構建原則是在數尺小石、方寸水波間體會廣大無窮的世界，於咫尺的空間裏建立完備的景觀體系。因此，「壺中」園林成爲「中隱」文化最基本的載體了，關於園林與隱逸文化之關係及「壺中」園林的構建原則，王毅《園林與中國文化》一書有精闢詳盡的論述，可以參考。（上海：人民出版社，，1991 年 7 月二刷）

〔註51〕 如裴度有綠野堂、元稹有履信池館、白居易有履道池台、李德裕有平泉莊、牛僧孺有歸仁池館和洛城新墅、王茂元有東亭等。可參看《舊唐書》本傳。

〔註52〕 參見尚永亮《科舉之路與宦海浮沉──唐代文人的仕宦生涯》第五章第二節「壺天境界」和第三節「晚唐情趣」，台北：文津出版社，2000年 5 月一刷。

〔註53〕 詳見本論文第五章第一節之論述。

活，士大夫的價值觀念重新調整，他們上朝是官，回到自家園林中就是隱士，隱逸生活不再是清貧勞苦〔註54〕，而是悠閒安適的。在那裏，他們放任心性，體驗那前所未有的輕鬆和樂趣。由於生活態度的轉變，審美情趣也跟著轉變，士大夫不再是只關注「許國立功」這一遠大壯美的志業，他們的目光自然地也轉向了生活周遭的瑣事上〔註55〕。因爲政經的敗壞，導致了文人價值觀念的改變；價值觀念的改變促成文人生活態度的轉變；生活態度的轉變使得文人審美情趣產生變化。吾人檢視《全唐詩》，便可發現從中唐以後出現了盛唐以前遠不能比的許多描寫園林閒適生活的大型組詩〔註56〕，晚唐文人更是不厭其煩地把那些狹小、細屑的事物放入詩裏加以表現〔註57〕。這種詩歌創作取向，也讓「茶」成了屢見不鮮的詩歌題材。《文心雕龍》〈通變篇〉有云：「文律運周，日新其業；變則堪久，通則不乏。」王國維《人間詞話》亦曰：「蓋文體通行既久，染指遂多，自成習套。豪傑之士，亦難於中自出新意，故往往遁而作他體，以發表其思想感情。一切文體所以始盛終衰者皆由於此。」均指出文學本身自有其必然要變的發展規律。茶詩之所以正式形成於唐代，當然與中唐以後的詩歌

〔註54〕關於唐代以前隱逸文化的流變，可以參看《園林與中國文化》頁81起「傳統隱逸環境在東漢中期以後的改變」之論述，上海：人民出版社，1991年7月二刷。

〔註55〕這並不是說士大夫不再關心國事，事實上，抨擊時弊、反映百姓疾苦的文學作品直到唐末也從未間斷。而是了解到己力之有限，更懂得去體味生活的樂趣以安適自己的身心。

〔註56〕如韓愈〈奉和虢州劉給事使君三堂新題二十一詠〉，《全唐詩》卷三四三；劉禹錫〈同樂天和微之深春二十首〉，《全唐詩》卷三五七；盧仝〈蕭宅二三子贈答詩二十首〉，《全唐詩》卷三八七；元稹〈生春二十首〉，《全唐詩》卷四一○；李德裕〈思山居十一首〉、〈春暮思平泉雜詠二十首〉、〈思平泉樹石雜詠一十首〉、〈思山居一十首〉，均見《全唐詩》卷四七五；姚合〈武功縣閒居三十首〉，《全唐詩》卷四九八，等等。至於動輒十數首詩詠一園一池的例子俯拾皆是，白居易晚年大量創作的閒適詩就是例證。

〔註57〕如皮日休、陸龜蒙連篇累牘地歌詠漁具、酒具、樵具、茶具，是最好的例證。

創作取向有著密切的關係，可以這麼說，茶詩根本是唐代詩歌發展軌道上應運而生的產物，而非背道而馳突被擲入的異物。

　　隨著唐代詩人與茶結下了不解之緣〔註 58〕，茶與詩在多方面相依相附，茶之質性、特點也與中唐以後之詩風印合。如上所述，中唐詩人開始注意身邊周遭的細屑瑣事，體味日常生活中的小歡小趣，影響詩歌題材也日趨繁細；而茶之體性輕細小巧、煮茶品茶過程正是於繁瑣中見悠閒〔註 59〕，可見茶與詩的相融相合。再說到中唐之文學思潮是趨新尙異的，李肇《唐國史補》裏有一段精要的話，準確地勾勒出中唐的文學樣貌，詩歌亦可如是觀：

> 元和以後，爲文筆則學奇詭於韓愈、學苦澀於樊宗師；歌行則學流蕩於張籍；詩章則學矯激於孟郊、學淺切於白居易、學淫靡於元稹，俱各爲元和體。大抵天寶之風尚黨，大歷之風尚浮，貞元之風尚蕩，元和之風尚怪也。

指出文人擺脫傳統溫柔敦厚的詩教觀，隨順各自的性情與追求，自由地創造、發掘種種新異的美，使詩壇呈現著爭奇鬥新的局面〔註 60〕。方回《瀛奎律髓》又說：「大歷十才子以前，詩格壯麗悲感，元和以後，漸尙細潤，愈出愈新，而至晚唐。」可見追求新美乃中唐以後的詩歌走向。詩歌講求推陳出新，茶亦以新爲貴：

> 賜臣新茶一斤……臣某中謝伏以方隅入貢，采擷至珍，自遠愛來，以新爲貴。（劉禹錫〈代武中丞謝賜新茶第一表〉《全唐文》卷六○二）

〔註 58〕　由於唐代茶風熾盛，文人也與茶密不可分了：藉茶消憂體味閒適的人生、飲茶醒腦激發文思、以茶會友品茗賦詩……。參見本論文第三章〈唐代詩人與茶之結緣〉。

〔註 59〕　參見本論文第五章之論述。

〔註 60〕　關於中唐趨新尙異的文壇現象，陳貽焮〈從元白和韓孟兩大詩派略論中晚唐詩歌的發展〉一文分析詳盡（收入《論詩雜著》，北京大學出版社，1989 年）、周勛初〈元和文壇的新風貌〉論述精闢（收入在《唐代文學研究》第三輯，桂林：廣西師範大學出版社出版發行，1992 年 8 月一版一刷）可以參閱。

中使竇某至，奉宣旨賜新茶一斤者。天眷忽臨，時珍俯及，捧戴驚扞，以喜以惶。……況茲靈味，成自遐方，照臨而甲坼惟新，煦嫗而芬芳可襲……（柳宗元〈為武中丞謝賜新茶表〉《全唐文》卷五七一）

蜀茶寄到但驚新，渭水煎來始覺珍。（白居易〈蕭員外寄新蜀茶〉《全唐詩》卷四三七）

茶、詩同樣尚新，豈不正對味！

吳喬《圍爐詩話》〔註61〕卷二說：「唐人以詩為詩，宋人以文為詩。唐詩主于達性情……宋詩主于議論……」指出了唐詩主情韻、宋詩尚理氣，各有各的擅場。歷來不斷地有人分析唐詩宋詩之殊異、判別唐詩宋詩之高下〔註62〕。其實，唐詩宋詩的區分乃就總體而言，兩者的界限並非涇渭分明的，唐詩之中有下開宋派者；宋詩之中，亦有酷似唐音者。就「以文為詩」〔註63〕而言，杜甫、韓愈已開啓了宋詩之先河：

文人兼詩，詩不兼文也。杜雖詩翁，散語可見。惟韓、蘇傾竭變化，如雷震河漢，可驚可快，必無復可憾者，蓋以其文人之詩也。（劉辰翁《須溪集》〔註64〕卷六〈趙仲仁詩序〉）

以文為詩，自昌黎始，至東坡益大放厥詞，別開生面，成一代之大觀。（趙翼《甌北詩話》〔註65〕卷五）

韓愈為唐詩之一大變，其力大、其思雄，崛起特為鼻祖。宋之蘇、梅、歐、蘇、王、黃，皆愈為之發其端，可謂極盛。（葉燮

〔註61〕台北：藝文印書館，1967年，適園叢書本。

〔註62〕張高評《宋詩之新變與代雄》壹之第二節「唐宋詩殊異論與宋詩的價值」對此問題有詳細的說明與持平的見解，可以參看，，台北：洪葉事業文化有限公司，1995年9月初版一刷。

〔註63〕「以文為詩」是一種詩歌的表現手法，意指用散文的寫作技巧來創作詩歌，包括以古文中常見之議論入詩、以古文的章法和句法為詩兩方面。程千帆〈韓愈以文為詩說〉一文對這問題有詳細的論述，值得參考，見《古代文學理論研究叢刊》第一輯。

〔註64〕台北：商務印書館，1973年，四庫全書本。

〔註65〕台北廣文書局，1971年5月。

《原詩》〔註66〕內篇）

綜合劉辰翁、趙翼和葉燮的話，可知「以文為詩」濫觴於杜甫、經韓愈之推展而大成於宋代詩人，造就了宋詩的獨特面貌。言歸正傳，「以文為詩」正式開始於中唐，它所涉及的層面之一「以古文中常見之議論入詩」，呈現的是一種理性思辯的精神，就這一層面來講，韓愈固為個中翹楚，稍前之元結，同時代的柳宗元、劉禹錫，乃至白居易、元稹也都表現不弱〔註67〕。此風沿續至晚唐，除皮日休、陸龜蒙、杜荀鶴、聶夷中等人繼續批判社會之亂離外〔註68〕，在杜牧、許渾、李商隱的詠史詩中展示著史家冷靜理性的思維精神〔註69〕。中唐以後詩壇上瀰漫的這股理性思辨的精神為詩歌注入了理性化的因子〔註

〔註66〕收入《清詩話》，丁福保編，台北：木鐸出版社，1988年9月。

〔註67〕如柳宗元〈跂烏詞〉〈籠鷹詞〉、〈詠史〉、〈詠三良〉、〈詠荊軻〉（俱見《全唐詩》卷三五三）；劉禹錫〈調瑟詞〉、〈昏鏡詞〉（《全唐詩》卷三五四）、〈聚蚊謠〉、〈百舌吟〉、〈鳶飛操〉（《全唐詩》卷三五六）等詩作，多理在詩前，而非傳統之即景起興。元結一些社會寫實詩，下籲民瘼、上斥君非，充滿批判精神（參見楊承祖〈論元結詩的直樸現實特色〉，《第二屆國際漢學會議論文集》，台北：中央研究院，1989年6月）。至於白居易和元稹的新樂府運動所寫的一系列反映時事之諷諭詩，更是文學史上為人熟知的 課題，可參閱劉大杰《中國文學發展史》，台北：華正書局，1986年6月、葉慶炳《中國文學史》，台北：學生書局，1997年8月。

〔註68〕參考《中國文學史初稿》頁539，王忠林等合著，台北：福記文化圖書有限公司，1985年5月修訂三版。

〔註69〕參見查屏球《唐學與唐詩——中晚唐詩風的一種文化考察》第五章第三節之四「學力、史識與詩境」，以為晚唐詠史詩是詩人的史學積累在創作中的自然流露，也是詩人的史觀、史識、史料諸方面的綜合，它改變了以往詠史詩「本事＋感歎」的固定格局。由此可見晚唐的詠史詩人再多了史學涵養後，於詩中充分展現著客觀理性的思考精神，北京商務印書館，2000年5月一版一刷。

〔註70〕明人陸時雍《詩鏡總論》：「中唐人反盛之風，攢意而取精，選言而取勝。」（《歷代詩話》第四函，江蘇無錫久保文庫，1916年），許學夷《詩源辨體》：「元和諸公，則以巧飾意，故意切而理愈周，……（晚）唐人……專尚理致。於是意見日深，議論愈切……」（北京人民文學出版社，1987年），今人游國恩〈論山谷詩之淵源〉又說：「顧中唐以前之詩，大抵多偏於情感，其中不謂全無意思，但以意為主

70〕，當然也滲透到了茶詩裏，文人品茗論詩或啜茶清談〔註 71〕，表現的正是一種理性思維的交流，而茶詩中詆譎貢茶、反映茶農之悲苦〔註 72〕，亦是經過反省後的理性批判。至於茶能醒腦清思的特性不僅與尚理之詩風吻合，也讓茶後的詩思更加敏捷有序，茶助詩思，詩賦茶情，眞是相得益彰！

最後來看中晚唐詩歌美學思想與品茶特點、文人茶道思想之連繫。唐詩中本有沖淡一派，盛唐自然詩人儲光羲、劉長卿、王維與孟浩然向以描寫山水景物著稱，詩趣淡遠、詩情閒靜。中唐韋應物和柳宗元祖述其風，不愧爲後勁，蘇軾評曰：「韋應物、柳宗元，發纖穠於簡古，寄至味於澹泊。」中唐皎然和晚唐司空圖非常推崇這一流派。皎然《詩式》卷一「辨體有一十九字」條把詩分爲十九體，各以一字標之，並加以解說〔註 73〕，其中首標高、逸二體，反映出他追求高古、

之詩則鮮見。……中唐以後因文學之自然趨勢及反動，詩之形質漸起變化，而與前此迥異。」（《游國恩學術論文集》，北京：中華書局，1989 年）均指出中唐以後詩學思想乃尚意，所謂「尚意」，誠如蕭華榮所說：「『意』中雖也有『情』，但卻比『情』帶有更多的理性與邏輯的成分……」（《中國詩學思想史》頁 141，上海華東大學出版社，1996 年 4 月一版一刷）可見詩至中唐，理性的成分開始增多了。造成中唐以後詩歌理性成分增多之因很複雜，有認爲是受到佛教的影響（如蕭華榮一書），也有從唐代學術本身與詩歌發展的關係來考察（如查屏球《唐學與唐詩──中晚唐詩風的一種文化考察》，北京商務印書館，2000 年 5 月一版一刷），都值得參考，由於這並非本論文處理的重點，故不擬多作探討，僅說明「中晚唐詩歌理性成分增多」此一現象，以爲本論文之用。

〔註 71〕 見本論文第三章第一節〈以茶會友、增進情誼〉之論述。

〔註 72〕 見本論文第六章第六節「悲天憫人」之論述。

〔註 73〕 其說：「高：風韻切暢曰高。逸：體格閒放曰逸。貞：放詞正直曰貞。忠：臨危不變曰忠。節：持操不改曰節。志：立性不改曰志。氣：風情耿耿曰氣。情：緣景不盡曰情。思：氣多含蓄曰思。德：詞溫而正曰德。誡：檢束防閑曰誡。閒：情性疏野曰閒。達：心跡曠誕曰達。悲：傷甚曰悲。怨：詞調悽切曰怨。意：立言曰意。力：體裁勁健曰力。靜：非如松風不動，林狖未鳴，乃謂意中之靜。遠：非如渺渺望水，杳杳看山，乃謂意中之遠。」（台北：商務印書館，1965 年）

高逸、沖淡的詩歌藝術傾向。司空圖《二十四詩品》重視王維、韋應物一派，偏好沖淡風格，在《二十四詩品》中，除第二品「沖淡」之外，如論「典雅」云：「落花無言，人淡如菊。」論「綺麗」云：「濃盡必枯，淡者屢深。」論「清奇」云：「神出古心，淡不可收。」反覆使用「淡」字以比喻形容，可見對沖淡風格之情有獨鍾。「高逸」、「沖淡」本具有脫俗、冷靜、閒適之意趣，與隱者之情調相似，又大類釋子之氣象。皎然乃一僧人，司空圖是所謂的隱士，相應於兩人的生活和思想，無怪乎他們會特別欣賞沖淡的詩風。而皎然的釋子身份也使他在論詩時不免受到佛學的影響，《詩式》卷一「重意詩例」條又說：「夫詩人造極之旨，必在神詣，得之者妙無二門，失之者邈若千里，豈名言之所知乎？」這種以禪理論詩的思想啓發了司空圖，司空圖論詩特別強調「韻外之致」、「味外之旨」〔註74〕，他以食物做比方，認為味道應在鹹酸之外，所以詩人不宜把他所要告訴讀者的全部表現在作品中，而應留給讀者回味的空間，透過作品中所表現的部分

〔註74〕 司空圖〈與李生論詩書〉：「文之難，而詩之難尤難。古今之喻多矣，而愚以為辨於味，而後可以言詩也。江嶺之南，凡足資於適口者，若醯，非不酸也，止於酸而已；若鹺，非不鹹也，止於鹹而已。華之人以充饑而遽輟者，知其鹹酸之外，醇美者有所乏耳。彼江嶺之人，習之而不辨也，宜哉。詩貫六義，則諷諭‧抑揚、停蓄、溫雅，皆在其間矣。然直致所得，以格自奇。前輩諸集，亦不專工於此，矧其下者耶！王右丞、韋蘇州澄澹精緻，格在其中，豈妨於道舉哉？賈浪仙誠有警句，視其全篇，意思殊餒，大抵附於蹇澀，方可致才，亦為體之不備也，矧其下者哉！噫！近而不浮，遠而不盡，然後可以言韻外之致耳。……今足下之詩，時輩固有難色，倘復以全美為工，即知味外之旨矣。」（《全唐文》卷八〇七）就「以全美為工」、「韻外之致」、「味外之旨」而言，其實也和老莊的美學思想脫離不了關係。老子所提倡的「大音希聲」，即影響後世文學理論對於自然、全美的追求；莊子謂：「言者所以在意，得意而忘言。」以為「言」之目的在「得意」，前者是工具、形，後者是目的、神，不能拘泥於工具和形的「言」而忘卻了目的和神的「得意」，啓發後人不要為了追求文字的美而忽略了詩之內容的美，進一步又被引申為藝術創作時應該意餘言外、言有盡而意無窮。參考敏澤《中國文學理論批評史》第一章第三節之論述，吉林教育出版社，1993年3月一版一刷。

去體悟沒有表現出來的部分，也就是說要求詩歌有「不落言詮」的神悟境界，深具可以意會而不可以言傳的弦外之音〔註75〕。中晚唐詩歌追求沖淡、韻外之致、味外之旨的美學思想，和品茗的特點－「妙悟」絕相似，蓋品茶一事，本是透過微不足道、細碎繁瑣的煮飲過程以培養從容悠然的心境，去體悟宇宙的奧妙和人生的哲理。而文人品茶不愛奢華，表現隨遇而安、崇尚自然的茶道思想也與中晚唐此種美學思想同趣〔註76〕。

茶風與詩風，都是在特定的時代背景下形成的產物，茶和詩之結合，兩者間必然存在著一定的內在關連性。通過本節之分析，可知茶詩主要是在中唐以後的詩歌創作取向上發展起來的，隨著茶、詩發生關係，兩者在多方面相融相合：茶輕細小巧的體性與中晚唐詩材日趨瑣碎的現象相符；茶講求以新為貴和中晚唐趨新尚異的詩學思潮相合；茶能醒腦清思的特性吻合中晚唐尚意崇理的詩風；品茶要求妙悟、文人茶道思想崇尚自然，這和中晚唐追求沖淡、韻外之致、味外之旨的詩歌美學同趣。可以說是「茶詩同味」了〔註77〕。

綜合以上各節之論述，可以歸納唐代茶詩形成的主因如下：

一、唐代以前漫長的飲茶歷史為唐代茶風的興盛奠定了深厚的基礎，其間所產生的一些零星茶詩，多少對唐代的茶詩起了一定的影響。

二、由於各項利於茶業發展的因素相互刺激鼓盪，使得唐代茶風

〔註75〕有關皎然和司空圖詳細的詩論，可以參考以下書籍之論述：成復旺、黃保真、蔡鍾翔著《中國文學理論史》，北京出版社出版，1991 年 9 月一版一刷；王運熙、顧易生《中國文學批評史》，台北：五南圖書出版有限公司，1993 年 3 月二版一刷；敏澤《中國文學理論批評史》，吉林教育出版社，1993 年 3 月一版一刷。

〔註76〕參見本論文第五章及第六章第五節「崇尚自然」之論述。

〔註77〕劉學君《文人與茶》中說：「茶詩一味」以為茶與詩在多方面發生關係、相互滲透，論點很值得參考，本節受到劉氏之啟發處頗多，北京：東方出版社，1997 年 6 月一版一刷。

大興。詩人既是社會的一份子，其作品無可避免地要反映社會生活的面貌，故詩人自然會援茶以入詩了。

三、茶具有醒腦清思的特性，故可幫助文人「陶鈞文思」。另一方面，飲茶又可滌煩消憂，撫平文人受創的心靈，讓他們在理想破滅退入「壺中天地」後，能夠品味從容悠閒、清醒平靜的人生。茶既符合中唐以後文人特殊的心理需求、飲茶也成為文人生活的一部分，那麼詩人拿它作為詩材是極為自然之事。

四、文學本身自有其發展的規律，探討一種詩類的成因是不能忽略於此的。唐代茶詩正是在中唐以後的詩歌創作趨勢上應運而生的，且並隨著茶、詩發生關係，兩者在多方面相融相合，茶風詩風兩相印證，可說是「茶詩同味」了。

第三章　唐代詩人與茶之結緣

　　由於唐代茶詩作家與茶之關係不僅止於但知有茶、或徒飲之的一般接觸層面，還有種種深入結識之因緣，故唐代茶詩之內涵才得以豐富、其反映之層面才得以廣泛〔註1〕。根據筆者的分析，唐代茶詩作家與茶之結緣，大抵可從「結交僧道，訪遊寺觀」、「深知茶效，選擇茗飲」、「以茶會友，增進情誼」、「愛茶種茶，嗜茶成癖」、「督造貢茶，親觸茶事」等五方面來探討之。

第一節　結交僧道　訪遊寺觀

　　唐代佛、道二教之發展極為興盛，而其內容和形式也更加世俗化、更加貼近人生，與文人的生活也就更接近了，特別是中唐以後儒、釋、道三教調和之思想大盛，文人們更能平等地結交僧、道，出入寺、觀〔註2〕。在這種時代背景之下，唐代文人分別於不同程度接近佛、道，如王維、柳宗元、韋應物、劉禹錫、白居易等之自覺奉佛信禪，李翱之

〔註1〕　參見本論文第五章〈唐代茶詩之文化內涵〉。
〔註2〕　參見孫昌武《道教與唐代文學》〈「三教調和」思潮與唐代文學〉，孫氏詳析三教調和的社會和思想基礎，並說明佛道二教對唐代文人之深入影響，分析詳細精闢，可作為參考，北京人民文學出版社，2001年3月。

由辟佛而轉為奉禪，韓愈之外儒而內佛〔註3〕；李白、顧況、施肩吾、賀知章、戴叔倫等之入道學仙，盧照鄰、陳子昂、王維、李頎、韋應物、劉禹錫、白居易、李賀、李德裕、皮日休、陸龜蒙、杜荀鶴、羅隱等之慕道學道〔註4〕。吾人試由《全唐詩》以觀唐代文人之交遊，便能發現唐代文人往往同時與僧侶羽人都有交誼，就舉茶詩作家來說，如錢起之與憲上人、玄上人、朗上人、懷素上人、劉道士、柳道士、焦道士、等交遊〔註5〕；戴叔倫之與慧上人、奉上人、原上人、少微上人、藏真上人、無可上人、月溪羽士等交遊〔註6〕；李端之與深上人、隱禪師、準上人、皎然、真上人、荀道士、馬尊師、太白道士等交遊〔註7〕；王建之與洪誓師、詵法師、王屋道士、盧道士等交遊〔註8〕；劉禹錫之與僧仲剬、靈澈上人、誠禪師、元上人、宗密上人、慧則法師、

〔註3〕 關於唐代文人之學佛或與佛教之因緣，詳情可參考姚南強《禪與唐宋作家》，江西人民出版社，1998 年 1 月；李乃龍《雅人深致與宗教情緣——唐代文人的生活樣態》第五章第一節〈文人與佛教〉，台北：文津出版社，2000 年 5 月。

〔註4〕 關於唐代文人之入道或與道教之因緣，詳情可參考孫昌武《道教與唐代文學》〈神仙術與唐代文學〉六、「唐代入道、學仙的文人」和七、「唐代文人的羨仙意識」；李乃龍《雅人深致與宗教情緣——唐代文人的生活樣態》第四章第二節〈文人與道教〉。

〔註5〕 錢起有〈同李五夕次香山精舍訪憲上人〉(《全唐詩》卷二三六)、〈山齋獨坐喜玄上人夕至〉、〈過長孫宅與朗上人茶會〉(《全唐詩》卷二三七)、〈送外甥懷素上人歸鄉侍奉〉(《全唐詩》卷二三八)、〈臥疾答劉道士〉(《全唐詩》卷二三六)、〈送柳道士〉、〈省中春暮酬嵩陽焦道士見招〉(《全唐詩》卷二三七) 等交遊詩。

〔註6〕 戴叔倫有〈贈慧上人〉、〈寄贈翠巖奉上人〉、〈送少微上人入蜀〉(《全唐詩》卷二七三)、〈憶原上人〉、〈與虞沔州謁藏真上人〉、〈宿無可上人房〉(《全唐詩》卷二七四)、〈贈月溪羽士〉(《全唐詩》卷二七三) 等交遊詩。

〔註7〕 李端有〈宿雲際寺贈深上人〉、〈贈衡岳隱禪師〉(《全唐詩》卷二八五)、〈題雲際寺準上人房〉、〈送皎然上人歸山〉、〈寄盧山真上人〉(《全唐詩》卷二八六)、〈送荀道士歸盧山〉(《全唐詩》卷二八五)、〈送馬尊師〉、〈雪夜尋太白道士〉(《全唐詩》卷二八六) 等交遊詩。

〔註8〕 王建有〈贈洪誓師〉(《全唐詩》卷二九九)、〈題詵法師院〉、〈贈王屋道士赴詔〉、〈贈太清盧道士〉(《全唐詩》卷三〇〇) 等交遊詩。

讚頭陀、汪道士、張鍊師等交遊〔註9〕；張籍之與閒師、安法師、旺師、
吳鍊師、徐道士、時道士等交遊〔註10〕；白居易之與朗上人、二林僧
社道侶、曇禪師、清禪師、白頭陀、清閒上人、神照上人、郭道士、
王鍊師、韓道士等交遊〔註11〕；李德裕之與奉律上人、圓明上人、道
安、孫鍊師等交遊〔註12〕；姚合之與無可上人、默然、澄江上人、靈
一律師、郁上人、紹明、法通、韜光上人、雲端、任尊師、崔道士、
王尊師、孫道士等交遊〔註13〕；張祐之與契衡上人、貞固上人、靈澈
上人、雲棲、大覺禪師、高閒上人、王尊師等交遊〔註14〕；劉得仁之

〔註9〕　劉禹錫有〈送僧仲剬東遊兼寄呈靈澈上人〉（《全唐詩》卷三五六）、
　　　　〈宿誠禪師山房題贈二首〉（《全唐詩》卷三五七）、〈送元上人歸稽
　　　　亭〉（《全唐詩》卷三五七）、〈送宗密上人歸南山草堂寺因謁河南尹
　　　　白侍郎〉、〈送慧則法師歸上都因呈廣宣上人〉（《全唐詩》卷三五九），
　　　　〈贈長沙讚頭陀〉（《全唐詩》卷三六五）、〈尋汪道士不遇〉（《全唐
　　　　詩》卷三五八）、〈贈東嶽張鍊師〉（《全唐詩》卷三五九）等交遊詩。
〔註10〕　張籍有〈送閒師歸江南〉、〈送安法師〉（《全唐詩》卷三八四），〈送
　　　　旺師〉（《全唐詩》卷三八六）、〈送吳鍊師歸王屋〉（《全唐詩》卷三
　　　　八五），〈尋徐道士〉、〈同韋員外開元觀尋時道士〉（《全唐詩》卷三
　　　　八六）等交遊詩。
〔註11〕　白居易有〈因沐感髮寄朗上人〉（《全唐詩》卷四三六）、〈與果上人
　　　　歿時題此訣別兼簡二林僧社〉、〈贈曇禪師〉（《全唐詩》卷四四○），
　　　　〈戲贈蕭處士清禪師〉（《全唐詩》卷四四一）、〈寄白頭陀〉（《全唐
　　　　詩》卷四四二）、〈贈僧五首‧清閒上人〉、〈贈僧五首‧神照上人〉
　　　　（《全唐詩》卷四五○）、〈尋郭道士不遇〉（《全唐詩》卷四四○）、〈和
　　　　朝回與王鍊師遊南山下〉（《全唐詩》卷四四五）、〈清明日登老君閣
　　　　望洛城贈韓道士〉（《全唐詩》卷四五六）等交遊詩。
〔註12〕　李德裕有〈贈奉律上人〉、〈贈圓明上人〉、〈戲贈慎微寺主道安上座
　　　　三僧正〉、〈寄茅山孫鍊師〉（《全唐詩》卷四七五）等交遊詩。
〔註13〕　姚合有〈送無可上人遊越〉、〈送僧默然〉、〈送澄江上人赴興元鄭尚
　　　　書招〉（《全唐詩》卷四九六），〈寄靈一律師〉、〈寄郁上人〉、〈贈僧
　　　　紹明〉（《全唐詩》卷四六七）、〈訪僧法通不遇〉（《全唐詩》卷五○
　　　　一）、〈謝韜光上人贈百齡藤杖〉、〈聽僧雲端講經〉（《全唐詩》卷五
　　　　○二），〈送任尊師歸蜀覲親〉（《全唐詩》卷四九六）、〈秋中寄崔道
　　　　士〉、〈贈王尊師〉（《全唐詩》卷四九七）、〈哭硯山孫道士〉（《全唐
　　　　詩》卷五○二）等交遊詩。
〔註14〕　張祐有〈贈契衡上人〉、〈贈貞固上人〉、〈寄靈澈上人〉、〈贈僧雲棲〉、
　　　　〈題徑山大覺禪師影堂〉（《全唐詩》卷五一○），〈高閒上人〉、〈寄

與雲棲上人、草堂禪師、無可上人、王尊師等交遊〔註15〕；薛能之與源寂禪師、無可上人、海岸上人、趙道士等交遊〔註16〕；李郢之與憐上人、澈上人、圓鑒上人、羅道士等交遊〔註17〕；皮日休之與章上人、來上人、寂上人、顧道士等交遊〔註18〕；陸龜蒙之與寂上人、章上人、清遠道士、何道士、高道士等交遊〔註19〕；李咸用之與修睦上人、玄泰上人、玄昶上人、李尊師等交遊〔註20〕；杜荀鶴之與臨上人、祖肩和尚、元上人、質上人、項山人、崔道士等交遊〔註21〕；李中之與謙明上人、先業大師、鑒上人、智謙上人、白大師、依上人、澄上人、章禪老、圓上人、惟眞大師、鄭羽人、鍾尊師、虞道士、王尊師、王道士等交遊〔註22〕。此外，觀《全唐詩》還可以發現詩僧們也喜愛與

王尊師〉（《全唐詩》卷五一一）等交遊詩。

〔註15〕 劉得仁有〈寄樓子山雲棲上人〉、〈弔草堂禪師〉、〈寄無可上人〉、〈贈王尊師〉（《全唐詩》五四四）等交遊詩。

〔註16〕 薛能有〈贈源寂禪師〉、〈秋晚送無可上人〉（《全唐詩》卷五六〇），〈雲花寺寓居贈海岸上人〉（《全唐詩》卷五六一）、〈送趙道士歸天目舊山〉（《全唐詩》卷五五八）等交遊詩。

〔註17〕 李郢有〈宿憐上人房〉、〈長安夜訪澈上人〉、〈送圓鑒上人遊天台〉（《全唐詩》卷五九〇），〈贈羅道士〉（《全唐詩續補遺》卷八）等交遊詩。

〔註18〕 皮日休有〈閒開元寺開筍園寄章上人〉（《全唐詩》卷六一三）、〈夏景無事因懷章來二上人二首〉、〈訪寂上人不遇〉、〈傷開元顧道士〉（《全唐詩》卷六一四）等交遊詩。

〔註19〕 陸龜蒙有〈寒夜同襲美訪北禪院寂上人〉（《全唐詩》卷六二四）、〈和襲美冬曉章上人院〉（《全唐詩》卷六二六）、〈次追和清遠道士詩韻〉（《全唐詩》卷六一七）、〈寄茅山何道士〉（《全唐詩》卷六二三）、〈高道士〉（《全唐詩》卷六二九）等交遊詩。

〔註20〕 李咸用有〈寄修睦上人〉（《全唐詩》卷六四四）、〈望仰山憶玄泰上人〉（《全唐詩》卷六四五）、〈同玄昶上人觀山榴〉、〈送李尊師歸臨川〉（《全唐詩》卷六四六）等交遊詩。

〔註21〕 杜荀鶴有〈贈臨上人〉（《全唐詩》卷六九一）、〈贈祖肩和尚〉（《全唐詩》卷六九二）、〈贈元上人〉（《全唐詩》卷六九二）、〈贈質上人〉（《全唐詩》卷六九三）、〈送項山人歸天台〉（《全唐詩》卷六九二）、〈贈崔道士〉（《全唐詩》卷六九三）等交遊詩。

〔註22〕 李中有〈贈謙明上人〉、〈贈上都先業大師〉、〈寄廬岳鑒上人〉、〈訪龍光智謙上人〉、〈寄廬山白大師〉（《全唐詩》卷七四七），〈夏書依上

文人交遊，如嗜茶詩僧皎然之與皇甫曾、韋應物、李嘉祐、袁高、陸羽、顏眞卿、孟郊、李端、周賀等交遊〔註23〕；齊己之與方干、司空圖、李洞、陸龜蒙、鄭谷等交遊〔註24〕；貫休之與吳融、韓偓、李頻、方干、曹松、黃滔等交遊〔註25〕。總之，與僧道交遊乃有唐一代士林不衰之風氣。

　　隨著佛道的興盛，唐代佛寺道觀的社會文化功能也增強，對文人而言，他們在寺觀論禪談玄、尋幽訪勝、進行社交活動，常有被僧人道侶留宿的經驗，有些文人諸如顧況、李端、白居易、元稹等人，還曾長期借住在寺觀讀書習業〔註26〕。唐代文人結交僧道、訪遊寺觀，

人壁〉（《全唐詩》卷七四八）、〈訪澄上人〉（《全唐詩》卷七四九），〈訪章禪老〉、〈送圓上人歸廬山〉、〈冬日書懷寄惟眞大師〉（《全唐詩》卷七五○），〈聽鄭羽人彈琴〉、〈贈鍾尊師遊茅山〉（《全唐詩》卷七四七），〈送虞道士〉、〈貽廬山清溪觀王尊師〉、〈送王道士遊東海〉（《全唐詩》卷七四九）等交遊詩。

〔註23〕皎然有〈建安寺夜會對雨懷皇甫侍御曾聯句〉（《全唐詩》卷七九四）、〈答蘇州韋應物郎中〉（《全唐詩》卷八一五）、〈奉酬李員外使君嘉祐蘇臺屛營居春首有懷〉（《全唐詩》卷八一六）、〈奉送袁高使君詔徵赴行〉（《全唐詩》卷八一八）、〈奉和顏使君眞卿與陸處士羽登妙喜寺三癸亭〉等交遊詩；孟郊有〈送陸暢歸湖州，因憑題故人皎然塔陸羽墳〉（《全唐詩》卷三七九），李端有〈送皎然上人歸山〉（《全唐詩》卷二八六），周賀有〈贈皎然上人〉（《全唐詩》卷五○三）。

〔註24〕齊己有〈寄鏡湖方干處士〉（《全唐詩》卷八三八）、〈寄華山司空圖〉、〈寄李洞秀才〉（《全唐詩》卷八四○），〈寄松江陸龜蒙處士〉（《全唐詩》卷八四三）、〈戊辰歲湘中寄鄭谷郎中〉、〈永夜感懷寄鄭谷郎中〉（《全唐詩》卷八三八）、〈哭鄭谷郎中〉（《全唐詩》卷八四三）等交遊詩。

〔註25〕貫休有〈送吳融員外赴闕〉、〈江陵寄翰林韓偓學士〉（《全唐詩》卷八三一），〈秋寄李頻使君二首〉（《全唐詩》卷八三二）、〈春晚訪鏡湖方干〉（《全唐詩》卷八三四）等交遊詩；黃滔有〈東林寺貫休上人篆隸題詩〉（《全唐詩》卷七○六），曹松有〈與胡汾坐月期貫休上人不至〉（《全唐詩》卷七一六）。

〔註26〕顧況〈題元陽觀舊讀書房贈李範〉：「此觀十年遊，此房千里宿。還來舊窗下，更取君詩讀。」（《全唐詩》卷二六七），《唐才子傳》卷四說李端「少時居廬山，依皎然讀書，意況清虛，酷慕禪侶。」，白居易曾與元稹一同住在華陽觀準備制舉考試，詳見其〈策林序〉。關於

與佛道二教之關係如此密切，則佛道二教必然會對唐代文人造成全面性且極深入的影響，不僅在觀念、信仰上，更轉化爲情感、倫理、人生態度等方面，可說是已融入到他們的人生觀裏，成爲現實人生的一部分〔註27〕，如唐代文人之所以普遍嗜茶、創作茶詩，正和結交佛道、訪遊寺觀有著密不可分的關係。蓋僧人道士藉飲茶以幫助坐禪修行，他們在寺觀裏種茶製茶，並用茶招待來客或贈茶結緣〔註28〕，故文人結交僧道、訪遊寺觀時便有了很多深入接觸茗茶、認識茗茶、和茶結緣的機會，也因而留下不少與僧道之交往詩〔註29〕、遊賞寺觀或見宿

唐代文人之寄讀寺觀，可以參見嚴耕望〈唐人習業山林寺院之風尚〉，收入《唐史研究叢稿》，新亞研究所，1969年；孫昌武《道教與唐代文學》〈唐代長安道觀及其社會文化活動〉之六、「道觀的文化性質和文化活動」，北京人民文學出版社，2001年3月。

〔註27〕同註2。

〔註28〕參見本論文第五章第四節之二、「佛道茶文化」之論述。

〔註29〕如李白有〈答族姪僧中孚贈玉泉仙人掌茶並序〉（《全唐詩》卷一七八），杜甫有〈寄贊上人〉（《全唐詩》卷二一八），錢起有〈過長孫宅與朗上人茶會〉（《全唐詩》卷二三七），盧綸有〈送惟良上人歸江南〉（《全唐詩》卷二七八），王建有〈飯僧〉（《全唐詩》卷二九九），劉禹錫有〈秋日過鴻舉法師寺院便送歸江陵〉（《全唐詩》卷三五七），孟郊有〈送玄亮師〉（《全唐詩》卷三七九），張籍有〈送旺師〉（《全唐詩》卷三八六），盧仝有〈憶金鵝山沈山人二首〉其一（《全唐詩》卷三八八），白居易有〈送張山人歸嵩陽〉（《全唐詩》卷四三五）、〈招韜光禪師〉（《全唐詩》卷四六二），姚合有〈寄元緒上人〉（《全唐詩》卷四九七），周賀有〈玉芝觀王道士〉（《全唐詩》卷五○三），鄭巢有〈送象上人還山中〉、〈送琇上人〉（《全唐詩》卷五○四），許渾有〈送張尊師歸洞庭〉（《全唐詩》卷五三三），喻鳧有〈蔣處士宅喜閒公至〉（《全唐詩》卷五四三），馬戴有〈送宗密上人〉（《全唐詩》卷五五六），薛能有〈夏日青龍寺尋僧二首〉其二、〈寄題巨源禪師〉（《全唐詩》卷五六○），李群玉有〈飯僧〉、〈與三山人夜話〉（《全唐詩》卷五六八），皮日休有〈過雲居院玄福上人舊居〉（《全唐詩》卷六一三），陸龜蒙有〈江南秋懷寄懷華陽山人〉（《全唐詩》卷六二三），司空圖有〈重陽日訪元秀上人〉（《全唐詩》卷六三二），李咸用有〈謝僧寄茶〉、〈冬夜與修睦上人宿遠公寺，寄南岳玄泰禪師〉（《全唐詩》卷六四五），唐彥謙有〈拜越公墓因遊定水寺有懷源老〉（《全唐詩》卷六七一），杜荀鶴有〈贈元上人〉（《全唐詩》卷六九二），張蠙有〈贈棲白大師〉（《全唐詩》卷七○二），黃滔有〈冬暮

寺觀之詩作〔註30〕，於抒發情誼之際兼及茶事的描寫，在勾勒寺觀景

山舍喜標上人見訪〉（《全唐詩》卷七○四），李洞有〈寄淮海惠澤上人〉（《全唐詩》卷七二三），鄭良士有〈寄富洋院禪者〉（《全唐詩》卷七二六），李中有〈寄廬岳鑒上人〉、〈寄廬山白大師〉、〈訪龍光智謙上人〉、〈贈上都先業大師〉、〈贈謙明上人〉（《全唐詩》卷七四七）、〈冬日書懷寄惟真大師〉（《全唐詩》卷七五○），周庠有〈寄禪月大師〉（《全唐詩》卷七六○），李商隱有〈訪白雲山人〉（《全唐詩補逸》卷十二）等詩。

〔註30〕如蔡希寂有〈登福先寺上方然公禪堂〉（《全唐詩》卷一一四），李白有〈陪族叔當塗宰遊化城寺升公清風亭〉（《全唐詩》卷一七九），李嘉祐有〈同皇甫侍御題薦福寺一公房〉（《全唐詩》卷二○六）、〈七言登北山寺西閣樓馮禪師茶酌贈崔少府一首〉（《全唐詩續拾》卷十六），高適有〈同群公宿開善寺贈陳十六所居〉（《全唐詩》卷二一二），韓翃有〈同中書舍人題青龍上房〉（《全唐詩》卷二四四），戴叔倫有〈與友人過山寺〉、〈題橫山寺〉（《全唐詩》卷二七三），武元衡有〈津梁寺採新茶與幕中諸公遍賞，芳香尤異，因題四韻兼呈陸郎中〉、〈資聖寺賁法師晚春茶會〉（《全唐詩》卷三一六），蕭祐有〈遊石堂觀〉（《全唐詩》卷三一八），權德輿有〈奉和許閣老霽後慈恩寺杏園看花，同用花字口號〉（《全唐詩》卷三二六），孟郊有〈與王二十一員外涯遊昭成寺〉（《全唐詩》卷三七六），元稹有〈早春登龍山靜勝寺，時非休浣，司空特許是行，因贈幕中諸公〉（《全唐詩》卷四一三），白居易有〈春遊二林寺〉（《全唐詩》卷四三○）、〈遊寶稱寺〉（《全唐詩》卷四三九），牟融有〈遊報本寺〉（《全唐詩》卷四六七），周賀有〈同朱慶餘宿翊西上人房〉、〈題畫公院〉（《全唐詩》卷五○三），張祐有〈題普賢寺〉（《全唐詩》卷五一○），朱慶餘有〈與石晝秀才過普照寺〉（《全唐詩》卷五一四），杜牧有〈遊池州林泉寺金碧洞〉、〈題禪院〉（《全唐詩》卷五二二），喻鳧有〈夏日龍翔寺居即事寄崔侍御〉（《全唐詩》卷五四三），劉得仁有〈慈恩寺塔下避暑〉（《全唐詩》卷五四四）、〈宿普濟寺〉（《全唐詩》卷五四五），馬戴有〈盧題山寺〉（《全唐詩》卷五五六），溫庭筠有〈宿一公精舍〉（《全唐詩》卷五八三），皮日休有〈孤園寺〉（《全唐詩》卷六一○）、〈冬曉章上人院〉（《全唐詩》六一四），方干有〈寒食宿先天寺無可上人房〉（《全唐詩》卷六四九），羅鄴有〈夏日題遠公北閣〉（《全唐詩》卷六五四），鄭谷有〈西蜀淨眾寺松溪八韻兼寄小筆崔處士〉（《全唐詩》卷六七五）、〈題興善寺〉（《全唐詩》卷六七六），杜荀鶴有〈題玄德上人院〉、〈宿東林寺題願公院〉（《全唐詩》卷六九二），黃滔有〈題東林寺元祐上人院〉（《全唐詩》卷）、〈題道成上人院〉（《全唐詩》卷七○四）、〈題靈峰僧院〉（《全唐詩》卷七○六），盧延讓有〈松寺〉（《全唐詩》卷七一五），曹松有〈宿溪僧院〉（《全唐詩》卷七一七），李洞有〈宿

致的同時，也記述其間的飲茶活動或佛道茶文化。可見唐代之所以有不少反映佛道茶文化的茶詩，實與文人結交僧道、訪遊寺觀有著密不可分的關係。

第二節　深知茶效　選擇茗飲

唐代文人飲茶成癖，如大詩人白居易「盡日一餐茶兩椀」（〈閒眠〉《全唐詩》卷四六○），兵部員外郎李約「竟日持茶器不倦」〔註31〕，文人吟詠茶事、聯句唱和，便是茶風熾盛的具體表現。大體說來，唐代文人喜愛飲茶，也對茶之功效有正確的認識，觀《全唐詩》可以發現唐代文人對於茶的認知有以下幾方面：

一、滌慮破煩

悠揚噴鼻宿醒散，清峭徹骨煩襟開。（劉禹錫〈西山蘭若試茶歌〉《全唐詩》卷三五六）

四椀發輕汗，平生不平事，盡向毛孔散。（盧仝〈走筆謝孟諫議寄新茶〉《全唐詩》卷三八八）

流華淨肌骨，疏淪滌心原。（顏真卿〈五言月夜啜茶聯句〉《全唐詩》卷七八八）

滌慮破煩，靈芝之侶。（李甲〈茗侶偈〉《全唐詩續拾》卷十七）

基本上，因茗茶之煮飲過程緩慢又繁瑣，故茶須靜品細嘗，則緊繃疲憊的心弦可以因而鬆弛歇息，有益於血氣通暢、使心靈獲得寧靜與平

鳳翔天柱寺窮易玄上人房〉（《全唐詩》卷七二一），胡宿有〈沖虛觀〉（《全唐詩》卷七三一），李中有〈夏日書依上人壁〉（《全唐詩》卷七四八），孟貫有〈夏日登瀑頂寺因寄諸知己〉（《全唐詩》卷七五八），章孝標有〈題碧山寺塔〉（《全唐詩逸》卷上），呂從慶有〈遊多寶寺〉（《全唐詩補逸》卷十五），陸善經有〈寓泊羅芭蕉寺〉（《全唐詩續拾》卷十二），錢昱有〈昇山靈巖寺〉（《全唐詩續拾》卷四十六）等詩。

〔註31〕見趙璘《因話錄》卷二：「李約天性嗜茶，能自煎，謂人曰：『茶須緩火炙，活火煎之。』活火者，謂炭之焰者也。客至不限甌數，竟日持茶器不倦。」

和，唐代文人說茗茶可以「滌慮破煩」殆著眼於此。

二、清神解睡

驅愁知酒力，破睡見茶功。(白居易〈贈東鄰王十三〉《全唐詩》卷
四四八)

午茶能散睡，卯酒善銷愁。(白居易〈府西池北新葺水齋，即事招賓，
偶題十六韻〉《全唐詩》卷四五一)

湘瓷泛輕花，滌盡昏渴神。(劉言史〈與孟郊洛北野泉煎茶〉《全唐
詩》卷四六八)

罷定磬敲松罅月，解眠茶煮石根泉。(杜荀鶴〈題德玄上人院〉《全
唐詩》卷六九二)

茶美睡心爽，琴清塵慮醒。(李中〈訪山叟留題〉《全唐詩》卷七四
七)

茶香解睡磨鐺煮，山色牽懷著屐登。(卞震〈即事〉《全唐詩》卷七
九五)

最是堪珍重，能令睡思清。(鄭邀〈茶詩〉《全唐詩》卷八五五)

氣清寧怕睡，骨健欲成仙。(張又新〈謝廬山僧寄谷簾水〉《全唐詩
續補遺》卷五)

沾牙舊姓餘甘氏，破睡當封不夜侯。(胡嶠〈飛龍磵飲茶〉《全唐詩
續補遺》卷十)

汗浹衣巾詩癖減，茶盈杯椀睡魔降。(高駢〈夏日〉《全唐詩續拾》
卷三十三)

陸羽《茶經》「七之事」引《神農食經》云：「茶茗久服，令人有
力，悅志。」，又引《本草·木部》：「茗……令人少睡。」可見中國
人很早就知道茶具有清神解睡的功效。唐代文人對茶此方面功效之認
識，除得自於傳統典籍的記載外，也緣於結交僧人出入佛寺，深知僧
人均藉飲茶提神以幫助修行。而現代科學分析茶葉的成分，發現茶葉
中含有咖啡鹼，它可以興奮人體的中樞神經、刺激神經和增進筋肉之
收縮力，使新陳代謝加速，故飲茶能提振精神、消除疲勞，乃因咖啡

醶之作用也〔註32〕，這證明了古人說法的正確性。

三、增益詩思

詩情茶助爽，藥力酒能宣。（劉禹錫〈酬樂天閒臥見寄〉《全唐詩》
卷三五八）

三椀搜枯腸，唯有文字五千卷。（盧仝〈走筆謝孟諫議寄新茶〉《全
唐詩》卷三八八）

六腑睡神去，數朝詩思清。（李德裕〈故人寄茶〉《全唐詩》卷四七
五）

茶爽添詩句，天清瑩道心。（司空圖〈即事二首〉其一《全唐詩》卷
六三三）

松醪臘醞安神酒，布水宵煎覓句茶。（杜荀鶴〈題衡陽隱士山居〉
《全唐詩》卷六九二）

洗我胸中幽思清，鬼神應愁歌欲成。（秦韜玉〈採茶歌〉《全唐詩》
卷六七〇）

靜慮同搜句，清神旋煮茶。（李中〈宿青溪米處士幽居〉《全唐詩》
卷七四九）

吏役尋無暇，詩情得有緣。（張又新〈謝廬山僧寄谷簾水〉《全唐詩
續補遺》卷五）

陸羽《茶經》「七之事」引《華陀食論》：「苦茶久食，益意思。」是
說長期飲茶對思考有益也。蓋思考之運作有賴於清醒的頭腦，飲茶既
能清神解睡、消除疲勞，當然就有助益於腦力的激盪，提高思考能力，
況且茶香令人精神愉悅，而置身在幽雅寧靜的茶境裏，亦有利於文學
想像之運作，故唐代文人喜愛飲茶以增益詩思。

四、消渴醒酲

悠揚噴鼻宿酲散，清峭徹骨煩襟開。（劉禹錫〈西山蘭若試茶歌〉

〔註32〕 參考王宏樹、汪前〈飲茶對人體的保健作用與生理功能〉，收入《農
業考古・中國茶文化專號7》，1994年第二期；胡建程、浩耕編著《紀
茗》〈茶葉中的藥用成分〉，浙江：攝影出版社，2000年2月第四次
印刷。

《全唐詩》卷三五六）

滿甌似乳堪持玩，況是春深酒渴人。（白居易〈蕭員外寄新蜀茶〉

《全　唐詩》卷四三七）

藥銷日晏三匙飯，酒渴春深一碗茶。（白居易〈早服雲母散〉《全唐

詩》卷四五四）

夜飲歸常晚，朝眠起更遲。舉頭中酒後，引手索茶時。（白居易

〈和楊同州寒食乾坑會後，聞楊工部欲到，知予與工部有宿醒〉《全唐詩》

卷四五五）

欲及清明火，能銷醉客醒。（李德裕〈憶茗芽〉《全唐詩》卷四七五）

醒來山月高，孤枕群書裏。酒渴漫思茶，山童呼不起。（皮日休

〈閒夜酒醒〉《全唐詩》卷六一五）

春醒酒病兼消渴，惜取新芽旋摘煎。（陸希聲〈陽羨雜詠十九首一

茗坡〉《全唐詩》卷六八九）

一甌解卻山中醉，便覺身輕欲上天。（崔道融〈謝朱常侍寄貺蜀茶

剗紙二首〉其一《全唐詩》卷七一四）

解渴消殘酒，清神感夜眠。（徐鉉〈和門下殷侍郎新茶二十韻〉《全

唐詩》卷七五五）

昨日東風吹柷花，酒醒春晚一甌茶。（李郢〈酬友人春暮寄柷花茶〉

《全唐詩補遺》卷三）

陸羽《茶經》「七之事」引《廣雅》云：「（茗）其飲醒酒」，又引《本草·木部》：「（茗）去痰渴熱」，乃謂茗茶具有消渴醒酲的效用。這種說法也經由現代科學獲得了驗證，因為人在飲酒之後，主要靠肝臟把酒精分解成水和二氧化碳，這水解過程需有維生素 C 作為催化劑，而茶葉中含有很多豐富的維生素，特別是綠茶的維生素 C 含量很高〔註33〕，所以飲茶一方面可補充維生素 C，一方面茶中的咖啡鹼也能加速肝臟對酒精的分解，對於輕度酒醉，茶能減緩人體酒精中毒的現象，故有醒酒的作用。不過，若是嚴重的酒醉則不可用濃茶解酒，因

〔註33〕 參考《製茶技術》〈茶葉的保健功效〉「貳、茶葉特有成分及其生理作用」，中華民國行政院農業委員會茶業改良場，2001 年 12 月第二版。

為茶中的咖啡鹼會使神經興奮、心跳加速，更加重酒醉的程度〔註34〕。可見唐代文人以為茶可消渴醒酲，是對茶有正確的認識。

五、具有藥效

老去齒衰嫌橘醋，病來肺渴覺茶香。（白居易〈東院〉《全唐詩》卷四四三）

誰知病太守，猶得作茶仙。（杜牧〈春日茶山病不飲酒因呈賓客〉《全唐詩》卷五二二）

香浮茗雪滋肺腑，響入松濤震崖谷。（陸善經〈寓汨羅芭蕉寺〉《全唐詩續拾》卷十二）

白居易、杜牧、陸善經認為茶具有滋補的藥效，即使生病亦不妨礙飲茶，不似飲酒容易傷肝。再如孟郊意識到茶的藥效，就曾托人向任職於朝廷而有人送茶的大臣們求茶：「曾向貴人得，最將詩叟同。幸為乞寄來，救此病劣躬。」（〈憑周況先輩于朝賢乞茶〉《全唐詩》卷三八○）唐人對茶葉的這點認識，以現代醫學的角度來看，也是十分正確的，因為茶葉中還含有多種人體必需的礦物質及維生素，故茶葉有滋補的功效。再者，茶葉中含有兒茶素類佔乾重的 10～30%，為可溶分的 40～50%，是茶湯中的主要成分，經由研究人員實驗已證實兒茶素及其氧化縮合物（製茶發酵過程中的生成物）有抗氧化、抗突變、抗癌、降低血液中膽固醇及低密度脂蛋白含量、抑制血壓上升、抑制血小板凝集、抗菌、抗食物過敏等功效。所以長期飲茶還可以降低血脂、預防心血管疾病、預防高血壓、降血糖、預防糖尿病、殺菌、抗病毒，並且減緩衰老、養顏美容呢〔註35〕！

由於茶具滌慮破煩之功效，首先便滿足了中唐以後文人想要過和諧平靜之閒適生活的心願〔註36〕。其次，詩歌為唐代文學之冠冕，文

〔註34〕 參考林治《中國茶道》第六章第二節〈茶的養生功效〉，北京：中華工商聯合出版社，2001 年 6 月三刷。

〔註35〕 同註 34。

〔註36〕 參見本論文第二章第三節〈飲茶符合文人之心理需求〉之論述。

人莫不熱衷於詩歌之創作，而飲茶可以增進詩思，自然爲文人們所喜
愛了。復次，中唐以後文人好學尙學之風日盛，讀書免不了要朗誦、
記憶與思考，需要有充沛的精神、清醒的頭腦才能收事半功倍之效，
至於茗茶淸神解睡消渴的功用正可以讓文人提振精神、增進思考能
力、同時消解朗誦時口乾舌燥之現象，因此對中唐之後的文人來說，
飲茶讀書便成了平常的生活行事〔註37〕。再者，儘管中唐以後文人普
遍嗜茶，但也未嘗斷絕飲酒，唐代文人知道茶可以醒酲，所以往往於
宴會上並置茶酒，對於不善飲酒者，茗茶眞是一大救星〔註38〕，何況
飲茶還可以保健身體，具有滋補的藥效呢！總之，飲茶能夠滿足文人
的種種需求，唐代文人也因深知茶效而選擇了茗飮，並將飲茶的心得
寫入了詩歌中。

第三節　以茶會友　增進情誼

　　唐代茶風興盛，士大夫之間也有藉茶以增進情誼的事情，具體表
現在茶會聯誼、烹茶待客、互饋茗茶等方面。先說茶會聯誼吧！茶會
正式出現於唐代，唐代文人喜歡宴集唱和，名流雅士促席談諧，吟詠
乃繼之而來，則飲茶與賦詩同境進行，品茗賦詩便成了中唐以後文人
生活中極爲風雅的盛事〔註39〕。參與茶會者多半素質整齊，除了賦詩
論文外，有時也爲了嘗茶鬥新，席間往往結合彈琴、揮毫、奕棋、或
歌舞等娛興節目，場面氣氛融洽〔註40〕，蕭茂挺曾說：「所未忘者有
碧天秋霽，風琴夜彈，良朋合坐，茗茶間進，評古賢，論釋典，則樂
在終席。」（〈贈韋司業書〉《蕭茂挺文集》〔註41〕）呂溫〈三月三日
茶宴序〉亦云：

〔註37〕　參見本論文第五章第一節之二、「飲茶讀書」之論述。
〔註38〕　參見本論文第五章第一節之三、「茶詩同行」註22。
〔註39〕　參見本論文第五章第一節之三、「茶詩同行」之論述。
〔註40〕　參見本論文第五章第三節之二、「人境」其3、「茶會」之論述。
〔註41〕　見唐代蕭穎士《蕭茂挺文集》頁38～39，台北：商務印書館四庫全
　　　　　書本，1981年，

三月三日上巳襖飲之日也。諸子議以茶酌而代焉。迺命酌香
沫，浮素杯，殷凝琥珀之色，不令人醉，微覺清思，雖五雲仙
漿，無復加也。(《全唐文》卷六二八)

可見唐代的茶會著實令人難忘，不僅達到了聯絡情誼的目的，更可以
品嚐佳茗，與會者眞是收穫匪淺。

再說烹茶待客已是唐代普遍的禮俗，對文人而言，烹茶待客則不
單是禮俗，三兩知己啜茶清談更是一種雅趣，誠如黃滔所說：「深院
月涼留客夜，古杉風細似泉時。嘗頻異茗塵心淨，議罷名山竹影移。」
(〈宿李少府園林〉《全唐詩》卷七○五)此情此境，何等閒適清幽！
故唐代文人喜歡烹茶待客，如王維、秦系、劉禹錫、白居易、錢起、
張籍、項斯、李群玉、陸龜蒙、章碣、杜荀鶴、李中等，皆有烹茶待
客的習慣，並於詩中多所反映〔註42〕。

茶既已成了文人社交場合的要角，則互饋茗茶也是文人聯絡情感
的一種方式，如以下詩歌之描述：

三獻蓬萊始一嘗，日調金鼎閱芳香。貯之玉合才半餅，寄與阿
連題數行。(盧綸〈新茶詠寄上西川相公二十三舅大夫二十舅〉《全唐
詩》卷二七九)

日高丈五睡正濃，軍將打門驚周公。口云諫議送書信，白絹斜
封三道印。開緘宛見諫議面，手閱月團三百片。聞道新年入山
裏，蟄蟲驚動春風起。天子須嘗陽羨茶，百草不敢先開花。仁
風暗結珠琲瓃，先春抽出黃金芽。摘鮮焙芳旋封裹，至精至好
且不奢。至尊之餘合王公，何事便到山人家……(盧仝〈走筆謝
孟諫議寄新茶〉《全唐詩》卷三八八)

蜀茶寄到但驚新，渭水煎來始覺珍。滿甌似乳堪持玩，況是春
深酒渴人。(白居易〈蕭員外寄新蜀茶〉《全唐詩》卷四三七)

故情周匝向交親，新茗分張及病身。紅紙一封書後信，綠芽十
片火前春。湯添勺水煎魚眼，末下刀圭攪麴塵。不寄他人先寄
我，應緣我是別茶人。(白居易〈謝李六郎中寄新蜀茶〉《全唐詩》卷

〔註42〕參見本論文第五章第一節之五、「烹茶待客」之論述。

四三九）

烏觜擷渾牙，精靈勝鏌鋣。烹嘗方帶酒，滋味更無茶。……千慚故人意，此惠敵丹砂。（薛能〈蜀州鄭史君寄烏觜茶因以贈答八韻〉《全唐詩》卷五六○）

兩串春團敵夜光，名題天柱印維揚。偷嫌曼倩桃無味，搗覺嫦娥藥不香。惜恐被分緣利市，盡應難覓爲供堂。粗官寄與眞勢卻，賴有詩情合得嘗。（薛能〈謝劉相公寄天柱茶〉同上）

滿火芳香碾曲塵，吳甌湘水綠花新。愧君千里分滋味，寄與春風酒渴人。（李群玉〈答友人寄新茗〉《全唐詩》卷五七○）

武夷春暖月初圓，採摘新芽獻地仙。飛鵲印成香蠟片，啼猿溪走木蘭船。金槽和碾沉香末，冰碗輕涵翠縷煙。分贈恩深知最異，晚鐺宜煮北山泉。（徐夤〈尚書惠蠟面茶〉《全唐詩》卷七○八）

曾求芳茗貢蕪詞，果沐頒霑味甚奇。龜背起紋輕炙處，雲頭翻液乍烹時。老丞倦悶偏宜矣，舊客過從別有之。珍重宗親相寄惠，水亭山閣自攜持。（劉兼〈從弟舍人惠茶〉《全唐詩》卷七六六）

茶以新爲貴〔註43〕，因新茶十分芳香，彌足珍貴，於是盧綸便寄給親朋分享；陽羨茶乃上貢天子之名茶，除了王公貴族外，一般人是很難一親芳澤的，盧仝睡夢中被喚醒，方知孟諫議派員送來陽羨貢茶，則其驚喜之情殆可想見了；蜀茶乃唐代名茶〔註44〕，尤其新蜀茶更加可貴，無怪乎李六郎中蜀茶寄達時，白居易雖尚在病中，卻也迫不及待地想嘗新，他親自碾茶、勺水、下末，其欣喜之情溢於言表。對於蕭

〔註43〕　參見本論文第二章第四節〈茶詩同味〉。
〔註44〕　陸羽《茶經》「八之出」裏詳述當時主要產茶地區及茶葉的質量等級，曾說：「劍南以彭州上，綿州、蜀州次。」又，楊華《膳夫經手錄》：「新安茶，蜀茶也，與蒙頂不遠，但多而不精，地亦不下，故析而言之，猶可以首冠諸茶。……始，蜀茶得名蒙頂也，元和以前，束帛不能易一斤先春蒙頂，是以蒙頂先後之人，競栽茶以規厚利，不數十年間，遂斯安草市。」可見蜀茶乃唐時名茶也。

員外和李六郎中的深情厚意，白居易是銘記在心的，或許因爲白居易是個懂茶的行家，所以李六郎中一有好茶便先想到寄給他吧！鳥觜茶滋味獨特，是難得的蜀茶〔註45〕，所以薛能要說鄭史君「此惠敵丹砂」了。至於劉相公所寄贈之天柱茶亦唐代的名茶〔註46〕，薛能受贈後表示要以此珍貴的茗茶來供奉雙親，並認爲唯具有詩情者方配飲此佳茶；李群玉正犯酒渴，友人千里分贈新茶，對他而言不僅情意深重，還眞猶如解除大旱之即時雨呢！尚書寄贈之蠟面茶乃建州名茶〔註47〕，故徐夤說分贈恩深知最異；劉兼曾求貢茶，從弟舍人果沐頒霑便不忘寄贈之，宗親之惠實令劉兼珍重不已，他表示連出遊也要攜帶這得之不易的貢茶，以便於隨時品嚐。大抵新茶珍貴、名茶和貢茶則難得，故文人互饋茗茶要以新茶、名茶或貢茶爲主，誠是送者大方、受者實惠。再者，從以上詩歌也可發現士大夫之贈茶相當講究包裝，如盧綸寄贈親朋之新茶用玉盒貯存、孟諫議送給盧仝的貢茶是用絲織品作包裝、薛能收到的天柱茶包裝上還蓋著「維揚」的印記。

〔註45〕 楊華《膳夫經手錄》：「始，蜀茶得名蒙頂也，……今眞蒙頂有鷹嘴牙、白茶供堂，亦未嘗得其上者，其難得也如此。」日人布目潮渢以爲鳥觜茶與鷹嘴茶可能就是同一種茶，參見布目潮渢〈唐代的名茶及其流通〉，收入許賢瑤編譯《中國古代喫茶史》，台北：博遠出版有限公司，1991 年 2 月。

〔註46〕 李肇《唐國史補》卷下：「常魯公使西番，烹茶帳中，贊普問曰：『此爲何物？』魯公曰：『滌煩療渴，所謂茶也。』贊普曰：『我此亦有。』遂命出之，以指曰，此壽州者，此舒州者……」又，楊華《膳夫經手錄》：「舒州天柱茶，雖不峻拔遒勁，亦甚甘香芳美，良可重也。」可見舒州天柱茶乃唐時名揚國外的茗茶。

〔註47〕 宋人高承《事物紀原》卷九：「楊文公《談苑》云：『蠟茶出建州。陸羽《茶經》尚未知之，但言福建等州未詳，往往得之，其味極佳。江左近日方有蠟面之號。』丁謂《北苑茶錄》曰：『創作之始，莫有知之者。』質之三館檢討杜鎬，亦曰：『在江左日，始記有研膏茶。』歐陽修《歸田錄》亦云出福建，不言所起。按唐氏諸家說中，往往有蠟面茶之語，則是自唐有之也。」（台北：藝文印書館，1967 年）徐夤此詩正可爲證也。又，程大昌《演繁露續集》卷五：「建茶名蠟茶，爲其乳泛湯面，與溶蠟相似，故名蠟面茶也。」（北京：中華書局，1991 年）

綜上所述，唐代文人常藉茶會聯誼、烹茶待客、互饋茗茶來聯絡情感，當然，文人與茗茶結緣的機會也就相當多了。

第四節　愛茶種茶　嗜茶成癖

中唐以後茶風興盛，文人普遍有飲茶的習慣，其中愛茶而種茶、嗜茶而成癖者又可以白居易、李德裕和陸龜蒙爲代表：

一、白居易

白居易非常喜愛飲茶，自稱是「別茶人」〔註48〕，表示自己是茶的行家，充分流露出對茶的迷戀之情與自負之心。由於愛茶，方其任職江州司馬時曾自營茶園，有詩曰：

> 香鑪峰北面，遺愛寺西偏。白石何鑿鑿，清流亦潺潺。有松數十株，有竹千餘竿。松張翠傘蓋，竹倚清琅玕。其下無人居，悠哉多歲年。有時聚猿鳥，終日空風煙。時有沈冥子，姓白字樂天。平生無所好，見此心依然。如獲終老地，忽乎不知還。架巖結茅宇，斷壑開茶園。何以洗我耳，屋頭飛落泉。何以淨我眼，砌下生白蓮。左右一攜壺，右手挈五弦。傲然意自足，箕踞於其間。興酣仰天歌，歌中聊寄言。言我本野夫，誤爲世網牽。時來昔捧日，老去今歸山。倦鳥得茂樹，涸魚返清源。舍此欲焉往，人間多險艱。(白居易〈香鑪峰下新置草堂，即事詠懷，題於石上〉《全唐詩》卷四三○)
>
> 藥圃茶園爲產業，野麋林鶴是交遊。(〈香鑪峰下新卜山居，草堂初成，偶題東壁五首〉其三《全唐詩》卷四三九)

白居易在廬山草堂附近開闢茶園，雖說是自家產業，或許多少有助於生計，不過由詩看來，白居易茶園的規模應該不大，其爲調劑身心、陶冶性靈，享受種茶之逸趣成分當居多〔註49〕。

〔註48〕其詩〈謝李六郎中寄新蜀茶〉云：「不寄他人先寄我，應緣我是別茶人。」(《全唐詩》卷四三九)

〔註49〕白居易〈草堂記〉：「又有飛泉植茗，就以烹燀，好事者見可以永日。」(《全唐文》卷六七六) 亦可參證。

二、李德裕

李德裕爲唐人公認的茶專家,已至嗜茶成癖的地步了,皮日休曾說:

> 丞相長思煮茗時,郡侯催發只憂遲。吳關去國三千里,莫笑楊妃愛荔枝。(〈題惠山泉二首〉其一《全唐詩續補遺》卷九)

乃指其爲了用惠山泉水煮茶,不惜命人從三千里外的江蘇無錫惠山把泉水運送到京城之事,《唐語林》亦載其事曰:

> 李衛公(德裕)性簡儉,不好聲妓。往往經旬不飲酒,但好奇功名,在中書不飲京城水,茶湯悉用常州惠山泉,時謂之水遞。
> (《唐語林校證》卷七)

李德裕雖不好聲妓、生性簡儉,但這一點嗜茶卻也過份勞師動眾,搞得地方官們人仰馬翻,難怪皮日休比之以楊貴妃之嗜荔枝,實不足取也。然而,李德裕對茶的了解,還眞可說是廣博淵深呢!試看:

> 昔有人授舒州牧,李德裕謂之曰:「到彼郡日,天柱峰茶可惠三角。」其人獻之數十斤,李不受退還。明年罷郡,用意精求獲數角投之,德裕閱而受曰:「此茶可以消酒食毒。」乃命烹一甌,沃於肉食,內以銀合閉之詰旦,因視其肉,已化爲水,眾服其廣識。(李肇《唐國史補》卷中)

似這般地嗜茶識茶,實不愧爲茶專家!

三、陸龜蒙

以文人茶園而聞名的,繼白居易之後有陸龜蒙,其〈甫里先生傳〉云:

> 先生嗜荈,置園於顧渚山下,歲入茶租十許,薄爲甌犧之費,自爲品第書一篇,繼茶經茶訣之後。南陽張又新嘗爲水說凡七等,其二曰惠山寺石泉,其三曰虎丘寺石井,其六曰吳松江,是三水距先生遠不百里,高僧逸人時致之以助其好。無事時乘小舟設蓬席,齎一束書,茶灶筆床,釣具櫂船郎而已。(《全唐文》卷八○一)

陸龜蒙隱居甫里，他在顧渚山下經營茶園，除了本身嗜茶，還藉租佃茶園以謀生，則其茶園之規模當遠大於白居易的小茶園。如陸龜蒙這般愛茶進而經營茶園，不僅滿足了自己的嗜好，又可資助生活所需，眞是一舉兩得啊！

　　總之，如白居易、李德裕、陸龜蒙等文人之愛茶種茶、嗜茶成癖，誠可謂與茶結下了不解之緣了。

第五節　督造貢茶　親觸茶事

　　唐代文人因種種因素而結識茗茶，其一便是督造貢茶。由於風俗貴茶，大唐天子亦好飲茶、喜茶道，因此貢茶乃成爲地方官之一大急務，所謂「天子須嘗陽羨茶，百草不敢先開花。」（盧仝〈走筆謝孟諫議寄新茶〉《全唐詩》卷三八八）、「春風三月貢茶時，盡逐紅旌到山裏。」（李郢〈茶山貢焙歌〉《全唐詩》卷五九〇）、「陰嶺芽未吐，使者牒已頻。」（袁高〈茶山詩〉《全唐詩》卷三一四），如常湖兩州刺史便身兼督茶一職〔註50〕。基於職責所在，督造貢茶勢必時常會接觸茶類茶事，自然不免要和茶結下情緣了，唐代詩人如袁高、張文規、杜牧和李郢都有過督造貢茶之經歷。

一、袁　高

　　袁高，字公頤。少慷慨慕名節。肅宗時登進士第，累辟使府，有贊佐裨益之譽。建中二年，拜京畿觀察使。後以論事失旨，貶韶州長史。復拜給事中。《舊唐書》載其極論奸人之狀，爲人耿直。憲宗朝宰相李吉甫嘗言高之忠鯁，詔贈禮部尙書〔註51〕。其〈茶山詩〉曰：「我來顧渚源，得與茶事親。」，可見袁高曾任負責督造貢茶的地方官，由於目睹茶農爲製造貢茶而艱辛攀險的苦痛畫面，故作此詩連同

〔註50〕關於唐代貢茶之緣起及貢茶種種，詳見本論文第五章第四節之一、「宮廷茶文化」。
〔註51〕參見《舊唐書》卷一五三〈袁高傳〉。

三千六百串茶一并呈貢，充分展現出身爲地方父母官憐恤百姓的情操與忠鯁爲國的風範〔註52〕。

二、張文規

　　張文規，弘靖之子。嘗爲吳興守，終桂管防禦觀察使〔註53〕。任吳興守時身兼督茶一職，便以此因緣而寫下〈湖州貢焙新茶〉詩，側面反映出宮廷對貢茶依賴之深〔註54〕，另一首〈吳興三絕〉亦指出茗茶乃爲吳興的特產之一〔註55〕。

三、杜　牧

　　杜牧，字牧之。京兆萬年人，爲前相杜佑之孫。太和二年，擢進士第。復舉賢良方正。曾任幕僚，歷監察御史、州刺史，後入爲司勳員外郎，官終中書舍人。牧剛直有奇節，不爲齷齪小謹，敢論列大事，指陳病利尤切。牧曾爲湖州刺史〔註56〕，其〈題茶山〉云：「山實東吳秀，茶稱瑞草魁。剖符雖俗吏，修貢亦仙才。」（《全唐詩》卷五二二）即指奉詔督茶之事，此外，〈茶山下作〉、〈入茶山下題水口草市絕句〉、〈春日茶山病不飲酒因呈賓客〉（俱見《全唐詩》卷五二二）等茶詩均寫於這一時期，除反映了唐代的貢茶外，也塗寫了茶山的風光及因茶而興之草市的繁榮〔註57〕。

〔註52〕　關於袁高〈茶山詩〉之評析及其爲民請命之事，詳見本論文第四章第四節之一、「宮廷茶文化」。
〔註53〕　參見《全唐詩》卷三六六之本傳。
〔註54〕　關於此詩之評析，詳見本論文第四章第四節之一、「宮廷茶文化」。
〔註55〕　詩云：「蘋洲須覺池沼俗，苧布直勝羅紈輕。清風樓下草初出，明月峽中茶始生。吳興三絕不可捨，勸子強爲吳會行。」（《全唐詩》卷三六六）
〔註56〕　參見《全唐詩》卷五二○之本傳。
〔註57〕　〈題茶山〉：「山實東吳秀，茶稱瑞草魁。剖符雖俗吏，修貢亦仙才。溪盡停蠻棹，旗張卓翠苔。柳村穿窈窕，松澗渡喧豗。等級雲峰峻，寬平洞府開。拂天聞笑語，特地見樓臺。泉嫩黃金湧，牙香紫璧裁。拜章期沃日，輕騎疾奔雷。舞袖嵐侵澗，歌聲谷答回。磬音藏葉鳥，雪豔照潭梅。好是全家到，兼爲奉詔來。樹陰香作帳，花徑落成堆。景物殘3月，登臨愴一盃。重遊難自剋，俛首入塵埃。」〈茶山下作〉：

四、李　郢

　　李郢，字楚望，長安人。宣宗大中十年登進士第，官終侍御史〔註
58〕。其〈茶山貢焙歌〉乃描寫茶農爲了趕製貢茶而艱辛勞動，對比
於地方官爲邀功而百般催逼及享樂荒淫的擺宴情狀，茶農的辛酸與苦
痛由此而顯〔註59〕。

　　詩人由於奉命督造貢茶之經歷，而能接觸茶事、一覽名茶產地的
特殊風光，也因此得以親眼目睹茶農的艱辛，並深深地感受到下層百
姓的無奈與苦痛。這種特殊的經歷，不但能讓詩人更了解茗茶，與茶
結下情緣，當然也爲詩人提供了絕佳的詩歌題材。

　　唐代詩人一方面因結交僧道、訪遊寺觀而有諸多深入認識茗茶、
與茶結緣的機會，並於詩中反映著佛道之茶文化，又因爲深知茶效而
選擇了茗飲。另一方面，中唐以後，由於茶已是文人社交場合重要的
媒介，則詩人與茶結緣的機會便更多了，乃至於有白居易和陸龜蒙之
愛茶種茶、李德裕之嗜茶識茶，簡直與茶結下了不解之緣。此外，督
造貢茶親觸茶事，亦爲結識茗茶的特殊因緣。凡此不但增添了唐代文
人的生活情韻、拓寬其生活視野，當然更豐富了唐代茶詩的內涵。

　　　「春風最窈窕，日曉柳西村。嬌雲光占岫，健水鳴分溪。燎巖野花
　　　遠，戛瑟幽鳥啼。把酒坐芳草，亦有佳人攜。」，〈入茶山下題水口
　　　草市絕句〉：「倚溪侵嶺多高樹，誇酒書旗有小樓。驚起鴛鴦豈無恨，
　　　一雙飛去卻回頭。」，〈春日茶山病不飲酒因呈賓客〉：「笙歌登畫船，
　　　十日清明前。山秀白雲膩，溪光紅粉鮮。欲開未開花，半陰半晴天。
　　　誰知病太守，猶得作茶仙。」
〔註58〕 參見《全唐詩》卷五九〇之本傳。
〔註59〕 關於此詩之評析，詳見本論文第五章第四節之一、「宮廷茶文化」。

第四章　唐代重要茶詩作家概述

　　唐代茶詩繁花簇錦，創作之詩家眾多，各有其擅場，本章擬分期介紹唐代重要之茶詩作家及其作品特色〔註1〕，至於唐代茶詩共同之藝術表現，則留待於第七章再行探討。須補充說明的是，此處的分期一仍通行所採元楊士弘《唐音》及明高棅《唐詩品彙》之四分法，唯初唐之茶詩未成氣候，故論述始於盛唐。

第一節　盛唐重要茶詩作家

　　雖然茶風大興於中唐，但是盛唐時期也有一些零星的茶詩出現，重要的茶詩作家有王維、李白和杜甫，現依次分述之：

一、王　維

　　王維，字摩詰，太原祁人。開元九年進士及第。少時熱衷功名，曾云：「濟人然後拂衣去，肯作徒爾一男兒。」（〈不遇詠〉《全唐詩》

〔註 1〕 若僅以詩質論，則重要作家是不勝枚舉的，故採質量兼重之原則，略取數人析評之，一嘗其臠，便知鼎味。唯陸羽乃中國茶道之先驅，雖留下之茶詩不多，卻影響了唐代飲茶的發展，不能不作一介紹。此外，由於第五章、第六章和第七章爲了分析唐代茶詩之文化内涵、解說唐代茶詩之茶道思想和藝術特色，必須舉詩闡述，爲了避免重覆，故本章概述茶詩作家之作品時，乃逕言其茶詩之風格特色，至於詩作則不再引用而曰參見某處。

卷一二五）中年以後，由於喪妻，對功名之熱衷度大減，復以安史之亂飽受折磨，益皈依佛學及大自然之懷抱，有詩曰：「少年不足言，識道年已長。事往安可悔，餘生幸能養。誓從斷葷血，不復嬰世網。」（〈謁璿上人〉《全唐詩》卷一二五）、「晚年唯好靜，萬事不關心。」（〈酬少府〉《全唐詩》卷一二六）可見其晚年之生活態度迥異於少時，《舊唐書》卷一九〇〈王維傳〉謂「居常蔬食，不茹葷血，晚年長齋，不衣文綵……在京師日飯十數名僧，以玄談爲樂。齋中無所有，唯茶鐺、藥臼、經案、繩床而已。退朝之後，焚香獨坐，以禪誦爲事。妻亡不再娶，三十年孤居一室，屏絕塵累。」此其晚年半官半隱之生活寫照也，而飲茶亦爲其生活的重要內容之一〔註2〕。

王維在文學史上向以山水田園詩著稱，其茶詩雖僅〈酬黎居士淅川作〉、〈贈吳官〉（俱見《全唐詩》卷一二五）、〈酬嚴少尹徐舍人見過不遇〉（《全唐詩》卷一二六）、〈河南嚴尹弟見宿弊廬訪別人賦十韻〉（《全唐詩》卷一二七）等四首，不過王維晚年時常飲茶，且詩中的「茶臼」、「茶椀」反映了唐代的茶具及茶器，「君但傾茶椀，無妨騎馬歸。」、「茶香透竹叢」則寫出唐代文人以茶待客的禮俗與重視品茶的茗飲情趣，在茶詩尚寡的盛唐，算是相當難得的作品。

二、李　白

李白，字太白，先世乃隴西成紀人。自云：「十五觀奇書，作賦凌相如。」（〈贈張相鎬二首〉其二《全唐詩》卷一七〇）、「十五遊神仙，仙遊未曾歇。」（〈感興六首〉其四《全唐詩》卷一八三）、「十五學劍術，遍干諸侯。」（〈與韓荊州書〉《全唐文》卷三四八），《新唐書》卷二〇二〈李白傳〉亦謂其人「喜縱橫之術，擊劍任俠，輕財重施」。白更有著「大鵬一日同風起，扶搖直上九萬里。」（〈上李邕〉）、「終與安社稷，功成去五湖。」（〈贈韋秘書子春二首〉其二　俱見《全唐詩》卷一六八）的浪漫情懷與濟世熱忱。天寶初，南入會稽，與道

〔註2〕本小傳參考《舊唐書》卷一九〇〈王維傳〉。

士吳筠善，筠被召，故白亦至長安，往見賀知章，賀見其文，歎爲「天上謫仙人」也，言於玄宗。天寶元年秋，玄宗召見金鑾殿，優禮有加，並命待詔翰林。但此時之玄宗早已無勵精圖治之心，所以召李白入朝，不過是爲了妝點太平。李白大展鴻圖之夢落空，乃於天寶三年春請求還山。其後浮遊四方，有越中、幽州之行。天寶十二年早春，又爲立功報國的念頭所驅使而三入長安，奈何「龍顏不迴眷」（〈江夏寄漢陽輔錄事〉《全唐詩》卷一七三），是以憾恨無窮。安史之亂起，肅宗即位於靈武，永王璘則奉玄宗「制置」出鎮江陵。後永王璘徵聘李白入幕，永王璘兵敗，李白以「附逆作亂」入獄，後被判長流夜郎。遇赦放還，竟又幻想東山再起，後因病而未果。代宗廣德元年，李白病逝當塗〔註3〕。

　　李白任俠尚氣，自視甚高而睥睨公侯，酒的浪漫特性正與之投合，故好酒而熱衷寫酒詩，雖飲茶，但不嗜茶，茶詩之作不過〈答族侄僧中孚贈玉泉仙人掌茶〉（《全唐詩》卷一七八）和〈陪族叔當塗宰遊化城寺升公清風亭〉（《全唐詩》卷一七九）兩首。然而〈答族侄僧中孚贈玉泉仙人掌茶〉一詩，記述名茶「仙人掌茶」的來歷、品質、功效與僧家製茶之法，可說是一篇珍貴的茶葉史料，此詩表現技巧如實白描、用字淺易，風格質樸平淡，和他著名的雄放豪邁之詩風迥然不同，大抵名家才情馳騁，是難以被囿限的。

三、杜　甫

　　杜甫，字子美，是初唐著名詩人杜審言之孫。少貧不自振，客吳、越、齊、趙間。李邕奇其材，先往見之。天寶初應進士，不第。後獻三大禮賦，玄宗奇之，召試文章，授京兆府兵參軍。安史之亂起，顛沛流離，竟爲叛軍所俘，脫險後，授官左拾遺。以論救房琯，出爲華州司功參軍。關輔饑，輒棄官西行，曾負薪采橡栗自給。後

〔註3〕　本小傳參考《新唐書》卷二〇二〈李白傳〉及今人安旗《李白研究》
　　　　（台北：水牛圖書出版事業有限公司，1992年3月初版），

依附嚴武，官參謀、檢校工部員外郎，乃於成都浣花里種竹植樹，枕江結廬，縱酒嘯歌其中。武卒，無所依。崔旰等亂，甫往來梓、夔間。大曆中，出瞿唐，下江陵，泝沅湘以登衡山。寓居耒陽。卒年五十九〔註4〕。

　　杜甫有茶詩七首，算是盛唐茶詩創作量較多的詩人。重要茶詩如〈又于韋處乞大邑瓷盌〉（《全唐詩》卷二二六）歌詠白瓷盌，展現唐代文人對茶甌的持賞之愛〔註5〕，〈巳上人茅齋〉（《全唐詩》卷二二四）反映唐代文人有品茗賦詩的習慣〔註6〕，〈夜宴左氏莊〉（《全唐詩》卷二二四）是最早描寫唐代文人飲茶讀書的一首詩〔註7〕，〈進艇〉（《全唐詩》卷二二六）和〈回櫂〉（《全唐詩》卷二三三）為最早記載唐代文人攜茶伴行旅的詩歌〔註8〕等。皆可說是反映唐代文人茶文化相當可貴的史料。

　　此外，如儲光羲、劉長卿、李華等，亦皆是盛唐時期值得注意的茶詩作家。儲光羲的〈吃茗粥作〉（《全唐詩》卷一三六）反映唐代還保留著於茶葉中添加佐料熬煮成茶粥的吃法；劉長卿〈惠福寺與陳留諸官茶會〉（《全唐詩》卷一四九）描寫唐人的茶會；李華的〈雲母泉詩〉（《全唐詩》卷一五三）歌詠雲母泉純精如甘露，飲之可使人長壽無疾，表現出唐代文人對烹茶用水的重視。

　　就唐代茶詩的發展而言，盛唐還只是一個開端，因此茶詩為數不多，而專意詠茶者，唯李白〈答族姪僧中孚贈玉泉仙人掌茶〉耳，其他多為涉及茶事之作，然盛唐茶詩之價值正在於創新題材與反映茶史也。

〔註4〕　本小傳參考《新唐書》卷二○一〈杜甫傳〉及《全唐詩》小傳。
〔註5〕　參見本論文第五章第二節之五、「愛賞不已的茶甌持玩」。
〔註6〕　參見本論文第五章第一節之三、「茶詩同行」。
〔註7〕　參見本論文第五章第一節之二、「飲茶讀書」。
〔註8〕　參見本論文第五章第一節之六、「茶伴行旅」。

第二節　中唐重要茶詩作家

　　中唐開始，茶風大盛，不僅產生了一代茶聖陸羽，茶詩之數量亦增多，更出現了許多嗜茶的詩人。茲介紹如下：

一、陸　羽

　　陸羽，字鴻漸，一名疾，字季疵，自號桑苧翁，又號竟陵子。陸羽是個棄兒，被唐代名僧智積禪師收養，並為之取姓名〔註9〕。由於長於寺院執過茶役，養成了愛茶的嗜好，亦習得一手好茶藝。自九歲學屬文，積公示以佛書出世之業，然羽意不在佛，而有志於儒典，終究逃離寺院，此後曾匿優人中。天寶中，河南尹李齊物出守，見異，親授詩集。後負書於火門山鄒夫子別墅，屬禮部郎中崔國輔出守竟陵，與之遊處，凡三年，又相與較定茶水之品。安史之亂爆發，陸羽流落湖州，湖州乃當時名茶產地，陸羽在此蒐集了不少茶資料，同時也結識了著名詩僧皎然，並與皇甫冉、皇甫曾兄弟交往甚密。上元初，結廬於苕溪之濱，閉關對書，不雜非類，名僧高士，談宴永日。詔拜太子文學，徙太常寺太祝，不就職。羽嗜茶，著《茶經》，天下益知飲茶矣，鬻茶者以瓷陶羽形，祀為茶神，足見陸羽創立茶道的豐功偉業，早在唐代便得到了社會大眾的認同〔註10〕。陸羽晚年移居上饒，孟郊有〈題陸鴻漸上饒新開山舍〉（《全唐詩》卷三七六）云：

　　　　驚彼武陵狀，移歸此巖邊。開亭擬貯雲，鑿石先得泉。嘯竹引
　　　　清吹，吟花成新篇。乃知高潔情，擺落區中緣。

孟郊盛讚陸羽再現陶淵明筆下世外桃源之景致，並高度肯定其人品，可見其人不慕榮利、高風亮節之情操。羽少時事竟陵禪師智積。異日，

<hr />

〔註 9〕 李肇《唐國史補》卷中：「竟陵僧（智積禪師）有于水濱得嬰兒者，育為弟子。稍長自筮，得蹇之漸。繇曰：鴻漸于陸，其羽可用為儀。乃令姓陸，名羽，字鴻漸。……羽于江湖，稱竟陵子。于南越，稱桑苧翁。」又，《全唐文》〈陸羽小傳〉：「羽字鴻漸，一名疾，字季疵。復州竟陵人。」

〔註10〕 本小傳參考《全唐文》卷四三三〈陸文學自傳〉、《新唐書》〈陸羽傳〉、《唐才子傳》卷三〈陸羽傳〉和《唐國史補》等。

在他處。聞禪師去世，哭之甚哀，乃作詩寄情：

> 不羨黃金罍，不羨白玉杯。不羨朝入省，不羨暮入臺。惟羨西江水，曾向金陵城下來。（《全唐詩》卷三〇八）

這是陸羽所作的一首茶詩，表明自己淡泊名利、專意事茶的心志。陸羽約卒於貞元末年。

　　陸羽一生所交者多詩人、僧侶、隱士與高賢，除上述皎然、皇甫冉、皇甫曾、孟郊外，還有女道士李季蘭（李冶）〔註11〕、隱者張志和〔註12〕、劉長卿〔註13〕、耿湋〔註14〕、戴叔倫〔註15〕、顏眞卿〔註16〕等，多爲剛正率直、深有抱負學識之流。陸羽和儒、釋、道三家同時都有往來，使得《茶經》的茶道思想融合了三家之精蘊。

　　陸羽對中國茶學最大的貢獻，莫過於那凝聚了畢生心血所撰的《茶經》〔註17〕，這裡略作介紹：《茶經》共分三卷十章，「一之源」

〔註11〕《唐才子傳》卷二：「季蘭，名冶，以字行，峽中人，女道士也。美姿容，神情蕭散，專心翰墨，善彈琴，尤工格律。……往來剡中，與山人陸羽上人皎然意甚相得。……又嘗會諸賢於烏程開元寺，知河間劉長卿有陰重之疾，誚曰：『山氣日夕佳。』劉應聲曰：『眾鳥欣有託。』舉坐大笑，論者兩美之。」

〔註12〕《唐才子傳》卷三：「志和，字子同，婺州人。……十六擢明經，嘗以策干肅宗，特見賞重，命待詔翰林，以親喪辭去，不復仕。居江湖，性邁不束，自稱煙波釣徒，撰玄眞子二卷，又爲號焉。……與陸羽嘗爲顏平原（顏眞卿）食客。」

〔註13〕同註10，可見劉長卿與陸羽、皎然、李季蘭皆稔熟。此外，劉長卿還有〈送陸羽之茅山寄李延陵〉（《全唐詩》卷一四八）可證劉陸之情誼。

〔註14〕耿湋與陸羽有〈連句多暇贈陸三山人〉（《全唐詩》卷七八九）。關於此詩，可參見本論文第七章第二節之6、「聯句詩」之說明。

〔註15〕戴叔倫有〈勸陸三飲酒〉、〈歲除日奉推事使牒追赴撫州辨對留別崔法曹陸大祝處士上人同賦人字口號〉、〈容州回逢陸三別〉、〈撫州被推昭雪答陸太祝三首〉（以上俱見《全唐詩》卷二七四）。

〔註16〕《唐才子傳》卷四：「（皎然）與靈徹、陸羽同居妙喜寺。（羽）創亭，以癸丑歲、癸卯朔、癸亥日落成，湖州刺史顏眞卿名以三癸，皎然賦詩，時稱三絕。」又，《唐國史補》卷中亦云：「（羽）與顏魯公厚善。」

〔註17〕陸羽爲寫《茶經》，除遍稽群書外，還曾出遊巴山峽川考察茶事，上

概述我國茶的根源地、茶的特性和功用、以及土壤氣候等生長環境。「二之具」說明當時製作茶葉的工具。「三之造」談茶的採製過程。「四之器」介紹二十四種煎飲茶的器皿。「五之煮」講煮茶的過程與技藝。「六之飲」講飲茶的方法。「七之事」記述自神農、周公以來有關茶的典故和史料。「八之出」評述當時主要茶產區之茶的質量等級。「九之略」解釋飲茶器具何種情況下應十分完備，何種情況下可省略什麼。「十之圖」主張把上述之內容繪成畫幅以張掛於座隅。

　　因為《茶經》的問世，使得後人益知茶矣，如今吾人能對茶葉有更正確且豐富的認知，陸羽潛心研究茶學、展示其研究成果予後人的開路之功是至鉅至偉的。再者，陸羽《茶經》規範了一定的煮茗方式與飲茶程序，才使中國飲茶結束了散漫階段而進入了成熟階段，可謂中國茶文化發展之一大推手。復次，陸羽提倡清飲，又對煮茶之水沸聲、水沸狀及餑沫特別予以形象化之描寫，啟發了唐代文人賦予茶事活潑之情趣、豐富茶事之文學意蘊，使得飲茶再進一步發展成休閒藝術〔註18〕。最後，陸羽於《茶經》裏寄託了他的茶道思想，影響了同時代的文人〔註19〕，也影響著後世的茶人。陸羽對中國茶學的貢獻是如此之大，無怪乎被尊崇為茶聖。

二、白居易

　　白居易，字樂天，號香山居士。其先太原人，後徙下邽。貞元十六年進士，任翰林學士、左拾遺。元和九年，授太子左贊善大夫。十年七月，盜殺宰相武元衡，居易首上疏論其冤，急請捕賊，以雪國恥，

元元年隱居苕溪閶門著述《茶經》，期間常身披紗巾短褐，腳著藤鞋，獨行野中，深入農家，採茶覓茶，評茶品水，正如皇甫冉〈送陸鴻漸棲霞寺採茶〉所描述：「採茶非採菜，遠遠上層崖。布葉春風暖，盈筐白日斜。舊知山寺路，時宿野人家。借問王孫草，何時泛椀花。」（《全唐詩》卷二四九）可見陸羽的《茶經》是他不畏艱苦深入民間作實際之田野調查的心血結晶。

〔註18〕 參見本論文第五章第二節之論述。
〔註19〕 參見本論文第六章第三節、第四節、第六節之論述。

爲當政者所惡，貶江州司馬。十三年冬，量移忠州刺史。後召還京師，拜司門員外郎。明年，轉主客郎中，知制誥。太和三年稱病東歸，求爲分司官。尋除太子賓客。五年，除河南尹。七年，復授太子賓客分司。會昌中，請罷太子少傅，以刑部尚書致仕。與香山僧如滿結香火社，每肩輿往來，白衣鳩杖，自稱香山居士。大中元年卒，時年七十六〔註20〕。

白居易早年充滿政治理想，「自以逢好文之主，非次拔擢，欲以生平所貯，仰酬恩造」〔註21〕，他高唱「文章合爲時而著，歌詩合爲事而作」〔註22〕，主張以社會寫實詩歌諷諭朝廷。然而經歷被貶再度回朝後，牛李黨爭漸興，居易深感「思粉身以答殊寵，但未獲粉身之所」的無奈，同時亦厭倦了官場的蝸角之爭，爲了避禍，多求外放，過著閒適的中隱生活：

歌酒優游聊卒歲，園林蕭灑可終身。留侯爵秩誠虛貴，疏受生涯未苦貧。月奉百千官二品，朝廷雇我作閒人。（〈從同州刺史改授太子少傅分司〉《全唐詩》卷四五六）

進不趨要路，退不入深山。深山太濩落，要路多險艱。不如家池上，樂逸無憂患。（〈閒題家池寄王屋張道士〉《全唐詩》卷四五九）

白居易雖好飲酒，卻也同時酷嗜茶，還自稱是個「別茶人」呢！早在任江州司馬時，便曾闢園種過茶〔註23〕，其〈琴茶〉詩亦說琴和茶是他「窮通行止長相伴」的珍愛之物〔註24〕，一旦退居洛下決意閒適晚年後，飲茶更是其中隱生活重要的內容之一。

白居易約有茶詩六十四首，放眼唐代茶詩壇上，可說是創作量最多的茶詩人。

〔註20〕本小傳參考《舊唐書》卷一六六〈白居易傳〉。
〔註21〕見《舊唐書》卷一六六〈白居易傳〉。
〔註22〕〈與元九書〉，見《全唐文》卷六七五。
〔註23〕參見本章第一節之四。「愛茶種茶，嗜茶成癖」。
〔註24〕詩曰：「琴裏知聞爲淥水，茶中故舊是蒙山。窮通行止長相伴，誰道吾今無往還。」（《全唐詩》四四八）。

　　其茶詩之內容以描寫個人的生活閒情爲主，而語涉茶事之種種。對白居易來說，茶是日常生活不可缺少的飲料，因此描寫閒飲的茶詩相當多，如：

　　竟日何所爲？或飲一甌茗。(〈首夏病間〉)

　　村家何所有？茶果迎來客。(〈麴生訪宿〉以上見《全唐詩》卷四二九)

　　或吟詩一章，或飲茶一甌。(〈詠意〉)

　　食罷一覺睡，起來兩甌茶。(〈食後〉以上見《全唐詩》卷四三〇)

　　泉憩茶數甌，嵐行酒一酌。(〈山路偶興〉)

　　清影不宜昏，聊將茶代酒。(〈宿藍溪對月〉)

　　起嘗一甌茗，行讀一卷書。(〈官舍〉以上見《全唐詩》卷四三一)

　　嫩剝青菱角，濃煎白茗芽。(〈春末夏初閒遊江郭二首〉其一《全唐詩》卷四三九)

　　呼童遣移竹，留客伴嘗茶。(〈新居早春二首〉其二《全唐詩》卷四四二)

　　或飲茶一盞，或吟詩一章。(〈偶作二首〉其二《全唐詩》卷四四五)

　　移榻臨平岸，攜茶上小舟。(〈履道新居二十韻〉《全唐詩》卷四四六)

　　驅愁知酒力，破睡見茶功。(〈贈東鄰王十三〉《全唐詩》卷四四八)

　　閒停茶椀從客語，醉把花枝取次吟。(〈病假中龐少尹攜魚酒相過〉)

　　簷前新葉覆殘花，席上餘杯對早茶。(〈不出〉以上見《全唐詩》卷四四九)

　　午茶能散睡，卯酒善銷愁。(〈府西池北新葺水齋即事招賓偶題十六韻〉《全唐詩》卷四五一)

　　夜茶一兩杓，秋吟三數聲。(〈立秋夕有懷夢得〉《全唐詩》卷四五二)

　　桃根知酒渴，晚送一甌茶。(〈營閒事〉)

　　藥銷日晏三匙飯，酒渴春深一椀茶。(〈早服雲母散〉以上見《全唐詩》卷四五四)

　　舉頭中酒後，引手索茶時。(〈和楊同州寒食乾坑會後，聞楊工部欲到，知予與工部有宿酲〉《全唐詩》卷四五五)

鼻香茶熟後，腰暖日陽中。(〈閒臥寄劉同州〉)

權遣禿頭奴子撥，茶教纖手侍兒煎。(〈池上逐涼二首〉其二以上見《全唐詩》卷四五六)

盡日一餐茶兩椀，更無所要到明朝。(〈閒眠〉《全唐詩》卷四六○)

觀以上詩作，可知白居易不論閒居或出遊，隨時都會想到飲茶。日常裏晏起、食後、讀書、吟詩、醒腦、酒渴、營閒事、解醒、待客或百般無聊時皆要飲茶，即使是病中仍不忘喝上一甌。如此愛茶人，親友自然不免會以茶相贈，白居易也都把這些隆情高誼寫進了詩裏頭，如：

蜀茶寄到但驚新，渭水煎來始覺珍。(〈蕭員外寄新蜀茶〉《全唐詩》卷四三七)

故情周匝向交親，新茗分張及病身。(〈謝李六郎中寄新蜀茶〉《全唐詩》卷四三九)

閒吟工部新來句，渴飲毗陵遠到茶。(〈晚春閒居，楊工部寄詩，楊常州寄茶同到，因以長句答之〉《全唐詩》卷四五四)

惟有巢兄不相忘，春茶未斷寄秋衣。(〈謝楊東川寄衣服〉《全唐詩》卷四五七)

茶藥贈多因病久，衣裳寄早及寒初。(〈繼之尚書自余病久，寄遺非一，又蒙覽醉吟先生傳，題詩以美之，今以此篇用伸酬謝〉《全唐詩》卷四五八)

白居易嗜茶，喜嘗新茶〔註25〕，也愛飲名茶，如常飲之蜀茶、蒙頂茶、常州茶、綠昌明等〔註26〕，皆為唐代的名茶。當然，這位「別茶人」

〔註25〕 由以下幾首詩即可見一般：〈蕭員外寄新蜀茶〉：「蜀茶寄到但驚新」（《全唐詩》卷四三七），〈北亭招客〉：「深爐敲火炙新茶」、〈遊寶稱寺〉：「茶新碾玉塵」（均見《全唐詩》卷四三九），〈清明日送韋侍御貶虔州〉：「留餳和冷粥，出火煮新茶。」（《全唐詩》卷四四○）。

〔註26〕 白居易詩〈蕭員外寄新蜀茶〉曰：「蜀茶寄到但驚新」（《全唐詩》卷四三七），〈琴茶〉曰：「茶中故舊是蒙山」（《全唐詩》卷四四八），〈晚春閒居，楊工部寄詩，楊常州寄茶同到，因以長句答之〉曰「渴飲毗陵遠到茶」，〈春盡日〉曰：「渴嘗一盌綠昌明」。所提之蜀茶、蒙鼎茶、常州茶、昌明茶皆為李肇《唐國史補》卷下〈敍諸茶品目〉

對烹茶用水也挺講究的，他在詩中提過以泉水、江水煮茶〔註27〕，這是陸羽《茶經》所肯定的良水〔註28〕，此外，白居易還是有詩可證之中國文人以雪水煎茶的第一人，其〈吟元郎中白鬚詩，兼飲雪水茶，因題壁上〉（《全唐詩》卷四四三）和〈晚起〉（《全唐詩》卷四五一）便是記載雪水煎茶的珍貴史料。

　　除了描寫自己的飲茶生活，白居易也有一些專意詠茶之詩篇，如〈蕭員外寄新蜀茶〉（《全唐詩》卷四三七）敘述友人寄新蜀茶來，居易欣喜地汲取渭水煎茶品茶的情貌，全詩圓潤輕暢、一氣呵成〔註29〕；〈謝李六郎中寄新蜀茶〉（《全唐詩》卷四三九）描寫詩人病中收到友人饋贈採於寒食盡火日前的新蜀茶，乃迫不及待地想嘗新，旋即動手碾茶、勺水、下末，明快如流丸彈轉的詩風，傳神地把詩人歡喜莫名之情狀自然呈現出來〔註30〕；〈山泉煎茶有懷〉（《全唐詩》卷四四三）寫獨飲之孤寂，渴望與知音同好把碗論道的心情〔註31〕，詩作充滿幽靜清冷之情韻；〈夜聞賈常州、崔湖州茶山境會，想羨歡宴，因寄此詩〉（《全唐詩》卷四四七）記述紫筍茶採製季節，湖、常兩郡分山造茶，而於境會亭鬥茶的歡慶場面，並遺憾自己臥病未能躬逢其盛〔註32〕，此詩用字較為鮮麗而情調歡愉，結尾則具轉折之姿；〈睡後茶興憶楊同州〉（《全唐詩》卷四五三）本寫醉後初醒意欲烹茶之閒興，等一系列

〔註27〕　如〈山路偶興〉：「泉憩茶數甌」（《全唐詩》卷四三一），〈山泉煎茶有懷〉：「坐酌泠泠水，看煎瑟瑟塵。」（《全唐詩》卷四四三），〈重修香山寺畢題二十二韻以紀之〉：「泉冷洗茶甌」（《全唐詩》卷四五四），〈蕭員外寄新蜀茶〉：「渭水煎來始覺珍」（《全唐詩》卷四三七）。
〔註28〕　參見本論文第五章第二節之二、「意蘊無窮的取水之道」。
〔註29〕　詩曰：「蜀茶寄到但驚新，渭水煎來始覺珍。滿甌似乳堪持玩，況是春深酒渴人。」
〔註30〕　詩曰：「故情周匝向交親，新茗分張及病身。紅紙一封書信後，綠芽十片火前春。湯添勺水煎魚眼，末下刀圭攪麴塵。不寄他人先寄我，應緣我是別茶人。」
〔註31〕　詩見本論文第五章第三節之二、「人境」其2、「對啜」引。
〔註32〕　詩見本論文第五章第三節之二、「人境」其3、「茶會」引。

工作均完成、亦嚥下第一口芳香的茶湯後，卻猛地發覺少個知音同好－楊慕巢共品，則先前的茶興陡然消失，而眼前的佳茶似乎也變得索然無味了〔註33〕，含蘊好茶偕知己的深刻意義，章法可說是曲折變化，呈現出頓挫深遠之詩風。

總之，白居易之茶詩雖以描述個人之生活閒情為主，卻也反映了煮茶、品茶和茶具等茶文化，而其專意詠茶之詩又展現了多樣的風格，可說是中唐時期質量兼具、值得注意的茶詩大家。

三、皎 然

皎然，字清晝，吳興人，俗姓謝，謝靈運之十世孫也。初入道，肄業杼山，與靈徹、陸羽同居妙喜寺。羽於寺旁創亭，以癸丑歲、癸卯朔、癸亥日落成，湖州刺史顏眞卿名以三癸亭，皎然賦詩，時稱三絕。貞元中，敕寫其文集，入於秘閣〔註34〕。

皎然是唐代著名的詩僧，又是個茶僧，與陸羽交往甚篤，作有茶詩約十六首，而專意詠茶之詩就有六首，如〈晦夜李侍御萼宅集招潘述、湯衡、海上人飲茶賦〉（《全唐詩》卷八一七）描寫文人雅士和隱者逸僧的風流茶會〔註35〕；〈九日與陸處士羽飲茶〉（《全唐詩》卷八一七）敘寫於重陽節和陸羽以茶代酒，並用菊花助益茶香，同時在此詩中表明了飲茶與飲酒有雅俗之別的看法〔註36〕；〈對陸迅飲天目山茶，因寄元居士晟〉（《全唐詩》卷八一八）吟詠天目山茶兼及煎飲之美好感受〔註37〕；〈飲茶歌誚崔石使君〉（《全唐詩》卷八二一）讚譽剡溪茶之清香雋永，那甘露瓊漿般的滋味使人啜之意不已，

〔註33〕 詩見本論文第五章第二節之三、「文雅雋永的煎飲過程」前言引。
〔註34〕 本小傳參考《全唐詩》卷八一五皎然小傳、《唐才子傳》卷四〈皎然傳〉。
〔註35〕 詩見本論文第五章第三節之二、「人境」其3、「茶會」引。
〔註36〕 詩見本論文第七章第三節〈直敘曉暢的詩歌語言〉引。
〔註37〕 詩曰：「喜見幽人會，初開野客茶。日成東井葉，露採北山芽。文火香偏勝，寒泉味轉嘉。投鐺湧作沫，著椀聚生花。稍與禪經近，聊將睡網賒。知君在天目，此日意無涯。」

接著描述了一連三飲的感受，與盧仝〈走筆謝孟諫議寄新茶〉（《全唐詩》卷三八八）有異曲同工之妙〔註38〕；〈飲茶歌送鄭容〉（《全唐詩》卷八二一）乃推崇飲茶之作，詩中極力宣揚茗茶的功效，說茶不但能袪疾滌憂，還可令人踏雲而去，羽化飛昇〔註39〕，語頗曠放、情調瀟灑；〈顧渚行寄裴方舟〉（《全唐詩》卷八二一）記述唐代顧渚山茶葉的生長季節和生長狀態，以及詩人採摘、鑑別茶葉的情形，顯示出詩人對顧渚茶的瞭若指掌〔註40〕。

　　皎然的茶詩體裁多樣化，絕句、古詩、律詩都有，尤其擅長以古體鋪排內容，其構思神妙、用語清奇，而形成窅邃的詩歌境界。

四、劉禹錫

　　劉禹錫，字夢得，彭城人，祖雲、父溆仕歷州縣令佐，世以儒學稱。貞元九年擢進士第，又登宏辭科。順宗即位，王叔文用事，引入禁中，與之圖議，言無不從。轉屯員外郎。王叔文敗，坐貶連州刺史，在道貶朗州司馬。元和十年，自武陵召還，宰相復欲置之郎署，時禹錫作遊玄都觀詠看花君子詩，語涉譏刺，執政不悅，復出刺播州，裴度以母老爲言，改連州。太和二年，自和州刺史徵還，拜主客郎中。又以作重遊玄都觀詩，出分司東都。官至檢校禮部尚書兼太子賓客分司。禹錫晚年與白居易友善，詩文酬復頗多。會昌二年七月卒，時年七十一，贈戶部尚書〔註41〕。

　　劉禹錫約有茶詩十首，專意詠茶之名作有〈西山蘭若試茶歌〉（《全唐詩》卷三五六）和〈嘗茶〉（《全唐詩》卷三六六）。前首詩描寫僧人採茶、製茶、煎茶的過程，並敘述詩人品飲的心得，此詩

〔註38〕　詩見本論文第七章第三節〈直敘曉暢的詩歌語言〉引。

〔註39〕　詩曰：「丹丘羽人輕玉食，採茶飲之生羽翼。名藏仙府世空知，骨化雲宮人不識。雲山童子調金鐺，楚人茶經虛得名。霜天半夜芳草折，爛漫緗花啜又生。賞君此茶袪我疾，使人胸中蕩憂慄。日上香鑪情未畢，醉踏虎溪雲，高歌送君出。」

〔註40〕　詩見本論文第五章第四節之三、「平民茶文化」引。

〔註41〕　本小傳參考《舊唐書》卷一六〇〈劉禹錫傳〉。

結構謹嚴、命意曲折而有散文之美〔註42〕；後一首寫詩人採茶、寄茶、品茶的情形〔註43〕，全詩節奏輕揚明快、洋溢著詩人對茶的喜愛之情。另一首〈洛中送韓七中丞之吳興口號五首〉其五於描繪吳興風光的同時，反映了刺史在督造貢茶時期攜官妓擺宴之事〔註44〕。其他茶詩或反映以茶待客之禮，或描繪武陵、壽州之茗園景觀，或敘寫以茶送別，或反映茶助詩情、品茗奕棋等茶文化，內容可說是頗為多樣。

《舊唐書》說劉禹錫「恃才褊心」，其諷諭政治之詩歌時時透露出政治家的敏銳與深邃，甚至於辛辣譏刺〔註45〕，而其專意詠茶之詩卻是迥然不同，詩風平和明朗、情調輕鬆愉悅，可見茶湯確有洗滌塵心、發散不平之氣的作用，使得褊心的禹錫在茶的世界裏也能平和愉悅吧！

五、張　籍

張籍者，貞元中登進士第，性詭激，能為古體詩，有警策之句，傳於時。調補太常寺太祝，轉國子助教、秘書郎，以詩名當代。公卿裴度、令狐楚，才名如白居易、元稹，皆與之遊，而韓愈尤重之。

〔註42〕 此詩詳見本論文第七章第三節〈以文為詩的表現手法〉之解說。
〔註43〕 詩曰：「生拍鷹觜芽，老郎封寄謫仙家。今宵更有湘江月，照出菲菲滿碗花。」
〔註44〕 詩見本論文第五章第四節之一、「宮廷茶文化」引。
〔註45〕 如其〈昏鏡詞〉（《全唐詩》卷三五四）寓意最高統治者之昏庸無道，只重視阿諛奉承、為之文過飾非的小人，卻疏遠剛正無私、直言不諱的君子；聚蚊謠（《全唐詩》卷三五六）諷刺朝廷不逢明君而小人猖狂之狀；〈百蛇吟〉（《全唐詩》卷三五六）刻劃那些信口雌黃、誣蔑陷害君子的奸佞們舌端萬變；〈白鷹〉（《全唐詩》卷三六一）諷刺為非作惡的鷹犬人物；〈元和十一年，自朗州承召至京，戲贈看花諸君子〉（《全唐詩》卷三六五）頗有譏刺京城時勢之變化與朝廷權力的移轉，意味己非隨波逐流、與世混濁之人；〈再遊玄都觀〉（《全唐詩》卷三六五）嘲笑曾經橫行朝廷、不可一世的奸人們因樹倒而猢猻散，屢遭貶謫的劉郎卻又頑強地回來了。這些詩歌無不充滿著辛辣的諷刺味，也透露出劉禹錫敏銳深邃的政治眼光。

累授國子博士、水部員外郎，轉水部郎中，卒。世謂之張水部云〔註46〕。

張籍約有茶詩十首，專意詠茶之詩爲〈和韋開州盛山十二首－茶嶺〉（《全唐詩》卷三八六），描寫茶嶺的風光與家人採茶的景象〔註47〕，語言質樸而格調平淡。其他如〈贈姚合少府〉、〈夏日閒居〉、〈和陸司業習靜寄所知〉、〈和左司元郎中秋居十首〉其六和其八（均見《全唐詩》卷三八四）則爲描寫閒居生活而涉及茶事之作〔註48〕，這些茶詩則用字清麗、情意平淡可愛，觀其內容可以得知張籍亦是愛茶者，擁有自己的茶房，閒居生活離不了茶，連病中也不忘飲茶，並常以茶待客。此外，〈山中贈日南僧〉（《全唐詩》卷三八四）描寫僧人之種茶，〈送旺師〉（《全唐詩》卷三八六）寫以茶送別〔註49〕，均爲造語平實而感情深婉之作也。

張籍性狷直〔註50〕，是個關心民瘼、勇於揭發時弊的社會寫實詩人〔註51〕，而其詠茶詩卻情感平和，頗有閒閒之意態，看來茗茶確

〔註46〕　本小傳引《舊唐書》卷一六〇〈張籍傳〉。
〔註47〕　詩曰：「紫芽連白蕊，初向嶺頭生。自看家人摘，尋常觸露行。」
〔註48〕　〈贈姚合少府〉：「病來辭赤縣，案上有丹經。爲客燒茶灶，教兒掃竹亭。詩成添舊卷，酒盡臥空瓶。闕下今遺逸，誰瞻隱士星。」，〈夏日閒居〉：「多病逢迎少，床居又一年。藥看辰日合，茶過卯時煎。草長晴來地，蟲飛晚後天。此時幽夢遠，不覺到山邊。」，〈和陸司業習靜寄所知〉：「幽室獨焚香，清晨下未央。山開登竹閣，僧到出茶床。收拾新琴譜，封題舊藥方。逍遙無別事，不似在班行。」、〈和左司元郎中秋居十首〉其六：「醉倚斑藤杖，閒眠癭木床。案頭行氣訣，爐裏降眞香。尚儉經營少，居閒意思長。秋茶莫夜飲，新自作松漿。」、其八：「菊地緣通履，茶房不壘階。憑醫看蜀藥，寄信覓吳鞋。盡得仙家法，多隨道客齋。本無榮辱意，不是學安排。」
〔註49〕　〈山中贈日南僧〉：「獨向雙峰老，松門閉兩崖。翻經上蕉葉，挂衲落藤花。甃石新開井，穿林自種茶。時逢海南客，蠻語向誰家。」，〈送旺師〉：「九星臺下煎茶別，五老峰頭覓寺居。作得新詩旋相寄，人來請莫達空書。」
〔註50〕　《唐才子傳》卷五：「（籍）初至長安，謁韓愈……愈力薦爲國子博士，然性狷直，多所責諷於愈，愈亦不忍之。」
〔註51〕　參見劉大杰《中國文學發展史》第十五章〈杜甫與中晚唐詩人〉，及

有疏瀹心靈、陶冶性情之功效也。

六、孟　郊

　　孟郊，字東野，洛陽人，少隱嵩山，性介少諧合。年五十，得進士第，調溧陽尉。縣有投金瀨、平陵城，林薄蓊蘙，下有積水。郊間往坐水旁，徘徊賦詩，而曹務多廢。縣令白府，以假尉代之，分其半俸，辭官家居。李翱分司洛中，日與談讌，薦於興元節度使鄭餘慶，遂奏爲參謀。卒，年六十四。郊拙於生事，一貧徹骨，裘褐縣結。年邁家空，思苦奇澀，讀之每令人不懂。其初登第吟曰：「昔日齷齪不足嗟，今朝曠蕩恩無涯。春風得意馬蹄疾，一日看盡長安花。」當時議者亦見其氣度窘促也〔註52〕。

　　孟郊約有茶詩六首，他與茶聖陸羽、茶僧皎然交遊〔註53〕，亦頗好茶，曾爲飲茶而乞茶，作〈憑周況先輩於朝賢乞茶〉，詩曰：

　　　　道意勿乏味，心緒病無悰。蒙茗玉花盡，越甌荷葉空。錦水有
　　　　鮮色，蜀山饒芳叢。雲根纔翦綠，印縫已霏紅。曾向貴人得，
　　　　最將詩叟同。幸爲乞寄來，救此病劣躬。（《全唐詩》卷三八〇）

詩一開頭先說心緒由於病苦而無樂感，底下筆鋒陡地一轉，卻歌詠起蜀茗和越甌來，最後才道出目的－原來是爲了託人乞茶，因爲茗茶具有藥效，可以救他生理的疾病－當然也可以化解他的鬱結之氣了。此首詩意曲折、造語還算平實。其他如〈題韋承總吳王故城下幽居〉（《全唐詩》卷三七六）反映唐代文人有品茶、彈琴同境進行的現象〔註54〕；〈宿空佺院寄澹公〉（《全唐詩》卷三七八）描寫寄宿寺院飲茶的情形

葉慶炳《中國文學史》第十七講〈中唐詩〉對張籍之介紹。
〔註52〕本小傳參考《新唐書》卷一七六〈孟郊傳〉及《唐才子傳》卷五〈孟郊傳〉。
〔註53〕關於孟郊與陸羽之交遊，見本節對陸羽之介紹。至於孟郊與皎然之交遊，則可由孟郊〈送陸暢歸湖州，因憑題故人皎然塔、陸羽墳〉（《全唐詩》卷三七九）一詩得知。
〔註54〕詩曰：「才飽身自貴，巷荒門豈貧。韋生堪繼相，孟子願依鄰。夜思琴語切，晝情茶味新。霜枝留過鵲，風竹掃蒙塵。郢唱一聲發，吳花千遍春。對君何所得？歸去覺情眞。」

〔註55〕，其中「雪簷晴滴滴，茗、華舉舉」兩句，寫品茗之貌頗爲纖麗；〈送玄亮師〉（《全唐詩》卷三七九）描寫以茶送別等〔註56〕，都是風格清新、語淡情眞的茶詩。

　　孟郊爲中唐著名的苦吟詩人，由於貧窮困苦、科場失意及無子繼嗣之故，其詩多愁苦之辭而意境僻苦〔註57〕，觀孟郊的茶詩則大抵心平氣和，看來茗茶「滌慮破煩」的功效〔註58〕，也在這位苦吟詩人的身上發揮了作用。

七、王　建

　　王建，字仲初，潁川人，大歷十年進士。初爲渭南尉，歷秘書丞、侍御史等官。太和中，出爲陝州司馬，從軍塞上，弓劍不離身。後歸咸陽，卜居原上。建工樂府，與張籍齊名，宮詞百首，尤傳誦人口〔註59〕。

　　王建約有茶詩七首，〈酬柏侍御聞與韋處士同遊靈臺寺見寄〉（《全唐詩》卷二九七）記述和韋處士攜帶竹籠盛茶甌同遊靈臺寺的情形，反映唐代文人有攜茶以伴行旅的習慣〔註60〕；〈原上新居十三首〉其七（《全唐詩》卷二九九）寫卜居咸陽原上之清修生活，而飲茶是重要的內容之一〔註61〕。從這兩首茶詩可知王建雖嗜酒〔註62〕，卻也同時愛茶，在他的百首宮詞裏就有一首描寫延英殿試獲賜天子茶湯的美

〔註55〕　詩曰：「夜坐冷竹聲，二三高人語。燈窗看律鈔，小師別爲侶。雪簷晴滴滴，茗椀華舉舉。磬音多風飆，聲韻聞江楚。官街不相隔，詩思空愁予。明日策杖歸，去住兩延佇。」

〔註56〕　詩見本論文第五章第一節之七、「以茶送別」引。

〔註57〕　參見葉慶炳《中國文學史》第十七講對孟郊的介紹。

〔註58〕　參見本論文第三章第二節〈深知茶效，選擇茗飲〉。

〔註59〕　本小傳參考《全唐詩》卷二九七王建小傳、《唐才子傳》卷四〈王建傳〉。

〔註60〕　見本論文第五章第一節之六、「茶伴行旅」。

〔註61〕　詩曰：「擬作讀經人，空房置淨巾。鎖茶藤篋密，曝藥竹床新。老病應隨業，因緣不離身。焚香向居士，無計出諸塵。」

〔註62〕　《唐才子傳》卷四：「建性耽酒，放浪無拘。」

好經驗〔註63〕，想必很令他難忘吧！後來王建又與張籍唱答，感情契厚〔註64〕，張籍是個愛茶的詩人，朋友間難免相互感染，或許這是王建嗜酒不嫌茶的原因。此外，〈寄汴州令狐相公〉（《全唐詩》卷三〇〇）描述因茶而興之草市鎮的熱鬧繁榮，側面反映了唐代茶葉貿易之發達〔註65〕，可說相當具有史料參考價值。

　　王建專意詠茶之詩雖無，然其茶詩反映唐代文人攜茶伴行旅的情形、反映天子以茶賜下之宮廷茶文化、反映唐代茶葉貿易之發達，其茶詩之價值正在於反映茶文化之層面的寬廣。

八、錢　起

　　錢起，字仲文。吳興人，天寶十載登進士第。官秘書省校書郎，終尚書考功郎中。大歷中，與韓翃、李端輩號十才子〔註66〕。

　　錢起約有茶詩四首，〈過長孫宅與朗上人茶會〉（《全唐詩》卷二三七）、〈與趙莒茶宴〉（《全唐詩》卷二三九）是兩首描寫茶會的詩歌，前一首為五言律詩，記述啜茶玄談的美妙體驗，其間還有論文、揮毫等藝文活動同境進行；後一首為七言絕句，寫與趙莒品茗竹下，沉浸在茗茶的世界裏〔註67〕。〈山齋獨坐，喜玄上人夕至〉（《全唐詩》卷二三七）是一首五言律詩，寫欣喜玄上人之造訪，彼此相談甚歡，兩忘於茗茶的世界裏〔註68〕。〈過張成侍御宅〉（《全唐詩》卷二三九）是一首七言律詩，記述和張侍御以茶代酒，靜聽琴音的遇合〔註69〕。

〔註63〕　參見本論文第五章第四節之一、「宮廷茶文化」引。
〔註64〕　《唐才子傳》卷四：「與張籍契厚，唱答尤多。」
〔註65〕　參見本論文第五章第四節之三、「平民茶文化」引。
〔註66〕　本小傳參考《全唐詩》卷二三六錢起小傳。
〔註67〕　〈過長孫宅與朗上人茶會〉：「偶與息心侶，忘歸才子家。玄談兼藻思，綠茗代榴花。岸幘看雲卷，含毫任景斜。松喬若逢此，不復醉流霞。」，〈與趙莒茶宴〉：「竹下忘言對紫茶，全勝羽客醉流霞。塵心洗盡興難盡，一樹蟬聲片影斜。」
〔註68〕　詩曰：「舍下虎溪徑，煙霞人暝開。柴門兼竹靜，山月與僧來。心瑩紅蓮水，言忘綠茗杯。前峰曙更好，斜漢欲西回。」
〔註69〕　詩曰：「丞相幕中題鳳人，文章心事每相親。從軍誰謂仲宣樂，入室

　　上述四首茶詩均爲對仗工整、語言清麗的短篇幅之作，除了〈過張成侍御宅〉外，皆以恬謐幽美的自然景致作爲品茗的背景，塑造出沉浸於茶香的人物形象，從而構成了一個天人合一、清幽閒適的詩歌意境。總之，錢起的茶詩雖然不多，卻風格統一，很有個人的特色。

　　此外，如盧仝、元稹、柳宗元、李嘉祐、顧況、袁高、皇甫曾、皇甫冉、姚合等，亦皆爲中唐時期值得注意的茶詩作家。盧仝的〈走筆謝孟諫議寄新茶〉（《全唐詩》卷三八八）描述詩人點視孟諫議寄贈之「白絹斜封三道印」的新茶後，便迫不及待地煎茶品飲，接著以神妙的筆墨描寫了一連串的飲茶感受，並創造出一片廣闊的精神境界，在珍愛此茶的同時，詩人自然想到了新茶得之不易，而憐恤茶農採摘焙製的艱辛〔註70〕。此詩自唐以來，傳唱千年不衰，至今詩家茶人於詠茶時仍屢屢吟及〔註71〕，可謂影響極深極遠，盧仝在中國茶人心中的地位也因此而屹立不搖；元稹約有茶詩七首，其中〈茶〉（《全唐詩》卷四二三）爲專意詠茶之寶塔詩，不但形式獨特、文句優美，內容更是富於概括性，歌詠了茶的特性與功效，描述茶的煎煮之道，也寫出了飲後的美妙感受，誠一大傑作也〔註72〕；柳宗元約有茶詩四首，〈巽上人以竹閒自採新茶見贈，酬之以詩〉（《全唐詩》卷三五一）寫僧家之採茶、製茶，以及詩人煮茶、飲茶的情形，並且指出茗茶具有滌慮蕩昏的功效，語言頗爲精麗〔註73〕。另一首〈夏晝偶作〉（《全唐詩》

　　方知顏子貧。杯裏紫茶香代酒，琴中綠水靜留賓。欲知別後相思意，唯願瓊枝入夢頻。」

〔註70〕此詩見本論文第五章第三節之二、「人境」其1、「獨飲」引。

〔註71〕後之騷人墨客嗜茶善烹者，每每與盧仝相比，品茶興味酣然時，常常以「七碗茶」、「兩腋清風」代稱。參考陳宗懋主編《中國茶經》〈茶文化篇〉二、「名人與茶」對盧仝的介紹。（上海文化出版社，1999年11月第十二次印刷）

〔註72〕參見本論文第七章第二節引。

〔註73〕詩曰：「芳叢翳湘竹，零露凝清華。復此雪山客，晨朝掇靈芽。蒸煙俯石瀨，咫尺凌丹崖。圓方麗奇色，圭璧無纖瑕。呼兒爨金鼎，餘馥延幽遐。滌慮發眞照，還源蕩昏邪。猶同甘露飯，佛事薰毗耶。咄此蓬瀛侶，無乃貴流霞。」

卷三五二）寫盛夏溽暑午眠時，隔竹聽聞山童之搗茶聲，詩簡而妙、意亦幽閒〔註74〕，兩首均是優美的茶詩；李嘉祐約有茶詩七首，其中〈秋曉招隱寺東峰茶宴，送內弟閻伯均歸江州〉和〈與從弟正字、從兄兵曹宴集林園〉（俱見《全唐詩》卷二○七）都是描寫茶會的詩歌，可一窺唐代茶會的樣貌；顧況雖僅有茶詩兩首，然其〈焙茶塢〉描寫農家焙茶的情形，語言質樸、畫面生動〔註75〕，值得留意，且其〈茶賦〉為唐代難得一見的詠茶賦之作，顧況之重要性以此而顯；袁高之茶詩雖僅〈茶山詩〉一首（《全唐詩》卷三一四），卻足令之名留千古，此詩代茶農抒怨，控訴製造貢茶之勞民傷財，情感鬱積、語亦沉痛〔註76〕；皇甫曾、皇甫冉兩兄弟與陸羽交遊，皆有詩歌記述陸羽，皇甫曾的〈送陸鴻漸山人採茶回〉（《全唐詩》卷二一○）、皇甫冉的〈送陸鴻漸棲霞寺採茶〉和〈送陸鴻漸赴越〉（俱見《全唐詩》卷二五○）都是研究陸羽很好的參考資料；姚合的〈乞新茶〉（《全唐詩》卷五○○）描寫唐代名茶碧澗春在採摘時必須戒食葷辛，也反映唐代文人有以詩乞茶的情形。

　　相較於盛唐，中唐的茶詩數量已明顯增多，專意詠茶之詩也不少，詩家輩出，風格亦多樣化，反映茶文化的層面也更寬廣了。

第三節　晚唐重要茶詩作家

　　晚唐時期專意詠茶之詩歌又更多了，甚至出現了如皮日休和陸龜

〔註74〕　詩曰：「南州溽暑醉如酒，隱几熟眠開北牖。日午獨覺無餘聲，山童隔竹敲茶臼。」明人謝榛《四溟詩話》卷二：「詩有簡而妙者，若……李洞『藥杵聲中搗殘夢』，不如柳子厚『日午睡覺無餘聲，山童隔竹敲茶臼。』。」（台北：藝文印書館，1967年）又，胡應麟《詩藪》內編卷六：「子厚『日午睡覺無餘聲，山童隔竹敲茶臼』意亦幽閒。」（台北廣文書局，1973年）
〔註75〕　詩曰：「新茶已上焙，舊架猶生醭。旋旋續新煙，呼兒劈寒木。」（見《全唐詩》卷二六七）
〔註76〕　詩見本論文第五章第四節之一、「宮廷茶文化」引。

蒙之連篇累牘、規模少見的唱和茶詩，晚唐的茶詩壇實可謂是百花爭放、色彩紛呈。

一、皮日休

　　皮日休，字襲美，一字逸少，自號間氣布衣、鹿門子，襄陽人。性傲誕，隱居鹿門。咸通八年登進士第。崔璞守蘇，辟軍事判官。與陸龜蒙交擬金蘭，日夕唱和。入朝，授太常博士。黃巢陷長安，僞署學士，使爲讖文，疑其譏己，遂及禍〔註77〕。

　　皮日休約有茶詩二十六首，其中最爲著名的便是〈茶中雜詠〉十首（《全唐詩》卷六一一），皮日休爲此更作了一篇序，其曰：

> 案周禮，酒正之職，辨四飲之物，其三曰漿。又漿人之職，共王之六飲，水、漿、醴、涼、醫、酏，入於酒府。鄭司農云：「以水和酒也。」蓋當時人率以酒醴爲飲，謂乎六漿。酒之醨者也，何得姬公製。《爾雅》云：「檟，苦茶，即不擷而飲之。」豈聖人純於用乎，抑草木之濟人，取捨有時也。自周以降，及於國朝茶事，竟陵子陸季疵言之詳矣。然季疵以前，稱茗飲者，必渾以烹之，與夫瀹蔬而啜者無異也。季疵之始爲經三卷，由是分其源、製其具、教其造、設其器、命其煮，俾飲之者除痟而去癘，雖疾醫之不若也，其爲利也，於人豈小哉！余始得季疵書，以爲備矣，後又獲其《顧渚山記》二篇，其中多茶事。後又太原溫從雲、武威段碣之，各補茶事十數節，並存於方冊。茶之事，由周至於今，竟無纖遺矣。昔晉杜育有荈賦，季疵有茶歌，余缺然於懷者，謂有其具而不形於詩，亦季疵之餘恨。遂爲十詠，寄天隨子。

皮日休在此序中對茶之飲用歷史作了簡要的回顧，同時認爲所收集的歷代文獻中，對茶葉各方面的記述已無纖遺，但在自己的詩歌中卻沒有任何反映，實引以爲憾，故而創作〈茶中雜詠〉十首，表明了十詠是以詩的形式和語言來記述茶事的。〈茶中雜詠〉的詩題分別

〔註77〕　本小傳參考《全唐詩》卷六○八皮日休小傳、《唐才子傳》卷八〈皮日休傳〉。

爲〈茶塢〉、〈茶人〉、〈茶筍〉、〈茶籯〉、〈茶舍〉、〈茶灶〉、〈茶焙〉、〈茶鼎〉、〈茶甌〉、〈煮茶〉〔註78〕。此十首詩歌體裁爲五言律詩，描寫茶葉自生長、採摘、製作、而至烹飲的過程，還包括這整個過程中的相關細節如採茶的配備、蒸茶研茶焙茶的情景、茶焙的形貌等，同時也描繪了茶塢優美的風光、歌詠了茶人的生活及茶甌的形制，不但全面性地反映了茶葉的相關知識，文化內涵豐富，就是在表現技巧上也很統一，對仗精工、語言峭麗，總體之藝術成就可說是相當高的。尤其可貴的是，〈茶灶〉一詩曰：「如何重辛苦，一一輸膏粱。」充分流露出憐恤茶農的悲憫精神，是關懷現實、緣事而發的佳作。

此外，〈題惠山泉〉二首其一（《全唐詩續補遺》卷九）諷刺李德裕爲取用惠山泉煮茶而勞師動眾之水遞行徑；〈包山祠〉（《全唐詩》卷六一〇）反映太湖包山一帶以茶祭祀的風俗；〈夏景沖澹偶然作二首〉其一、〈褚家林亭〉（俱見《全唐詩》卷六一四）描寫詩人的飲茶生活，意境清幽閒適，都是值得留意的優秀作品。

觀皮日休茶詩之風格大抵峭麗精工，很有個人之特色，其〈茶中雜詠〉又有不錯的藝術成就，眞可說是晚唐的一大茶詩作家。

二、陸龜蒙

陸龜蒙，字魯望，姑蘇人，幼而聰悟，有高致。舉進士不第。辟蘇、湖二郡從事。退隱松江甫里，多所論撰。自稱江湖散人，又號天隨子。龜蒙嗜飲茶，置小園顧渚山下，歲入茶租，薄爲甌犧之費，著書一編，繼《茶經》、《茶訣》之後，又判品張又新水說爲七種，好事者雖惠山、虎邱、松江，不遠百里爲致之。龜蒙不喜與流俗交，雖造門亦罕納。每寒暑得中體無事，時放扁舟、挂蓬席、齎束書茶灶筆床釣具，鼓櫂鳴榔，太湖三萬八千頃，水天一色，直入空明，或往來別浦。後以高士召，不赴。李蔚、盧攜素重之，及當國，召拜拾遺，詔

〔註78〕詩見本論文第七章第二節註 30 所錄。

方下卒。光化中，贈右補闕〔註79〕。

　　陸龜蒙爲晚唐有名的隱逸詩人，又酷愛飲茶，是繼白居易將飲茶和舟釣結合在一起後〔註80〕，又攜筆床、書卷相隨，把文人隱逸之形象表現得更具藝術魅力的茶詩人，其連繫筆床、茶灶、釣舟三者之隱法，不但影響了後世之文人〔註81〕，同時飲茶也更容易引發後世文人的江湖扁舟之想〔註82〕。

　　陸龜蒙約有茶詩二十一首，多爲與皮日休唱和之作，其中最爲人熟知的便是〈奉和襲美茶具十詠〉（《全唐詩》卷六二〇）〔註83〕，此組詩和皮日休一事一詠、一唱一和，反映之茶事內容與藝術成就同樣值得肯定，陸龜蒙雖爲隱者，亦仍不忘對茶農之疾苦注入深刻的同情，〈茶舍〉一詩曰：「不憚採掇勞，只憂官未足。」可見其隱而不逸、悲天憫人的高尚情操。此外，〈秘色越器〉（《全唐詩》卷六二九）歌詠皇室專用的越器－秘色茶碗，相當具有史料之參考價值〔註84〕。

　　陸龜蒙之茶詩用字清麗、意境幽深，雖不似皮日休般之刻意求精工，卻也有個人的風格；而與皮氏二人以優美的詞藻、形象的筆墨，

〔註79〕　本小傳參考《全唐詩》卷六一七陸龜蒙小傳、《唐才子傳》卷八〈陸龜蒙傳〉。

〔註80〕　關於白居易把飲茶和舟釣結合在一起，參見本論文第五章第一節前言所引《唐語林》之解說。

〔註81〕　如宋人楊萬里〈壓波堂賦〉：「先生欣然曰：『吾又將載吾堂於扁舟，對越江妃之貝闕，我芰我裳，我葛我巾，筆床茶灶，瓦盆藤尊……而先生飄然若秋空之孤雲矣。』」（見《楊誠齋文集》卷四十四，台南成功大學複印本），陸游〈流年〉：「茶灶筆床猶自隨，昨日客招東浦釣。」、〈龍鍾〉：「幸有筆床茶灶在，孤舟更入剡溪雲。」（分別見《陸放翁全集》卷六十二、二十七，台北：河洛出版社，1975 年 5 月），元人張可久〈人月圓‧客垂虹〉：「蓴菜張翰、漁舟范蠡、茶灶龜蒙。」（見隋樹森編《全元散曲》，台北：漢京文化事業有限公司，1983 年 12 月）

〔註82〕　如黃庭堅〈雙井茶送子瞻〉：「爲君喚起黃州夢，獨載扁舟向五湖。」（見《全宋詩》卷九八四，中央研究院電子書），蘇軾〈魯直以詩饋雙井茶次韻爲謝〉亦云：「明年我欲東南去，畫舫何妨宿太湖。」

〔註83〕　參見本論文第七章第二節引。

〔註84〕　此詩參見本論文第五章第二節之五、「愛賞不已的茶甌持玩」引。

描繪了唐代茶事之種種，生動地爲吾人展現出一幅幅唐代的茶事圖
卷，眞可謂爲詩中的《茶經》；其陸龜蒙式之隱法又對後世文人產生
了很大的影響，陸龜蒙誠爲茶詩史上深具典型意義的茶詩作家。

三、齊　己

　　齊己，名得生，姓胡氏。早失怙恃，七歲穎悟，爲大潙山寺司牧，
往往抒思取竹枝，畫牛背爲小詩，耆宿異之，遂共推挽入戒。齊己性
放逸不滯，土木形骸，頗任琴樽之好，工詩，常與詩友鄭谷、曹松、
方干等唱和往來。後欲入蜀，經江陵，高從海留爲僧正，居之龍興寺，
自號衡岳沙門〔註85〕。

　　齊己約有茶詩二十餘首，專意詠茶之詩六首，題爲〈詠茶十二韻〉
（《全唐詩》卷八四三）的是一首五言排律，開頭先歌頌茶之地位－「百
草讓爲靈，功先百草成。」，接著言及茶之採製與貢茶之貴，然後讚譽
茶香之清郁、說飲茶可以輕身換骨，再敘寫茶之煎煮等事，並指出茶
能爲賦客添詩興、助禪師之修行，最後以陸羽已盡茶事之妙作結，全
詩詞藻精美、對仗工整、內容豐富〔註86〕；〈嘗茶〉（《全唐詩》卷八三
八）爲五言律詩，描寫品茶的美好感受，並歌詠茶煙和碾茶，也語及
茗茶能提神除寐、增益詩思，文句優美、意境閒遠〔註87〕；〈謝潙湖茶〉
（《全唐詩》卷八四〇）亦是五言律詩，詩一開頭先指出潙湖蠟面茶乃
上貢之茶，非尋常人可嘗得，表明其珍貴與獲致之欣喜，接著歌詠碾
茶聲及茶湯色，此詩淺白如話、流暢坦易〔註88〕；〈謝中上人寄茶〉（《全

〔註85〕　本小傳參考《全唐詩》卷八三八齊己小傳、《唐才子傳》卷九〈齊己
　　　　傳〉。
〔註86〕　詩曰：「百草讓爲靈，功先百草成。甘傳天下口，貴占火前名。出處
　　　　春無雁，收時谷有鶯。封題從澤國，貢獻入秦京。嬲覺精新極，嘗
　　　　知骨自輕。研通天柱響，摘遠蜀山明。賦客秋吟起，禪師晝臥驚。
　　　　角開香滿室，爐動綠凝鐺。晚憶涼泉對，閒思異果平。松黃乾旋泛。
　　　　雲母滑隨傾。頗貴高人寄，尤宜別匱盛。曾尋修事法，妙盡陸先生。」
〔註87〕　詩曰：「石屋晚煙生，松窗鐵碾聲。因留來客試，共說寄僧名。味擊
　　　　詩魔亂，香搜睡思輕。春風雪川上，憶傍綠叢行。」
〔註88〕　詩曰：「潙湖唯上貢，何以惠尋常。還是詩心苦，堪消蠟面香。碾聲

唐詩》卷八四〇）和〈謝人惠扇子及茶〉（《全唐詩》卷八四一）兩首均
爲答贈詩，用字妍麗、意興蕭散〔註89〕；〈聞道林諸友嘗茶因有寄〉（《全
唐詩》卷八四六）描寫茶之採製、煎煮，並抒發思茶渴茶之心情，語
言優美、對仗工整〔註90〕。此外，〈過陸鴻漸舊居〉（《全唐詩》卷八四
六）以優美的詩意勾勒茶聖陸羽之行誼，亦可爲陸羽寫過自傳的佐證
〔註91〕。

　　齊己的茶詩多爲律詩，對仗精美而充滿淡雅幽遠之境，如〈逢
鄉友〉：「竹影斜青蘚，茶香在白甌。」（《全唐詩》卷八三八）、〈山
寺喜道者至〉：「鳥幽聲忽斷，茶好味重回。」（《全唐詩》卷八三九）、
〈寄江西幕中孫魴員外〉：「茶影中殘月，松聲裏落泉。」（《全唐詩》
卷八三九）、〈寄孫辟呈鄭谷郎中〉：「雪長松楱格，茶添話語香。」
（《全唐詩》卷八四一）、〈聞落葉〉：「煮茗燒乾脆，行苔踏爛紅。」
（《全唐詩》卷八四二）、〈懷東湖寺〉：「竹徑青苔合，茶軒白鳥還。」
（《全唐詩》卷八四二）、〈匡山寓居棲公〉：「樹影殘陽寺，茶香古石
樓。」（《全唐詩》卷八四三）等，多從小處落墨，運用竹影、鳥聲、
殘月、雪松、青苔、紅葉、古樓等創造淡雅幽遠的境界，相較於中

　　　　通一室，烹色帶殘陽。若有新春者，西來信勿忘。」
〔註89〕〈謝中上人寄茶〉：「春山穀雨前，併手摘芳煙。嫩綠難盈籠，清和易
　　　　晚天。且招鄰院客，試煮落花泉。地遠勞相寄，無來又隔年。」、〈謝
　　　　人惠扇子及茶〉：「鎗旗封蜀茗，圓潔製鮫綃。好客分烹煮，青蠅避
　　　　動搖。陸生誇妙法，班女恨涼飆。多謝崔居士，相思寄寂寥。」
〔註90〕詩曰：「鎗旗冉冉綠叢園，穀雨初晴叫杜鵑。摘帶嶽華蒸曉露，碾和
　　　　松粉煮春泉。高人夢惜藏巖裏，白碪封題寄火前。應念苦吟耽睡起，
　　　　不堪無過夕陽天。」
〔註91〕詩曰：「楚客西來過舊居，讀碑尋傳見終初。佯狂未必輕儒業，高尚
　　　　何妨誦佛書。種竹岸香連菡萏，煮茶泉影落蟾蜍。如今若更生來此，
　　　　知有何人贈白驢。」。案，陸羽寫過一篇〈陸文學自傳〉，是研究陸
　　　　羽的一手資料，不過八十年代起便有人開始懷疑其眞僞，今人錢時
　　　　霖爲此進行一番考證，認爲此傳確係陸羽所作，其中便引齊己此詩
　　　　作爲佐證。（參見錢時霖〈陸文學自傳眞僞考〉，《中國茶葉加工》，
　　　　1988年第一期，錢時霖〈陸文學自傳眞僞考辨〉，《農業考古·中國
　　　　茶文化專號》19，2000年第二期）

唐詩僧皎然之喜長篇鋪排、盡情揮灑，齊己的短幅小制自有不盡的韻味，耐人品嚐低迴。

四、貫　休

貫休，字德隱，俗姓姜氏，蘭溪人。風騷之外，尤精筆札，兼工書畫，乃唐末五代天下爲之傾倒的大詩僧，與之交遊的詩人不下五六十輩。初爲吳越王錢鏐所重，後謁成汭荊南。天復中，入益州，王建禮遇之，賜號禪月大師，或呼爲得得來和尙。終於蜀，年八十一〔註92〕。

貫休茶詩約有三十九首，數量之多，在唐代僅次於白居易。其〈別杜將軍〉（《全唐詩》卷八二八）自云：「伊余本是胡爲者，採蕷鋤茶在窮野。」，述說著僧人多習茶譜於種茶，也側面反映了唐代時已相當注意茶園的整地與耘治；〈上馮使君山水障子〉（《全唐詩》卷八三一）是唐代唯一的一首詠茶畫之詩歌，相當寶貴〔註93〕；〈山居詩二十四首〉其三（《全唐詩》卷八三七）敘寫擎茶閒飲之心情〔註94〕、其二十描寫閒擔茶器，品飲於青障綠崖間，詩具清遠之意〔註95〕、其二十一詩句「香閣茶棚綠蠟齊」，反映了唐代品茗之建築物－茶棚之形貌〔註96〕；〈桐江閒居作十二首〉其一、其三、其六（《全唐詩》卷

〔註92〕 本小傳參考《全唐詩》卷八二六貫休小傳、《唐才子傳》卷十〈貫休傳〉，及吳庚舜、董乃斌主編《唐代文學史》第三十一章第二節對貫休之介紹（北京人民文學出版社，1995年12月）。

〔註93〕 詩見本論文第五章第三節之三、「藝境」其三、「觀書畫」之引用與解說。

〔註94〕 詩曰：「好鳥聲長睡眼開，好茶擎乳坐莓苔。不聞榮辱成番盡，只見熊羆作隊來。詩裏從前欺白雪，道情終遣似嬰孩。由來此事知音少，不是眞風去不回。」

〔註95〕 詩曰：「自休自已自安排，常願居山事偶諧。僧採樹衣臨絕壑，狄爭山果落空階。閒擔茶器緣青障，靜衲禪袍坐綠崖。虛作新詩反招隱，出來多與此心乖。」

〔註96〕 詩曰：「石鑪金鼎紅蕖嫩，香閣茶棚綠蠟齊。塢燒崩騰奔潤鼠，嚴花狼藉鬥山雞。蒙莊環外知音少，阮籍途窮旨趣低。應有世人來覓我，水重山疊幾層迷。」

八三〇）描寫個人的閒居生活而語及茶塢風光、飲茶修行和品茗清吟，不避口語而率意放辭，略有樸拙之味〔註97〕，而詩人粗豪之形象躍然紙上。

貫休之茶詩有些詩句富於想像，如「數隻飛來鶴，成堆讀了經。」（〈桐江閒居作十二首〉其三）、「茶香有碧筋」（〈劉相公見訪〉《全唐詩》卷八三〇）、「茗滑香黏齒」（《全唐詩》卷八三二）、「茶煙黏衲葉」（《全唐詩》卷八三三），有些詩句則充滿幽靜清逸之味，如「松聲冷浸茶軒碧」（〈避地毘陵，寒月上孫徽使君兼寄東陽王使君三首〉其三《全唐詩》卷八三六）、「古桂林邊棋局濕、白雲堆裏名煙青」（〈陪馮使君遊六首－登干霄亭〉）、「簾卷茶煙縈墮葉，月明棋子落深苔」（〈將入匡山宿韓判官宅〉）、「深竹秒聞殘磬盡、一茶中見數帆來。」（〈寄題詮律師院〉）（以上俱見《全唐詩》卷八三七）等，然就總體而言，貫休之茶詩並不追求工巧細緻，甚至不避口語而率意放辭，似不及其僧友齊己之茶詩來得含蓄而有韻味，不過其茶詩反映了一定的茶文化，詩人之形象亦鮮明，是晚唐值得留意的茶詩僧。

五、杜　牧

杜牧之生平小傳已見本章第一節之五、「督造貢茶，親觸茶事」，此不再贅述。

杜牧之茶詩雖不多，卻篇篇精彩，由於曾作修貢刺史，督造貢茶之故，而留有四首記述修貢事及描繪茶山風光的詩歌，詩題為〈題茶山〉、〈茶山下作〉、〈入茶山下題水口草市絕句〉、〈春日茶山病不飲酒因呈賓客〉〔註98〕（均見《全唐詩》卷五二二），同樣是反映當時刺

〔註97〕詩其一：「木落雨矖矖，桐江古岸頭。擬歸仙掌去，剛被謝公留。猛燒侵茶塢，殘霞照角樓。坐來還有意，流水面前流。」、其三：「靜室焚檀印，深爐燒鐵瓶。茶和阿魏煖，火種柏根馨。數隻飛來鶴，成堆讀了經。何妨似支遁，騎馬入青冥。」、其六：「紅黍飯溪苔，清吟茗數杯。祇應唯道在，無意俟時來。樹疊藏仙府，山蒸足爆雷。從他嫌復笑，門更不曾開。」

〔註98〕詩見本論文第三章註57引。

史們督造貢茶的過程，相較於袁高〈茶山詩〉（《全唐詩》卷三一四）和李郢〈茶山貢焙歌〉（《全唐詩》卷五九○）的深沉鬱積，杜牧之詩則是色彩明麗，語調俊爽，別有另一番風貌；〈題禪院〉歌詠茶煙，寫出了蒼老蕭瑟的心境，對後世文人有極深的影響〔註99〕。

六、薛　能

　　薛能，字太拙，汾州人，會昌六年登進士第。大中末，書判入第中選，補盩厔尉。李福鎮滑，表署觀察判官，歷御中、都官刑部員外郎。福徙西蜀，奏以自副。咸通中，攝嘉州刺史，遷主客、度支、刑部郎中，權知京兆尹事，授工部尚書，復節度徐州，徙鎮忠武。廣明元年，徐軍戍溵水，經許，能以舊軍，館之城中。軍懼見襲，大將周岌乘眾疑逐能，自稱留後，因屠其家。能治政嚴察，絕請謁，耽僻於詩，然資性傲忽，又多佻輕忤世。晚節尚浮屠，奉法唯謹〔註100〕。

　　薛能約有茶詩十三首，專意詠茶之詩有二首，均為答贈詩，〈蜀州鄭使君寄鳥觜茶，因以贈答八韻〉（《全唐詩》卷五六○）歌詠蜀茶－鳥觜茶，同時也反映了唐代雖以清飲茗茶為主流，也還保留於茶中添加佐料的風俗。另一首〈謝劉相寄天柱茶〉（《全唐詩》卷五六○）則歌詠舒州名茶－天柱茶，反映唐代文人以茶贈友的文化〔註101〕。此外，〈西縣途中二十韻〉（《全唐詩》卷五六○）描寫帶軍途中所見之鄉野景觀，其中「鄉儀搗散茶」一句反映唐代平民有飲散茶的習慣；〈新雪〉（《全唐詩》卷八八四）反映唐代文人有酷愛以雪水煎茶者。

　　大致說來，薛能之茶詩藝術表現平凡，並不算出色，然其兩首答贈之詠茶詩則顯示其構思、用語不肯蹈襲他人，欲自出機杼之企圖，

〔註99〕　參見本論文第五章第三節之四、「高逸深遠的茶煙歌詠」之論述。
〔註100〕　本小傳參考《全唐詩》卷五五八薛能小傳、《唐才子傳》卷七〈薛能傳〉。
〔註101〕　此二詩見本論文第三章第二節〈以茶會友，增進情誼〉引。

如詩句「鳥觜擷渾牙，精靈勝鏌鎁。」和「偷嫌曼倩桃無味，搗覺嫦娥藥不香」則語奇、思奇而不落俗套。至於其茶詩之內容也反映了唐代名茶、文人之取用雪水煎茶、啜茶吟詩等茶文化，相當富有文化內涵，亦是不容忽視的茶詩作家。

七、黃　滔

　　黃滔，字文江，蒲田人。昭宗錢寧二年擢進士第。光化中，除四門博士，尋遷監察御史裏行，充威武軍節度推官。王審知據有全閩，而終其身爲節將者，滔規正有力焉〔註102〕。

　　黃滔之茶詩約有十二首，多爲律詩之作，內容以題僧院、山齋爲主，如〈題東林寺元祐上人院〉、〈題友人山齋〉、〈題鄭山人居〉、〈題道成上人院〉（以上均見《全唐詩》卷七○四）、〈題宣一僧正院〉、〈題靈峰僧院〉（俱見《全唐詩》卷七○六）等〔註103〕，於描寫僧院、山齋之風貌的同時，將品茶者的閑閑意態自然呈現出來。黃滔尤其擅長組合具有典型意義的事物（如冰溜、廢巢、雪、棋、松等）於同一首詩裏，而形成一種蕭散野逸或清逸高遠的詩境，如「茗汲冰銷溜，爐燒鵲去巢。」〔註104〕、「句成苔石茗，吟弄雪窗棋。」、「繫馬松間不

〔註102〕本小傳引自《全唐詩》卷七○四黃滔小傳。
〔註103〕〈題東林寺元祐上人院〉：「盧阜東林寺，良遊恥未曾。半生隨計吏，一日對禪僧。泉遠攜茶看，峰高結伴登。迷津出門是，子細問三乘。」、〈題友人山齋〉：「疏竹漏斜暉，庭間陰復遺。句成苔石茗，吟弄雪窗棋。沙草泉經澀，林齋客集遲。西風虛見逼，未擬問京師。」、〈題鄭山人居〉：「履跡遍莓苔，幽枝間藥栽。枯杉擎雪朵，破牖觸風開。泉自孤峰落，人從諸洞來。終期宿清夜，斟茗說天台。」、〈題道成上人院〉：「花宮城郭內，師住亦清涼。何必天台寺，幽禪瀑布房。簞舒湘竹滑，茗煮蜀芽香。更看道高處，君侯題翠梁。」、〈題宣一僧正院〉：「五級凌虛塔，三生落髮師。都僧須有託，孤嶠送無期。井邑焚香待，君侯減俸資。山衣隨疊破，萊骨逐年羸。茶取寒泉試，松於遠澗移。吾曹來頂手，不合不題詩。」、〈題靈峰僧院〉：「繫馬松間不忍歸，數巡香茗一枰棋。擬登絕頂留人宿，猶待滄溟月滿時。」
〔註104〕見其〈東蕃山舍喜標上人見訪〉（《全唐詩》卷七○四），

忍歸，數巡香茗一枰棋。」等詩句。黃滔之茶詩語言平易明曉，情調不疾不徐，宋人洪邁稱其詩「若與人對話，和氣郁郁。」（〈唐黃御史文集序〉〔註105〕），觀其茶詩，信然！

八、李　洞

李洞，字才江，諸王孫也。酷慕賈島，鑄其像，事之如神，人有喜賈島詩者，必手錄島詩贈之，叮嚀再四曰：「此無異佛經，歸焚香拜之。」其仰慕如此之切也。昭宗時，凡三上不第，失意流落，往來寓蜀而卒〔註106〕。

李洞約有茶詩十二首，內容多為寄贈、送別、留宿而語及茶事之作，體裁以近體居多，往往琢字煉句、對仗精工。其詩思奇峭者如「墨研青露月，茶吸白雲鐘。」（〈宿鳳翔天柱寺窮易玄上人房〉《全唐詩》卷七二一）、「分泉煎月色，憶就茗林居。」（〈錦城秋寄懷弘播上人〉《全唐詩》卷七二二）、「藥杵聲中搗殘夢，茶鐺影裏煮孤燈。」（〈贈曹郎中崇賢所居〉《全唐詩》卷七二三）等，其詩句別具情韻者如「華山僧別留茶鼎，渭水人來鎖釣船。」（〈贈昭應沈少府〉《全唐詩》卷七二三）、「挑燈雪客棲寒店，供茗溪僧爇廢巢。」（〈宿葉公棋閣〉《全唐詩》卷七二三），深具藝術魅力，實不讓於賈島也〔註107〕。此外，其〈寄淮海惠澤上人〉（《全唐詩》卷七二三）一詩反映著唐代「茶禪一味」的茶道思想〔註108〕，很值得注意。

九、李　中

李中，字有中。唐末嘗第進士，為新塗、淦陽、吉水三縣令，仕

〔註105〕見《黃御史文集》，唐黃滔撰、宋洪邁序，台北：商務印書館，1979年。

〔註106〕本小傳參考《全唐詩》卷七二一李洞小傳、《唐才子傳》卷九〈李洞傳〉。

〔註107〕如「墨研青露月，茶吸白雲鐘。」乃學賈島之「墨研秋日雨，茶試老僧鐺。」（〈原東居喜唐溫琪頻至〉，《全唐詩》卷五七二），卻青出於藍而更勝於藍。

〔註108〕參見本論文第六章第七節〈茶禪一味〉。

終水部郎中〔註 109〕。有《碧雲集》，今傳。

　　李中約有茶詩十八首，多爲寄贈、題詠或獻詩而語及茶事之作。李中和很多高僧大師往來密切，這也在茶詩中反映出來，其描寫與僧人之煮茗對啜，往往情韻悠長，耐人咀嚼，如「一秋同看月，無夜不論詩。泉美茶香異，堂深磬韻遲。」（〈寄廬山白大師〉《全唐詩》卷七四七）、「相留看山雪，盡日論風騷。竹影搖禪榻，茶煙上毳袍。」（〈訪龍光智謙上人〉《全唐詩》卷七四七）、「傾壺待客花開後，煮茗留僧月上初。」（〈書郭判官幽齋壁〉《全唐詩》卷七四八）、「最憐煮茗相留處，疏竹當軒一榻風。」（〈夏日書依上人壁〉《全唐詩》卷七四八）等，其歌詠茶煙的詩句也寫得極爲氣韻生動、意態可愛，如「蘚點生棋石，茶煙過竹陰。」（〈獻徐舍人〉《全唐詩》卷七四七）、「螢影夜攢疑燒起，茶煙朝出認雲歸。」（〈題柴司徒亭假山〉《全唐詩》卷七四八）。整體看來，李中之茶詩不大用典，頗善於白描，但詩句明麗、情韻悠長，孟賓于稱其詩「緣情入妙，麗則可知」（〈碧雲集序〉《全唐文》卷八七二），觀其茶詩，信然！

　　此外，如李德裕、李郢、李群玉、司空圖、杜荀鶴、李咸用、鄭谷、曹松、徐夤等，亦皆爲晚唐時期值得留意的茶詩作家。李德裕乃嗜茶成癖者〔註 110〕，有兩首專意詠茶的詩歌，〈故人寄茶〉（《全唐詩》卷四七五）寫碾茶、煮茶、飲茶，並指出茶有清神益思的功效，同時也反映了唐代文人有飲茶讀書的習慣。〈憶茗芽〉（《全唐詩》卷四七五）則描繪出詩人飲茶雍容閒逸的形象〔註 111〕；李郢的〈茶山貢焙歌〉（《全唐詩》卷五九○）批判貢茶之勞民傷財，語沉而情痛〔註 112〕，是反映唐代茶文化很有價值的一首茶詩；李群玉約有茶詩五首，其中專意詠茶之詩爲〈龍山人惠石廩方及團茶〉（《全唐詩》卷五六八）和

〔註 109〕參見《唐才子傳》卷十〈李中傳〉。
〔註 110〕參見本論文第三章第四節〈愛茶種茶，嗜茶成癖〉。
〔註 111〕參見本論文第五章第三節之四、「心境」引。
〔註 112〕詩見本論文第五章第四節之一、「宮廷茶文化」引。

〈答友人寄新茗〉（《全唐詩》卷五七○），前一首詩句「珪璧相壓疊，積芳莫能加。」反映了唐代團茶的形貌，詩中並描述碾茶、燒水、煎茶的過程，以及飲後之感受，全篇辭章清麗。後一首答贈詩先述碾茶、煮茶，並歌詠茶色，然後以答謝作結，語言精簡而具藝術概括力；司空圖約有茶詩九首，內容以幽居遣興、閒吟自適爲主而語及茶事，多爲近體絕句，白描不用典，自然地融合口語詩裏，風格清新雋永、情致靜美〔註113〕；杜荀鶴約有茶詩八首，其〈題德玄上人院〉（《全唐詩》卷六九二）描寫飲茶的心境，雖全詩以言理爲主，但抒情委婉流暢、如話家常，有理趣而無理障，相當可貴〔註114〕。另一首〈春日山中對雪有作〉（《全唐詩》卷六九二）描寫山居煎茶候僧的情形，寫景婉麗、體物瀏亮，使得茶境如畫，美不勝收〔註115〕；李咸用約有茶詩六首，其〈謝僧寄茶〉（《全唐詩》卷六四四）爲專意詠茶之詩，寫僧人依時採茶、製茶，又趁鮮趕緊寄贈詩人之情貌，詩裏並描寫詩人碾茶、煎茶的情形，全詩語言鮮麗、節奏明快；鄭谷約有茶詩十四首，專意詠茶之詩爲〈峽中嘗茶〉（《全唐詩》卷六七六），讚美峽中茶之滋味更勝鴉山、鳥觜等名茶，尤其「合座半甌青泛綠」一句，是極爲難得反映有關茶托的茶詩史料；曹松約有茶詩五首，全是律詩，字句精美、意境幽深，尤其〈宿溪僧院〉（《全唐詩》卷七一七）描寫

〔註113〕 如〈即事二首〉其一：「茶爽添詩句，天清瑩道心。只留鶴一隻，此外是空林。」（《全唐詩》卷六三二）、〈武陵路〉：「橘岸舟間罾網挂，茶坡日暖鷓鴣啼。女郎指點行人笑，知向花間路已迷。」、〈暮春對柳二首〉其一：「縈愁惹恨奈楊花，閉戶垂簾亦滿家。惱得閒人作酒病，剛須又撲越溪茶。」、其二：「洞中猶說看桃花，輕絮狂飛自俗家。正是階前開遠信，小娥旋拂碾新茶。」（以上均見《全唐詩》卷六三三）、〈力疾山下吳村看杏花十九首〉其十一：「能豔能芳自一家，勝鸎勝鳳勝煙霞。客來須共醒醒看，碾盡昌明幾角茶。」（《全唐詩》卷六三四）等詩。

〔註114〕 參見本論文第五章第三節之四、「心境」對此詩之解說。

〔註115〕 詩曰：「竹聲無聲或有聲，霏霏漠漠散還凝。嶺梅謝後重妝蕊，巖水鋪來卻結冰。牢繫鹿兒防獵客，滿添茶鼎候吟僧。好將膏雨同功力，松徑莓苔又一層。」

飲茶於僧院的經驗，那「煎茶留靜者，靠月坐蒼山。」真有心融於山水的感覺，把中國傳統天人合一、物我和諧的精神，自然地呈現出來；徐夤的〈尚書惠蠟面茶〉（《全唐詩》卷七○八）描寫製作、煎煮蠟面茶的情形，〈貢餘秘色茶盞〉（《全唐詩》卷七一○）描寫有青色釉彩的秘色茶盞，這兩首茶詩對研究唐代的蠟茶和茶器具有一定的價值。

晚唐時期政治更加腐敗，社會更加黑暗，文人的內心也就更加煎熬與苦痛，而茗茶滌慮破煩的作用便更顯得重要了，許多心繫家國、關懷民瘼的詩人都選擇茗飲以調和那愁懑憤激的衷腸，如皮日休、陸龜蒙、杜荀鶴、司空圖、貫休等〔註 116〕，蓋品茶時的從容靜適有助於撫平他們心靈深處最大的憂惶，飲茶對晚唐文人而言，其意義正在於此。另一方面，晚唐詩風趨向華美〔註 117〕，整體看來，這一藝術表現傾向也在茶詩中反映出來，許多茶詩作家之作品往往用字妍麗、對仗精美、寫景纖巧幽深，經由以上之論述，便可知曉了。

綜觀以上各期之分論，可以發現唐代茶詩之風格是相當多樣化的，唯各家風格雖異，然其基本格調大抵是平靜和諧，鮮少悲壯激越、豪邁雄放或奇詭偏僻之作，只因唐代詩人們正是選擇飲茶以滌慮破煩、意欲品味閒適的，以平常心品茶自然要以平常心來寫茶了。

〔註 116〕皮日休、陸龜蒙和杜荀鶴有不少批判現實、控訴社會的寫實詩作，有《文學史》即譽之為晚唐的新樂府詩人（見王忠林、左松超等合著《中國文學史初稿》頁 546～549，台北：福記文化圖書有限公司，1985 年 5 月修訂三版）；貫休之詩揭露黑暗、批判現實在唐末五代是極為突出的，甚至如樂府古題〈陽春曲〉大聲疾呼、為民請命，承襲了《詩經》、漢樂府、杜甫、白居易以來的現實主義傳統，相當可貴（參見吳庚舜、董乃斌主編《唐代文學史》第三十一章第二節，北京人民文學出版社，1995 年 12 月）；至於司空圖為咸通末年進士，僖宗時曾官知制誥、中書舍人，後不堪世亂而歸隱中條山，但唐亡即絕食而死（參見《全唐詩》卷六三二），可見其隱居乃為求明哲保身，實則對於家國之命運仍心繫不已而無法忘情。

〔註 117〕參見葉慶炳《中國文學史》第十八講〈晚唐詩〉，和王忠林、左松超等合著《中國文學史初稿》第四編第三章第二節〈晚唐詩歌〉。

第五章　唐代茶詩之文化內涵

　　中唐以後茶風興盛，可以說已至全民皆飲的地步，這種文化現象
又爲詩人提供了最佳的創作題材，尤其唐代文學之冠冕厥爲詩歌〔註
1〕，茶與詩之連繫，使得唐代有著至少六百多首茶詩的豐碩成果，舉
凡文人雅士、皇室貴族、僧人羽客或布衣處士，無不有茶詩之作，而
所反映之茶文化層面可謂相當廣泛的。筆者檢閱唐代茶詩，發現可從
文人、宮廷、佛道和平民等四大層面來探討其內涵，其中反映文人之
茶文化最爲豐富，蓋因唐代茶詩的創作主體以文人居多也〔註2〕，至

<hr />

〔註 1〕 參見葉慶炳《中國文學史》第十五講，台北：學生書局，1987 年 8
　　　　月出版。

〔註 2〕 這裏所謂的文人，除了依傳統說法指有文才之士、或泛指知識份子
　　　　以外，還包括一些詩僧。詩僧是唐代佛教和詩歌發展到一定的歷史
　　　　階段所產生之特殊人物，追繹其因，主要是唐代僧侶階層政經勢力
　　　　擴大後，本身培養出一批文化人，在詩壇上的代表即是詩僧；其次
　　　　由於南宗禪的發展，使得僧侶日益世俗化，一些不得志的知識份子
　　　　也就能夠在出家爲僧後，仍可繼續雕章鑿句的生涯；再則唐代中葉
　　　　以後儒、釋、道三教調和之思想大盛，允許僧侶可以參與到社會生
　　　　活的各個領域中，當他們出入詩壇時，便不被視爲方外之人。從中
　　　　唐以後，詩僧活躍於世俗的逐漸增多，尤其至晚唐五代，不少詩僧
　　　　出入宮廷結交王侯、甚至於奔走藩鎮之間。（參考孫昌武《唐代文學
　　　　與佛教》〈唐五代的詩僧〉，台灣新店谷風出版社，1987 年 5 月）辛
　　　　文房《唐才子傳》卷三云：「至唐，累朝雅道大振，古風再作，率皆
　　　　崇衷像教，駐念津梁，龍象相望、金碧交映。雖寂寥之山阿，實威

於反映宮廷、佛道和平民等三方面茶文化的詩作數量因不及前者，又不容忽視，故合併於一節探討。現分「塗寫唐代文人之飲茶生活」、「彰顯唐代文人之飲茶情趣」、「呈現唐代文人之品茗情境」、「宮廷、佛道、平民茶文化之表現」等四節，論述如下：

第一節　塗寫唐代文人之飲茶生活

　　雖然盛唐時的詩人王維已過著半官半隱的生活〔註3〕，但是尚未形成時代的風氣。真正明確地追求此種生活方式從而形成時代風氣，是在中唐的白居易：

> 白居易少傅分司東都，以詩酒自娛，著《醉吟先生傳》以自敍。盧尚書簡辭有別墅近伊水，亭榭清峻。方冬，與群從子姪，同登眺嵩洛，既而霰雪微下，說鎮金陵時，江南山水，每見居人以葉舟浮泛，就食菰米鱸魚，思之不忘。逡巡，忽有二人衣簑笠，循案而來，牽引蓬艇，船頭覆青幕，中有白衣人與衲僧偶坐，船後有小灶，安銅甌而炊，草角僕烹魚煮茗，溯流過於檻前，聞舟中吟笑方甚，盧歎其高逸，不知何人。從而問之，乃告居易，與僧佛光自逯春門往香山精舍。（《唐語林》）

從這一則資料裏我們看到了白居易的中隱生活過得非常瀟灑安逸，也引起同時代不少人的欣羨。值得注意的是，白居易把茶納入中隱生活

儀之淵藪，寵光優渥，無逾此時。故有顛頓文場之人，憔悴江海之客，往往裂冠裳，撥贈繳，杳然高邁，雲集蕭齋，一食自甘，方袍便足。」說明詩僧其實多是一些仕途寒窘的落拓文人，大概於世事也不大能忘情的。從以上之分析可知詩僧雖皈依佛門，而文人之氣息卻相當的濃厚，實乃具備雙重身份的特殊人物，故其茶詩有展現文人風情的一面，也有反映佛門茶文化的一面，這是探討唐代茶詩之內涵時，必須特別留意之處。

〔註3〕《舊唐書》卷一九〇〈王維傳〉：「晚年長齋，不衣文綵。得宋之問藍田別墅……與道友裴迪浮舟往來，彈琴賦詩，嘯詠終日。嘗聚其田園所為詩，號《輞川集》。在京師日飯十數名僧，以玄談為樂。齋中無所有，唯茶鐺、藥臼、經案、繩床而已。退朝之後，焚香獨坐，以禪誦為事。妻亡不再娶。三十年孤居一室，屏絕塵累。」

裏，並和深具隱逸象徵的舟、釣〔註4〕結合在一起。茶，它本是生長在深山幽谷中的嘉木靈草，所謂「天賦識靈草，自然鍾野姿」（陸龜蒙〈茶人〉《全唐詩》卷六二一）、「潔性不可污，為飲滌塵煩。此物信靈味，本自出山原。」（韋應物〈喜園中茶生〉《全唐詩》卷一九三），足見野、幽乃茶之稟性，而喜好茗飲之人便是「幽人」（見韋應物〈喜園中茶生〉）了，因此，文人以茶事來表現幽居、幽趣和高逸也是極為適合的；同時，茶又是細小的巧物，飲茶實乃微不足道的平常瑣事，白居易和僧佛光能在飲茶和舟、釣中享受著生活的閒趣、體驗不問政事的輕鬆，則可想其心神之閒適了。再者，白居易以太子少傅分司東都，俸祿不少，官職卻清閒，可以不理朝政，過自得自樂的生活，這正符合他想躲避政治、追求閒適的意願。難怪白居易的中隱生活令人欣羨，更引人效法，成為中唐以後士大夫所追求的生活方式。當然，中唐以後文人的生命情調和生活型態之所以發生如此重大的改變，是由其時代背景所造成的，已於第二章第三節論及，此不再贅述。惟本節在於透過唐代茶詩來看中晚唐文人如何將飲茶納入生活中，就此問題，本節擬分七端論述之：一、品味閒適；二、飲茶讀書；三、茶詩同行；四、啜茶清談；五、烹茶待客；六、茶伴行旅；七、以茶送別。並分述如下：

一、品味閒適

　　當盛唐燦爛耀眼的光環漸褪漸淡，中唐文人感受到一種前所未有的危機，然而，在歷經一連串的改革努力失敗後，受盡磨難、心力交瘁的文人開始清醒地了解到自己能力的有限，既然任何的努力都無法

〔註4〕　上古的隱者多棲身山林或舟釣於江湖，就後者而言，如姜太公、嚴光即是佳例，古代文學中的漁父也多是釣隱的形象，孔子不是有言：「道不行，乘桴浮于海」（《論語》〈公冶長篇〉）嗎？可見舟、釣深具隱逸之象徵。隱逸的生活是瀟灑自在、清幽閒適的，至於茶之稟性野、幽，飲茶乃閒適輕鬆之事，故而舟釣與飲茶之結合不僅是屬性之相合，尤其更能突顯出閒適生活的特點。

解除危機、挽救頹勢，稍一不慎還得賠上自己的性命，那麼「出亦圖何事」（陸龜蒙〈詠園居生活〉《全唐詩》卷六二二）呢？「秋陰不散霜飛晚，留得枯荷聽雨聲」（李商隱〈宿駱氏亭寄懷崔雍崔袞〉《全唐詩》卷五三九），中唐以後的文人選擇退入「壺中天地」裏，去品味閒適的人生〔註5〕。而想要品味閒適的人生，首先就得放下許國忘身的重擔，使自己的心境清閒，白居易正是深諳此道的個中翹楚：

> 常聞南華經，巧勞智憂愁。不如無能者，飽食但遨遊。……朝餐夕安寢，用是爲身謀。此外即閒放，時尋山水幽。春游慧遠寺，秋上庾公樓。或吟詩一章，或飲茶一甌。身心一無繫，浩浩如虛舟。（〈詠意〉《全唐詩》卷四三〇）

> 冒寵已三遷，歸期始二年。囊中貯餘俸，園外買閒田。……假歸思晚沐，朝去戀春眠。拙薄才無取，疏慵職不專。……屏除俗事盡，養活道情全。……蒙茶到始煎。（〈新昌新居書事四十韻，因寄元郎中、張博士〉《全唐詩》卷四四二）

> 移榻臨平案，攜茶上小舟。……病慵官曹靜，閒慚俸祿優。琴書中有得，衣食外何求。濟世才無取，謀身智不周。應須共心語，萬事一時休。（〈履道新居二十韻〉《全唐詩》卷四四六）

> 日高饑始食，食竟飽還游。游罷一睡覺，覺來茶一甌。……拙退是其發，榮耀非所求。雖被世間笑，終無身外憂。（〈何處堪避暑〉《全唐詩》卷四五三）

> 昨日詔下去罪人，今日詔下得賢臣。進退者誰非我事，世間寵辱常紛紛。我心與世兩相忘，時事雖聞如不聞。但喜今年飽飯吃，洛陽禾稼如秋雲。但傾一尊歌一曲，不獨忘世兼忘身。（〈詔下〉同上）

> 藥銷日晏三匙飯，酒渴春深一碗茶。……淨名事理人難解，身不出家心出家。（〈早服雲母散〉《全唐詩》卷四五四）

在這些詩篇中，我們看到了白居易懂得莊子的養生之道，使自我無所拘繫，隨緣任化，因時而處順，並且處置自己於材與不材之間以避禍

〔註5〕 參見本論文第二章第三節之論述。

全身。此外，白居易還非常欣賞自己的懶態與病慵，這種心理狀態也已滲透到他的園居生活中，正因為此種心理狀態，他才能平撫心中對世事的憂惶（註6），使自己身心得以清閒平靜。身心一旦清閒平靜，才能發現生活中的細微之樂、細小之美，因為人生正是由那無數瑣細的當下所組成的，而越是平凡閒適的生活，睡覺、吟詩、飲茶等家常瑣事就越顯出其意義來，這就難怪白居易要以它們來妝扮點綴閒適的人生了。

　　再說飲茶一事吧！那細碎繁瑣的煮飲過程能使人從中培養出悠然閒靜的心境，且茶之體性輕細小巧，也符合文人追求輕鬆自在的要求，故而能滲入文人的生活作息中，與其他日常行事結合在一起，讓文人的生活更富於閒趣與愜意：

　　　霽麗床前影，飄蕭簾外竹。簟涼朝睡重，夢覺茶香熟。(元稹〈解秋十首〉其六《全唐詩》卷四○二)

　　　爛熳朝眠後，頻伸晚起時。暖爐生火早，寒鏡裹頭遲。融雪煎香茗，調酥煮乳糜。慵饞還自哂，快活亦誰知。酒性溫無毒，琴聲淡不悲。榮公三樂外，仍弄小男兒。(白居易〈晚起〉《全唐詩》卷四五一)

　　　自笑營閒事，從朝到日斜。淺畦引泉脈，掃徑避蘭芽。暖變牆衣色，晴催木筆花。桃根知酒渴，晚送一甌茶。(白居易〈營閒事〉《全唐詩》卷四五四)

　　　暖床斜臥日曛腰，一覺閒眠百病銷。盡日一餐茶兩碗，更無所要到明朝。(白居易〈閒眠〉《全唐詩》卷四六○)

　　　悶看垂簷雨，閒尋小院芳。壁泥根長麥，籬柱葉生楊。旋展新

〔註6〕王毅《園林與中國文化》第七編「中國傳統文化體系的高度自我完善及其對園林文化的影響」提到，從中唐白居易開始，士大夫的人格理想和美學理想越來越自覺地要求以懶、病為基礎，它越來越成為士大夫人格和生活藝術中不可缺少的組成部分。到了宋代，從最高統治者至整個士大夫階層，無不服膺著這種生活情調，而這一現象非常典型地反映了傳統文化後期的特點和歸宿，上海：人民出版社，1991年7月二刷。

茶試，生開嫩酒嘗。看看花漸老，無復滯春光。(張祜〈閒居作五首〉其四《全唐詩補逸》卷八)

只限蒲褥岸烏紗，味道澄懷景便斜。紅印寄泉慚郡守，青筐與筍媿僧家，茗爐盡日燒松子，書案經時剝瓦花。園吏暫棲君莫笑。不妨猶更著南華。(皮日休〈夏景沖澹偶然作二首〉其一《全唐詩》卷六一四)

中宵茶鼎沸時驚，正是寒窗竹雪明。甘得寂寥能到老，一生心地亦應平。(司空圖〈偶詩五首〉其五《全唐詩》卷六三四)

亭午羲和駐火輪，開門嘉樹庇湖濆。行來賓客奇茶味，睡起兒童帶簟紋。屋小有時投樹影，舟輕不覺入鷗群。陶家豈是無詩酒，公退堪驚日已曛。(章碣〈夏日湖上即事寄晉陵蕭明府〉《全唐詩》卷六六九)

元稹秋日閒居無所事事，多半是懶眠，那麼夢覺之茶香則為生活憑添了些許閒趣；白居易常是日暖曛腰才肯離床，整天無事亦別無所求，逗弄小兒、喝點薄酒、聽聽琴聲、乳糜解饞、一餐茶兩碗，這便是他的生活內容。即使偶忙，也是忙著園林之瑣事－導引泉水入淺畦、小心避開蘭芽掃除園徑。如此淡泊寡慾，自然心境無比清閒，閒到看著牆色隨日照而改變色調、欣喜木筆花因晴暖而開，然後待到酒渴，還有善解人意的桃根遞送一碗茶來。你看，白居易還非常欣賞這樣慵懶寫意的閒居生活哩！字裏行間流露的盡是自得與滿足的欣慰感；張祜先是悶看垂簷雨、閒尋小院芳，連壁泥長出麥根、籬柱生出楊葉他都覺察到了，可見是多麼地閒悶了。因此他試新茶、嘗嫩酒以遣閒排悶，看著春花漸漸老去，為枯燥單調的日常生活加點閒興與逸趣，這不正暗合那啜苦咽甘、喉韻雋永的茶味〔註7〕嗎？皮日休師法莊子、司空圖甘於寂寥，他們都選擇茗飲來打發閒暇；章碣莞爾看著方醒的兒童

〔註7〕 陸羽《茶經》「七之事」引《本草・木部》：「茗，苦茶。味甘苦。」；白居易〈醉後茶興憶楊同州〉：「盛來有佳色，咽能餘芳氣。」(《全唐詩》卷四五三)；盧仝〈走筆謝孟諫議寄新茶〉：「一椀喉吻潤」(《全唐詩》卷三八八)。

臉頰猶帶簟紋、欣賞那樹影投映在屋身，悠閒的輕舟就這麼不覺划入鷗群中。以茶招待賓客，賓客均賞茶之奇味，韶光易逝，剎時驚覺日已黃昏。這些文人在茶中發現閒趣，借茶表現閒適，所追求的誠是平凡安適又充滿逸興閒趣的人生。

又如下列詩作：

> 新年多暇日，晏起褰簾坐。睡足心更慵，日高頭未裹。徐傾下藥酒，稍爇煎茶火。……太守水西來，朱衣垂素舸。良辰不易得，佳會無由果。……上申心款曲，下敘時坎坷。……（白居易〈郡齋暇日，辱常州陳郎中使君早春晚坐水西館　書事詩十六韻見寄，亦以十六韻酬之〉《全唐詩》卷四三一）

> 丹墀朝退後，靜院即冥搜。盡日卷簾坐，前峰當檻秋。烹茶留野客，展畫看滄洲。見說東林夜，尋常秉燭游。（李中〈獻中書韓舍人〉《全唐詩》卷七四七）

> 訟閒征賦畢，吏散卷簾時。聽雨入秋竹，留僧覆舊棋。得詩書落葉，煮茗汲寒池。化俗功成後，煙霄會有期。（李中〈贈胊山楊宰〉《全唐詩》卷七四八）

> 事簡公庭靜，開簾暑氣中。依經煎綠茗，入竹就清風。至論招禪客，忘機憶釣翁。晚涼安枕簟，海月出墻東。（李中〈晉陵縣夏日作〉《全唐詩》卷七四九）

> 憲廳名最重，假日許從容。床滿諸司印，庭高五粒松。井尋芸吏汲，茶拆岳僧封。鳥度簾旌暮，猶吟隔苑鐘。（林寬〈陪鄭誠郎中假日省中寓直〉《全唐詩》卷六〇六）

> 寓直事非輕，宦孤憂且榮。制承黃紙重，詞見紫垣清。曉霽庭松色，風和禁漏聲。僧攜茶相伴，吏掃落花迎。……（鄭谷〈南宮寓直〉《全唐詩》卷六七六）

> 大內隔重牆，多聞樂未央。燈明宮樹色，茶煮禁泉香。鳳輦通門靜，雞歌入漏長。宴榮陪御席，話密近龍章。……（子蘭〈夜直〉《全唐詩》卷八二四）

唐代朝官的節假日很多，大抵民間重要的一些節日，官員都能例行休

假〔註8〕，暇日若非出遊，如白居易就只有待在郡齋聊以休憩罷了，這自然免不了要飲茶以遣暇，適巧又有嘉賓造訪，那麼兩人對啜「上申心款曲、下敘時坎坷」亦饒富意興；李中在公餘閒暇時來上一甌茶，或與野客談天、或與僧人奕棋、或招禪客論理，茶成了佐伴休閒最佳的飲品；當值雖很乏味無趣，一旦有人作陪一起品茗聊天，無疑是為刻板的例行公事注入了些許盎然的閒趣。

　　士大夫們品茶多半親自煎飲以從中獲得樂趣，若是有人代勞服侍，當然也別有一種意趣：

> 飽食緩行新睡覺，一甌新茗侍兒煎。脫巾斜倚繩床坐，風送水聲來耳邊。（裴度〈涼風亭睡覺〉《全唐詩》卷三三五）
>
> 林下春將盡，池邊日半斜。櫻桃落砌顆，夜合隔簾花。嘗酒留閒客，行茶使小娃。……（白居易〈春盡勸酒〉《全唐詩》卷四四七）
>
> 窗間睡足休高枕，水畔閒來上小船。棹遣禿頭奴子撥，茶教纖手侍兒煎。……（白居易〈池上逐涼二首〉其二《全唐詩》卷四五六）
>
> 洞中猶說看桃花，輕絮狂飛自俗家。正是階前開遠信，小娥旋拂碾新茶。（司空圖〈暮春對柳二首〉其二《全唐詩》卷六三三）

裴度飽食後緩行至涼風亭，脫下頭巾斜倚繩床睡覺，他舒服自在地聽著風聲水聲，一旁的侍兒正為他煎著新茶，這畫面該有多悠閒愜意啊！白居易與客人賞春，可能自己點茶，而讓小娘來傳送茶碗〔註9〕，

〔註8〕　《唐六典》卷二記載開元時期的節假：「元正、冬至，各給假七日。寒食通清明4日。8月15日、夏至及臘各3日。正月7日、15日、晦日、春秋二社、2月8日、3月3日、4月5日、5月5日、三伏日、7月7日、15日、9月9日、10月1日，立春、春分、立秋、秋分、立夏、立冬，每旬，並給休假1日。」（台北：商務印書館四庫全書珍本，1976年）大概可知唐代官員的節假日是不少的。又，關於唐代官員的節假日，可參看李斌城、李錦繡、張澤咸、吳麗娛、凍國棟、黃正建著《隋唐五代社會生活史》第四章第九節「休假」及第十節「節日」，北京中國社會科學出版社，1998年7月一版一刷。

〔註9〕　參見布目潮渢〈白居易的喫茶〉一文對此詩的解釋，收入於許賢瑤編譯《中國古代喫茶史》中，台北：博遠出版有限公司，1991年2

或是閒來上小船逐涼，由奴子為其撥棹、侍兒為其煎茶，流露出文人的風流興致，著實稱心快意。司空圖之詩描寫文人感知自然變化之敏銳，他兀自閒看柳絮，自有侍女為之碾茶，表現出雅人生活閒適寫意的一面。

　　前已提及，中唐以後懶與病已成為士大夫人格和生活藝術中不可缺少的組成部分，它們已和整個士大夫文化藝術融匯在一起了，這種現象也反映在茶詩裏：

> 多病逢迎少，床居又一年。藥看辰日合，茶過卯時煎。草長晴來地，蟲飛晚後天。此時幽夢遠，不覺到山邊。（張籍〈夏日閒居〉《全唐詩》卷三八四）

> 老去慮漸息，年來病初癒。忽喜身與心，泰然兩無苦。況茲孟夏月，清和好時節。微風吹袷衣，不寒復不熱。移榻樹陰下，竟日何所為。或飲一甌茗，或吟兩句詩。內無憂患迫，外無職役羈。此日不自適，何時是適時？（白居易〈首夏病間〉《全唐詩》卷四二九）

> 老去齒衰嫌橘醋，病來肺渴覺茶香。……（白居易〈東院〉《全唐詩》卷四四三）

> 閒坊宅枕穿宮水，聽水分衾蓋蜀繒。藥杵聲中搗殘夢，茶鐺影裏煮孤燈。……（李洞〈贈曹郎中崇賢所居〉《全唐詩》卷七二三）

> 落葉滿山川，閒眠病未瘳。窗陰連竹枕，藥氣染茶甌。……（李建勳〈病中書懷寄王二十六〉《全唐詩》卷七三九）

在這些詩裏，士大夫們或呈現出蕭散之病態、或慵懶疏放，且往往是茶藥並舉，他們將飲茶與病、懶結合，透過飲茶的美感陪襯，連病與懶也變得十分悠然閒雅了。

　　最後，再引一首詩作為此處的結束：

> 百戰功成翻愛靜，侯門漸欲似仙家。牆頭雨細垂纖草，水面風來聚落花。井放轆轤閒浸酒，籠開鸚鵡報煎茶。幾人圖在凌煙

月初版。

閣，曾不交鋒向塞沙。(張蠙〈夏日題老將林亭〉《全唐詩》卷七〇二)
連歷經百戰、馳騁沙場的雄赳武將在功成身退後，也偏好以茶品味閒
靜的人生，可見飲茶文化滲入士大夫階層之深邃了。

總之，中晚唐的文人在放下許國忘身的重擔後，不再執著於社稷
民生，而是視己爲一世俗中的普通人物，追求平凡和諧的人生。少了
心頭的重擔，心情隨之輕鬆，心境也就清閒，自然便能發現生活中的
細微之樂、細小之美，平心靜氣地品味那生活中的閒趣與安適。就飲
茶一事而言，那慢節奏的煮飲過程提供了平靜的空間，讓人沉澱所有
的煩憂與焦躁，品茶本身更是充滿著無窮的情趣，可以說茶所代表的
生活方式，就是一種閒適的生活方式。因此，茶才能滲入文人的生活
作息裏，如影附形般地和種種日常行事聯繫在一起，對中晚唐的文人
來說，茶，幾乎是不可須臾廢離的。文人透過飲茶來品味閒適的人生，
則唐代茶詩可說是文人追求閒適人生的副產品了。

二、飲茶讀書

飲茶之所以和讀書發生連繫，實因茶具有「蕩昏寐」、「久服，令
人有力、悅志」之功效 (註10)，讀書必須頭腦清醒、精神充沛才能事
半而功倍，關於這點，唐代文人已有深切的認知 (註11)。再者，古人
讀書不唯以目觀書，還講究「口到」，乃因古書無句讀，閱覽時必須一
邊諷誦朗讀，一邊圈點句讀，使句明意暢，方能通曉文義。但動口讀
書久則不免口乾舌燥、嘴渴喉澀，此時來一甌令人生津止渴的茗茶 (註
12)，讀起書來也就格外帶勁、更加愉快了。飲茶讀書的習慣始於盛唐
的杜甫，他吟詠著：「檢書燒燭短，煎茗引杯長。」 (註13)，夜間讀書

〔註10〕 分別見陸羽《茶經》「六之飲」及「七之事」。
〔註11〕 參見本論文第三章第二節〈深知茶效、選擇茗飲〉。
〔註12〕 陸羽《茶經》「七之事」引《本草・木部》：「茗，……去痰渴熱……」。
〔註13〕 此詩一作「看劍引杯長」。但因上句是「檢書燒燭短」，專心讀書且讀
了那麼久，可能會口乾舌燥吧！所以來上一杯茶是很自然的事，且
看劍與讀書似乎是相互干擾的，竊意以爲「煎茗引杯長」比較合理。
（見《全唐詩》卷二二四〈夜宴左氏莊〉）

最怕睡魔侵襲，有了香茗應戰，難怪杜甫能夠「讀書破萬卷」。

　　中唐以後，文人好學尚學之風日盛，私人藏書成風，藏書之規模也越來越大，「知識型」的人格範式已形成，文人的學者氣質越來越濃厚〔註14〕。對中晚唐的文人來說，飲茶讀書便成了平常的生活行事：

　　　　半夜邀僧至……六腑睡神去，數朝詩思清。其餘不敢費，留伴讀書行。（李德裕〈故人寄茶〉《全唐詩》卷四七五）

　　　　抽書亂簽帙，酌茗煩甌棲。（陸龜蒙〈襲美先輩以龜蒙所獻五百言既蒙見和，復示榮唱，至於千字提獎之重，蔑有稱實，再抒鄙懷，用伸酬謝〉《全唐詩》卷六一七）

　　　　借書消茗困，索句寫梅眞。（唐彥謙〈逢韓喜〉《全唐詩》卷六七一）

故人寄來的茶葉，李德裕格外珍惜，除了分一些與僧友共嚐，其餘的打算留著作爲伴讀的飲料；陸龜蒙藏書萬卷，以讀書爲樂〔註15〕，同時他又是個著名的茶人〔註16〕，啜茗伴讀是尋常家事；唐彥謙不獨藉飲茶消解讀書之疲困，詩思也因而清暢，更收即景詠梅之邊效呢！

　　飲茶既然能使大腦興奮，也就特別利於思考性的閱讀：

　　　　茶香睡覺心無事〔註17〕，一卷黃庭在手中。欹枕卷簾江萬里，舟人不語滿帆風。（韓偓〈使風〉《全唐詩》卷六八一）

　　　　讀易分高燭，煎茶取折冰。（曹松〈山中寒夜呈進士許棠〉《全唐詩》卷七一六）

　　　　喜見幽人會，初開野客茶。……稍與禪經近，聊將睡網賒。（皎然〈對陸迅飲天目山茶，因寄元居士晟〉《全唐詩》卷八一八）

〔註14〕　參見查屏球《唐學與唐詩——中晚唐詩風的一種文化考察》第五章第一節「中晚唐士人知識化人格範式」之論述，北京商務印書館，2000年5月一版一刷。

〔註15〕　殷文圭〈題吳中陸龜蒙山齋〉：「萬卷圖書千戶貴，十洲煙景四時樂。」，見《全唐詩》卷七〇七。

〔註16〕　參見本論文第四章第三節。

〔註17〕　本句一作「茶煙睡覺心無事」。私意以爲題作〈使風〉，則風送茶香撲鼻來，令人睏意全消而不欲眠，似乎更爲合理。

《黃庭經》乃道經，蓋道家言養生之書也；《易經》爲昭示宇宙人生哲理的儒學典籍；禪經則是義蘊深奧的佛法哲學。閱讀這些經典不似翻覽閒書般輕鬆隨性，免不了要推敲細究，當然更需飲茶提神了。

有時，中晚唐文人的讀書也是很隨性的，它甚至是一種略帶慵懶、閒靜輕鬆的生活表現：

> 幾年爲郡守，家似布衣貧。沽酒迎幽客，無金與近臣。搗茶書院靜，講易藥堂春。歸闕功成後，隨車有也人。(于鵠〈贈李太守〉《全唐詩》卷三一〇)

> 高樹換新葉，陰陰覆地隅。何言太守宅，有似幽人居。太守臥其下，閒慵兩有餘。起嘗一甌茗，行讀一卷書。(白居易〈官舍〉《全唐詩》卷四三一)

> 一別幾寒暄，迢迢隔塞垣。相思長有事，及見卻無言。靜坐將茶試，閒書把葉翻。依依又留宿，圓月上東軒。(裴説〈喜友人再面〉《全唐詩》卷七二〇)

> 削去僧家事，南池便隱居。爲憐松子壽，不卜道家書。藥院常無客，茶樽獨對余。有時招逸史，來飯野中蔬。(皎然〈湖南草堂讀書招李少府〉《全唐詩》卷八二一)

李太守爲官清簾、生活簡樸，搗茶聲使得書院更顯得幽靜，在讀書品茗中體會靜適的感覺，誠乃悠然自在之雅事也；白居易的官舍本就清幽具有隱逸之趣，他的生活作風更是慵懶閒散，所謂「起嘗一甌茗，行讀一卷書」的讀書態度是相當隨性輕鬆的；有時像裴説與老友重逢，千言萬語不知從何說起，那麼此時無聲勝有聲，且留此衷曲眼波裏，盡在不言中，「靜坐將茶試，閒書把葉翻」也是一種讓雙方不覺尷尬無措而得自在閒適的聚首方式；皎然乃一詩僧，在他身上，文人之浪漫氣質多於釋子之嚴謹風骨，草堂獨自飲茶讀書若覺寂寥，招來志趣相投的逸史共享閒趣，生活豈不多姿多采，當然這就不是專心致志的讀書，而是閒散隨意的生活態度了。

綜上所述，飲茶讀書已是中唐以後文人生活中的尋常事，它有時也是文人靜適閒慵的生活表現。飲茶讀書不同於飲酒讀書情緒化的豪

放使氣〔註18〕，它是理性化的內斂意態，呈現出平靜和諧的風格，這自然與中唐以後文人追求閒適輕鬆的人生觀是相融相合的。

三、茶詩同行

唐人薛能說：「茶興留詩客」（〈新雪八韻〉《全唐詩》卷五五八）意即茶興能牽動詩情、引發詩興，使詩人不覺吟詠情性乃至於創作佳詩。茶助詩興，最典型的例子莫過於品茗賦詩。唐人好詩，除了獨自賦詩吟詠，一些酷愛詩歌並具有號召力的文臣、勳戚或詩人往往也會廣召士人聚宴，既可切磋詩藝，又能露才揚名，故而宴集唱和乃唐代詩壇歷久不衰的嘉事〔註19〕，明人胡震亨的《唐音癸籤》〔註20〕卷二十七就記載了初唐至中唐幾次著名的宴集唱和活動。辛文房《唐才子傳》卷四說：「凡唐人燕集祖送，必探題分韻賦詩……往往文會群賢畢集，觥籌亂飛，遇江山之佳麗，繼歡好於疇昔，良辰美景、賞心樂事，於此能並矣。況賓無絕纓之嫌，主無投轄之困，歌闌舞作，微聞香澤，冗長之禮，豁略去之。王公不覺其大，韋布不覺其小，忘形爾汝，促席談諧，吟詠繼來，揮毫驚座，樂哉！」〔註21〕詩宴上賓主忘形爾汝、毫無拘束地盡情談笑作樂，那畫面著實令人難以忘懷，無怪乎宴集唱和始終對唐人深具吸引力。隨著中唐以後茶風大興、茶宴盛行，飲茶和賦詩也發生了連繫，是以品茗賦詩成為一種風雅的創作形

〔註18〕 劉學君《文人與茶》提到古代文人也有飲酒讀書的，如魏晉時有人以痛飲酒讀〈離騷〉來標榜「名士」，那是情志的感發，多是慷慨、感興式，而非純粹意義上的讀書，劉氏以為飲酒讀書往往是情緒化的讀書，是一種豪放使氣的意態。其說頗為合理可採，北京：東方出版社，1997 年 6 月一版一刷。

〔註19〕 關於唐人宴集唱和的種種名目與作用，可以參見李乃龍《雅人深致與宗教情緣──唐代文人的生活樣態》第一章第一節之論述，台北：文津出版社，2000 年 5 月一刷；又，賈晉華《唐代集會總集與詩人群研究》一書，研究唐代集會總集及相關的詩人群的活動與創作十分詳細，亦足資參考，北京大學出版社，2001 年 6 月一版一刷。

〔註20〕 台北木鐸出版社，1982 年初版。

〔註21〕 台北廣文書局，1969 年 1 月初版。

式，吾人觀以下詩題即可得知：鮑君徽〈東亭茶宴〉(《全唐詩》卷七)；王昌齡〈洛陽尉劉晏與府掾諸公茶集天宮寺岸道上人房〉(《全唐詩》卷一四一)；劉長卿〈惠福寺與陳留諸官茶會〉(《全唐詩》卷一四九)；李嘉祐〈秋曉招隱寺東峰茶宴，送內弟閻伯均歸江州〉(《全唐詩》卷二〇七)；錢起〈過長孫宅與朗上人茶會〉(《全唐詩》卷二三七)和〈與趙莒茶宴〉(《全唐詩》卷二三九)；武元衡〈資聖寺賁法師晚春茶會〉(《全唐詩》卷三一六)、陸士修等〈五言月夜啜茶聯句〉(《全唐詩》卷七八八)；清晝、陸士修、崔子向〈渚山春暮，會顧丞茗舍，聯句效小庾體〉(《全唐詩》卷七九四)；皎然〈晦夜李侍御萼宅集招潘述、湯衡、海上人飲茶賦〉(《全唐詩》卷八一七)；〈松花壇茶宴聯句〉、鄭概等〈雲門寺小溪茶宴懷院中諸公〉(《全唐詩續拾》卷十七)。有些詩題雖未點明茶會或茶宴，實際宴上仍備有茗茶，當然也就有了品茗賦詩的創作活動，如：李嘉祐〈與從弟正字、從兄兵曹宴集林園〉(《全唐詩》卷二〇七)；劉眞〈七老會詩〉(《全唐詩》卷四六三)；皮日休〈寒夜文宴得泉字〉(《全唐詩》卷六一四)；陸龜蒙〈襲美留振文宴，龜蒙抱病不赴，猥示倡和，因次韻酬謝〉(《全唐詩》卷六二六)；孟郊等〈會合聯句〉(《全唐詩》卷七九一)等詩作〔註22〕。名流雅士齊聚一堂，促席談諧，吟詠繼來，則飲茶與賦詩同境進行，品茗賦詩成了中唐以後文人生活中極爲風雅的盛事。

當然，唐人的聚會也不是每次都有冠蓋雲集般盛大的場面，三兩好友共嚐美茗，因茶興而賦詩則別有一種風情：

〔註22〕 李詩：「竹窗松戶有佳期，美酒香茶慰所思。」；劉詩：「閑庭飲酒當三月，在席揮毫象七賢。山茗煮時秋霧碧，玉杯斟處彩霞鮮。」；皮詩：「盈峽共開華頂藥，滿瓶同坼惠山泉。」；陸詩：「綺席風開照露晴，只將茶莽代雲䑲。」；孟郊等詩：「茗盌纖纖捧」。由這些詩歌也可了解到唐人的宴集常是茶酒並置的。劉學君分析中晚唐以後文人宴集時之所以酒籌茶具兼備之因，以爲主要有兩點：一、綠茗香醒酒。二、有人不解長安飲，話極茶鐺吸酒花。詳見該書頁 173～174，北京：東方出版社，1997 年 6 月一版一刷。

巳公茅屋下，可以賦新詩。枕簟入林僻，茶瓜留客遲。(杜甫〈巳上人茅齋〉《全唐詩》卷二二四)

洛友寂寂約，省騎霏霏塵。游僧步晚磬，話茗含芳春……淵詠文字新。(孟郊〈與王二十一員外涯游昭成寺〉《全唐詩》卷三七六)

爲客燒茶灶……詩成添舊卷……(張籍〈贈姚合少府〉《全唐詩》卷三八四)

借書消茗困，索句寫梅眞。(唐彥謙〈逢韓喜〉《全唐詩》卷六七一)

寄宿溪光里，夜涼高士家。養風窗外竹，叫月水中蛙。靜慮同搜句，清神旋煮茶。唯憂曉雞唱，塵裏事如麻。(李中〈宿青溪米處士幽居〉《全唐詩》卷七四九)

杜甫與巳上人納涼於茅齋，在瓜果消暑、茶興催化之下，正好賦新詩；孟郊與王涯游昭成寺，芳春本召人以煙景，況茗茶挑動人之詩興，自能「淵詠文字新」；張籍爲客人烹茗、唐彥謙與韓喜茶話，也都有賦詩之穰；李中夜宿處士家，風動窗竹、水蛙叫月，更顯得夜之幽靜，此情此景，不有佳詩，何申雅懷？爲使神腑清爽、詩思暢達，兩人旋即烹煮茗茶，足證唐人愛以茶助詩興。這種私人相聚的場面固然遠不及名流雅士的茶宴盛大，但是後者乃刻意經營，正因盛況過於絢麗飛揚，對照於散筵後各奔天涯的孤獨冷落，不禁讓人懷疑那只是春夢一場；而知己三兩眞情邀約或不期而遇，隨興品茗賦詩，雖然平淡卻是雋永，也更顯生活之平實與自然。

至若無人相伴，獨自品茗賦詩，那就更爲生活化了：

茶爽添詩句，天清瑩道心。(司空圖〈即事二首〉其一《全唐詩》卷六三三)

閒居不問世如何，雲起山門日已斜。放鶴去尋三島客。任人來看四時花。松醪臘釀安神酒，布水宵煎覓句茶。畢竟金多也頭白。算來爭得似君家。(杜荀鶴〈題衡陽隱士山居〉《全唐詩》卷六九二)

雖寄上都眠竹寺，逸情終憶白雲端。閒登鐘阜林泉晚，夢去沃洲風雨寒。新試茶經煎有興，舊嬰詩病捨終難。常聞秋夕多無

寐，月在高臺獨憑欄。(李中〈贈謙明上人〉《全唐詩》卷七四七)
敬亭山色古，廟與寺松連。住此修行過，春風四十年。鼎嘗天
柱茗，詩硾剡溪箋。冥目應思著，終南北闕前。(齊己〈寄敬亭
清越〉《全唐詩》卷八四〇)

司空圖因茶爽而添詩句；「布水宵煎覓句茶」則是衡陽隱士閒居的日
常行事；李中新起之茶興引發了他的舊詩病；齊己於敬亭修行時，常
品天柱茗茶，而後「詩硾剡溪箋」，那種孤芳自得的情景恆令齊己懷
念。可見品茗賦詩已成爲中唐以後文人生活中的一部分。

　　「茶詩同行」還表現在品茗吟詩上。其實，吟詩乃是一種情性
抒發的方式〔註23〕，茶興能誘發詩興，讓人不覺吟起詩來，反過來
說，品茶如有詩情增添氣氛，方能更顯文人茗飲之雅趣，唐代詩人
薛能又說：「賴有詩情合得嘗」(〈謝劉相寄天柱茶〉《全唐詩》卷五
六〇) 即此意也，足見品茗與吟詩是相得益彰的。吾人可由以下詩
例得到印證：

清論松枝低，閒吟茗花熟。(權德輿〈與沈十九拾遺同游棲霞寺上方
于亮上人院會宿二首〉其一《全唐詩》卷三二六)

移榻數陰下，竟日何所爲？或飲一甌茗，或吟兩句詩。(白居易
〈首夏病間〉《全唐詩》卷四二九)

春游慧遠寺，秋上庾公樓。或吟詩一章，或飲茶一甌。(白居易
〈詠意〉《全唐詩》卷四三〇)

或飲茶一盞，或吟詩一章……一日分五時，作息率有常。(白居
易〈偶作二首〉其二)

宿醒寂寞眠初起，春意闌珊日又斜。……閒吟工部新來句，渴
飲毗陵遠到茶。(白居易〈晚春閒居，楊工部寄詩、楊常州寄茶同到，
因以長句答之〉《全唐詩》卷四五四)

茶興復詩心，一甌還一吟。(薛能〈留題〉《全唐詩》卷五六〇)

〔註23〕 《詩經·周南》〈關雎〉序：「吟詠情性以風其上」疏曰：「動聲曰吟，
長言曰詠。作詩必歌，故言吟詠情性也。」可見吟詩乃是抒發情性
的表現。(台北：藝文印書館，1989 年 1 月十一版)

句成苔石茗，吟弄雪窗棋。(黃滔〈題友人山齋〉《全唐詩》卷七〇四)
樹谷期招隱，吟詩煮柏茶。(李洞〈和知己赴任華州〉《全唐詩》卷七二二)

懶向人前著紫衣，虛堂閒倚一條藜。雖承雨露居龍闕，終憶煙霞夢虎溪。睡起曉窗風淅淅，病來深院草萋萋。有時乘興尋師去，煮茗同吟到日西。(李中〈贈上都先業大師〉《全唐詩》卷七四七)

權德輿與沈拾遺邊閒吟邊煮茗，情趣格外風雅；白居易不論病間閒居、春游秋賞或日常作息，飲茶吟詩已是他生活的內容之一。友人皆知其愛茶又工詩，所寄之新詩與好茶不約而同送到，白居易又是邊嚐佳茗邊吟新詩，樂在其中；薛能、黃滔亦皆好品茗吟詩之雅事；李洞與知己共期他日「吟詩煮柏茶」；李中始終懷念與先業大師「煮茗同吟到日西」的歲月。凡此皆顯示唐人喜愛品茗吟詩的風雅。

茶興可以助益詩興，或令人詩思清暢，產生佳作，或教人有感而發，不覺吟詠情性，而詩韻又反過來爲茶味增添雅趣，茶助詩興、詩添茶情，所以中唐以後文人喜愛將飲茶與賦詩、吟詩同境進行，元稹〈茶〉一詩云：「慕詩客」(《全唐詩》卷四二三)眞是此種飲茶現象最精當的註腳。

四、啜茶清談

唐代詩僧齊己有云：「茶添話語香」(〈寄孫辟呈鄭谷郎中〉《全唐詩》卷八四一)這是說在茶香的薰陶之下，不覺話語增多，彷彿語味亦感香甜。由於茶能解渴，可消解久談口舌乾澀之狀，又如齊己所言可助談興，所以中唐以後之文人喜愛啜茶清談，以添語香：

玄談兼濩思，綠茗代榴花。(錢起〈過長孫宅與朗上人茶會〉《全唐詩》卷二三七)

溪僧還共謁，相與坐寒天。屋雪凌高燭，山茶稱遠泉。夜清更徹寺，空闊雁衝煙。莫怪多時話，重來又隔年。(周賀〈同朱慶餘宿翊西上人房〉《全唐詩》卷五〇三)

暑消岡舍清，閒語有餘情。澗水生茶味，松風減扇聲。(周賀〈早

過郭涯書堂〉同上）

飲茶除假寐，聞磬釋塵蒙。童子眠苔淨，高僧話漏終。（劉得仁
〈宿普濟寺〉《全唐詩》卷五四五）

靜談雲鶴趣，高會兩三賢。酒思彈琴夜，茶芳向火天。（李群玉
〈與三山人夜話〉《全唐詩》卷五六九）

身閒心亦然，如此已多年。語淡不著物，茶香別有泉。（貫休〈題
宿禪師院〉《全唐詩》卷八三〇）

錢起與朗上人將茶代酒以助玄談；周賀、朱慶餘與溪僧清夜閒話，在
山茶助興之下，情意投契語更幽。故周賀深知茶味能添閒語情；劉得
仁因茶效作用而睡意全消，不覺與高僧閒話至漏終；李群玉與三山人
夜話，除飲酒外也不忘飲茶，蓋茶可解酒醒醒，夜談才可長久；茶性
野幽，則啜茗清談乃誠如貫休所言「語淡不著物」了。

　　杜甫〈飲中八仙歌〉說：「焦遂五斗方卓然，高談雄辯驚四筵」
（《全唐詩》卷二一六）意即酒興促發了談興，那高談闊論、雄辯滔
滔的形象可以語驚四座。意氣縱橫的酒談固然有其豪放粗獷之美，若
是酒量不多或飲酒過盛使頭腦昏醉，主人說：「我醉欲眠卿且去」〔註
24〕，酒談畢竟較難持久〔註 25〕。至於「酒客十數公，崩騰醉中流。
謔浪掉海客，喧呼傲陽侯」〔註 26〕，則流於狂顛傲物，令酒談不免紛

〔註 24〕 引自李白〈山中與幽人對酌〉，詩曰：「兩人對酌山花開，一杯一杯復
一杯。我醉欲眠卿且去，明朝有意抱琴來。」（《全唐詩》卷一八二）
主人雖任真自得，不知客人是否尷尬無措？即使不以爲意，談論也
只得到此爲止了。

〔註 25〕 劉學君《文人與茶》說：「飲酒多則頭腦醉昏，難以竟日徹夜地持久
長談。酒，嚴格説來，不能算是助文雅的清談之物。」（頁 41），北
京：東方出版社，1997 年 6 月一版一刷。

〔註 26〕 引自李白〈玩月金陵城西孫楚酒樓，達曙歌吹，日晚乘醉著紫綺裘
烏紗巾，與酒客數人棹歌秦淮，往石頭訪崔四侍御〉詩，此詩描寫
李白與一群酒客通宵達旦在秦淮酒樓玩月飲酒，歌吹喧騰，又乘醉
意，駕船去訪好友崔侍御的情形。詩曰：「昨玩西城月，青天垂玉鈎。
朝沽金陵酒，歌吹孫楚樓。忽憶繡衣人，乘船往石頭。草裏烏紗巾，
倒披紫綺裘。兩岸拍手笑，疑是王子猷。酒客十數公，崩騰醉中流。
謔浪掉海客，喧呼傲陽侯。半道逢吳姬，卷簾出挪揄。我憶君到此，

擾喧鬧了。而飲茶則使人神清氣爽、心境平和，又讓大腦興奮〔註27〕、思路暢通，誠如王敷〈茶酒論〉所言：「飲之語話，能去昏沈」〔註28〕當然適合久談，有助於談禪論詩：

> 勸策扶危杖，邀持當酒茶。道流徵短褐，禪客會袈裟。(柳宗元〈同劉十二院長述舊言懷感時事，奉寄澧州張員外使君五十二韻之作。因其韻增至八十通贈二君子〉《全唐詩》卷三五一)

> 嘗茗議空經不夜，照花明月影侵階。(喻鳧〈蔣處士宅喜閔公至〉《全唐詩》卷五四三)

> 終期宿清夜，斟茗說天臺。(黃滔〈題鄭山人居〉《全唐詩》卷七○四)

> ……茶香時撥澗中泉。通宵聽論蓮華議……(盧延讓〈松寺〉《全唐詩》卷七一五)

> 依經煎綠茗……至論招禪客……(李中〈晉陵縣夏日作〉《全唐詩》卷七四九)

> 論禪忘視聽……始貴巡茶爽……(齊己〈赴鄭谷郎中招游龍興觀，讀題詩板，謁七真儀像，因有十八韻〉《全唐詩》卷八四三)

> 桂楫迎閒客，茶甌對說詩。(李嘉祐〈贈王八衢〉《全唐詩》卷二○七)

> 異跡焚香對，新詩酌茗論。(嚴維〈奉和獨孤中丞游雲門寺〉《全唐詩》卷二六三)

> 談詩訪靈徹……茶香別院風。(戴叔倫〈與友人過山寺〉《全唐詩》卷二七三)

不知狂與羞……」(《全唐詩》卷一七八) 蓋飲酒過多則不免放浪形骸，乃至於狂顛紛亂了。

〔註27〕茶酒同樣給人以刺激，但產生之效應卻不同。劉昭瑞在《中國古代飲茶藝術》一書中說：「酒給予人們的刺激，是使人亢奮、令人激動，使人欲吐所欲吐，怒所欲怒，借酒澆愁，使酒罵座，激發人對現實以外事物的嚮往，並能給人以幻覺，把自己帶入神奇的世界之中……茶也能給人刺激，使人興奮。它和酒不同的是，人們對它是樂而不亂、嗜而敬之，能使人在冷靜中對現實產生反思，在沉思中產生聯想，是冷的、透明的，能夠在聯想中把自己帶到生活的彼岸。」(頁188) 此話十分精當，台北：博遠出版有限公司，1992年2月再版。

〔註28〕見潘重規編著《敦煌變文集新書》卷七，台北：文津出版社，1994年12月初版一刷。

一秋同看月，無夜不論詩。泉美茶香異，堂深磬韻遲。(李中〈寄廬山白大師〉《全唐詩》卷七四七)

清宵集我寺，烹茗開禪牖，發論教可垂，正文言不朽。白雲供詩用，清吹生座右。(皎然〈答裴集、陽伯明二賢各垂贈二十韻，今以一章用酬兩作〉《全唐詩》卷八一六)

茗愛傳花飲，詩看卷素裁。(皎然〈晦夜李侍御萼宅集招潘述、湯衡、海上人飲茶賦〉《全唐詩》卷八一七)

柳宗元、喻鳧、黃滔、盧延讓、李中、齊己皆選擇茗飲佐伴談禪議空、說天臺、論蓮華，茶味香美，談論亦清永；李嘉祐、嚴維、戴叔倫、李中、皎然或與友人、或與詩僧論詩，亦以茗茶益談思、助詩興。此風影響及宋，文人多博學廣識，雅好讀書，相與品茗論詩，則宋代詩話之發達與中晚唐以來文人的茗談之風是息息相關的〔註29〕。

　　茶須細品，飲茶提供的乃是閒靜和諧的氣氛，有時也可以是不語而談，一切盡在不言中，如：

竹下忘言對紫茶，全勝羽客醉流霞。塵心洗盡興難盡，一樹蟬聲片影斜。(錢起〈與趙莒茶宴〉《全唐詩》卷二三九)

入戶道心生，茶間踏葉行。瀉風瓶水澀，承露鶴巢輕。閣北長河氣，窗東一檜聲。詩言與禪味，語默此皆清。(喻鳧〈冬日題無可上人院〉《全唐詩》卷五四三)

陶淵明云：「此中有真意，欲辨已忘言。」(〈飲酒二十首〉其五《陶淵明集》卷三)；莊子曰：「大辯不言」(《莊子·齊物論》)。則只由意會不以言傳的語默方式，不僅是言語的最高境界，更讓品茗憑添了幾許靜趣與幽情。

　　文人清談始於漢末之清議而大盛於魏晉，能否清談乃魏晉時期品鑒人物之一項重要標準。魏晉名士揮麈清談，主客論辯好相攻難，正始注重理之勝負；永嘉衍爲在意言談之美；至於東晉則爲談而談，多

〔註29〕 劉學君《文人與茶》即以爲宋代詩話之發達與文人的茗談之風有關，北京：東方出版社，1997 年 6 月一版一刷。

數內容流於淺薄無聊〔註30〕。故魏晉清談往往分庭相抗、針鋒相對，且揮麈清談固然風神俊朗，麈尾到底缺乏解渴清思之效，不如中唐以後文人的啜茶清談來得輕鬆自在，可以談禪、論詩，也可以閒話南北，更可以是不語而談，單純地享受那閒適和諧之靜趣的。

五、烹茶待客

　　宋代杜耒〈寒夜〉詩中的「寒夜客來茶當酒，竹爐湯沸火初紅」，至今仍是人們耳熟能詳以茶敬客的佳句。其實以茶待客起源已久，晉代王濛已用「茶湯敬客」、陸納用「茶果待客」、桓溫用「茶果宴客」。不過，當時飲茶風氣尚未普遍，王濛嗜茶，自以為己之所欲施於人，客人卻畏之如水厄；至於陸納與桓溫乃反對奢華，有意以茶示儉〔註31〕。「以茶待客」真正能使賓主盡歡，並普遍成為禮俗的，則要到唐代了，對文人來說，烹茶待客不單是禮俗，同時啜茶清談更是一樁雅事，故而於詩歌中亦多所反映：

> 終年常避喧，師事五千言。流水閒過院，春風與閉門。山茶邀上客，桂實落前軒。莫強教余起，微官不足論。（秦系〈山中贈張正則評事〉《全唐詩》卷二六〇）

> 勞動諸賢者，同來問病夫。添爐烹雀舌，灑水淨龍鬚。（劉禹錫〈病中一二禪客見問，因以謝之〉《全唐詩》卷三五七）

> 為客燒茶灶，教兒掃竹亭。（張籍〈贈姚合少府〉《全唐詩》卷三八四）

> 行來賓客奇茶味，睡起兒童帶篔紋。（章碣〈夏日湖上即事寄晉陵蕭明府〉《全唐詩》卷六六九）

> 烹茶留野客，展畫看滄洲。（李中〈獻中書韓舍人〉《全唐詩》卷七四七）

〔註30〕　參考寧稼雨《魏晉風度》四、「士人言行與魏晉玄學」之論述，北京：東方出版社，1992年9月一版一刷。

〔註31〕　《世說新語》：「晉司徒長史王濛好飲茶，人至輒命飲之，士大夫皆患之。每欲往候，必云今日有水厄。」（不見於今本《世說新語》，此據《太平御覽》卷八六七引）；陸納、桓溫之事參見本論文第二章第一節。

秦系隱居山中，「流水閒過院，春風與閉門」生活如此高逸又儉樸，
對他而言，烹煮山茶招待賓客是最成敬意的表示；劉禹錫爲了答謝
客人的慰問之情，親自烹煮嫩茶 (註32) 以招待客人；張籍教兒掃竹
亭，爲客燒茶灶；章碣、李中亦烹茶待客以表敬意。又如白居易〈麴
生訪宿〉：

> 西齋寂已暮，叩門聲楠楠。知是君宿來，自拂塵埃席。村家何
> 所有？茶果迎來客。貧靜似僧居，竹林依四壁。廚燈斜影出，
> 檐雨餘聲滴。不是愛閒人，肯來同此夕？（《全唐詩》卷四二九）

寂靜的夜裏傳來楠楠的叩門聲，白居易知道是同好麴生前來訪宿，他
親自爲麴生拂拭坐席之塵埃，並備好茶果以迎接來客。白居易以爲「竹
林依四壁」的住處貧靜似僧居，除了檐間餘落之雨滴聲聊可助興外，
陪伴賓主的也只有廚房映出的燈影罷了，若非喜愛閒靜之人，又怎麼
肯來共度如此夜晚呢？由此可知茶乃適合與甘於寂寥、喜愛閒逸之人
一同靜品的。

　　吾人再看以下詩作：

> 君但傾茶椀，無妨騎馬歸。（王維〈酬嚴少尹徐舍人見過不遇〉《全
> 唐詩》卷一二六）

> 杯裏紫茶香代酒，琴中綠水靜留賓。（錢起〈過張成侍御宅〉《全唐
> 詩》卷二三九）

> 勸酒客初醉，留茶僧未來。（項斯〈早春題湖上顧氏新居二首〉其一
> 《全唐詩》卷五五四）

> 好讀天竺書，爲尋無生理。焚香面金偈，一室唯巾水。交信方
> 外言，二三空門子。峻範照秋霜，高標掩僧史。清晨潔蔬茗，
> 延請良有以……（李群玉〈飯僧〉《全唐詩》卷五六八）

〔註32〕毛文錫《茶譜》：「蜀州晉原、洞口、橫源、味江、青城。其橫源雀舌、
　　　　鳥嘴、麥顆，蓋取其嫩芽所造。」（原書佚，此據《中國茶文化經典》
　　　　引，北京：光明日報出版社，1999 年 8 月一版一刷。）王玲《中國
　　　　茶文化》：「一芽爲『蓮蕊』，二芽稱『旗槍』，三芽叫『雀舌』。」（頁
　　　　13），北京中國書店，1992 年 12 月。

草堂盡日留僧坐，自向前溪摘茗芽。（陸龜蒙〈謝山泉〉《全唐詩》
卷六二九）

勞繫鹿兒防獵客，滿添茶鼎候吟僧。（杜荀鶴〈春日山中對雪有作〉
《全唐詩》卷六九二）

王維勸客儘管飲茶，蓋因茶可清神醒腦，並不妨礙歸程騎馬；錢起拜
訪張成侍御，侍御以茶代酒招待他；由項斯的詩，可以得知唐代文人
在招待賓客時常有茶酒並置的現象，誠如白居易所言：「愛酒不嫌茶」
（〈蕭庶子相過〉《全唐詩》卷四五〇），不過對於僧人是不忘特別爲
其準備茗茶的；唐代文人與僧人交往密切〔註33〕，李群玉此首詩描寫
自己喜好佛經、虔誠禮佛，並且悉心準備素齋與茗茶以款待高僧的敬
意；陸龜蒙闢有茶園〔註34〕，爲了留住僧友，還殷勤地親往採摘茗芽，
這份深情厚意想必令僧友十分感動吧！杜荀鶴茶鼎滿煎好茶，靜候詩
僧之到來，試想兩人如對著春雪霏霏吟詠情性，也算是爲尋常生活增
添了一些詩情與畫意。

　　通過以上詩作之考察，可知茶風興起後，飲茶既爲大多數文人所
喜愛，且已成爲日常生活的一部分，那麼唐代文人喜歡烹茶待客乃是
必然，何況又可享受那啜茶清談的閒適與雅趣呢！

六、茶伴行旅

　　茶具有「去痰渴熱，令人少睡」〔註35〕之功效，如果在行旅路
長人困時喝口茶，不僅生津解渴，精神也能頓時清爽，消解許多疲
乏現象，所以唐人的行囊中多備有茶葉。最早清楚記載「茶伴行旅」
的文人，乃盛唐大詩人杜甫，其〈蘇大侍御訪江浦，賦八韻記異〉
詩序曰：

蘇大侍御渙，靜者也，旅於江側。凡是不交州府之客，人事都

〔註33〕參見本論文第三章第一節〈結交僧道、寄讀山林〉。
〔註34〕參見本論文第三章第四節〈愛茶種茶、嗜茶成癖〉。
〔註35〕陸羽《茶經》引《本草・木部》：「茗，苦茶，味甘苦。微寒，無毒……
　　　　去痰渴熱，令人少睡。」，

絕久矣。肩輿江浦，忽訪，老夫舟楫而已茶酒内。余請誦近詩，
肯吟數首，才力素壯，詞句動人。接對明日，憶其湧思雷出，
書篋几杖之外，殷殷留金石聲。賦八韻記異，亦見老夫傾倒於
蘇至矣。

蘇渙本不平者，杜甫比之爲龐公、美其爲靜者，實乃應酬過情之譽〔註
36〕，然杜甫除酒之外也敬之以茶，並請其吟誦近詩，又是茶能助益
詩興之一證也；而杜甫逆旅相遇，能立即拿出茗茶款待，足見隨身常
有茶葉以備不時之需。再看杜甫其他詩作：

> 畫引老妻乘小艇，晴看稚子浴清江……茗飲蔗漿攜所有……
> （〈進艇〉《全唐詩》卷二二六）

> 強飯蓴添滑，端居茗續煎……順浪翻堪倚，回帆又省牽……（〈迴
> 櫂〉《全唐詩》卷二三三）

〈進艇〉一詩爲杜甫與妻兒卜居成都時所作〔註37〕，他帶著妻兒乘著
小艇出遊，愉悅之情見於嬉戲之際，隨艇還備有茗茶呢！〈回棹〉一
詩則成於大歷四年，杜甫於衡州畏熱，乃回櫂欲歸襄陽〔註38〕，船上
的蓴羹茗茶正可好可以去火解熱〔註39〕，看來杜甫行囊中隨時帶著茶
葉，眞明智之舉也。

中唐以後茶風大盛，文人於遊賞時也常攜帶茶具、茶葉隨行，遇
到風景絕佳時，停駐片刻，啜茶攬勝，眞是舒暢愜意：

> ……近與韋處士，愛此山之幽。各自具所須，竹籠盛茶甌……
> （王建〈酬柏侍御聞與韋處士同游靈臺寺見寄〉《全唐詩》卷二九七）

〔註36〕 本詩云：「龐公不浪出，蘇氏今有之……」楊倫編輯《杜詩鏡詮》引
《唐藝文志》：「蘇渙詩一卷。渙少喜剽盜，善用白弩，巴蜀商人苦
之，號白跖，以比莊蹻。後折節讀書，進士及第，湖南崔瓘辟從事。
瓘遇害，渙走交廣，與哥舒晃反，伏誅。」又引《南部新書》：「唐
人謂渙詩長於諷刺」，台北：藝文印書館，1978 年 3 月再版。

〔註37〕 此詩首聯云：「南京久客耕南畝，北望傷神坐北窗。」《杜詩鏡詮》楊
倫注曰：「南京謂成都，北望指長安。」

〔註38〕 《杜詩鏡詮》引黃曰：「（大歷）四年至衡州，畏熱，復回棹欲歸襄陽
不果，而竟留於潭也。」

〔註39〕 《杜詩鏡詮》楊倫注曰：「蓴羹性寒，茗飲解熱。」

筋力未全衰，僕馬不至弱。又多山水趣，心賞非寂寞。捫蘿上煙嶺，躡石穿雲竅。谷鳥晚仍啼，洞花秋不落。提籠復攜榼，遇勝時停泊。泉憩茶數甌，嵐行酒一酌。獨吟還獨嘯，此興殊未惡。假使在城時，終年有何樂。(白居易〈山路偶興〉《全唐詩》卷四三一)

袖拂霜林下石稜，潺湲聲斷滿溪冰。攜茶臘月游金碧，合有文章病茂陵。(杜牧〈游池州林泉寺金碧洞〉《全唐詩》卷五二二)

盧阜東林寺，良游恥未曾。半生隨計吏，一日對禪僧。泉遠攜茶看，峰高結伴登。迷津出門是，子細問三乘。(黃滔〈題東林寺元祐上人院〉《全唐詩》卷七〇四)

閒擔茶器緣青障，靜衲禪袍坐綠崖。(貫休〈山居詩二十四首〉其二十《全唐詩》卷八三七)

王建與韋處士各自擔著茶籠上山訪幽，眞是好興致；白居易提著茶籠與酒榼上山攬勝，遇著勝景則稍作停泊，「嵐行酒一酌」雖可長嘯宣洩，至於生津解乏，還得要「泉憩茶數甌」了；杜牧攜茶游林泉寺金碧洞，在美景召喚與茶興引發之下，文思湧動、才比相如〔註40〕，該有佳作產生吧！黃滔與禪僧結伴登峰、看賞遠泉，還特地攜茶前往，殆因山泉正好可煎茗〔註41〕；貫休悠閒地擔著茶器沿著青障透迤上山訪幽，一身禪袍靜坐綠崖品茶之形象，更顯得高逸出塵。

再看韓偓兩首詩：

訪戴船回郊外泊，故鄉何處望天涯。半明半暗山村日，自落自開江廟花。數盞綠醅桑落酒，一甌香沫火前茶。(〈己巳年正月十二日自沙縣抵邵武，軍將謀撫，信之行到才一夕，為閩縣急腳相召，卻請赴沙縣郊外泊船，偶成一篇〉《全唐詩》卷六八一)

茶香睡覺心無事，一卷黃庭在手中。敧枕卷簾江萬里，舟人不

〔註40〕《史記》卷一一七〈司馬相如傳〉：「相如既病免，家居茂陵。」後世因以「茂陵」代稱司馬相如（參見范之麟、吳庚舜主編《全唐詩典故辭典》，湖北辭書出版社，1989年2月一版一刷）。蓋杜牧此處乃自比爲司馬相如。

〔註41〕陸羽《茶經》「五之煮」：「其水，用山水上，江水中，井水下。」

語滿帆風。（〈使風〉同上）

時局板蕩，韓偓舟船顛簸，行旅途中備有茶葉，實可解勞頓之苦；若是心情平靜無事，茶香伴書讀，一帆風順且任舟船江萬里，倒也挺閒適自得的。

唐代開元年間以後，許多城市已有煎茶賣茶的店舖〔註42〕，只要投錢即可取飲。不過，若是舟旅江中或行走郊野，行囊備有茶葉，即可隨時煎飲，何況自攜茶葉、自擔茶器以伴游賞，更能顯現文人的雅興與閒趣，無怪乎唐代文人喜愛攜茶陪伴行旅了。

七、以茶送別

飲茶既已成為中唐以後文人生活中的一部分，則遇著親友要分離遠行，文人以茶為之送別也極為自然，試看劉禹錫〈送蘄州李郎中赴任〉：

> 楚關蘄水路非賒，東望雲山日夕佳。薤葉照人呈夏簟，松花滿盌試新茶。樓中飲興因明月，江上詩情為晚霞。北地交親長引

〔註42〕《舊唐書》卷一六九〈王涯傳〉：「（寶曆）九年十一月二十一日，李訓事敗……涯等倉皇步出，至永昌里茶肆，為禁兵所擒，並其家屬奴婢，皆繫於獄。」王涯在甘露事變中曾逃到茶肆避難，可見此時茶肆已不少。又，《太平廣記》卷三四一「韋浦」條記韋浦「俄而憩於茶肆」（台北：新興書局，1969年），唐代封演《封氏聞見記》卷六「飲茶」亦指出：「（開元中）自鄒、齊、滄、棣，漸至京邑城市，多開店舖，煎茶賣之。不問道俗，投錢取飲。」不僅城市，連鄉村也有茶店，《入唐求法巡禮行記》：「（會昌四年）見辛長史走馬趕來，三對行官遇道走來，遂於土店裏任吃茶。」（台北：文海出版社，1971年）吳旭霞以為這種土店，「很可能就是老百姓在交通要道旁開設的比較簡陋但可供飯食、茶水的小店」（參見《茶館閒情》頁10，北京：光明日報出版社，1999年8月一版一刷）這都證明唐代已有正式的茶肆，誠如劉修明《中國古代飲茶與茶館》所說：「唐代商業交往十分發達……商人在外經商、交往，一是要住宿，二是要談生意，三是有解渴的需要，自己烹茶是很不方便的。適應這種需要，開店舖煎茶賣茶，『投錢取飲』，是情理中事。最早的茶館，就是隨著商業往來而形成並開發起來的。」（頁108），台北：臺灣商務印書館，1998年11月初版一刷。

領，早將玄鬢到京華。(《全唐詩》卷三五九)

劉禹錫大約是在江樓為李郎中餞別〔註43〕，除關照李郎中早日返京與親友團聚外，全詩的離愁別緒並不濃厚，反而充滿平和自適的氣氛。或許是「楚關蘄水路非賒」吧！不過，「松花滿盌試新茶」可讓激動的情緒逐漸舒緩，是有助於人們較能理性泰然地看待離別的。

　　在販賣茶飲的營業場所為人餞別，固然可以選擇茗飲，如在寺院與人話別，或為僧人送行，自然更以飲茶最為合情合境：

> 何處堪留客？香林隔翠微。薜蘿通驛騎，山竹挂朝衣。霜引臺烏集，風驚塔雁飛。飲茶勝飲酒，聊以送將歸。(張謂〈道林寺送莫侍御〉《全唐詩》卷一九七)

> 萬畦新稻傍山村，數里深松到寺門。幸有香茶留稚子，不堪秋草送王孫。煙塵怨別唯愁隔，井邑蕭條誰忍論。莫怪臨歧獨垂淚，魏舒偏念外家恩。(李嘉祐〈秋曉招隱寺東峰茶宴，送內弟閻伯均歸江州〉《全唐詩》卷二〇七)

> 蘭泉滌我襟，杉月棲我心。茗啜綠淨花，經誦清柔音。何處笑為別，淡情愁不侵。(孟郊〈送玄亮師〉《全唐詩》卷三七九)

> 九星臺下煎茶別，五老峰頭覓寺居。作得新詩旋相寄，人來請莫達空書。(張籍〈送旺師〉《全唐詩》卷三八六)

> 楚客送僧歸桂陽，海門帆勢極蕭湘。碧雲千里暮愁合，白雪一聲春思長。柳絮擁堤添衲軟，松花浮水注瓶香。南京長老幾年別，聞道半巖多影堂。(許渾〈和友人送僧歸桂州靈巖寺〉《全唐詩》卷五三四)

張謂於道林寺以茶代酒送別莫侍御，情感平和、詩境自然蘊藉；李嘉祐等人於招隱寺為閻伯均舉行餞別茶宴，或許所別之人乃是內弟，故

〔註43〕王玲、吳旭霞皆認為唐代雖然已有茶肆，不過當時大約是與旅舍、飯店結合的，並未完全獨立經營（參見王玲《中國茶文化》頁 207，北京中國書店，1992 年 12 月出版；吳旭霞《茶館閒情》頁 11，北京：光明日報出版社，1999 年 8 月一版一刷）。根據此說，再看劉禹錫這首詩，則旅舍、飯店酒茶兼賣，或酒樓店舖兼賣茶水，亦不無可能。

而不勝離愁別緒；僧人喜愛飲茶，孟郊送玄亮師、張籍送旺師、許渾與友人同送僧人，他們皆採啜茶話別的方式，在平靜的飲茶過程中，消解了許多感傷因子，讓分離顯得淡情愁不侵。

再看以下幾首詩：

寂寞清明日，蕭條司馬家。留餳和冷粥，出火煮新茶。欲別能無留，相留亦有花。南遷更何處，此地已天涯。（白居易〈清明日送韋侍御貶虔州〉《全唐詩》卷四四○）

驅馬復乘流，何時發虎丘？全家上南岳，一尉事諸侯。茶煮朝宗水，船停調角州。炎方好將息，卑濕舊堪憂。（薛能〈送人自蘇州之長沙縣官〉《全唐詩》卷五五八）

剗茗情來亦好斟，空門一別肯沾襟。悲風不動罷瑤珍，忘卻洛陽歸客心。（皎然〈送許丞還洛陽〉《全唐詩》卷八一五）

結駟何翩翩，落葉暗寒渚。夢裏春谷泉，愁中洞庭雨。聊持剗山茗，以代宜城醑。（皎然〈送李丞使宣州〉《全唐詩》卷八一八）

江州司馬白居易於自宅為韋侍御餞別，韋侍御將貶往更南的虔州。白居易特煎新茶與韋侍御話別，清明日本就寂寞冷清，此時司馬家因離情瀰漫，更顯得蕭條淒清；薛能送人至長沙赴任，以茶送別，並以「炎方好將息，卑濕舊堪憂」寬慰之；皎然以剗茗為許丞、李丞送別，詩僧到底較一般僧人感性些，離情依依，不免有愁緒，然悲亦不至於肝腸寸斷之境地也。

自古以來以酒為人送行乃是家常便事，但飲茶風氣興盛之後，餞別宴上就再也不能少掉茗茶了，有時茶酒並置〔註44〕，有時以茶代酒。蓋因中唐以後性不能酒與小戶淺量之文人居多〔註45〕，且以酒送

〔註44〕如殷文圭〈和友人送衡尚書赴池陽副車〉：「淮王上將例分憂，玉帳參乘半列侯。次第選材如創廈，別離排宴向藏舟……肉芝牙茗撥雲收……醉沉北海千尊酒……」，見《全唐詩》卷七○七。

〔註45〕參見劉學君《文人與茶》志趣篇一、「酒潮消退，茶風興起」之論述，北京：東方出版社，1997年6月一版一刷。

別，「舉杯銷愁愁更愁」〔註46〕，不若以茶送別，透過靜品佳茗使激動的情緒逐漸平息，讓清茶疏瀹離愁、消解悲傷，從而理性冷靜地處理分別一事。觀上述以茶送別之詩，別離氣氛大多平和愁淡，偶而不免垂淚感傷，總不至於離恨難消、肝腸寸斷之境〔註47〕，或許這就是以茶送別最大的好處吧！

　　唐代茶詩描寫中晚唐文人的飲茶生活，透過茶詩，我們可以看到中唐以後文人是如何將茶納入生活中的：他們飲茶讀書、因茶興而賦詩吟詩、啜茶清談、烹茶待客、行旅攜茶、以茶為人送別，茶是那麼隨意自然地與其日常行事融為一體。對中唐以後的文人而言，飲茶的意義更在於獲得平和閒適的靜趣，所以文人藉飲茶以品味閒適輕鬆的人生。因此，飲茶已與中唐以後文人的生活有著密不可分的關係了。

第二節　彰顯唐代文人之飲茶情趣

　　雖然陸羽《茶經》規範了一定的煮茗方式與飲茶程序，但是唐代文人往往會因環境、心境的不同而表現出極大的隨意性，可謂《茶經》中縛不住者，尤其在擇薪方式、取水之道和茶煙歌詠等三端最能突顯文人的特立獨行。此外，唐代文人於品味茗茶與持玩茶甌上，也處處充滿著文人的審美情趣。凡此，皆為後代文人之飲茶做了絕佳的示範。

一、幽野瀟灑的擇薪方式

　　陸羽《茶經》「五之煮」曰：

> 其火用炭，次用勁薪。其炭經燔炙，為羶膩所及，及膏木敗器，不用之。古人有勞薪之味，信哉！

這是說烤茶的火（煮茶所用的薪亦同）最好用木炭，其次用堅實耐燒

〔註46〕 李白〈宣州謝朓樓餞別校書叔雲〉詩，見《全唐詩》卷一七七。

〔註47〕 韋莊〈古離別〉：「晴煙漠漠柳毿毿，不那離情酒半酣。更把玉鞭雲外指，斷腸春色在江南。」，見《全唐詩》卷六九五。

的柴，大約火力較強吧！如果是烤過肉，染上了腥羶油膩之味的炭，以及含有油脂氣味和敗朽的木器，都是不能用的。古人認為拿使用已久的柴薪燒煮食物，會產生怪異之味，是很有道理的。此後，唐人李約又進一步闡明炭火宜茶的道理：

> 茶須緩火炙，活火煎。活火謂炭之有燄者，當使湯無妄沸，庶可養茶。始則魚目散布，微微有聲；中則四邊泉湧，累累連珠；終則騰波鼓浪，水氣全消，謂之老湯。三沸之法，非活火不能成也〔註48〕。

李約以為水的煮沸，有它一定的物理變化過程，也就是所謂「三沸」，三沸連貫完成且節奏分明而不紊亂，才能養全水性與水味，以此水烹茶，方可發出茶味，泡出佳茗。能夠保證煮水過程不妄沸完全遵循三沸的，唯有「活火」炭了。基於此理，蘇廙《十六湯品》將炭煮茶水稱為「法律湯」〔註49〕，可見最適合煮茶之薪乃為炭。然而文人卻常逾越法律，使用忌諱之薪，如：

> 治田長山下，引流坦溪曲。東山有遺塋，南野起新築。家世素業儒，子孫鄙食祿。披雲朝出耕，帶月夜歸讀。身勤竟亡疲，團團欣在目。野芳綠可採，泉美清可掬。茂樹延晚涼，早田候秋熟。茶烹松火紅，酒吸荷杯綠。解佩臨清池，撫琴看修竹。此懷誰與同，此樂君所獨。(戴叔倫〈南野〉《全唐詩》卷二七三)
> 先生雙鬢華，深谷臥雲霞。不伐有巢樹，多移無主花。石泉春釀酒，松火夜煎茶。因問山中事，如君有幾家。(孟貫〈贈棲隱洞譚先生〉《全唐詩》卷七五八)

戴叔倫、孟貫詩中的「松火」，係指以松木為薪所燃之火。松，「屬於膏木，是油性木材，燃之有濃煙，有異味，是茶之大魔」〔註50〕，當

〔註48〕 見溫庭筠《採茶錄》記載，上海：文藝出版社，1991年再版。

〔註49〕 其說：「第十二，法律湯。凡木可以煮湯，不獨炭也。惟沃茶之湯，非炭不可。在茶家亦有法律，水忌停，薪忌薰，犯律逾法，湯乖則茶殆矣。」蓋炭之火力適中，燒煮過程不易熄滅，亦不會產生薰煙。（見《全唐文》卷九四六）

〔註50〕 參考劉學君《文人與茶》頁127，北京：東方出版社，1997年6月

然不適合用作茶薪。依《茶經》原理，槐爲勁薪〔註51〕，要比松更宜於煮茶，在文人眼裏，卻覺得高松之貞潔幽雅遠勝低槐之變態炎涼〔註52〕，文人以松煮茶其實是惺惺相惜，因爲茶具幽野之稟性，松得貞潔幽雅之格調，而人有高潔不屈之傲骨，三者豈不相符相合！試看上引之二詩，煮茶之人一爲不慕榮利之儒士，一爲高逸出塵之隱者，則取松木爲薪以品茶香，彷彿茶中亦浮現出人品，不覺令人陶醉其中了。此外，皮日休有「薪燃松脂香」（〈茶灶〉《全唐詩》卷六一一）和「茗爐盡日燒松子」（〈夏景沖澹偶然作二首〉其一《全唐詩》卷六一四）、成彥雄有「蜀茶倩箇雲僧碾，自拾枯松三四枝」等詩句，是以松脂、松子、松枝爲茶薪，也都表現出高潔幽雅之趣。

蘇廙《十六湯品》又云：

> 竹篠樹梢風日乾之，燃鼎附瓶，頗甚快意。然體性虛薄，無中和之氣，爲茶之殘賊也。

意爲竹篠樹枝經過風吹日曬而變乾燥，若置於鼎下燃燒，火勢看似旺盛，但竹節中空體性虛薄，實無中和之氣，以之煮茶，是乃茶湯之殘賊。但是，文人偏就喜愛竹之中空，欣賞竹那孤貞清雅之姿，以爲竹高風亮節，象徵謙謙君子也〔註53〕，燒竹煮茶誠是追求雅致之舉，試

一版一刷。

〔註51〕陸羽《茶經》「勁薪」原注：「謂桑、槐、桐、櫪之類也。」

〔註52〕白居易〈和答詩十首・和松樹〉：「亭亭山上松，一一生朝陽。森聳上參天，柯條百尺長。漠漠塵中槐，兩兩夾康莊。婆娑低覆地，枝幹亦尋常。八月白露降，槐葉次第黃。歲暮滿山雪，松色鬱青蒼。彼如君子心，秉操貫冰霜。此如小人面，變態隨炎涼。共知松勝槐，誠欲栽道傍。糞土種瑤草，瑤草終不芳。尚可以斧斤，伐之爲棟樑。殺身獲其所，爲君構明堂。不然終天年，老死在南岡。不願亞枝葉，低隨槐樹行。」，見《全唐詩》卷四二五；李商隱〈高松〉：「高松出眾木，伴我向天涯。客散初晴候，僧來不語時。有風傳雅韻，無雪試幽姿。上藥終相待，他年訪伏龜。」，見《全唐詩》卷五四〇。文人愛松賞松，殆因松之貞潔幽雅實乃己之化身，賞愛松即是肯定自我之品格如松也。

〔註53〕如張九齡〈和黃門盧侍御詠竹〉：「清切紫庭垂，葳蕤防露枝。色無玄月變，聲有惠風吹。高節人相重，虛心世所知。鳳皇佳可食，一去

看以下幾首詩：

> 獨向山中覓紫芝，山人勾引住多時。摘花浸酒春愁盡，燒竹煎
> 茶夜臥遲。泉落林梢多碎滴，松生石底足旁枝。明朝卻欲歸城
> 市，問我來期總不知。（姚合〈送別友人〉《全唐詩》卷四九六）

> 叢木開風徑，過從白晝寒。舍深原草合，茶疾竹薪乾。夕雨生
> 眠興，禪心少話端。頻來覺無事，盡日坐相看。（周賀〈題畫公
> 院〉《全唐詩》卷五○三）

> 臺殿聳高標，鐘聲下界遙。路分松到寺，山斷石爲橋。引水穿
> 廊去，呼猿繞檻眺。海明初上月，江白正來潮。夏雨蓮苞破，
> 秋風桂子彫。亂雲行沒腳，欹樹過低腰。嫩綠茶新焙，乾黃竹
> 旋燒。唯思閒事了，長此臥煙霄。（張祜〈題天竺寺〉《全唐詩補逸》
> 卷九）

姚合筆下的山人居、周賀眼裏的畫公院、張祜所見之天竺寺無不出塵
飄逸，在此情境下燒竹烹茶，更顯得灑落清雅，標榜高人之致也。再
如以巢爲薪：

> 粉細越筍芽，野煎寒溪濱。恐乘靈草性，觸事皆手親。敲石取
> 鮮火，撇泉避腥膻。熒熒爨風鐺，拾得野巢薪……（劉言史〈與
> 孟郊洛北野泉上煎茶〉《全唐詩》卷四六八）

> 籬疏從綠槿，簷亂任黃芽。壓酒移溪石，煎茶拾野巢。靜窗懸
> 雨笠，閒壁挂煙鮑。支遁今無骨，誰爲世外交？（皮日休〈臨頓
> 爲吳中偏勝之地，陸魯望居之，不出郛郭，曠若郊墅。余每相訪，欵然
> 惜去，因成五言十首奉題屋壁〉《全唐詩》卷六一二）

> 寂寞三冬杪，深居業盡抛。徑松開雪後，砌竹忽僧敲。茗汲冰
> 銷溜，爐燒　鵲去巢。共談慵僻意，微日下林梢。（黃滔〈冬暮
> 山舍喜標上人見訪〉《全唐詩》卷七○四）

> 挑燈雪客棲寒店，供茗溪僧燕廢巢。（李洞〈宿葉公棋閣〉《全唐詩》
> 卷七二三）

鵲巢乃鵲棲息哺育之居，實爲污穢不潔之物，且多由細枝條築成，並

一來儀。」，見《全唐詩》卷四十八。

非勁薪，眞不適合用來烹茶。不過，鵲巢是村野中特有的標誌，點綴
著鄉村，爲鄉村增添許多蕭散幽野的情趣。觀以上四首詩，劉言史與
孟郊於野泉煎茶往往就地取材、「觸事皆手親」，偶然拾得鵲巢用作茶
薪，頗有瀟灑隨性之野趣；皮日休的「煎茶拾野巢」描繪出陸龜蒙寫
意的郊墅野景；黃滔的「爐燒鵲去巢」表現了冬暮山舍慵僻清野的情
調；李洞的「供茗溪僧蓺廢巢」寫出了雪客樓寒店的蕭瑟清寂。可見
文人所以擇巢爲薪，誠如劉學君所言：「主要是表現文人所嚮往的村
居清野之趣」，同時「也是一種清貧之雅，表現出近世文人淡泊而蕭
瑟的心態」〔註54〕。

　　此外，唐代文人也有掃葉爲茶薪的：

　　掃葉煎茶摘葉書，心閒無夢夜窗虛。(曹鄴〈題山居〉《全唐詩》卷
　　五九二)

　　楚樹雪晴後，蕭蕭落晚風。因思故國夜，臨水幾株空。煮茗燒
　　乾脆，行苔踏爛紅。來年未離此，還見碧叢叢。(齊己〈聞落葉〉
　　《全唐詩》卷八四二)

　　時借僧爐拾寒葉，自來林下煮潺湲。(皮日休〈題惠山泉二首〉其
　　二《全唐詩續遺補》卷九)

　　掃葉寒燒鼎，融冰曉注瓶〔註55〕。(張蠙〈贈棲白大師〉《全唐詩》

〔註54〕見《文人與茶》頁126，北京：東方出版社，1997年6月一版一刷。
〔註55〕《茶經》「六之飮」：「乃斫、乃熬、乃煬、乃舂，貯於瓶缶之中，以
　　　　湯沃焉，謂之痷茶。」又，蘇廙《十六湯品》：「第六、大壯湯。力
　　　　士之把針，耕夫之握管，所以不能成功者，傷於麤也。且一甌之茗，
　　　　多不二錢，茗盞量合宜，下湯不過六分，萬一快瀉而深積之，茶安
　　　　在哉……第九、壓一湯。貴欠金銀，賤惡銅鐵，則瓷瓶有足取焉。
　　　　幽士逸夫，品色尤宜，豈不爲瓶中之壓一乎！然勿與誇珍衒豪臭公
　　　　子道……第十一、減價湯。無油之瓦，滲水有土氣，雖御胯宸緘，
　　　　且將敗德銷聲。諺曰，茶瓶用缶，如乘折腳駿登高，好事者幸誌之。」
　　　　綜合以上資料來看，可知這種痷茶法乃以茶瓶容湯注入茶盞，茶瓶
　　　　與茶盞之關係正如同今之茶壺與茶杯，則茶瓶可說是茶壺的前身，
　　　　茶盞即茶杯也。這種痷茶法是唐代的另一種飮茶法，雖不爲陸羽所
　　　　重視，亦非唐代的主流茶道，卻爲五代、宋代所沿用而成唐以後
　　　　茶道之正統。(關於痷茶法及其發展，還可以參看廖寶秀〈從考古出

卷七○二）

常恨煙波隔，聞名二十年。結爲清氣引，來到法堂前。薪拾紛
紛葉，茶烹滴滴泉。莫嫌來又去，天道本冷然。（貫休〈贈靈鷲
山道潤禪師院〉《全唐詩》卷八三二）

落葉鋪滿大地本是山林郊野常見的景象，曹鄴山林閒居掃葉煎茶、皮
日休就地拾葉煮茶，行徑灑脫，頗有林下風致；齊己聽聞晚風蕭蕭引
發黍離之思，取眼前之落葉燒水煮茗，情景交融〔註56〕，自然呈現了
落寞清寂的心境；張蠙和貫休歌詠掃葉煮茶，都與禪師禪寺有關，且
「掃地」也是禪門習禪的一種清課〔註57〕，則逕以掃地之葉煮茶，不
拘於炭火勁薪，正體現了茶禪一味〔註58〕的思想。

　　文人烹茶，一般多用炭煮水，炭薪雖可使茶湯鮮美，但是炭本身
殊無情趣意味可言，而文人爲了追求情趣意味，使茶薪之意蘊與茶人
之心境統一和諧，往往會展現出活潑隨性的一面：以松爲薪表現貞潔
幽雅；以竹爲薪標榜高人之致；以巢爲薪顯露嚮往村居淡泊之情；以
葉爲薪表現灑脫的林下風致、體現茶禪一味的思想。何況，有時於山
林郊野煮茶，就地取材，隨遇而安，不執泥於《茶經》之理，這種擇
薪方式，豈不深具幽野瀟灑之意也！

土飲器論唐代的飲茶文化〉《故宮學術季刊》第八卷第三期，1991
年）觀張蠙此詩所謂「融冰曉注瓶。」應指將融化了的冰水注入茶
瓶中。

〔註56〕　「情景交融」爲中國傳統詩歌美學的一種理論概括，其理念強調自我
的心情與自然物象間經由「同一關係」的作用而顯現的「無間隔距
離」、「心遊無礙」的美感境界。它既可以指涉創作活動所極力要完
成的美的終極境界，也可以指稱創作活動中要藉以完成的終極境界
的技巧設計，關於此美學命題的探討，可參見蔡英俊《比興、物色
與情景交融》，台北：大安出版社，1986 年 5 月初版。本文此處乃
指前者而言，落葉蕭瑟的景象與齊己內在清寂落寞的心境統一和
諧，顯現出「無間隔距離」的美感境界。

〔註57〕　唐人李洞〈寄淮海惠澤上人〉：「他日願師容一榻，煎茶掃地學忘機。」，
見《全唐詩》卷七二三。

〔註58〕　參見本論文第六章第七節之論述。

二、意蘊無窮的取水之道

　　王敷〈茶酒論〉說：「茶不得水，作何相貌？⋯⋯茶片乾喫，只糲破喉嚨。」明人田藝蘅《煮泉小品》亦曰：「茶，南方嘉木，日用不可少者。品固有嫩惡，若不得其水，且煮之不得其宜，雖佳弗佳也。」〔註59〕這都是闡明茶性必得良水才可盡發之理。水於茶既是如此重要，故而陸羽《茶經》有云：

> 其水，用山水上，江水中，井水下。其山水，揀乳泉石池漫流者上；其瀑湧湍瀨勿食之，久食令人有頸疾。又多別流於山谷者，澄浸不洩，自火天至霜郊以前，或潛龍蓄毒於其間，飲者可決之，以流其惡，使新泉涓涓然酌之。其江水，取去人遠者。井，取汲多者。

陸羽根據水源及地理位置之不同，把水分成三個等第，即山水（山裏之水）、江水（地面之水）和井水（地底之水），其意煮茶用的水以山裏的流水最好，其次是江河之水，井水最差。山裏的流水又以乳泉（從鐘乳石滴落的水，含有礦物質）和巖石間緩緩流下的最好；湍急奔湧的水不能飲用，長期喝這種水會使頸部產生疾病。此外，匯流於山谷的水，雖然澄清卻停滯不外流，從熱天到霜降以前，也許有潛龍蓄積的毒氣在裏頭，若想取用，必須挖個缺口，讓惡水流出新泉湧入後，才可飲用。江水應取用離開人煙較遠的，井水則要使用經常汲取的。陸羽概括性的三分水之品第，開了後世文人好評水第之風氣〔註60〕。

〔註59〕台北：藝文印書館百部叢書本，1965 年。

〔註60〕陸羽之後，唐代張又新《煎茶水記》，宋代歐陽修《大明水記》、葉清臣《述煮茶小品》，明代徐獻忠《水品》、田藝蘅《煮泉小品》，清代湯蠱仙《泉譜》等都是研究水的專著。此外還有更多在茶書中論茶煎論水的。關於此問題，可以參考王玲《中國茶文化》第二編第五章二、「論水」北京：中國書店，1992 年 12 月出版；姚國坤、王存禮、程啓坤編著《中國茶文化》三、「茶之品飲」，台北：洪葉文化事業有限公司，1995 年 1 月初版一刷；朱自振、沈漢《中國茶酒文化史》第七章第二節「飲茶用水的講究」，台北：文津出版社，1995 年 12 月初版一刷；張科編著《說泉》，浙江：攝影出版社，1999 年 2 月一版三刷。

陸羽之三分法雖然簡略不如後世來得廣泛精細，卻分析得極有道理，且予人以大原則之掌握，而無瑣碎之弊，頗具參考價值。陸羽以爲煮茶之水大抵要合乎潔（少污染）與活（惡死水）的原則，所以山中乳泉和江中清流是較宜於煮茶的，筆者檢閱唐代茶詩，發現文人大多取用山裏泉水和地面江水、溪水來煮茶，可見唐代文人深諳此理，亦多遵循此理〔註61〕。但是如同擇薪，有時爲了表現文人特有的性情志趣，唐代文人的取水之道也是意蘊無窮的，像貫休的「茶思岳瀑煎」（〈和韋相公見示閒臥〉《全唐詩》卷八三一）、「茶煮西峰瀑布冰」（〈題蘭江言上人院二首〉其二《全唐詩》卷八三六），陸羽以爲湍急奔騰之水不能飲用，瀑布即爲此種水，貫休殆取瀑布表現一種山中奇趣吧！又，陸羽《茶經》中並未言及雪水、冰水、露水等，而唐代文人卻喜愛用以煮茶或歌詠之，現分述如下：

1、雪水煎茶

唐代文人以雪水煎茶始於白居易，此後文人詠雪水茶者亦不少，甚至還認爲雪水比泉水更適合煎茶〔註62〕。試看以下詩句：

吟詠霜毛句，閒嘗雪水茶。（白居易〈吟元郎中白鬚詩，兼飲雪水茶，因題壁上〉《全唐詩》卷四四三）

融雪煎香茗，調酥煮乳糜。（白居易〈晚起〉《全唐詩》卷四五一）

煮雪問茶味，當風看雁行。（喻鳧〈送潘咸〉《全唐詩》卷五四三）

童瘈爲歐捏，僧愛用茶煎。（李咸用〈雪十二韻〉《全唐詩》卷六四

〔註61〕如李華〈雲母泉詩〉：「氣染茶甌馨」（詩序云：「泉出石……發如乳溓，末派如淳漿。」蓋雲母泉是陸羽所謂的山水乳泉）（見《全唐詩》卷一五三）；周賀〈同朱慶餘宿翊西上人房〉：「山茶稱遠泉」（《全唐詩》卷五○三）；陸龜蒙〈京口與友生話別〉：「茶試遠泉甘」（《全唐詩》卷六二三）；李中〈寄廬山白大師〉：「泉美茶香異」（《全唐詩》卷七四七）等。還有選擇名泉煮茶的，如皮日休〈寒夜文宴得泉字〉：「滿瓶同坼惠山泉」（《全唐詩》卷六一四）、〈題惠山泉二首〉其二：「自來林下煮潺湲」（《全唐詩續遺補》卷九）、成彥雄〈煎茶〉：「虎跑泉畔思遲遲」（《全唐詩》卷七五九）等。

〔註62〕李弘茂〈詠雪〉：「甜於泉水茶須信」，《全唐詩》卷七九五。

六）

煮茶融破練，磨墨染成黳。（可止〈雪十二韻〉《全唐詩》卷八二五）

閒吟只愛煎茶澹，斡破平光向近軒。（薛能〈新雪〉《全唐詩》卷八八四）

澡臺淨冰鑑，茶壺團素月。（陳元光〈觀雪篇〉《全唐詩續拾》卷八）

雪水寒、清、輕之特性實宜於烹茶，唐人張又新《煎茶水記》已將雪水列入水品中，但評爲二十品之末〔註63〕，還不是十分看重它。而唐代文人之所以重視雪水，除了喜愛它品幽、性潔、格清外，還欣賞它的文學意蘊：袁安臥雪品格清高〔註64〕、王子猷雪夜訪戴逵，行徑瀟灑不羈〔註65〕。何況袁安、王子猷事還止於外在相映，文人飲雪水茶則雪沁心脾，人雪融合爲一，似乎文人通體均被澡雪，神清氣爽外，雪更豐富了文人的生活情趣，提高了文人的精神境界，美化了文人的生命情調，難怪明人田藝蘅《煮泉小品》稱雪水爲靈水〔註66〕，文震亨〈天泉〉亦說：「雪爲五谷之精，取以煎茶，最爲幽況。」（《長物志》〔註67〕卷三）足見文人以雪水烹茶乃在於表現一種幽人況味也。

2、冰水烹茶

〔註63〕　收入於《全唐文》卷七二一。

〔註64〕　《後漢書》卷四十五〈袁安傳〉：「袁安，字邵公，汝南汝陽人也。……初爲縣功曹……後舉孝廉。」唐李賢注引《汝南先賢傳》：「時大雪積地丈餘，洛陽令身出案行，見人家皆除雪出，有乞食者。至袁安門，無有行路。謂安已死，令人除雪入戶，見安僵臥。問何以不出，安曰：『大雪人皆餓，不宜干人。』令以爲賢，呾爲孝廉。」

〔註65〕　《世說新語·任誕第二十三》：「王子猷居山陰，夜大雪，眠覺開室……忽憶戴安道，時戴在剡，即便夜乘小船就之。經宿方至，造門不前而返。人問其故，王曰：『吾本乘興而來，興盡而返，何必見戴？』」

〔註66〕　《煮泉小品·靈水》：「靈，神也。天一生水，而精明不淆。故上天自降之澤，實靈水也。……雪者，天地之積寒也。《氾勝書》：『雪爲五穀之精。』……陶谷取雪水烹團茶，而丁謂〈煎茶〉詩：『痛惜藏書篋，堅留待雪天。』李虛己〈建茶呈學士〉詩：『試將梁苑雪，煎動建溪春。』是雪尤宜茶飲也。處士列諸末品何邪？意者以其味之燥乎？若言太冷，則不然矣。」

〔註67〕　台北：藝文印書館百部叢書集成，1966年。

王仁裕《開元天寶遺事》卷一曾記載一則敲冰煮茗之事：

> 逸人王休居太白山下，日與僧道異人往還。每至東時，取溪冰
> 敲其晶瑩者煮建茗，共賓客飲之。

王休既是隱逸脫塵之人，而冰水潔白象徵志趣高潔，則逸人敲冰煮
茗，正是合於情趣的清雅之舉，且冰性清寒符合茶性〔註68〕，取之烹
茶亦很恰當。唐代文人也有取冰水烹茶的描寫：

> 研露題詩潔，消冰煮茗香。(姚合〈寄元緒上人〉《全唐詩》卷四九七)
>
> 掃葉寒燒鼎，融冰曉注瓶。(張蠙〈贈棲白大師〉《全唐詩》卷七〇二)
>
> 茗汲冰銷溜，爐燒鵲去巢。(黃滔〈冬暮山舍喜標上人見訪〉《全唐
> 詩》卷七〇四)
>
> 讀易分高燭，煎茶取折冰。(曹松〈山中寒夜呈進士許棠〉《全唐詩》
> 卷七一六)

不論是「敲冰」、「消冰」、「融冰」或「折冰」，都比一般直接取水還
多了一道功夫，對於清閒的文人而言，還真是閒中找事做，當然也憑
添了幾許興致和雅趣，尤其「冰清玉潔」、「冰壺澄澈」的形象早已深
植人心〔註69〕，唐代文人以冰水烹茶，不無標榜胸懷坦蕩、品性清白
之意，亦以「冰清玉潔」自我砥礪也。

〔註68〕 李時珍《本草綱目》果部第三十二卷：「茗……葉（氣味）苦、甘，
微寒，無毒。」(《本草綱目通釋》，北京學苑出版社，1992 年 12 月
一版一刷) 是茶之性寒。明人田藝蘅《煮泉小品·清寒》：「冰，堅
水也……在地英明者惟水，而冰則精而且冷，是固清寒之極也。」
可見冰性符合茶性。

〔註69〕 桓譚《新論·妄瑕》：「伯夷叔齊，冰清玉潔，義以不爲孤竹之嗣，
不食周粟，餓死首陽。」(台北：藝文印書館，1965 年初版) 乃以
「冰清玉潔」象徵節操堅貞潔白；葛曉音評王昌齡〈芙蓉樓送辛漸〉
詩說：「早在六朝劉宋時期，詩人鮑照就用『清如玉壺冰』(〈代白頭
吟〉) 來比喻高潔清白的品格。自從開元宰相姚崇作〈冰壺誡〉以來，
盛唐詩人如王維、崔顥、李白等都曾以冰壺自勵，推崇光明磊落、
表裏澄澈的品格。王昌齡托辛漸給洛陽親友帶去的口信（指『一片
冰心在玉壺』之句) 不是通常的平安竹報，而是傳達自己依然冰清
玉潔、堅持操守的信念……」見《唐詩鑑賞辭典》頁 132，上海：
辭書出版社出版，1992 年 8 月十二刷。

3、露水煮茶

明人田藝蘅以爲露水同雪水一般，皆上天自降之澤，均爲靈水，其《煮泉小品》曰：

> 露者，陽氣盛而所散也。色濃爲甘露，凝如脂，美如飴。一名膏露，一名天酒。《十洲記》:「黃帝寶露」《洞冥記》:「五色露」，皆靈露也。莊子曰:「姑射山神人，不食五穀，吸風飲露。」《山海經》:「仙丘絳露，仙人常飲之。」《博物志》:「沃渚之野，民飲甘露。」《拾遺記》:「含明之國，承露而飲。」《神異經》:「西北海外人長二千里，日飲天酒五斗。」《楚辭》:「朝飲木蘭之墜露」是露可飲也。

神話仙水之說固然不可信，不過露水甘美自然宜於煎茶，所以唐代文人也有用露水煮茶，如：

> 花落煎茶水，松生醒酒風。（姚合〈尋僧不遇〉《全唐詩》卷五〇一）

從這首詩看來，文人應是收集由花朵上落下的露水來煮茶，或許露水真是太難收集了，故唐代茶詩裏僅見此例。然而唐人愛花，文人尤其爲甚〔註70〕，則收集花露水來烹茶，是充分展現了文人的閒趣與雅興。

此外，還有姚合以野水煎茶表現元八郎中秋居之蕭散野逸；賈島用檐溜煮茶呈現郊居的幽野清瑟；杜荀鶴取窗底水煮茶表現書齋啜茶的寫意清閒；李洞以「井鎖煎茶水」表現蘇雍的孤高清貧；李中汲寒池水煮茗呈現閒居生活的清雅幽靜〔註71〕。

〔註70〕 參見李斌城、李錦繡、張澤咸、吳麗娛、凍國棟、黃正建等著《隋唐五代社會生活史》第四章第二節一、「愛牡丹」，北京：中國社會科學出版社，1998年7月一版一刷；李乃龍《雅人深致與宗教情緣——唐代文人的生活樣態》第二章第三節「雅人俗相」，台北：文津出版社，2000年5月一刷。

〔註71〕 姚合〈和元八郎中秋居〉:「聖代無爲化，郎中似散仙。晚眠隨客醉，夜坐學僧禪。酒用林花釀，茶將野水煎。人生知此味，獨恨少因緣。」（《全唐詩》卷五〇一）；賈島〈郊居即事〉:「住此園林久，其如未是家。葉書傳野意，檐溜煮胡茶。雨後逢行鷺，更深聽遠蛙。自然還往里，多是愛煙霞。」（《全唐詩》卷五七三）；杜荀鶴〈懷廬岳書齋〉:「長憶在廬岳，免低塵土顏。煮茶窗底水，採藥屋頭山。是境

　　凡此，皆顯示唐代文人對煮茶用水的選擇除了重視水質優良外，也很在意「水」背後的文學意蘊，藉以表現文人特有的性情志趣，唐代文人的取水之道誠可謂「意蘊無窮」啊！

三、文雅雋永的煎飲過程

　　儘管唐代以前江南、巴蜀一帶的飲茶風氣已很普及，不過人們常添加各種香辛佐料於茶中，對於茶湯的色、香、味不大要求〔註72〕，嚴格說來飲茶還不算是一門藝術。到了茶風熾盛的唐代，雖然也還保留於茶中添加佐料的風俗〔註73〕，不過因陸羽《茶經》推重清飲之故，清飲已成飲茶方式的主流，尤其中唐以後文人特別注重自煎至飲的整個過程的美感享受與情感體驗，則飲茶已超越了解渴的實用層次，而提升至藝術的品飲境界了。讓我們先來看白居易的一首詩：

> 昨晚飲太多，嵬峨連宵醉。今朝餐又飽，爛漫移時睡。睡足摩挲眼，眼前無一事。信腳繞池行，偶然得幽致。婆娑綠樹陰，斑駁青苔地。此處置繩床，傍邊洗茶器。白瓷甌甚潔，紅爐炭方熾。沫下麴塵香，花浮魚眼沸。盛來有佳色，嚥罷餘芳氣。不見楊慕巢，誰人知此味。（〈睡後茶興憶楊同州〉《全

皆游遍，誰人不羨閒？無何一名繫，引出白雲間。」（《全唐詩》卷六九一）；李洞〈宿長安蘇雍主簿廳〉：「縣對數峰雲，官清主簿貧。聽更池上鶴，伴值岳陽人。井鎖煎茶水，廳關搗藥塵。往來多屐步，同舍即諸鄰。」（《全唐詩》卷七二一）；李中〈贈胊山楊宰〉：「訟閒征賦畢，吏散卷簾時。聽雨入秋竹，留僧覆舊棋。得詩書落葉，煮茗汲寒池。化俗功成後，煙霄會有期。」（《全唐詩》卷七四八）。

〔註72〕陸羽《茶經》「七之事」引《廣雅》云：「荊、巴間採葉作餅，葉老者，餅成米膏出之，欲煮茗飲，先炙令赤色，搗末，置瓷器中，以湯澆覆之，用蔥、薑、橘子芼之。」又，楊華《膳夫經手錄》亦云：「近晉、宋以降，吳人採其葉煮，是為茗粥。」

〔註73〕如李泌〈賦茶〉：「旋沫翻成碧玉池，添酥散出琉璃眼」（《全唐詩》卷一〇九）；王維〈贈吳官〉：「長安客舍熱如煮，無箇茗糜難禦暑。」（《全唐詩》卷一二五）；儲光羲〈吃茗粥作〉：「淹留膳茶粥，共我飯蕨薇。」（《全唐詩》卷一三六）；薛能〈蜀州鄭使君寄鳥嘴茶，因以贈答八韻〉：「鹽損添常誠，薑宜著更誇。」（《全唐詩》卷五六〇）等詩之記載。

唐詩》卷四五三）

白居易一開始說自己是在清閒無事的情況下，信步尋得幽境而生起茶興，乃藉飲茶以品味閒適的生活。接著洗淨茶器，燃炭燒水準備煮茶。「沫下麴塵香」是說投淡黃色的茶末於沸水中〔註74〕，馨香四溢。蓋陸羽推崇飲用餅茶，要煮茶時得先將茶餅烤乾，然後用茶碾把茶餅碾碎成粉末狀，再投茶末於沸水中烹煮〔註75〕。「花浮魚眼沸」形容茶末於沸騰的水中生成許多浮漚，陸羽謂之「餑沫」，也稱作「湯花」

〔註74〕《周禮・天官》〈內司服〉「麴衣」注：「麴衣，黃桑服也，色如麴塵，象桑葉始生。」則麴塵殆爲淡黃色，台北：藝文印書館，1989 年 1月十一版。

〔註75〕陸羽《茶經》「六之飲」：「飲有粗茶、散茶、末茶、餅茶者。乃斫、乃熬、乃煬、乃舂，貯於瓶缶之中，以湯沃焉，謂之痷茶。或用蔥、薑、棗、橘皮、茱萸、薄荷之等，煮之百沸，或揚令滑，或煮去沫，斯溝渠間棄水耳，而習俗不已。」可見唐代的飲茶方式至少有六種，而陸羽最推崇的乃餅茶法（唐代茶詩顯示文人亦最鍾情此種），故於「四之器」和「五之煮」詳述此種煮飲方式所需的用具及正確煮飲方法。其中「四之器」提到用來燒水的器具稱爲鍑，並說其形制：「方其耳，以令正也。廣其緣，以務遠也。長其臍，以守中也。臍長則沸中；沸中則沫易揚；末易揚則味淳也。」姚國坤、王存禮、程啓坤《中國茶文化》推斷鍑是一只寬邊、凸肚、無蓋的大口小鍋（台北洪葉文化事業有限公司，1995 年 1 月初版一刷）；又提及碾茶之器具：「內圓而外方。內圓備於運行也；外方制其傾危也。內容墮而外無餘。」是一內圓外方的碾槽，內圓方便運轉，外方以防傾倒，且槽內只容下一碾輪，再無空隙；又，「羅、合，羅末以合蓋貯之，以則置合中。」餅茶經茶碾碾碎後，用羅篩出茶末，放在盒中蓋緊存放，把則也放入盒中；用以盛茶末之器物謂之則：「以海貝、蠣蛤之屬，或以銅、鐵、竹匕策之類。」而「五之煮」說明煮茶的方法：「凡炙茶……持以逼火，屢其翻正，候炮培塿狀蝦蟆背，然後去火五寸。卷而舒，則本始又炙之……既而承熱用紙囊貯之，精華之氣無所散越，候寒末之……第二沸出水一瓢，以竹夾環激湯心，則量末當中心而下。」由此便知餅茶之煮飲是經烘烤、碾茶、過羅的手續，再用則量茶末投入鍑之沸水中。唐人李咸用：「白紵眼細勻於研」（〈謝僧寄茶〉，《全唐詩》卷六四四）即是說碾茶、羅茶。有關唐代的餅茶與茶碾還可以參考廖寶秀〈圭璧相壓疊，積芳莫能加——試論唐代圭璧形餅茶與茶碾〉，《故宮文物月刊》九卷六期，1991 年 9月。

〔註76〕。在飲茶之前，白居易先欣賞茶湯的顏色，飲用後茶香迴盪在口鼻之間，令人回味不已。好茶適合與解茶味之人同享，沒有楊同州共品，佳味也只有白居易自己獨知了。白居易這首詩寫出了文人對茶的喜愛，以及文雅雋永的煎飲過程。

　　透過這首詩，約莫可知文人是把飲茶視爲一門休閒的藝術，對於煮茶品茶無不帶著審美的眼光來欣賞它，享受煮茶的樂趣、品味茶湯的美好、感受閒適的茶境。

　　從燒水時聽聲觀水、賞餑沫至品飲鑑茶色、聞香、品味，其實是一連貫的過程，但爲便於論述唐代文人文雅雋永的煎茶飲茶過程，茲分聽聲觀水、賞餑沫、鑑色、聞香、品味等試析如下：

1、聽聲觀水

　　唐代茶詩中對水沸聲及水沸狀之描述如：

　　驟雨松聲入鼎來，白雲滿盌花徘徊。（劉禹錫〈西山蘭若試茶歌〉《全唐詩》卷三五六）

　　湯添勺水煎魚眼，末下刀圭攪麹塵。（白居易〈謝李六郎中寄新蜀茶〉《全唐詩》卷四三九）

　　灘聲起魚眼，滿鼎漂清霞。（李群玉〈龍山人惠石廩方及團茶〉《全唐詩》卷五六八）

　　銀瓶貯泉水一掬，松雨聲來乳花熟。（崔珏〈美人嘗茶行〉《全唐詩》卷五九一）

　　聲疑松帶雨，餑恐生煙翠。（皮日休〈煮茶〉《全唐詩》卷六一一）

〔註76〕由於用來燒水的鍑是無蓋的大口鍋子（見上註），所以當時人們可以用視覺來辨別水沸騰的程度，陸羽《茶經》「五之煮」說明水煮沸的過程：「其沸如魚目，微有聲，爲一沸。邊緣如湧泉連珠，爲二沸。騰波鼓浪，爲三沸。已上，水老，不可食也。」白居易此詩中的「魚眼沸」即爲第一沸，水其實還太嫩，明人聞龍《茶箋·候湯》：「老與嫩皆非也」（上海：神州國光社，1928 年）認爲嫩湯或老湯均不宜於茶，不知白居易是爲求協韻或隨性而於此時下茶末，至於陸羽是主張第二沸時才投下茶末的（見上註）。此外，「五之煮」還提到「餑沫」：「湯之華也。花之薄者曰沫，厚者曰餑，細輕者曰花。」

松扉欲啓如鶴鳴，**石鼎初煎若聚蚊**。(皮日休〈冬曉章上人院〉《全唐詩》卷六一四)

林風夕和真珠泉，半匙青粉攪潺湲。(李咸用〈謝僧寄茶〉《全唐詩》卷六四四)

龜背起紋輕炙處，**雲頭翻液乍烹時**。(劉兼〈從弟舍人惠茶〉《全唐詩》卷七六六)

石鼎秋濤靜，禪回有岳茶。(齊己〈題真州精舍〉《全唐詩》卷八四○)

育花浮晚菊，**沸沫響秋蟬**。(張又新〈謝廬山僧寄谷簾水〉《全唐詩續補遺》卷五)

文人以驟雨聲、松聲、灘聲、聚蚊聲、林風聲、秋濤聲、秋禪響聲來比喻水聲；以煎魚眼、真珠泉、雲頭翻液比喻水沸之狀，真是充滿了文人詩意的想像。這種形象化的描寫手法讓讀者有彷彿親聞其聲、親睹其狀的臨場感，可謂十分成功的，則燒水等待水沸對文人來說，不僅不是件無聊耗時之事，還有著無窮的樂趣呢！

2、賞餑沫

陸羽曾在《茶經》「五之煮」中形象化地描寫餑沫的形狀，其說：

華之薄者曰末，厚者曰餑，細輕者曰花。如棗花漂漂然於環池之上；又如回潭曲渚青萍之始生；又如晴天爽朗，有浮雲鱗然。其沫者，若綠錢浮於水湄，又如菊英墮於尊俎之中。餑者，以滓煮之，及沸，則重華累沫，皤皤然若積雪耳，《荈賦》所謂「煥如積雪，燁若春敷」有之。

在陸羽生花妙筆的形容下，餑沫如同可愛的棗花、浮萍、青苔、菊花和積雪，每一次變幻都予人美感與驚喜，無怪乎唐代文人亦愛賞餑沫：

驟雨松聲入鼎來，**白雲滿盌花徘徊**。(劉禹錫〈西山蘭若試茶歌〉《全唐詩》卷三五六)

薤葉照人呈夏簟，**松花滿盌試新茶**。(劉禹錫〈送蘄州李郎中赴任〉《全唐詩》卷三五九)

今宵更有湘江月，照出菲菲滿碗花。(劉禹錫〈嘗茶〉《全唐詩》卷三六五)

雪簷晴滴滴，茗椀華舉舉。(孟郊〈宿空侄院寄澹公〉《全唐詩》卷三七八)

湘瓷泛輕花，滌盡昏渴神。(劉言史〈與孟郊洛北野泉上煎茶〉《全唐詩》卷四六八)

碧流霞腳碎，香泛乳花輕。(李德裕〈故人寄茶〉《全唐詩》卷四七五)

松花飄鼎泛，蘭氣入甌輕。(李德裕〈憶茗芽〉同上)

茗煎雲沫聚，藥種玉苗勻。(吳融〈和韓致光侍郎無題三首十四韻〉其三《全唐詩》卷六八五)

投鐺湧作沫，著椀聚生花。(皎然〈對陸迅飲天目山茶，因寄元居士晟〉《全唐詩》卷八一八)

育花浮晚菊，沸沫響秋蟬。(張又新〈謝廬山僧寄谷簾水〉《全唐詩續補遺》卷五)

在文人眼中，湯花輕浮於茶面上的情景似松花、雲沫般，很能給人以悅目賞心的美感，尤其育湯花時碗面浮現似朵朵的菊花〔註77〕，彷彿飲茶人的品格亦與茶格融為一體。欣賞餑沫的變幻，真是文人的清閒之舉，充滿了雅趣。

3、鑑　色

陸羽《茶經》「五之煮」談到飲茶的方法：

乘熱連飲之，以重濁凝其下，精英浮其上。如冷，則精英隨氣而竭，……啜苦咽甘，茶也。

陸羽認為茶熱時，精英隨熱氣而浮於湯之上層，故飲茶須乘熱及時，才能得茶之精華，至於茶之味道只說「啜苦咽甘」罷了，可見陸羽重

〔註77〕陸羽《茶經》「五之煮」說到把第二沸的水舀出一瓢置於一旁，至水大開波濤翻滾、水沫飛濺時，將先前置於一旁的那一瓢水加入，使水不再沸騰，以保養水面生成的湯花，此稱之為「育華」。

視以茶養生與茶本有之味的獲得更甚於品茶的樂趣。但是文人卻重視
對茶之色、香、味的微妙體會更甚於對茶本有之味的獲得，可以說將
飲茶提昇爲一門休閒藝術，眞正是在「品茶」的是文人啊！

　　唐代文人品茶從鑑賞茶湯的顏色開始，試看以下詩句對茶色的形
容：

　　甌香茶色嫩，窗冷竹聲乾。（岑參〈暮秋會嚴京兆後廳竹齋〉《全唐
詩》卷二〇〇）

　　玄談兼藻思，**綠茗代榴花**。（錢起〈過長孫宅與朗上人茶會〉《全唐
詩》卷二三七）

　　碧流霞腳碎，香泛乳花輕。（李德裕〈故人寄茶〉《全唐詩》卷四七五）

　　滿火芳香碾曲塵，**吳甌湘水綠花新**。（李群玉〈答友人寄新茗〉《全
唐詩》卷五七〇）

　　嫩茶重攪綠，新酒略吹醅。（李郢〈春日題山家〉《全唐詩》卷五八
九）

　　合座半甌輕泛綠，開緘數片淺含黃。（鄭谷〈峽中嘗茶〉《全唐詩》
卷六七六）

　　金槽和碾沉香末，**冰碗輕涵翠縷煙**。（徐夤〈尚書惠臘面茶〉《全唐
詩》卷七〇八）

　　「功剜明月染春水，**輕旋薄冰盛綠雲**。（徐夤〈貢餘祕色茶盞〉《全
唐詩》卷七一〇）

　　誰見柰園時節共，**還持綠茗賞殘春**。（皎然〈遙和康錄事李侍御萼
小寒食夜重集康氏園林〉《全唐詩》卷八一五）

　　茶烹綠乳花映簾，撐沙苦筍銀纖纖。（貫休〈書倪氏屋壁三首〉其
一《全唐詩》卷八二七）

　　嵐飛黏似霧，**茶好碧於苔**。」（貫休〈題靈溪暢公壁〉《全唐詩》卷
八三〇）

　　碾聲通一室，**烹色帶殘陽**。（齊己〈謝灉湖茶〉《全唐詩》卷八
四〇）

　　角開香滿室，**爐動綠凝鐺**。（齊己〈詠茶十二韻〉《全唐詩》卷八四三）

> 晚鼎烹茶綠，晨廚爨粟紅。(齊己〈寄舊居鄰友〉《全唐詩》卷八四三)
>
> 金餅拍成和雨露，玉塵煎出照煙霞。(李郢〈酬友人春暮寄枳花茶〉
>
> 《全唐詩》卷八八四)

由於古代以手工採茶，茶葉多揀選嫩芽、嫩葉之故，因而詩人多謂「嫩茶」。茶乃綠葉所製成，所以綠色是茶的眞色、本色、自然之色，從以上詩句可以看出唐代茶色尚綠〔註78〕。但綠色只是一種單調的顏色，透過文人的文學聯想與情感因素之作用，將茶色與流霞、翠縷煙、綠雲、碧苔、殘陽、煙霞聯繫起來，則茶色嫩綠中有時還帶點兒金黃的感覺呼之欲出，不僅成功傳神地表現出茶色鮮綠的生機美，也寫出了茶色輕而浮的特點，唐代文人眞可謂觀色入神，如此才能稱爲品鑑茶色啊！

4、聞 香

唐宋貢茶爲了加重茶香，往往會添入香料，不過如此作法便使茶失去其眞香，眞正品茶的人是重茶的自然本香的〔註79〕。茶的自然香氣是輕靈而非重濁的，如唐代文人所說：

> 松花飄鼎泛，蘭氣入甌輕。(李德裕〈憶茗芽〉《全唐詩》卷四七
>
> 五) 嫩芽香且靈，吾謂草中英。(鄭愚〈茶詩〉《全唐詩》卷五九
>
> 七) 〔註80〕

以其香「輕」、「靈」，並非一聞即知，故不似人工濃香衝鼻而來，強

〔註78〕歷代所重之茶色略有不同，如宋代製茶較唐代更精，對茶芽選擇更加
細嫩，茶芽未經充分之光合作用旋即被採，葉綠素極少，故茶芽多
呈銀白色或淡綠色，故宋人貴白茶。至明代由於是炒青製茶，茶色
就更綠了，參見王玲《中國茶文化》第三章、第四章，北京：中國
書店，1992 年 12 月出版；梁子《中國唐宋茶道》第七章，陝西：
人民出版社，1994 年 11 月一版一刷；劉學君《文人與茶》茶道篇八、
「欣賞色、香、味」，北京：東方出版社，1997 年 6 月一版一刷。
〔註79〕宋代蔡襄《茶錄》：「茶有眞香，而入貢者微以龍腦和膏，欲助其香。」
（台北：新文豐出版公司，叢書集成新編第四十七冊，1985 年 1 月
初版）宋徽宗《大觀茶論》：「茶有眞香，非龍麝可擬。」（上海商務
印書館，1930 年再版）
〔註80〕此詩作者一作鄭邀，亦見於《全唐詩》卷八五五。

迫人接受，當下即令嗅覺獲得快感，這種眞香必須靜品、用心體會才能感知其美，而品後之餘韻卻是無窮的，誠如唐代文人又說：

疏香皓齒有餘味，更覺鶴心通杳冥。（溫庭筠〈西陵道士茶歌〉《全唐詩》卷五七七）

磬韻醒閒心，茶香凝皓齒。（皮日休〈孤園寺〉《全唐詩》卷六一〇）

桃熟多紅璺，茶香有碧筋。（貫休〈劉相公見訪〉《全唐詩》卷八三〇）

溫庭筠指出茶之疏香有餘味，其香韻能留於齒間久久不散，令人感受到鶴心悠然而起，超俗脫塵至於杳冥幽遠的境界，飲茶臻於此境，才是出神入化的品茶啊！皮日休也說明茶的眞香能凝聚於齒間，使人回味有餘韻；貫休將茶香與茶湯表面碧綠之紋路相聯繫，充分發揮文人之聯想力，不僅品出了茶香，彷彿還感受到茶之風骨，可謂茶格、人格融合爲一。

香既是一種氣味，當然能因風而行，所以茶香不只有靜態美，它也有動態美，試看以下詩句：

花醥和松屑，茶香透竹叢。（王維〈河南嚴尹弟見宿弊廬訪別人賦十韻〉《全唐詩》卷一二七）

香飄諸天外，日隱雙林西。（劉長卿〈惠福寺與陳留諸官茶會〉《全唐詩》卷一四九）

竹暗閒房雨，茶香別院風。（戴叔倫〈與友人過山寺〉《全唐詩》卷二七三）

王維寫出茶香的動感與力感，茶香若飄帶般游動在青翠的竹叢間，其香力滲透入於竹骨中，則茶人、竹叢全浸染在一片茶香裏，好一幅氣韻生動的詩情畫境；劉長卿、戴叔倫賦予茶香流走的形象，那茶香遠颺天外、因風而行至別院裏，文人對茶香敏銳的感受力表露無遺。

文人既然品鑑香味的能力如此之強，能聞出茶之眞香，這就難怪只要茶一煮好，他們便可立即感知了，一如白居易所言：「鼻香茶熟後」（〈閒臥寄劉同州〉《全唐詩》卷四五六）。

5、品　味

陸羽曾說：「啜苦咽甘，茶也。」苦、甘是茶的基本味道，懂得品味的茶人還必須品出基本味之外的感受，試看唐代文人之品茶味：

> 以茲委曲靜，求得正味真。（劉言史〈與孟郊洛北野泉上煎茶〉《全唐詩》卷四六八）

> 疏衣蕉縷細，爽味茗芽新。（賈島〈黃子陂上韓吏部〉《全唐詩》卷五七二）

> 茗滑香黏齒，鐘清雪滴樓。（貫休〈題惠照寺律師院〉《全唐詩》卷八三二）

> 鳥幽聲忽斷，茶好味重迴。（齊己〈山寺喜道者至〉《全唐詩》卷八三九）

劉言史指出茶須靜品，方能體會其真味、正味的道理；賈島認為新嫩之茗芽其味清快適口，使人咽後倍覺舒爽；貫休則品出茶具有「滑」之特點，也就是在咽茶之後喉道有一種滋潤、滑溜的感覺；齊己以為好茶讓人飲後有回甘、餘味無窮的感覺。「爽」、「滑」、「回甘」都是文人靜品茶味的體會。再如：

> 山僧問我將何比，欲道瓊漿卻畏嗔。（施肩吾〈蜀茗詞〉《全唐詩》卷四九四）

> 素瓷雪色縹沫香，何似諸仙瓊漿液。（皎然〈飲茶歌誚崔石使君〉《全唐詩》卷八二一）

> 嵐光薰鶴詔，茶味敵人參。（棲蟾〈寄問政山聶威儀〉《全唐詩》卷八四八）

> 深疑嘗沆瀣，猶欠聽潺湲。（張又新〈謝廬山僧寄谷簾水〉《全唐詩續補遺》卷五）

將茶味比作仙人之瓊漿、人參與清露〔註81〕，是文人充滿文學性的聯想，也是妙品茶味後的體驗，較之陸羽實指茶味苦甘更能引人遐想，

〔註81〕嵇叔夜〈琴賦〉：「餐沆瀣兮帶朝霞」（《文選》，台北：藝文印書館，1989年1月十一版），張銑注：「沆瀣，清露也。」（《增補六臣注文選》，台北：華正書局，1980年9月），故知沆瀣係指清露。

這才算是妙於品味。

　　通過以上之論述，可知唐代文人從煎茶的聽燒水聲、觀水沸狀，至品茶時的鑑色、聞香、品味，無一不展現著文雅雋永的文人氣息，他們處處用心體會感受，發揮文人的審美能力、運用文學之聯想力，將飲茶由單純地接受客體原本之味，引發出不盡的品嚐樂趣，並增進了飲茶的美感，則飲茶在唐代文人那裡已從解渴醒腦的實用層次，提昇至精神文化層次，並發展成一門休閒藝術，後世文人乃至於今人不斷地從品茶中獲得許多佳妙情趣與美感經驗，唐代文人之功勞實不可沒焉。

四、高逸深遠的茶煙歌詠

　　韋應物曾說茶之本性：「潔性不可污」（〈喜園中茶生〉《全唐詩》卷一九二）因茶性潔淨，故最忌煙薰，蘇廙《十六湯品》將煙稱爲茶湯之大魔，其說：

> 調茶在湯之淑慝，而湯最惡煙。燃柴一枝，濃煙蔽室，又安有湯耶？苟用此湯，又安有茶耶？所以爲大魔。

蓋因調茶重在湯之好壞，湯足以掌握茶的生命，湯若不好，就算是好茶也難以發其茶性，而湯最怕有煙薰，所以煙實在是茶的剋星，但是文人偏愛欣賞茶煙，孟浩然〈夜歸鹿門山歌〉云：「鹿門月照開煙樹，忽到龐公棲隱處」（《全唐詩》卷一五九）可見「煙」具有隱逸、幽遠的象徵義，文人之所以對茶煙有濃厚的興趣，殆緣於此。試看以下幾首詩：

> 四面衫蘿合，空堂畫老仙。蠹根停雪水，曲角積茶煙。道至心極盡，宵晴瑟韻全。暫來還又去，未得坐經年。（周賀〈玉芝觀王道士〉《全唐詩》卷五〇三）
>
> 重到雲居獨悄然，隔窗窺影尚疑禪。不逢野老來聽法，猶見鄰僧爲引泉。龕上已生新石耳，壁間空帶舊茶煙。南宗弟子時時到，泣把山花尊几筵。（皮日休〈過雲居院玄福上人舊居〉《全唐詩》卷六一三）

深隱天台不記秋，琴臺長別一何愁？茶煙巖外雲初起，新月潭心釣未收。映宇異花叢發好，穿松孤鶴一聲幽。赤城不掩高宗夢，寧久懸冠枕瀑流。(林嵩〈贈天台王處士〉《全唐詩》卷六九〇)

那雲遊四方的王道士，其玉芝觀之「曲角積茶煙」令人有如置身與世隔絕的仙境之感；玄福上人舊居壁間的舊茶煙彷彿牽引人至深遠幽邈的禪境；巖外初起之茶煙是王處士閒雲野鶴般幽居生活的寫照。道士仙骨嶙峋、僧人高逸出塵、處士灑落自清，他們都是深具隱逸形象的代表，周賀、皮日休、林嵩皆以茶煙來形容他們居處的清幽藏隱，是再恰當不過了。再如牟融之「茶煙裊裊籠禪榻」(〈游報本寺〉《全唐詩》卷四六七)、杜荀鶴之「窗間風引煮茶煙」(〈宿東林寺題願公院〉《全唐詩》卷六九二)、李中之「烘壁茶煙暗」(〈寄廬岳鑒上人〉《全唐詩》卷七四七)均寫出寺院幽深杳遠的特色。

由於僧人喜愛茗飲，茶風之興起與僧人有關〔註82〕，唐代文人特別喜歡將僧人與茶煙聯繫起來，如：

茶煙熏殺竹，簷雨滴穿階。(姚合〈病僧〉《全唐詩》卷五〇二)

今日鬢絲禪榻畔，茶煙輕颺落花風。(杜牧〈題禪院〉《全唐詩》卷五二二)

竹影搖禪榻，茶煙上毳袍。(李中〈訪龍光智謙上人〉《全唐詩》卷七四七)

茶煙黏衲葉，雲水透衡茆。(貫休〈寶月禪師見訪〉《全唐詩》卷八三三)

姚合以「茶煙熏殺竹」灰暗深重的景象，襯托病僧形容枯槁仍不棄煎茶修道的風範；李中、貫休發現茗飲不輟的禪師僧服上多黏有未散之茶煙〔註83〕，可謂妙於想像；杜牧結合鬢絲與茶煙，寫出了蒼老蕭瑟的心境，更成為後代文人喜歡引用的一種意象〔註84〕。

〔註82〕 參見本論文第二章第二節之論述。

〔註83〕 《法苑珠林》解釋僧服：「衣中有四者，一糞掃衣，二毳衣，三衲衣，四三衣。」(唐代釋道世著，台北：商務印書館，1967 年)

〔註84〕 如蘇軾〈安國寺尋春〉：「病眼不羞雲母亂，鬢絲強理茶煙中。」(《蘇

　　既然茶煙富於隱逸、幽遠之野意，則茶煙不只用以形容道士、僧人、處士，文人也喜歡用來標榜山林煙霞之清志，如：

　　有士當今重，忘情自古稀。獨開青障路，閒掩白雲扉。石累千層險，泉分一帶微。棟危猿竟下，簷回鳥爭歸。煙冷茶鐺靜，波香蘭舸飛。好移鍾阜蓼，莫種首陽薇。樹密含輕霧，川空漾薄暉。芝泥看只捧，蕙帶且休圍。東郭鄰穿履，西林近衲衣。瓊瑤一百字，千古見清機。（吳融〈和睦州盧中丞題茅堂十韻〉《全唐詩》卷六八五）

　　擁翠捫蘿山屐輕，飄飄紅旆在青冥。仙科朱紱言非貴，溪鳥林泉癖愛聽。古桂林邊棋局濕，白雲堆裏茗煙青。因思盧岳彌天客，手把金書倚石屏。（貫休〈陪馮使君游六首之登干霄亭〉《全唐詩》卷八三七）

　　一宿蘭堂接上才，白雪歸去幾裝回。黛青峰朵孤吟後，雪白猿兒必寄來。簾卷茶煙縈墮葉，月明棋子落深苔。明朝江上空回首，始覺清風不可陪。（貫休〈將入匡山宿韓判官宅〉《全唐詩》卷八三七）

吳融形容位居要路津的盧中丞「忘情自古稀」，「煙冷茶鐺靜」的靜寂之美寫出盧中丞身在魏闕但心懷江湖的山林之志；貫休、馮使君登上干霄亭卻無凌霄之志，反言仙科朱紱非貴也，殆因「白雲堆裏茗煙青」的形象能教人忘卻塵心，而起山林煙霞之想吧！韓判官之蘭堂位在白雲青峰間，所謂地靈人傑、物能移人，韓判官亦予人閒雲野鶴之想，「簾卷茶煙縈墮葉」描繪出蘭堂主人幽居山林的形象。

　　此外，茶煙是一種可見的具體形象，以其能游走，富於動態美，因而往往也成為一種顯著的指標，如：

　　鹿裘長酒氣，茅屋有茶煙。（于鵠〈送李明府歸別業〉《全唐詩》卷

軾詩集》卷二十，北京：中華書局，1992 年 4 月三版）；陸游〈漁家傲・寄仲高〉：「行遍天涯真老矣，愁無寐，鬢絲幾縷茶煙裏。」（《陸放翁詩詞選》疾風選注，台北：華正書局，1974 年 10 月初版）；文徵明〈煎茶詩贈履約〉：「山人紗帽籠頭處，禪榻風花繞鬢飛。」（《文徵明集》卷十，上海古籍出版社，1987 年初版）等。

三一○）

古木帶蟬秋，客至茶煙起。（劉禹錫〈秋日過鴻舉法師寺院，便送歸
江陵〉《全唐詩》卷三五七）

茶煙開瓦雪，鶴跡上潭冰。（鄭巢〈送琇上人〉《全唐詩》卷五○四）

亂飄僧舍茶煙濕，密灑歌樓酒力微。（鄭谷〈雪中偶題〉《全唐詩》
卷六七五）

蘚點生棋石，茶煙過竹陰。（李中〈獻徐舍人〉《全唐詩》卷七四七）

六時佛火明珠綴，午後茶煙出翠微。（章孝標〈題碧山寺塔〉《全唐
詩逸》卷上）

茶煙漁火遙看處，一片人家在水西。（吳融〈富春二首之二〉《全唐
詩續拾》卷三十六）

于鵠憑茅屋茶煙確認李明府之別業；劉禹錫見寺院上空茶煙裊裊，便
知有訪客到寺，僧人正在煮茶待客；鄭巢、鄭谷寫出寺院茶煙冉冉、
清幽似畫的出塵景致；李中見茶煙如游絲飄帶緩緩穿過竹陰的可愛形
象，即知有人於竹間烹茗；章孝標憑午後自翠微間冉冉升起的茶煙認
出碧山寺；吳融遙看遠處之茶煙，便知水西有人家。茶煙在文人筆下
非但不是大魔，反而像熟悉親切的老友般富有意趣。

經由以上分析，吾人得知茶煙以其高逸深遠之意蘊與氣韻生動之
形象深受文人之青睞，自然文人會歌詠不絕了。

五、愛賞不已的茶甌持玩

唐代文人既然將飲茶視為一種休閒藝術，除了文雅雋永的煎飲過
程，飲罷一甌在手，因愛茶而及於茶甌，自不免賞玩一番，何況茶甌
製造精美，它本身就是一件藝術品。在陸羽《茶經》「四之器」中記
述當時出產瓷器茶甌的就有越州、岳州、鼎州、婺州、壽州、洪州、
邢州等地，陸羽並且進一步分析著名的越瓷與邢瓷之高下，他說：

若邢瓷類銀，越瓷類玉，邢不如越，一也。若邢瓷類雪，則越
瓷類冰，邢不如越，二也。邢瓷白而茶色丹，越瓷青而茶色綠，
邢不如越，三也。晉杜毓〈荈賦〉所謂「器擇陶揀，出自東甌」

甌，越也。甌，越州上。口唇不卷，底卷而淺，受半升以下。越州瓷、岳瓷皆青，青則益茶，茶作白紅之色。邢州瓷白，茶色紅；壽州瓷黃，茶色紫；洪州瓷褐，茶色黑，悉不宜茶。

可見陸羽認為越州和岳州的瓷甌最好，他以瓷色是否能彰顯茶之本色作為判別高下的標準，而並非由瓷器本身品質的優劣來論斷的。這種判別標準雖說是飲茶人的偏見，可能流於主觀〔註85〕，不過，換個角度來看，除非瓷器之品質低劣、製造粗糙，否則達到一定水準的瓷碗既是用來盛茶湯、供飲茶之用的，自然要考慮是否能盡顯茶之本色〔註86〕、與茶湯作完美之搭配，才能使飲茶藝術臻於極致。陸羽極力推崇越甌，越甌為人所愛亦反映在唐代茶詩中：

蒙茗玉花盡，越甌荷葉空。（孟郊〈憑周況先輩於朝賢乞茶〉《全唐詩》卷三八○）

越甌遙見裂鼻香，欲覺身輕騎白鶴。（李涉〈春山三朅來〉其二《全唐詩》卷四七七）

越碗初盛蜀茗新，薄煙輕處攪來勻。（施肩吾〈蜀茗詞〉《全唐詩》卷四九四）

紅爐爨霜枝，越兒斟井華。（李群玉〈龍山人惠石廩方及團茶〉《全唐詩》卷五六八）

滿火芳香碾曲塵，吳甌湘水綠花新。（李群玉〈答友人寄新茗〉《全唐詩》卷五七○）

篋重藏吳畫，茶新換越甌。（鄭谷〈送吏部曹郎中免官南歸〉《全唐詩》卷六七五）

〔註85〕陳彬藩、余悅、關博文主編《中國茶文化經典》說：「瓷器應憑質量定優劣，陸羽以瓷色為主要標準，只能算是飲茶人的一種偏見。」（頁15），北京：光明日報出版社，1999年8月一版一刷。

〔註86〕如本節之三、「文雅雋永的煎飲過程」其2、「鑑色」所述，「綠」乃茶之真色、自然本色，故唐代茶色尚綠。但唐人因飲用餅茶，其湯呈白紅色，即淡紅色，而越瓷為青色，茶湯注入後便呈綠色（參考姚國坤、王存禮、程啓坤《中國茶文化》頁155～156），所以陸羽要提倡用越甌乃基於此因，這其實也反映著時尚對茶色之追求。

蘚侵隋畫暗，茶助越甌深。（鄭谷〈題興善寺〉《全唐詩》卷六七六）

蜀紙麝煤沾筆興，越甌犀液發茶香。（韓偓〈橫塘〉《全唐詩》卷六八三）

清同野客敲越甌，丁當急響涵清秋。（僧鸞〈贈李粲秀才〉《全唐詩》卷八二三）

「越甌」、「越碗」異名同實，皆指同一器用〔註87〕，「越兒」殆爲愛賞之膩稱。孟郊以荷葉形容越甌瓷色之翠綠勻稱；李涉、李群玉、韓偓說出越甌有盡發茶香、顯現茶之自然綠色的優點；施肩吾之詩和鄭谷〈送吏部曹郎中免官南歸〉反映時人重視越甌，喜歡以越甌盛飲新茶的心理；鄭谷〈題興善寺〉讚賞越甌盛了茶湯後，更顯青潤深澈的色澤；僧鸞欣賞輕敲越甌所發出的急響清秋之聲，聲音既是丁當清脆，大概越甌之質地頗爲密實吧！這些詩句反映了文人使用越甌品茶後的一種心領神會。

唐代的茶碗，民間多使用陶瓷茶碗，至於皇室貴族則多用金屬茶碗和稀有的秘色茶碗及琉璃茶碗〔註88〕。所謂「秘色」瓷碗，趙令疇《侯鯖錄》卷六有言：

今之秘色瓷器，世言錢氏有國，越州燒進爲供奉之物，不得臣庶用之。故云秘色。比見《陸龜蒙集》越器詩云……乃知唐時已有秘色，非自錢氏始。

趙令疇以爲由於秘色瓷只供皇室使用，一般人實難得一見，故稱之爲「秘色」瓷。一九八七年四月，在陝西法門寺地宮的第二階段發掘工程中，隨著唐僖宗供奉的一套茶具出土，世人終於能親眼目睹秘色瓷

〔註87〕 「茶碗」一詞在唐代已知有五種稱法：茶甌、茶盌、茶椀、茶碗、茶盞，皆爲異名同實之同一器用，但文人較偏愛使用「甌」名，參見廖寶秀〈從考古出土飲器論唐代的飲茶文化〉，《故宮學術季刊》第八卷第三期，1991年。

〔註88〕 參見姚國坤、王存禮、程啓坤《中國茶文化》頁 146。又，唐代李繁《鄴侯家傳》：「皇孫奉節王煎茶，加酥椒之類，求泌作詩。泌曰：『旋沫翻成碧玉池，添酥散作琉璃眼』奉節王即德宗也。」其中琉璃即爲琉璃茶器也。

的眞面目了，同時也揭開了所謂「秘色」之謎。因爲它是以越窯爲主的青瓷工藝品，這一品種的燒製技巧當時還未完備，在未能熟練掌握工藝的情形下，人們很難確保瓷器質量，故產生「秘色」之概念也〔註89〕。趙令畤提到陸龜蒙有詩歌詠秘色茶碗，其實稍後之徐夤亦有詩作讚美之，則即使吾人未能親眼一睹，還是可以透過唐代文人的詩歌想像其風采，詩曰：

> 九秋風露越窯開，奪得千峰翠色來。好向中宵盛沆瀣，共嵇中散鬥遺杯。（陸龜蒙〈秘色越器〉《全唐詩》卷六二九）

> 捩翠融青瑞色新，陶成先得貢吾君。功剜明月染春水，輕旋薄冰盛綠雲。古鏡破苔當席上，嫩荷涵露別江濆。中山竹葉醅初發，多病那堪中十分。（徐夤〈貢餘秘色茶盞〉《全唐詩》卷七一○）

由這兩首詩可以得知秘色茶盞大抵呈青綠色或湖綠色，且其質地品瑩潤澈清如薄冰，又似明月染春水，注入茶湯後，能發茶色新鮮翠綠之美。以其如此迷人、難得，自然「陶成先得貢吾君」了。

　　雖然陸羽認爲白瓷甌不宜置茶，但唐代文人也有偏愛白瓷的，試看以下詩句：

> 君家白盌勝霜雪，急送茅齋也可憐。（杜甫〈又于韋處乞大邑瓷盌〉《全唐詩》卷二二六）

> 白瓷甌甚潔，紅爐炭方熾。（白居易〈睡後茶興憶楊同州〉《全唐詩》卷四五三）

> 素瓷雪白縹沫香，何似諸仙瓊蕊漿。（皎然〈飲茶歌誚崔石使君〉《全唐詩》卷八二一）

> 竹影斜青蘚，茶香在白甌。（齊己〈逢鄉友〉《全唐詩》卷八三八）

〔註89〕參考裴建平《法門寺佛教文化奇跡──舍利・寶塔・地宮》頁139，四川教育出版社，1996年9月一版一刷。該書並附圖片，詳細介紹特殊的佛供養器──茶具，可以參考。此外，廖寶秀〈從考古出土飲器論唐代的飲茶文化〉（《故宮學術季刊》第八卷第三期，1991年）和梁子《中國唐宋茶道》第五章一、「法門寺出土的系列宮廷茶器」（陝西：人民出版社，1994年11月一版一刷）亦都提及秘色茶碗，並介紹其形制，均可參考。

杜甫、白居易、皎然、齊己欣賞白甌潔淨瓷色如霜雪，以白瓷盛茶湯雖不能發茶翠綠之色，但與方熾之紅爐相映，或見白甌茶湯裏之竹斜倒影，卻也呈現出不同的美感與情趣。

文人持賞茶甌，除了賞其色外，亦玩其形，如：

> 邢客與越人，皆能造瓷器。圓似月魂墮，輕如雲魄起。棗花勢旋眼，蘋沫香黏齒。松下時一看，支公亦如此。（皮日休〈茶甌〉《全唐詩》卷六一一）

> ……豈如圭璧姿，又有煙嵐色……（陸龜蒙〈茶甌〉《全唐詩》卷六二○）

蓋皮日休、陸龜蒙皆欣賞狀如圓月圭璧之茶碗，其質地要輕如雲魄，並有煙嵐畫飾，如此精緻之茶碗用來盛茶，即使如支公般高逸之僧人，大概也會時時持玩、愛不釋手吧！

唐代以下茶文化日益精緻，飲茶之器較煮茶之具變化尤大，宋代茶色尚白，文人故而偏愛黑色之建盞〔註90〕；明清之後因飲茶法之改變，文人又特別喜歡摩挲茶壺〔註91〕。雖然對茶甌的審美角度代有所尚，甚至明清以後對茶壺的關注遠大於茶甌，不過，由於唐代文人之喜愛茶甌，賞其色澤、玩其形體，茶甌的地位乃由原本純置茶湯的實用飲器，提昇為富於情趣的藝術雅玩，並影響到後代文人對飲茶之器

〔註90〕 關於宋代茶色尚白，參見本章註78。至於宋人喜用黑盞，蔡襄《茶錄》：「茶色白宜黑盞，建安所造者，紺黑，紋如兔毫，其胚微厚，熁之久熱難冷，最為要用。出他處者，或薄或色紫，皆不及也。其青白盞鬥試自不用。」可見宋人喜歡黑色建盞亦與鬥茶之風有關。

〔註91〕 由於明清多直接沖泡散茶，茶壺應運而生，文人因而多了茶壺這一雅玩。關於明清之飲茶文化及文人對茶壺的著迷，可以參考王玲《中國茶文化》第六章三、「茶器」及四、「紫砂陶壺與製壺專家」，北京：中國書店，1992 年 12 月出版；朱自振、沈漢《中國茶酒文化史》第八章第二節「宋以後茶具的發展和所尚」和第三節「出神入化的紫砂茶具」，台北：文津出版社，1995 年 12 月初版一刷；寇丹編著《鑒壺》，浙江：攝影出版社，2000 年 2 月一版四刷；王國安、要英《茶與中國文化》十二、「代有所尚的茶具」，上海漢語大辭典出版社，2001 年 6 月第三次印刷。

的重視與持玩，則唐代文人眞可謂茶器的知音與功臣啊！

　　雖然陸羽的《茶經》使中國飲茶結束了散漫階段，而進入程式化、規範化的成熟階段〔註92〕，影響極其深遠，可謂厥功甚偉，不過唐代文人以其特別的審美眼光、文學想像賦予茶事活潑之情趣、豐富茶事之文學意蘊，其貢獻亦不容忽視：他們幽野瀟灑的擇薪方式、意蘊無窮的取水之道，讓後世文人仿傚之〔註93〕；他們文雅雋詠的煎飲過程、高逸深遠的茶煙歌詠和對茶甌愛賞不已的持玩，均補充了陸羽在品茶方面的不足，使得飲茶再進而發展成休閒藝術，此即唐代文人對飲茶的貢獻，至於唐代茶詩彰顯了唐代文人的飲茶情趣，誠爲唐代茶詩之一大價值也。

第三節　呈現唐代文人之品茗情境

　　如前所述，唐代文人把飲茶當作是休閒藝術，透過飲茶來品味閒適的人生，則茗事誠爲怡心悅性的生活享受，自然要講究品茗的環境、人境、藝境和心境，此四者構成了品茗的情境。品茗情境愈佳，

〔註92〕參見劉學君《文人與茶》頁57，北京：東方出版社，1997年6月一版一刷。

〔註93〕參見劉學君《文人與茶》茶道篇之二、「從來名士能評水──文人與品水」和六、「炭、竹、葉、松兼鶴巢──文人與擇薪」論述唐以下文人之取水和擇薪，大抵不出唐代文人的擇取方式。又，因爲唐代文人對雪水、冰水的重視，後世文人之茶學著作屢見討論雪水、冰水之佳妙者，如本節之二「意蘊無窮的取水之道」中就提到了田藝蘅《煮泉小品》、文震亨《長物志》，而唐以下歌詠雪水茶的也不少，如宋人李綱〈建溪再得雪鄉人以爲宜茶〉（《梁溪集》卷七，台北：故宮博物院，1997年）、謝翱〈雪水〉（《晞髮集》卷七，台北：商務印書館四庫全書本，1983年）；明人楊爵〈雪茶〉（《楊忠介集》卷十二，台北：商務印書館四庫全書本，1983年）、唐之淳〈雪水烹茶〉（《唐愚士詩》卷四，台北：商務印書館四庫全書本，1983年）；清人孫枝蔚〈烹茶雪水已盡因憶吳賓賢〉（《溉堂續集》卷二，上海古籍出版社，1979年初版）、郭芬〈烹雪〉（《學源堂詩集》卷四，台北：文海出版社，1970年初版）等，可見後世文人受唐代文人影響之深。

品茶者的感受愈佳，故唐代文人十分在意品茗的情境，並反映於茶詩中。當然，環境、人境、藝境和心境四者實際是互爲一體、交相影響的，爲了論述的條理明暢，因而分此四端試析如下：

一、環　境

　　所謂環境，係指品茗的場所，就唐代茶詩來看唐代文人的品茗環境，可分爲在建築物中進行、在戶外進行兩大類。

1、在建築物中進行

　　利用各種材料所構成的建築物體，可以是四面有牆壁阻隔封閉式的房屋，也可以是與大自然融通爲一體的開放式建築。唐代文人用作品茗場所的建築物，上述兩種都有，封閉式者如書院、書齋、幽齋、竹齋、堂屋、茗舍、茶房、茶軒、禪房〔註94〕：

> 相期只爲話篇章，踏雪曾來宿此房。喧滑盡消城漏滴，窗扉初掩岳茶香（齊己〈宿沈彬進士書院〉《全唐詩》卷八四四）
>
> 搗茶書院靜，講易藥堂春。（于鵠〈贈李太守〉《全唐詩》卷三一○）
>
> 結茅當此地，下馬見高情。菰葉寒塘晚，杉陰白石明。向爐新茗色。隔雪遠鐘聲。閑得相逢少，吟多寐不成。（朱慶餘〈宿陳處士書齋〉《全唐詩》卷五一四）
>
> 不妨公退尚清虛，創得幽齋興有餘。要引好風清戶牖，旋栽新竹滿庭除。傾壺待客花開後，煮茗留僧月上初。更有野情堪愛處，石床苔蘚似匡廬。（李中〈書郭判官幽齋壁〉《全唐詩》卷七四八）
>
> 京兆小齋寬，公庭半藥欄。甌香茶色嫩，窗冷竹聲乾⋯⋯（岑參〈暮秋會嚴京兆後廳竹齋〉《全唐詩》卷二○○）
>
> 空堂坐相憶，酌茗聊代醉。（孟浩然〈清明即事〉《全唐詩》卷一五九）
>
> 誰是惜暮人，相攜送春日。因君過茗舍，留客開蘭室。濕苔滑行屐，柔草低藉瑟。鵲喜語成雙，花狂落非一。煙濃山焙動，

〔註94〕本論文分析唐代文人之品茗環境，以詩作中有明白道出者、或可由上下文句判斷者爲主。有些詩作僅提及有茗事活動，卻很難看出品茗之確切地點者，則保留不論。

泉破水春疾。莫拗挂瓢枝,會移閣書帙。頗容樵與隱,豈聞禪兼律。欄竹不求疏,網藤從更密。池添逸少墨,園雜莊生漆。…(清晝、陸士修、崔子向〈渚山春暮,會顧丞茗舍,聯句效小庾體〉《全唐詩》卷七九四)

菊地繞通履,茶房不壘階。(張籍〈和左司元郎中秋居十首〉其八《全唐詩》卷三八四)

松聲冷浸茶軒碧,苔點狂吞納線青。(貫休〈避地毗陵,寒月上孫徵使君兼寄東陽王使君三首〉《全唐詩》卷八三六)

竹徑青苔合,茶軒白鳥還。(齊己〈懷東湖寺〉《全唐詩》卷八四二)…屈曲到禪房,上人喜延佇。香分宿火薰,茶汲清泉煮。…(唐彥謙〈游南明山〉《全唐詩》卷六七一)

觀以上詩歌,可見這些建築物的內部氣氛要求寧靜,外在環境講究幽雅。看那寒塘菰葉、白石杉陰、清風竹影、石床苔蘚、公庭藥欄、濕苔柔草、鵲語花落、欄竹網藤、松聲苔青……,雖非雕廊畫棟,卻珊珊可愛,充滿了自然之生命情趣。如張籍所謂的「茶房」,沒有壘壘台階,不著意經營,結構樸素卻有幽潔天然之美。而這些建築物四周往往種著杉、竹、松、蘭、菊之類高潔脫俗的植物,似有意襯托飲茶者之心志,亦能陶冶性靈,於此環境品茗,當可使人悠然忘我,有助於怡情養性〔註95〕。而在禪房裏,上人的薰香淡淡虛虛,可以清心悅神,令人有超塵飄逸之感,亦是宜茶之境也〔註96〕。

開放式建築之品茗場所,如茶亭、茶棚。茶亭之創立,始於陸羽:

杼山多幽絕,勝事盈跬步。前者雖登攀,淹留恨晨暮。及茲紆勝引,曾是美無度。欻搆三癸亭,實爲陸生故。高賢能創物,疏鑿皆有趣。不越方丈間,居然雲霄遇。巍峨倚脩岫,曠望臨古渡。左右苔石攢,低昂桂枝蠹。山僧狎猿穴狖,巢鳥來枳棋。

〔註95〕參見本論文第六章第一節。
〔註96〕明人文震亨《長物志》「香茗」條:「香,茗之用,其利最溥,物外高隱,坐語道德,可以清心悅神……煮茗之餘,即乘爐火便,取入香鼎,徐而蒸之,當斯會心境界,儼居太清宮與上眞游,不復之有人世矣。」

俯視何楷臺，傍瞻戴顒路。遲迴未能下，夕照明村樹。(顏真卿
〈題杼山癸亭得暮字〉《全唐詩》卷一五二)

秋意西山多，列岑縈左次。繕亭歷三癸〔註97〕，疏趾鄰什寺……
(皎然〈奉和顏使君真卿與陸處士羽登妙喜寺三癸亭〉《全唐詩》卷八
一七)

據顏真卿和皎然之詩所述，陸羽在杼山妙喜寺旁設計建亭，顏真卿慨
然資助，亭子建成之日恰逢癸年、癸月、癸日，故名之爲三癸亭。陸
羽乃著名之一代茶聖，則此亭應是茶亭，它佔地不越方丈，卻能借自
然形勝之景，使亭可收雲貯霧，以構成高遠幽麗的境界，如此精妙的
設計，眞可爲後人建茶亭之法式。唐代其他描寫茶亭、茶棚之詩，再
如：

雲水生寒舍，高亭發遠心。雁來疏角韻，槐落減秋陰。隔石嘗
茶坐，當山抱瑟吟。誰知瀟灑意，不似有朝簪。(鄭巢〈秋日陪
姚郎中郡中南亭〉《全唐詩》卷五○四)

靜得塵埃外，茶芳小華山。此亭眞寂寞，世路少人閒。(朱景玄
〈茶亭〉《全唐詩》卷五四七)

石鑪金鼎紅蕖嫩，香閣茶棚綠巘齊。(貫休〈山居詩二十四首〉其
二十一《全唐詩》卷八三七)

從鄭巢和朱景玄之詩，可知唐代的茶亭爲設置在廣闊的自然界中，
沒有圍牆阻隔的建築物，與自然景色融合在一起，雖名爲茶亭，也
可以是一般供人休憩歇腳的涼亭。至於貫休所謂的茶棚，從詩句看
來，似乎是位於高閣上與外界相通、綠巘相望之半開放式建築。不
論是茶亭或茶棚，環境同樣講究幽靜，但比封閉式之建築體更富於
野逸之趣。

總體來看唐代文人用作品茗場所的建築物，其結構大抵樸素自
然，不喜繁複的人工妝點，唐代文人所追求的是靜、幽、雅、潔，富
於脫俗、野逸之閒趣的品茗環境。

〔註97〕皎然自注：「三癸以癸丑歲，癸卯朔，癸亥日立。」

2、在戶外進行

　　唐代文人於戶外品茗時，喜愛在竹林、松下、花間、野外和園林中，茲舉例論述如下：

（1）竹林烹茗

　　竹下忘言對紫茶，全勝羽客醉流霞。(錢起〈與趙莒茶宴〉《全唐詩》卷二三九)

　　竹影斜青蘚，茶香在白甌。(齊己〈逢鄉友〉《全唐詩》卷八三八)

文人愛竹，不僅要取竹為薪〔註98〕、品茗環境更要選擇有竹陪襯的，他們在建築物周圍栽竹〔註99〕，也喜歡在戶外的竹林烹茗。文人之所以愛竹，乃因竹子有根基穩固、堅韌挺直、虛心有節、貞志不移的優良品格，以為養竹賞竹可以陶冶心性〔註100〕。竹富有文化意蘊，且其玉立風中、疏影瀟落之姿深具天然野趣，當然宜於茶境，於竹林烹茶，即使語默忘言，啜茶賞竹也是極佳的怡情養性之道。

（2）松下品茗

　　將火尋遠泉，煮茶傍寒松。(王建〈七泉寺上方〉《全唐詩》卷二九七)

　　……新秋松影下，半夜鐘聲後。清影不宜昏，聊將茶代酒。(白居易〈宿藍溪對月〉《全唐詩》卷四三一)

　　杉松近晚移茶灶，巖谷初寒蓋藥畦。(許渾〈送張尊師歸洞庭〉《全唐詩》卷五三三)

　　閒來松間坐，看煮松上雪。(陸龜蒙〈煮茶〉《全唐詩》卷六二〇)

〔註98〕參見本章第二節之一、「幽野瀟灑的擇薪方式」。

〔註99〕如上「在建築物中進行」所述，又如白居易〈新居早春二首〉其二：「呼童遣移竹，留客伴嘗茶」(《全唐詩》卷四四二)、李德裕〈故人寄茶〉：「半夜邀僧至，孤吟對竹烹」(《全唐詩》卷四七五)、張喬〈題友人林齋〉：「簞冷窗中月，茶香竹裏泉」(《全唐詩》卷六三九) 等。

〔註100〕白居易〈養竹記〉：「竹以賢，何哉？竹本固，固以樹德。君子見其本，則思善健不拔者；竹性直，直以立身，君子見其性，則思中立不倚者；竹心空，空以體道，君子見其心，則思應用虛受者；竹節貞，貞以立志，君子見其節，則思砥礪名行，夷險一致者。夫如是，故君子人多樹之為庭實焉。」(見《全唐文》卷六七六)

文人欣賞松樹的貞潔幽雅〔註 101〕，喜歡從松樹身上去尋找士大夫堅
貞不屈、挺拔傲然的影子，則文人於松下品茗更見高情、更添幽興。
尤其松性符合茶性，屬性皆寒，松色冷翠寒碧絕似茶之眞色，則「煮
茶傍寒松」眞使茶境更添幽寒冷韻，尤其月下松影，閒來品茗，誠爲
幽邃清雅之事也。

（3）花間啜茗

　　雖然唐代文人有以爲對花啜茶乃煞風景也〔註 102〕，或許是花太
豔麗、喧鬧、濃馥，其性與茶之素淡、幽靜、疏香不符吧〔註 103〕！
且對花啜茶，其意在花，非在茶也〔註 104〕。不過覺得花間宜茶者亦
不少，如呂溫〈三月三日茶宴序〉云：「乃撥花砌，憩庭陰，清風逐
人，日色留興。臥指青靄，坐攀香枝。閒鶯近席而未飛，紅蕊拂衣而
不散。」（《全唐文》卷六二八）茶宴上佳賓著意弄花，鶯語紅蕊悅人
耳目，其品茗之情趣可愛動人。唐代茶詩中也有許多花間啜茗的描
寫，如：

〔註 101〕　　　參見本章第二節之一、「幽野瀟灑的擇薪方式」。
〔註 102〕相傳李商隱所著《義山雜纂》列出一些煞風景之事，「對花啜茶」
　　　　　即其中之一。（台北：新興書局，1988 年初版）
〔註 103〕參見劉學君《文人與茶》頁 93，劉氏以爲古代文人之所以覺得花不
　　　　　宜茶，是由於花太豔、太鬧、太喧、太濃，與茶的幽、靜、冷、淡、
　　　　　素不相符合，甚至是相對的，故而從一般意義上說，對花飲茶是一
　　　　　種煞風景。（北京：東方出版社，1997 年 6 月一版一刷）林治《中
　　　　　國茶道》頁 282 亦作此解釋，林氏以爲古代不以對花啜茶爲然之文
　　　　　人，認爲花太豔、太鬧、太喧、太濃，與茶性雅、幽、清、靜不相
　　　　　符，故對花品茗是煞風景。（北京：中華工商聯合出版社，2001 年
　　　　　6 月三刷）。
〔註 104〕田藝蘅《煮泉小品》：「王介甫詩：『金谷千花莫漫煎』其意在花，
　　　　　非在茶也。」劉昭瑞《中國古代飲茶藝術》解釋古人認爲「其意在
　　　　　花，非在茶也」之意，大概意在賞花，則花香爲茶香所掩；若意在
　　　　　品茶，則茶香爲花香所掩。茶香在齒頰之中，可以心領神會，花香
　　　　　卻在鼻目之間，不過得其彷彿。況且烹茶如非澄心靜慮，不能得其
　　　　　個中三昧，花下令人心搖神移，與品茶所需之安謐心境格格不入（台
　　　　　北：博遠出版有限公司，1992 年 4 月再版），劉氏之分析頗爲合理，
　　　　　古代不喜對花啜茶者殆考慮飲茶、賞花會相互干擾吧！

杏林微雨霽，灼灼滿瑤葦。左挼期先至，中園景未斜。含毫歌白雪，藉草醉流霞。獨限金閨籍，支頤啜茗花。（權德輿〈奉和許閣老霽後慈恩寺杏園看花，同用花字口號〉《全唐詩》卷三二六）

林棲無異歡，煮茗就花欄。（喻鳧〈龍翔寺居喜胡權見訪因宿〉《全唐詩》卷五四三）

能豔能芳自一家，勝鶯勝鳳勝煙霞。客來須共醒醒看，碾盡明昌幾角茶。（司空圖〈力疾山下吳村看杏花十九首〉其十一《全唐詩》卷六三四）

客引擎茶看，離披曬錦紅。不緣開淨域，爭忍負春風。小片當吟落，清香入定空……（李咸用〈僧院薔薇〉《全唐詩》卷六四五）

雲塹含香啼鳥細，茗甌擎乳落花遲。（貫休〈春游涼泉寺〉《全唐詩》卷八三七）

觀以上詩歌，除喻鳧、貫休以飲茶爲主，花卉作爲陪襯之外，其餘皆以賞花爲主，飲茶乃是輔佐雅事，無怪乎以飲茶爲本位的愛茶人會覺得花卉喧賓奪主，對花啜茶，其意在花不在茶也。其實，唐人愛花〔註105〕，中唐以後又同時愛茶，觀賞花卉爲閒人雅事，煎茶品茶則是休閒藝術，兩者旨趣相同，就此意義而言，將品茗與賞花連繫結合，實乃自然之舉，相得益彰之事，又何必執著誰賓誰主呢！且花爲植物中最美麗的，可美化品茗環境、產生情韻〔註106〕，由此角度看來，花

〔註105〕楊巨源〈城東早春〉：「詩家清景在新春，綠柳纔黃半未勻。若待上林花似錦，出門俱是看花人。」（《全唐詩》卷三三三）、司馬扎〈賣花者〉：「少壯彼何人，種花荒苑外。不知力田苦，卻笑耕耘輩。當春賣春色，來往經幾代。長安甲第多，處處花堆愛。良金不惜費，競取園中最。一蕊纔占煙，歌聲已高會。自言種花地，終日擁軒蓋……」（《全唐詩》卷五九六）可見唐人多愛花成癖。關於唐人愛花，還可以參考李斌城等編《隋唐五代社會生活史》第四章第二節〈風俗習慣〉一、「愛牡丹」，北京：中國社會科學出版社，1998 年 7 月一版一刷；李乃龍《雅人深致與宗教情緣——唐代文人的生活樣態》第二章第三節「雅人俗相」，台北：文津出版社，2000 年 5 月初版一刷。皆謂唐代社會風氣愛賞花卉，文人亦染此習。

〔註106〕明人曹臣《舌華錄》：「花令人韻」即認爲花卉深具韻之美。（上海新文化書社，1934 年）

境亦宜於品茗也。

（4）野外煮茗〔註107〕

唐代文人喜愛攜茶以伴行旅，有時還特意閒擔茶具以尋幽訪勝〔註108〕，可說相當重視山水行旅之品茗生活。於景致天成之野外就地煮茶，另有一種野逸之趣，如：

> 遠訪山中客，分泉煮煮茶。相攜林下坐，共惜鬢邊華……（戴叔倫〈春日訪山人〉《全唐詩》卷二七三）
>
> 粉細越筍芽，野煎寒溪濱。（劉言史〈與孟郊洛北野泉上煎茶〉《全唐詩》卷四六八）
>
> 青山烹茗石，滄海寄家船。（黃滔〈送陳樵下第東歸〉《全唐詩》卷七〇四）
>
> 野石靜排爲坐榻，溪茶深煮當飛觥。（伍喬〈林居喜崔三博遠至〉《全唐詩》卷七四四）
>
> 野泉煙火白雲間，坐飲香茶愛此山。（靈一〈與元居士青山潭飲茶〉《全唐詩》卷八〇九）

泉、石皆爲山中物，泉水潺湲幽咽清冷、山石隨處苔痕斑駁，別具高致野趣，文人於此分泉煮茶、野煎寒溪濱、靜坐野石烹茗，那野泉煙火、山石白雲的景致，對之煮茗，令人生起山中幽情。且茶本是長於深山幽谷的嘉木靈草，稟性野、幽，則文人於野外傍泉依石而煮茗，可謂適得其所、回歸茶之故鄉也！

（5）園林煎茗

本論文在第二章第三節裏曾提到中唐以後文人熱衷於構建園

〔註107〕其實竹子、松樹、花卉亦野外常見之植物，此三者前文之所以特別舉出分析，乃因它可能位於寺院、宅園、野外……任何地方，不論位在何方，總之文人於詩作中明白道出飲茶活動是在竹裏、松下、花間進行的，這形成了某種品茶情境，故而筆者特別舉例分析。至於詩中未交代把茶具置於何種確切地點進行品茗活動，但可看出是在野外進行的，便歸於此處分析。下文之「園林煎茗」亦基於此種考量。

〔註108〕參見本章第一節六、「茶伴行旅」。

林，並將飲茶納入園林生活中，則文人悠遊於園林中享受茗閒之情，實乃常事，如對白居易來說，園林煎茗已是家常生活的一部分〔註109〕。再如以下詩歌：

竹窗松戶有佳期，美酒香茶蔚所思。輔嗣外生還解易，惠連群從總能詩。檐前花落春深後，谷裏鶯啼日暮時。去路歸程仍待月，垂鞭不控馬行遲。（李嘉祐〈與從弟正字、從兄兵曹宴集林園〉《全唐詩》卷二○七）

一壺濁酒百家詩，住此園林守選期。深院月涼留客夜，古杉風細似泉時。嘗頻異茗塵心淨，議罷名山竹影斜。明日綠苔渾掃後，石庭吟坐復容誰。（黃滔〈宿李少府園林〉《全唐詩》卷七○五）

疊石峨峨象翠微，遠山魂夢便應稀。從教薜長添峰色，好引泉來作瀑飛。螢影夜攢疑燒起，茶煙朝出認雲歸。知君創得茲幽致，公退吟看到落暉。（李中〈題柴司徒亭假山〉《全唐詩》卷七四八）

中唐以後園林景觀的構建原則是「數尺之間含納大千」，意即在不大的空間內疊出峰巒起伏、意態萬千的假山，以尺寸之波呈現出滄溟之勢，極盡可能地在狹小空間內再現自然山水千變萬化的形態〔註110〕。此外，士大夫們還喜歡於園林中養蒔花木與山水景觀搭配以表現自然之意趣，並藉植物來標榜士大夫獨特的人格〔註111〕。所以文人可以不出門戶，就能於自家園林中享受徜徉於山水間的樂趣，如李中〈題柴司徒假山〉一詩便指出柴司徒創此園林可作為公餘休憩之所。觀以上詩作，不論是李嘉祐和從兄弟宴集、李少府與客人議談或如柴司徒閒暇休憩，園林都是絕佳的品茗環境，它提供了幽美寧靜、怡情悅目的景觀，尤其它是不假外求，就在自家宅第裏，而「園林煎茗」的意義正在於讓品茗藝術更顯得生活化、方便化。

綜合來看唐代文人的品茗環境，不論是在建築物中進行或於戶外

〔註109〕參見本章第一節之一、「品味閒適」。
〔註110〕參見本論文第二章第三節。
〔註111〕參考王毅《園林與中國文化》頁 156～157，上海：人民出版社，1991年 7 月二刷。

進行，都講究以氣氛寧靜、景致幽野清雅、符合茶性（或與品茶旨趣相符）為主，並選擇富於文學意蘊能表現文人獨特品格的植物作為陪襯，足見唐代文人對品茗環境是非常重視的。

二、人　境

飲茶時之人數與飲茶者之品格所構成的一種人文情境，謂之品茗人境〔註 112〕。唐代文人品茗之人數由一人獨飲、兩人對啜，乃至於眾人之茶會都有，茲舉例論述如下：

1、獨　飲

其實唐代盛行煎茶法，文人若煎一鍋茶自舀自吃，似乎不大有美感〔註 113〕，然而獨自品茶，沒有干擾，更容易讓心情沉澱下來，專一虛靜地與茶對話，進入「疏香皓齒有餘味，更覺鶴心通杳冥」（溫庭筠〈西陵道士茶歌〉《全唐詩》卷五七七）的茶境，從而體會更多的道理，這是獨飲的優點。描寫獨飲最出色的詩作要屬盧仝的〈走筆謝孟諫議寄新茶〉了，全詩有二百六十二字，內容分為得茶、飲茶和感茶三部分，茲引飲茶和感茶兩部分以說明獨飲之境：

> 柴門反關無俗客，紗帽籠頭自煎吃。碧雲引風吹不斷，白花浮光凝椀面。一椀喉吻潤，兩椀破孤悶。三椀搜枯腸，唯有文字五千卷。四椀發輕汗，平生不平事，盡向毛孔散。五椀肌骨清，六椀通仙靈。七椀吃不得也，唯覺兩腋習習清風生。蓬萊山，在何處？玉川子，乘此清風欲歸去。山上群仙司下土，地位清高隔風雨。安得知百萬億蒼生命，墮在巔崖受辛苦。便為諫議

〔註112〕 參考劉學君《文人與茶》頁 85（北京：東方出版社，1997 年 6 月一版一刷）及林治《中國茶道》頁 284（北京：中華工商出版社，2001 年 6 月三刷）之說。

〔註113〕 陸羽《茶經》講到飲茶的人數與碗數時說：「夫珍鮮馥烈者，其碗數三。次之者，碗數五。若坐客數至五，行三碗；至七，行五碗；若六人以下，不約碗數，但闕一人而已，其雋永補所闕人。」（見「六之飲」）依陸羽之意，煎茶法最適合三人共飲，或五至七人傳飲。

問蒼生，到頭還得蘇息否？

盧仝反關柴門，隔絕了可厭的庸俗鄙客，他紗帽籠頭在自己的天地裏煎茶飲茶，充分地展現出文人身微心高的孤傲形象。碧綠的茶色、白花凝椀，盧仝飲後隨著感覺持續地昇華，而有了種種的體驗：從解渴潤喉、破除孤悶、激發文思、釋放壓抑、肌骨清爽，到盡忘百慮、頓覺飄飄然、似乘風升仙而入於超凡脫俗的精神境界，這一連串猶如拾級而上的身心體驗是多麼的愉悅奇妙啊！眞可謂品茶入神矣〔註114〕！因爲是獨飲，最能與茶對話，感受茶的佳妙，也傾聽到好茶得來不易的心聲，盧仝不禁要問：「地位清高隔風雨」的受貢皇室貴族，在享受好茶的同時，是否也能憐恤黎民蒼生採茶、製茶的艱辛與勞苦呢？這首詩寫出了獨自品茗的豐富感受，也顯示出飲茶對於文人而言已是一種精神寄託。

獨自品茗的另一好處是最無拘束、最得自在輕鬆，如：

松下軒廊竹下房，暖簷晴日滿繩床。淨名居士經三卷，榮啓先生琴一張。老去齒衰嫌橘醋，病來肺渴覺茶香。有時閒酌無人伴，獨自騰騰入醉鄉。（白居易〈東院〉《全唐詩》卷四四三）

風雨禪思外，應殘木槿花。何年別鄉土，一衲代袈裟。日氣侵瓶暖，雷聲動枕斜。不當掃樓影，天晚自煎茶。（薛能〈寄題巨源禪師〉《全唐詩》卷五六○）

征西府裏日西斜，獨試新爐自煮茶。籬菊盡來低覆水，塞鴻飛去遠連霞。寂寥小雪閒中過，斑駁輕霜鬢上加。算得流年無奈處，莫將詩句祝蒼華。（徐鉉〈和蕭郎中小雪日作〉《全唐詩》卷七五二）

削去僧家事，南池便隱居。爲憐松子壽，不卜道家書。藥院長無客，茶樽獨對余……（皎然〈湖南草堂讀書招李少府〉《全唐詩》卷八二一）

〔註114〕明人張源《茶錄》「飲茶」條謂「獨啜曰神」，之所以將獨自啜茶稱爲「神」，殆如盧仝這般神遊茶境而進入玄想的世界，領略種種愉悅奇妙的感受吧！

白居易的吏隱生活十分愜意閒適，飲茶即其內容之一〔註115〕，在這首詩裏，我們看到一個慵懶病衰的老者形象，他覺肺渴便伸手引茶，相當自在沒有拘束；薛能、徐鉉和皎然之詩均寫出了獨自煎茶飲茶的隨意自適與幽靜安謐。

　　總之，獨自品茶最易於澄心靜慮，隨著飄然四溢的茶香而神遊茶境，進入玄想的世界裏，領會更多絕妙的感覺；獨自品茶也最能享受隨意自適與幽靜安謐。

2、對　啜

　　獨自品茗固然隨意自適，可以享受一個人的安謐幽靜，利於心馳宏宇、神遊茶境，領會更多的感覺。不過，好茶值得與好友共享，何況有時品茶有得也不免想要與知音共論，白居易有兩首詩正從反面寫出了對啜的好處，詩曰：

　　　　坐酌泠泠水，看煎瑟瑟塵。無由持一碗，寄與愛茶人。(〈山泉
　　　　煎茶有懷〉《全唐詩》卷四四三)

　　　　……盛來有佳色，嚥罷餘芳氣。不見楊慕巢，誰人知此味。(〈睡
　　　　後茶興憶楊同州〉《全唐詩》卷四五三)

前一首詩用「泠泠」、「瑟瑟」兩個疊詞來暗示白居易獨自飲茶的孤寂感，「無由持一碗，寄與愛茶人」則分明表達出渴望與知音（愛茶同好）共同持碗論道的心情。後一首道出飲茶的興致與好茶的滋味因缺少知音的共享，而變得毫無意義。可見知音對啜，共品佳茗、茶話交流，也別有情趣，如：

　　　　舍下虎溪徑，煙霞人暝開。柴門兼竹靜，山月與僧來。心瑩紅
　　　　蓮水，言忘綠茗杯。前峰曙更好，斜漢欲西回。(錢起〈山齋獨
　　　　坐，喜玄上人夕至《全唐詩》卷二三七)

　　　　四面無炎氣，清池闊復深。蝶飛逢草住，魚戲見人沉。拂石安
　　　　茶器，移床選樹陰。幾回同到此，盡日得閒吟。(朱慶餘〈鳳翔
　　　　西池與賈島納涼〉《全唐詩》卷五一四)

〔註115〕參見本章第一節之一、「品味閒適」。

野泉煙火白雲間，坐飲香茶愛此山。巖下維舟不忍去，清溪流水暮潺潺。(靈一〈與元居士青山潭飲茶〉《全唐詩》卷八〇九)

九日山僧院，東籬菊也黃。俗人多泛酒，誰解助茶香。(皎然〈九日與陸處士羽飲茶〉《全唐詩》卷八一七)

鐘陵城外住，喻似玉沉泥。道直貧嫌殺，神清語亦低。雪深加酒債，春盡減詩題。記得曾邀宿，山茶獨自攜。(尚顏〈與陳陶處士〉《全唐詩》卷八四八)

錢起寫與高逸僧人對啜，言語投契，不覺忘了綠茗杯，即使意已不在品茗，茶香飄逸能助談興、茶煙繚繞可添情韻，對啜之趣即在於此；朱慶餘與賈島池邊納涼，蝶飛魚戲、清景無限，知己對啜於樹陰石上，何等悠閒愉悅，難怪數回到此盡日吟；靈一與元居士皆非俗物，信仰相同性情投合的兩人坐飲野泉白雲間，清溪潺潺、茶煙裊裊，更襯托出兩人清逸高遠的形象；皎然與茶聖陸羽交情深厚〔註116〕，同是愛茶人，在人人隨俗飲酒的重陽日，他們倆卻以茶代酒，用菊花助益茶香，也唯有志同道合才能有此脫俗之舉吧！尚顏寫的是僧人與隱者的對啜〔註117〕，僧人超塵脫俗，隱者高逸自清，茶境倍覺清幽。

　　由以上之分析，可見知交聚首，素心同調，清言暢談，對啜品茶不僅可以解渴潤喉，且茶香飄逸能助談興、茶煙繚繞倍添情韻。至於愛茶成癖之茶人得知音與之共享好茶、共論茶道，實為快意之事也。對啜品茗之勝，即在於此。

3、茶　會

　　雖然兩晉南北朝時，公私宴會中已有專用茗茶來待客的，不過當

〔註116〕皎然因酷愛茶事而與陸羽成為忘年交，《全唐詩》裏皎然寫到與陸羽交游的詩歌約有十一首，其中〈贈韋早陸羽〉云：「只將陶與謝，終日可忘情。不欲多相識，逢人懶道名。」(《全唐詩》卷八一六)說明他們的交情匪淺。

〔註117〕《全唐詩》小傳說尚顏「出家荊門」，陳陶「大中時，游學長安。南唐升元中，隱洪州西山，後不知所終。」

時不以茶會名之，且客人未必接受茗茶〔註118〕。「茶會」一詞的使用〔註119〕，與正式茶會的出現要到唐代。唐代關於茶會的人數，其實沒有嚴格的規定，從錢起的〈過長孫宅與朗上人茶會〉（《全唐詩》卷二三七）、〈與趙莒茶宴〉（《全唐詩》卷二三九）兩首詩題，可知二、三好友的品茗談心也叫茶會和茶宴。不過，爲了和兩人之對啜作一區別，本論文此處的茶會係指三人以上的飲茶聚會。

茶會既然參與者多，最忌人品雜沓，明人屠隆《考槃餘事・茶錄》〔註120〕「人品」條云：

> 茶之爲飲，最宜精行修德之人，兼以白石清泉，烹煮如法。不時廢而或興，能熟習而深味，神融心醉，覺與醍醐甘露抗衡，斯善賞鑒者矣。使佳茗而飲非其人，獨汲泉以灌蒿萊，罪莫大焉。有其人而未識其趣，一吸而盡，不暇辨味，俗莫甚焉。

屠隆認爲只有同是精行修德、知茶愛茶之人一起品茗，方能至於「神融心醉」的境界。若飲非其類，境界必是低俗，尤其讓不解茶者飲佳茗，好比用甘泉澆灌蒿萊，簡直是罪過啊！其說頗具道理。此外，明人許次紓還講究從交情的深淺來選擇茶友，他說：

> 賓朋雜沓，止堪交錯觥籌。乍會泛交，僅須常品酬酢。惟素心同調，彼此暢適，清言雄辯，脫略形骸，始可呼童篝火，酌水點湯。（《茶疏》〔註121〕「論客」條）

許次紓以爲只有素心同調者相處才能暢適無拘，也才會有品茶的情緒與興致。觀唐代茶詩對茶會的描寫，大抵充滿和諧愉悅的氣氛，可見也留意到人品的篩選。首先來看以顏眞卿爲首的兩次茶會〔註122〕：

〔註118〕 參見本章第一節之五「烹茶待客」。
〔註119〕 參見本章第一節之三「茶詩同行」裏所引關於茶會、茶宴之詩題。
〔註120〕 台北：藝文印書館，1965 年初版。
〔註121〕 上海商務印書館，1936 年初版。
〔註122〕 顏眞卿於大曆八年至十二年任湖州刺史時曾召集多次盛大的詩會，殷亮〈顏魯公行狀〉記顏氏刺湖時，聚集數十名文士編纂大型類書《韻海鏡原》，「此外餞別之文，及詞客唱和之作，又爲《吳興集》十卷。」（《全唐文》卷五一四）可見《韻海鏡原》之編纂非單純的

汎夜邊坐客，代飲引情言。（陸士修）醒酒宜華席，留僧想獨園。
（張薦）不須攀月桂，何假樹庭萱。（李萼）御史秋風勁，尚書
北斗尊。（崔萬）流華淨肌骨，疏瀹清心源。（顏真卿）不似春醪
醉，何辭綠菽繁。（清晝）素瓷傳靜夜，芳氣滿間軒。（陸士修）
（〈五言月夜啜茶聯句〉《全唐詩》卷七八八）

竹山招隱處，潘子讀書堂。（顏真卿）萬卷皆成帙，千竿不作行。
（陸羽）練容飡沆瀣，濯足詠滄浪。（李萼）守道心自樂，下帷
名益彰。（裴修）風來似秋興，花發勝河陽。（康造）支策曉雲近，
援琴春日長。（湯清河）水田聊學稼，野圃試條桑。（清晝）巾折
定因雨，履穿寧為霜。（陸士修）解衣垂蕙帶，拂席坐藜床。（房
夔）檐宇馴輕翼，簪裾染眾芳。（顏粲）草生還近砌，藤長稍依
牆。（顏顗）魚樂憐清淺，禽閑喜頡行。（顏須）空園種桃李，遠
墅下牛羊。（韋介）讀易三時罷，圍棋百事忘。（李觀）境幽神自
王，道在器猶藏。（房益）晝歇山僧茗，宵傳野客觴。（柳淡）遙
峰對枕席，麗藻映縑緗（顏峴）偶得棲幽地，無心學鄭鄉。（潘
述）（〈竹山連句題潘氏書堂〉《全唐詩補逸》卷十七）

前一首詩反映騷人墨客靜夜啜茶聯句的美好境況，在月灑清輝、茶香
四溢中，御史揮毫、彼此品茗論書、抒發情意，這五人茶會賓主相親
相敬，氣氛融洽高雅清爽；後一首詩描寫眾人盛會於潘氏書堂，在清
幽野逸的環境中，大夥兒除品茶談論外，還有彈琴奕棋之樂，一同感
受生命的美好與歡樂，真是愉悅的茶會啊！

　　再如白居易於會昌五年廣邀當時相知的古稀老者共同品茗，促成
了傳為佳話的七老茶會〔註123〕：

學術活動，其過程同時亦為詩歌創作與討論的盛會，其間茶聖陸羽
與愛茶詩僧皎然也多次參與。關於以顏真卿為號召之總總詩會活
動，可參考賈晉華《唐代集會總集與詩人群研究》，北京大學出版
社，2001年6月一版一刷。
〔註123〕白居易〈胡吉鄭劉盧張等六賢皆多年壽，予亦次焉。偶於弊居合成
尚齒之會，七老相顧，既醉且歡。靜而思之，此會稀有，因成七言
六韻以紀之，傳好事者〉：「七人五百七十歲，拖紫紆朱垂白鬚。手
裏無金莫嗟歎，尊中有酒且歡娛。詩吟兩句神還王，酒飲三杯氣尚

垂絲今日幸同筵，朱紫居身是大年。賞景尚知心未退，吟詩猶覺力完全。閒庭飲酒當三月，在席揮毫象七賢。山茗煮時秋霧碧，玉盃斟處彩霞鮮。臨階花笑如歌妓，傍竹松聲當管弦。雖未學窮生死訣，人間豈不是神仙。（劉眞〈七老會詩〉《全唐詩》卷四六三）

此會參加者皆爲退休古稀之老者，素質整齊，席上茶香酒香飄逸、揮毫吟詩，氣氛融洽、歡樂無比。又如下面兩首詩歌對茶會的描述：

晦夜不生月，琴軒猶爲開。牆東隱者在，淇上逸僧來。茗愛傳花飲，詩看卷素裁。風流高此會，曉景屢徘徊。（皎然〈晦夜李侍御萼宅集招潘述、湯衡、海上人飲茶賦〉《全唐詩》卷八一七）

喜從林下會，還憶府中賢。（嚴維）石門雲路裏，花宮玉笱前。（謝良弼）日移侵岸竹，溪引出山泉。（裴晃）猿飲無人處，琴聽淺溜邊。（呂渭）黃粱誰共飯，香茗憶同煎。（鄭槩）暫與眞僧對，遙知靜者便。（允初）清言皆疊疊，佳句又翩翩。（庾驊）竟日懷君子，沉吟對暮天。（賈肅）（〈雲門寺小溪茶宴懷院中諸公〉《全唐詩續拾》卷十七）

前一首寫晦夜飲茶，在悠揚婉轉的琴音中，大家吟詠唱和、花間傳飲茗茶，與會者乃文人雅士、隱者逸僧，眞是風流高會啊！如此良宵美事，教晨光亦不願射來；後一首描寫茶宴於寺院小溪邊，石門花宮、岸竹山泉，美景無限，諸賢聽琴淺溜邊、同煎香茗茶，何等清雅之舉，無怪乎會後還讓人懷念不已。

粗。崆峒狂歌教婢拍，婆娑醉舞遣孫扶。天年高過二疏傳，人數多於四皓圖。除卻三山五天竺，人間此會更應無。」底下白居易自注：「前懷州司馬安定胡杲，年八十九。衛尉卿致仕馮翊吉皎，年八十六。前右龍武軍長史滎陽鄭據，年八十四。前磁州刺史廣平劉眞，年八十二。前侍御史內供奉官范陽盧眞，年七十二。前永州刺史清河張渾，年七十四。刑部尚書致仕太原白居易，年七十四。已上七人，合五百七十歲。會昌五年 3 月 21 日，於白家履道宅同宴。宴罷賦詩。時祕書監狄兼謨、河南尹盧貞以年未七十，雖與會而不及列。」（《全唐詩》卷四六〇）《全唐詩》卷四六三收有胡杲、吉皎、劉眞、鄭據、盧眞和張渾等六老於此會上所賦之詩，其中劉眞提及宴會上茶酒並置，可見唐代有些茶會是茶酒皆備。

　　此外，值得一提的是唐代最著名的大型茶會－顧渚山茶會。顧渚
山位於湖州和常州交界處，所產之茶作爲貢品進獻皇帝，務求茶之精
美，每至早春造茶時，兩州太守皆到顧渚山監製，並邀名流雅士一同
品嘗審定，因而形成每年一度之茶會〔註124〕，白居易有一首詩即描
述顧渚山茶會，詩云：

> 遙聞境會茶山夜，珠翠歌鐘俱繞身。盤下中分兩州界，燈前合
> 作一家春。春娥遞舞應爭妙，紫筍齊嘗各鬥新。自嘆花時北窗
> 下，蒲黃酒對病眠人。(〈夜聞賈常州、崔湖州茶山境會，想羨歡宴，
> 因寄此詩〉《全唐詩》卷四四七)

白居易因「時馬墜損腰，正勸蒲黃酒」〔註125〕，故不克與會，此詩雖
爲白居易想像之作，然以居易之愛茶知茶，且與賈常州、崔湖州頗具
交情〔註126〕，必曾參加過顧渚山茶會，故此詩有一定的參考價值。詩
裏記述紫筍茶採製季節，湖、常兩郡分別造茶，而於顧渚山境會亭齊
嘗鬥新的歡慶場面〔註127〕，會中還有音樂歌舞等助興節目。如此盛大
難得的茶會，白居易對自己臥病不能參加而感到十分遺憾。

　　觀上述之茶會，可知唐代茶會多半有特定主題，或爲論文賦詩、
或爲聯絡情誼、或爲嘗茶鬥新，並且往往結合彈琴、揮毫、奕棋、或
歌舞等娛興節目，佳賓素質整齊、場面氣氛融洽，與會者皆有收穫，

〔註124〕參考劉昭瑞《中國古代飲茶藝術》頁163～164，對顧渚山茶會之介
　　　　紹，台北：博遠出版有限公司，1992年4月再版。又，關於唐代貢
　　　　茶，參見本章第四節一、「宮廷茶文化」。
〔註125〕白居易自注。
〔註126〕白居易有詩寄賈、崔二人，如〈晚春寄微之並崔湖州〉(《全唐詩》
　　　　卷四四六)、〈赴蘇州至常州答賈舍人〉、〈自到郡齋僅旬日，方專公
　　　　務，未及宴遊，偷閒走筆題二十四韻，兼寄常州賈舍人、湖州崔郎
　　　　中，仍呈吳中諸客〉、〈夜泛陽塢入明月灣即事寄崔湖州〉、〈戲和賈
　　　　常州醉中二絕句〉、〈郡中閒獨寄微之及崔湖州〉(《全唐詩》卷四四
　　　　七)等，足見白居易與賈、崔交情匪淺。
〔註127〕明人徐獻忠《吳興掌故集》卷十：「啄木嶺，西北六十里，山多啄
　　　　木鳥。唐時，吳興、毗陵二守造茶，會宴於此，有境會亭。」(台
　　　　北成文出版社，1983年)

會後懷念不已，誠可謂「眾飲得慧」〔註128〕。

綜上所述，不論是一人獨飲、兩人對啜或三人以上之茶會，各有其特色與優點，可見唐代文人無不留意於品茗人境之經營。

三、藝　境

中唐以後，飲茶已成為文人日常生活的一部分，則文人所好之琴棋書畫與歌舞無不與飲茶發生連繫，構成風格獨特、富於藝術魅力的文人茶境，此亦反映在唐代茶詩裏。當然，琴棋書畫與歌舞並非只能單藝與飲茶結合，也可以是多藝與飲茶同境進行〔註129〕，為了論述方便，以下分聽琴、奕棋、觀書畫、賞歌舞來看文人藝術與飲茶之結合：

1、聽　琴

唐代文人喜愛音樂，也許自己並不擅長絲竹，卻幾乎有著一副善於欣賞音樂的耳朵〔註130〕，琴須知音賞〔註131〕、茗須知茶品，是琴、

〔註128〕林治在《中國茶道》裏說：「眾多人相聚品茶必有語言交流，孔子講『三人行，必有我師。』在大眾品茗場所能得到很多信息，學習到很多書本上所學習不到的知識，同時茶人們相互啟迪，有利於增長聰明才智，故曰『眾飲得慧』。」其說十分合理。（頁286～287），北京：中華工商聯合出版社，2001年6月三刷，

〔註129〕如〈竹山連句題潘氏書堂〉就見彈琴奕棋同時與飲茶結合，全詩見本節二之3、「茶會」引。

〔註130〕如李頎有〈琴歌〉（《全唐詩》卷一三三）、王昌齡有〈聽流人水調子〉（《全唐詩》卷一四三）、李白有〈聽蜀僧濬彈琴〉（《全唐詩》卷一八三）、韋應物有〈昭國里第聽元老師彈琴〉（《全唐詩》卷一九三）、權德輿有〈新月與兒女夜坐聽琴舉酒〉（《全唐詩》卷三二九）、楊巨源有〈僧院聽琴〉（《全唐詩》卷三三三）、韓愈有〈聽穎師彈琴〉（《全唐詩》卷三四〇）、劉禹錫有〈聽琴〉（《全唐詩》卷三六五）、盧仝有〈聽蕭君姬人彈琴〉（《全唐詩》卷三八九）、李賀有〈李憑箜篌引〉（《全唐詩》卷三九〇）、元稹有〈黃草峽聽柔之琴〉（《全唐詩》卷四一六）、白居易有〈雨中聽琴者彈別鶴操〉（《全唐詩》卷四五六）、張祜有〈聽岳州徐員外彈琴〉（《全唐詩》卷五一一）等。關於唐代文人對音樂的喜好，還可以參考李乃龍〈雅人深致與宗教情緣——唐代文人的生活樣態〉第一章第二節〈聽歌觀舞〉，台北：文津出版社，2000年5月初版一刷。

〔註131〕《呂氏春秋》〈本味〉篇記載鍾子期通曉音律，伯牙鼓琴，鍾子期

茶相通之處，且「琴助茶之高雅，茶益琴之幽逸。生活藝術與音樂藝
術相聯，也使茶境更具聲情之美」〔註132〕。試看以下詩例：

　　杯裏紫茶香代酒，琴中綠水靜留賓。(錢起〈過張成侍御宅〉《全唐
　　詩》卷二三九)

　　夜思琴語切，晝情茶味新。(孟郊〈題韋承總吳王故城下幽居〉《全
　　唐詩》卷三七六)

　　……僧到出茶床。收拾新琴譜……(張籍〈和陸司業習靜寄所知〉
　　《全唐詩》卷三八四)

　　……琴裏知聞唯淥水，茶中故舊是蒙山。窮通行止長相伴，誰
　　道吾今無往還。(白居易〈琴茶〉《全唐詩》卷四四八)

　　……融雪煎香茗……琴聲淡不悲……(白居易〈晚起〉《全唐詩》
　　卷四五一)

　　琴拂莎庭石，茶擔乳洞泉。(黃滔〈寄湘中鄭明府〉《全唐詩》卷七
　　〇四)

　　茶美睡心爽，琴清塵慮醒。(李中〈訪山叟留題〉《全唐詩》卷七四七)

這些詩句描繪出茶香飄逸、琴音悠揚的意境，可見茶與琴結合，使茶
境更添幽靜深邃，而茶味甘美令人神清氣爽、琴韻清穆教人拋卻塵
慮，難怪琴與茶是白居易無論「窮通行止」都須臾不離的「長相伴」
之物了。

2、奕　棋

　　唐代朝野酷嗜圍棋蔚為風氣，就連道士、僧人亦深解棋藝〔註

　　皆能解會。後鍾子期辭世，伯牙不復鼓琴。此後琴便和知音有著密
　　切的關連，如孟浩然〈夏日南亭懷辛大〉：「欲取鳴琴彈，恨無知音
　　賞。感此懷故人，中宵勞夢想。」(《全唐詩》卷一五九)、白居易
　　〈夜調琴憶崔少卿〉：「今夜調琴忽有情，欲彈惆悵憶崔卿。何人解
　　愛中徽上，秋思頭邊八九聲。」(《全唐詩》卷四五一) 都是因為沒
　　有知音聆賞而深感惆悵。
〔註132〕參見劉學君《文人與茶》頁96，北京：東方出版社，1997年6月
　　　　一版一刷。
〔註133〕劉禹錫〈觀棋歌送儇師西遊〉：「自言臺閣有知音，悠然遠起西遊

133），中唐以後飲茶之風又大盛，奕棋是閒暇消遣〔註134〕、飲茶是休閒藝術，對奕須靜思、飲茶須靜品，兩者旨趣相同，結合乃是必然，況且茶能提神醒腦，可提供奕棋所需之腦力和精力。再者，文人喜於松間、竹裏、野外石上或園林中煮茶〔註135〕，而唐人的棋局不少是刻畫在林間、竹中或府邸別墅的石或石桌上，隨時可下〔註136〕，因此茶、棋之連繫更是方便自然了。試看以下詩例：

　　茶爐依綠筍，棋局就紅桃。（劉禹錫〈浙西李大夫述夢四十韻，並浙

心……藹藹京城在九天，貴遊豪士足華筵。此時一行出人意，賭取聲名不要錢。」（《全唐詩》卷三五六）京師貴族好棋之風可見一斑，所謂上行下效，唐代不少士大夫深諳此技，甚至於宮人、武將、僧人、道士、樵者、民間婦女及三尺童子，均愛對奕。不分白晝黑夜、不論身在何處，幾乎可說是無時無處不對奕。關於唐代嗜棋之風，可參考李彬城等著《隋唐五代社會生活史》第四章第四節〈文娛活動〉頁451～458「圍棋」 北京：中國社會科學出版社 1998 年 7 月一版一刷；李乃龍《雅人深致與宗教情緣——唐代文人的生活樣態》第一章第四節〈品茗與奕趣〉台北文津出版社 2000 年 5 月初版一刷。

〔註134〕元稹〈酬段丞與諸棋流會宿弊居見贈二十四韻〉：「鳴局寧虛日，開窗任廢時。琴書甘盡棄，圍井詎能窺。運石疑填海，爭籌憶坐帷。赤心方苦鬥，紅燭已先施。蛇勢縈山合，鴻聯度嶺遲。堂堂排直陣，袞袞逼贏師。懸劫偏深猛，回征特險巇。旁攻百道進，死戰萬般爲。異日玄黃隊，今宵黑白棋。研營看迴點，隊墨重相持。善敗雖稱怯，驕盈最易欺。狼牙必當碎，虎口禍難移。乘勝同三捷，扶顛望一詞。希因目送便，敢恃指縱奇。退引防邊策，雄吟斬將詩。眠床都浪置，通夕共忘疲。曉維風傳角，寒叢雪壓枝。繁星收玉版，殘月耀冰池。僧請聞鐘粥，賓催下藥卮。獸炙餘炭在，蠟淚短光衰。俯仰嗟陳跡，殷勤卜後期。公私牽去住，車馬各支離。分作終身癖，兼從是事驪。此中無限興，唯怕俗人知。」（《全唐詩》卷四〇六）此詩描寫棋手投入精力下棋，從朗朗白晝廝殺到紅燭高照，又通夕纏鬥至翌日殘月在天之情形。下棋是鬥智力，必須冷靜思考，尤其棋逢對手更是耗時耗神之事，若非有閒怎能全心奕棋？又如李中〈春晚過明氏閒居〉：「數局棋中消永日」（《全唐詩》卷七四七）、徐鉉〈奉和右省僕射西亭高臥作〉亦曰：「圍棋旨趣遲」（《全唐詩》卷七五五）可見圍棋乃閒人雅事。

〔註135〕參見本節一、「環境」之2「在戶外進行」。

〔註136〕參見李彬城等著《隋唐五代社會生活史》頁453。

東元相公酬和，斐然繼聲〉《全唐詩》卷三六三）

茶爐天姥客，棋席剡溪僧。（溫庭筠〈宿一公精舍〉《全唐詩》卷五八三）

收棋想雲夢，罷茗議天台。（方干〈寒食宿先天寺無可上人房〉《全唐詩》卷六四九）

繫馬松間不忍歸，數巡香茗一枰棋。（黃滔〈題靈峰僧院〉《全唐詩》卷七〇六）

帶負棋閣竹相敲……供茗溪僧爇廢巢。（李洞〈宿葉公棋閣〉《全唐詩》卷七二三）

幽香入茶灶，靜翠直棋局。（陳陶〈題僧院紫竹〉《全唐詩》卷七四五）

蘚點生棋石，茶煙過竹陰。（李中〈獻徐舍人〉《全唐詩》卷七四七）

古桂林邊棋局濕，白雲堆裏茗煙青。（貫休〈陪馮使君游六首之登干霄亭〉《全唐詩》卷八三七）

簾卷茶煙縈墮葉，月明棋子落深苔。（貫休〈將入匡山韓判官宅〉《全唐詩》卷八三七）

數巡香茗一枰棋就能消磨許多閒暇時光，在茶香四溢、茶煙裊裊中，不聞人語聲、但聽棋子響，這些詩句無不充滿著幽靜閒逸的情趣，那煮茗奕棋之樂教人悠然神往。李中〈獻中書潘舍人〉說：「茶譜傳溪叟，棋經受羽人」（《全唐詩》卷七五〇）認為茶、棋皆具清遠高逸的象徵義〔註137〕，更加說明了茶與棋有著內在本質的相通性，當然唐

〔註137〕茶之稟性野幽，富有靈味（參見本章第一節引言），飲後使人肌骨清、通仙靈，似乘風而升仙入於超凡脫俗之境（參見本節二、〈人境〉之「獨飲」盧仝一詩之分析），此乃茶之清遠高逸；至於棋，南朝梁任昉《述異記》裏的「爛柯」故事描述晉人王質上山打柴，見兩童子旁若無人地下棋，那棋下得精采而深深地吸引了王質，王質看得專注，至終局方發現手中之斧柄已朽爛，回家一問才知已過了一百多年，而同時代之人都已死盡。此後，棋便和羽人有著斬不斷的情緣，孟郊之〈爛柯石〉即以此為題材：「仙界一日內，人間千載窮。雙棋未遍局，萬物皆為空。樵客返歸路，斧柯爛從風。唯餘石橋在，猶自凌丹虹。」（《全唐詩》卷三八〇）此為棋之清遠高逸。

代文人會自然地將兩者結合起來了。

3、觀書畫

　　「書畫」指的是書法和繪畫兩門藝術，唐代的書畫藝術非常發達，不少文人、僧人兼擅書畫，觀《全唐詩》裏諸多歌詠書畫之詩歌即可得知〔註138〕。唐代文人既同時兼愛飲茶與書畫，且茗茶須靜品、書畫宜靜賞，故將三者連繫起來同境進行也很自然。如以下詩例：

　　墨研秋日雨，茶試老僧鐺。（賈島〈原東居喜唐溫琪頻至〉《全唐詩》
　　卷五七二）

　　滌硯松香起，擎茶岳影來。（曹松〈贈衡山糜明府〉《全唐詩》卷七
　　一六）

〔註138〕如李頎有〈贈張旭〉（《全唐詩》卷一三二）、李白有〈草書歌行〉（《全唐詩》卷一六七）、許瑤有〈題懷素上人草書〉、竇冀、魯收、朱逵均有〈懷素上人草書歌〉（以上四人之詩均見《全唐詩》卷二〇四）高適有〈醉後贈張九旭〉（《全唐詩》卷二一四）、錢起有〈送外甥懷素上人歸鄉侍奉〉（《全唐詩》卷二三八）、顧況有〈蕭鄆草書歌〉（《全唐詩》卷二六五）、戴叔倫有〈懷素上人草書歌〉（《全唐詩》卷二七三）、權德輿有〈馬秀才草書歌〉（《全唐詩》卷三二七）、孟郊有〈送草書獻上人歸廬山〉（《全唐詩》卷三十九）、皎然有〈陳氏童子草書歌〉（《全唐詩》卷八二一）等，從這些詩題可看出文人不僅喜愛書法、懂得欣賞書法，甚至與名書法家如張旭、懷素都有往來或關係、交情匪淺；唐代詠畫詩如宋之問〈詠省壁畫鶴〉（《全唐詩》卷五三）、李白〈同族弟金城尉叔卿燭照山水壁畫歌〉（《全唐詩》卷一六六）、〈求崔山人百丈崖瀑布圖〉（《全唐詩》卷一八三）、杜甫〈觀薛少保書畫壁〉（《全唐詩》卷二二〇）、〈畫鷹〉（《全唐詩》卷二二四）、白居易〈畫木蓮花圖寄元郎中〉（《全唐詩》卷四四一）、徐凝〈傷畫松道芬上人〉（《全唐詩》卷四七四）、馬戴〈府試觀開元皇帝東封圖〉（《全唐詩》卷五五六）等，從這些詩題可知唐代文人愛畫之深，如李白求畫、白居易還能畫上幾筆。此外，觀以上歌詠書畫之詩題還可窺知唐代一些僧人如懷素、道芬等善於書畫。唐代文人不僅愛賞書畫，許多文人本身就是書法繪畫名家，如褚遂良、虞世南、歐陽詢、顏眞卿、柳公權之於書法，王維、劉商之於繪畫。關於唐代文人之雅好書畫，可以參考李乃龍《雅人深致與宗教情緣——唐代文人的生活樣態》第一章第三節〈癖好書畫〉，台北：文津出版社，2000年5月初版一刷。

墨研青露月，茶吸白雲鐘。(李洞〈宿鳳翔天柱寺窮易玄上人房〉《全唐詩》卷七二一)

花落煎茶水……拂床尋古畫。(姚合〈尋僧不遇〉《全唐詩》卷五〇一)

閒來尋古畫，未廢執茶甌。(朱慶餘〈和劉補闕秋園寓興之什十首〉其九《全唐詩》卷五一四)

……茶待遠山泉。畫古全無跡，林寒卻有煙。(陸龜蒙〈奉和襲美初冬章上人院〉《全唐詩》卷六二二)

別畫長懷吳寺壁，宜茶偏賞雪溪泉。(司空圖〈重陽日訪元秀上人〉《全唐詩》卷六三二)

蘚侵隋畫暗，茶助越甌深。(鄭谷〈題興善寺〉《全唐詩》卷六七六)

烹茶留野客，展畫看滄洲。(李中〈獻中書韓舍人〉《全唐詩》卷七四七)

這些詩句均呈現出寧靜幽遠的情境，不論品茗揮毫或品茗賞畫都是消閒雅事，令人悠然神往。觀姚合、陸龜蒙、司空圖、鄭谷的詩，還可以看出最初品茗觀畫的結合殆源自於僧院〔註139〕，蓋僧人藉茶禪修而推動了唐代飲茶之風〔註140〕，唐代文人多與僧人往來密切〔註141〕，他們尋訪僧人於寺院飲茶，而寺院牆壁又多繪有佛畫，則品茗與觀畫即在當下的情境中結合起來的。

　　書法和繪畫都是線條藝術，從這個角度來看，「以湯注茶，茶面如紙，湯線如筆」〔註142〕，則飲茶與書畫倒頗有異曲同工之處，試看福全〈湯戲注湯幻茶〉一詩：

饌茶而幻出物象于湯面者，茶匠通神之藝也。沙門福全生于金鄉，長于茶海，能注湯幻茶成一句詩，並點四甌。共一絕句，泛乎湯表，小小物類，唾手辦耳。檀越日造門求觀湯戲，全自詠曰：生成盞裏水丹青，巧畫工夫學不成。卻笑當時陸鴻漸，

〔註139〕參見劉學君《文人與茶》頁98，北京：東方出版社，1997年6月一版一刷。
〔註140〕參見本論文第二章第二節。
〔註141〕參見本論文第三章第一節〈結交僧道、寄讀山林〉。
〔註142〕參考劉學君《文人與茶》頁97之說，

煎茶贏得好名聲。(《全唐詩續補遺》卷十)

福全以湯注茶〔註143〕,茶面幻化成各種物象,眞可謂通神絕技,令人歎爲觀止。妙的是福全比之作盞裏水丹青,這種比喻未必合乎實際操作原理(揮毫作畫之法畢竟異於以湯注茶),卻讓品茗一事憑添許多美感與茶趣,可見品茶與書畫雖形式各異,然予人之美感卻是相通的。

茶與書畫既已結緣,則以茶爲題材之書畫,唐代已有名作〔註144〕,而唐代茶詩裏有一首描述茶畫的作品可供參考,詩曰:

憶山歸未得,畫出亦堪憐。崩岸全驤路,荒村半有煙。筆句岡勢轉,墨搶燒痕顚。遠浦深通海,孤峰冷倚天。柴棚坐逸士,露茗煮紅泉。繡與蓮峰竟,咸如劍閣牽。石門關塵鹿,氣候有神仙。茅屋書窗小,苔階滴瀑圓。松根擊石朽,桂葉蝕霜鮮。畫出欺王墨,擎將獻惠連。新詩寧妄說,舊隱實如然。願似窗中列,時聞大雅篇。(貫休〈上馮使君山水障子〉《全唐詩》卷八三一)

此幅茶畫殆繪於用作阻隔屛蔽的障子上,畫面爲一荒遠廣闊的山水景致,那隱居遠浦孤峰間的高逸之士正坐在柴棚裏煮茗茶。由於柴棚逸士露茗煮泉的點綴,讓荒村茅屋倍添幽情,靜中有動的佈局,也使得

〔註143〕 這是把茶末置於茶盞中,然後用沸水沖點。此種飲茶法晚唐宮中已相當流行,後大盛於宋代,謂之「點茶」。參考梁子《中國唐宋茶道》第五章之五、「點茶道之端倪」,陝西:人民出版社,1994年11月一版一刷。

〔註144〕 唐代書法名僧懷素曾用狂草書寫〈苦筍帖〉,神采飛揚、一氣呵成地寫成了「苦筍及茗異常佳,乃可徑來。懷素上」十四字;唐代周昉〈調琴啜茗圖〉表現貴族婦女品茶調琴,悠閒自得的情景。而名畫家閻立本的〈蕭翼賺蘭亭圖〉描繪蕭翼在辨才禪房聆聽其探討蘭亭眞帖之高論,其中繪有寺院以茶禮客的內容。關於以茶爲書畫題材之問題,可參考張堂恒、劉祖生、劉岳耘編著《茶・茶科學・茶文化》十二之(五)、「茶畫」,遼寧人民出版社,1994年3月一版一刷;梁子《中國唐宋茶道》頁97,陝西:人民出版社,1994年11月一版一刷;姚國坤、王存禮、程啓坤《中國茶文化》五之(3)、「茶與書畫」,台北:洪葉文化事業有限公司,1995年1月初版一刷;于良子《談藝》(《中國茶文化叢書》之一)之「懷素和他的〈苦筍帖〉」、「撲朔迷離的〈蕭翼賺蘭亭圖〉」、「〈調琴啜茗圖〉及其他幾幅唐代茶畫」,浙江:攝影出版社,2001年5月第四次印刷。

畫面更顯氣韻生動，畫裏的隱居生活教人悠然神往。此詩雖爲孤證，但多少透露出唐代有些茶畫可能是很生活化地繪於擺設之家具上的。

　　總之，品茗結合書畫不僅更添茶趣，也使飲茶更具藝術美感，當然也讓書畫多了一種創作題材。

4、賞歌舞

　　唐代不僅是詩歌的黃金時代，同時也是音樂歌舞繁盛的時代，音樂歌舞被廣泛地應用於宮廷典禮、集宴欣賞、慶祝節日、群眾娛樂等各種社會活動中。唐代文人不僅愛好詩歌，也特別愛好音樂歌舞〔註145〕，當然，眾人之茶會免不了要安排歌舞助興，前文曾引白居易〈夜聞賈常州、崔湖州茶山境會，想羨歡宴，因寄此詩〉一詩說明茶會人境之經營〔註146〕，詩中即呈現聽歌觀舞的歡樂場面。再如以下兩首詩作：

> 東道常爲主，南亭別待賓。規模何日創，景致一時新。廣砌羅紅藥，疏窗陰綠筠。鎖開賓閣曉，梯上妓樓春。置醴寧三爵，加籩過八珍。茶香飄紫筍，膾縷落紅鱗。輝赫車輿鬧，珍奇鳥善馴。獼猴看櫪馬，鸚鵡喚家人。錦領簾高卷，銀花盞慢巡。勸嘗光祿酒，許看洛川神。斂翠凝歌黛，流香動舞巾。裙翻繡鸂鶒，梳陷鈿麒麟。笛怨音含楚，箏嬌語帶秦……（白居易〈題周皓大夫新亭子十二韻〉《全唐詩》卷四三八）

> 綺席風開照露情，只將茶荈代雲䭈。繁弦似玉紛紛碎，佳妓如鴻一一驚。毫健幾多飛藻客，羽寒寥落映花鶯。幽人獨自西窗晚，閒憑香檉反照明。（陸龜蒙〈襲美留振文宴，龜蒙抱病不赴，猥示唱和，因次韻酬謝〉《全唐詩》卷六二六）

周皓之新亭宴會不僅茶酒皆備，還羅列了山珍海味，並安排家妓表演歌舞娛樂賓客，讓宴會熱鬧非凡；皮襲美之文宴以茶代酒，也有佳妓表演歌舞助興。

〔註145〕參考李乃龍《雅人深致與宗教情緣──唐代文人的生活樣態》第一章第二節〈聽歌觀舞〉，台北：文津出版社，2000 年 5 月一版一刷。
〔註146〕參見本節二之 3、「茶會」。

　　歌舞場面熱鬧歡樂，似乎與茶境宜靜之要求不符，然而眾人茶會之主題往往已非單純爲品茗了，或爲聯絡情誼、或爲論文賦詩等等名目〔註 147〕，只要能使會場氣氛融洽和樂，安排時人所愛賞之歌舞助興也是符合潮流，何況飲茶是消閒清課，聽歌觀舞亦爲休閒雅事，兩者之基本旨趣是相同的。

　　通過以上分析，可知飲茶之所以和琴棋書畫歌舞等相結合，與唐代藝術之發達、文人莫不酷好有很大的關連性。再者，琴棋書畫歌舞或是內在本質與茶性相通、或是藝術旨趣與品茗相符，則與飲茶結合可添茶境之幽靜深邃、可增飲茶之情趣與美感、或助益茶會氣氛之融洽歡樂，因此，唐代文人乃自然而然地將品茗與琴棋書畫歌舞等藝術連繫起來。這是唐代文人對品茶情境的又一用心經營。

四、心　境

　　品茗時的心境固然會因人、事、時、物而有所不同，不過要是探討對品茗心境的基本要求，則可發現唐代文人多認爲應使心境閒適、虛靜，方能品得茶之眞味、神交自然、從而領略更多的人生哲理，劉言史〈與孟郊洛北野泉上煎茶〉說：「以茲委曲靜，求得正味眞。」（《全唐詩》卷四六八）即是此意。關於此，白居易可說是最諳此道的〔註 148〕，在他那裏，飲茶可說是已完全融入日常生活中，隨時都能自適平靜地品味茗閒情，如〈食後〉一詩說：

　　　食罷一覺睡，起來兩甌茶。舉頭看日影，已復西南斜。樂人惜日促，憂人厭年賒。無憂無樂者，長短任生涯。（《全唐詩》卷四三〇）

這是白居易以茶品味閒暇，對於人生的體會，頗得陶淵明「聊乘化以歸盡，樂夫天命復奚疑。」之意〔註 149〕。

〔註 147〕同上註。
〔註 148〕參見本章第一節之一、「品味閒適」。
〔註 149〕見陶淵明〈歸去來兮辭〉，楊勇《陶淵明集校箋》，台北：正文書局，1987 年 1 月出版。

　　談到品茗的基本心境，杜荀鶴的〈題德玄上人院〉說得十分精彩，詩曰：

> 剗得心來忙處閒，閒中方寸闊於天。浮生自是無空性，長壽何曾有百年。罷定磬敲松罅月，解眠茶煮石根泉。我雖未似師披衲，此理同師悟了然。（《全唐詩》卷六九二）

人生在世短如白駒之過隙，卻往往為求溫飽而終日奔走棲遑，甚至有人為了名利用盡心計不得安寧。其實，若懂得虛心養靜，忙中也可偷閒，一旦心靈虛靜，那方寸大小的心便將變得比天空還要遼闊。以闊於天之心去神交自然，也就更能真實地感受宇宙萬物之變化，進而體會更多更深的道理，老子說：「致虛極，守靜篤，萬物並作，吾以觀其復。」莊子說：「夫道，覆載萬物者也，洋洋乎大哉！君子不可以不剗心焉。」（《莊子》外篇〈天地〉）都是教人要虛其心、守靜至純篤，以便洞察自然、體悟宇宙之道的意思。世俗虛華、浮生若夢，有誰真能看透，徹底體悟佛性皆空？道士煉丹煉藥企圖羽化成仙求長生，但又有幾人得到百年壽呢？還是靜下心來品嘗茗茶、享受忙中閒吧！杜荀鶴用石根泉水煮茶，顯然茶湯清爽其神、解除昏寐之感，同時也滌盡他心中的困惑，在深夜靜坐入定時，杜荀鶴感覺到在悠遠的磬聲中，月光從松樹罅隙將清輝灑向他的心靈。他終於體會到即使未似僧侶身著袈裟，對於茶道乃至宇宙人生的契悟，卻可以和高僧一樣了然的〔註150〕。杜荀鶴這首詩指出品茶之心境貴閒適虛靜，也道出以閒靜之心品茗的效應。

　　再看李德裕的〈憶茗芽〉：

> 谷中春日暖，漸憶掇茶英。欲及清明火，能銷醉客醒。松花飄鼎泛，蘭氣入甌輕。飲罷閒無事，捫蘿溪上行。（《全唐詩》卷四七五）

李德裕是「牛李黨爭」的主角之一，乃官場中炙手可熱的人物，但是

〔註150〕本詩之分析曾參考林治《中國茶道》對此首詩之解說（頁289），北京：中華工商聯合出版社，2001年6月第三次印刷。

在這首詩裏卻絲毫也嗅不到任何爭強逞勝之味，反而顯現出雍容閒逸的形象。也許拋下官場的是非，閒適虛靜地投入品茶，在茶的世界裏，他才能發現藏在內心深處對宦海爭鬥的厭倦吧！

再如皎然〈白雲上人精舍尋杼山禪師兼示崔子向何山道上人〉：

> 望遠涉寒水，懷人在幽境。爲高皎皎姿，及愛蒼蒼嶺。果見棲禪子，瀟湲灌眞頂。積疑一念破，澄息萬緣靜。世事花上塵，惠心空中境。清閒誘我性，遂使腸慮屛。許共林客游，欲從山王請。木棲無名樹，水汲忘機井。持此一日高，未肯謝箕潁。夕霽山態好，空月生俄頃。識妙聆細泉，悟深滌清茗。此心誰得失，笑向西林永。（《全唐詩》卷八一六）

這首詩描寫清閒息慮後，方寸得以虛靜，便能感受到宇宙之變幻與萬物之生機，於此心境下品茗，似乎清茗也滌盡了胸中之塵垢而能領悟更深奧的道理。

陸龜蒙說：「閒開茗焙嘗須遍」（〈奉和襲美夏景沖澹偶作次韻二首〉其二《全唐詩》卷六二五），又說：「閒臨靜案修茶品」（〈和襲美冬曉章上人院〉《全唐詩》卷六二六），裴說也講「靜坐將茶試」（〈喜友人再面〉《全唐詩》卷七二〇），這都是強調品茗的心境貴在閒適、虛靜，也唯有如此，才能澡雪心靈、滌清胸襟，暫拋纏身之俗務，讓自己眞正融入茶的世界，品味茶湯的眞味、感受自然的美妙、享受閒暇的輕鬆，進而收修身養性之益也。

透過唐代茶詩的考察，可以發現唐代文人對於品茗情境的用心經營，同時也得知唐以下文人乃至於現代吾人營造品茗情境之構想多源自唐代〔註151〕：唐代以下文人多設有品茗之茶室，同樣喜歡於

〔註151〕關於唐以後文人對品茗情境之經營，可以參考劉學君《文人與茶》茶道篇〈文人與茶境〉，北京：東方出社，1997 年 6 月一版一刷；林治《中國茶道》第八章第五節〈論境〉，北京：中華工商聯合出版社，2001 年 6 月第三次印刷。關於現代人們對品茗情境之經營，可以參考范增平《茶藝學》拾肆、〈設計品茗環境〉，台北：萬卷樓圖書有限公司，2000 年 6 月初版；童啓慶《習茶》二、「品茗環境」，浙江：攝影出版社，2001 年 5 月第五次印刷。

竹裏、松下、花間、園林中品茶，也都好傍泉依石而作茗事，他們仍然將琴棋書畫與品茶同境進行；至於今人裝潢茶室追求典雅清幽，常在四壁或柱上懸掛書畫，搭配插花、松竹等盆栽，或擺雅石、設假山，乃至於鑿曲水、造飛瀑、放置樂器音響等等，無不企圖再現古人品茗幽野閒逸的情境。而唐代的茶會一直沿續至今〔註152〕，現代人一樣強調選擇志同道合之茶侶、講究品茗心境要閒適虛靜〔註153〕。當然，唐代以後之文人乃至今人對品茶情境的經營也不斷地有所創新，甚或超越唐人之處，不過唐代文人對品茗情境的經營畢竟啓發了後人，也作了絕佳的示範，這是不容忽視的歷史貢獻。

第四節　宮廷、佛道、平民茶文化之表現

　　唐代茶詩除了反映文人的茶文化之外，也反映了一部分宮廷、佛道及平民的茶文化。現分述如下：

一、宮廷茶文化

〔註152〕如由台灣陸羽茶藝中心蔡榮章先生建議和構思，於 1990 年 6 月二日在台灣妙慧佛堂舉行首次佛堂茶會，經數次改進，如今已成爲知名的國際性無我茶會，定期舉辦茶會，彼此切磋茶藝、分享茶道心得，參考童啓慶《習茶》七之〈無我茶會〉。

〔註153〕周作人於〈吃茶〉一文中提及：「喝茶當於瓦屋紙窗下，清泉綠茶，用素雅的陶瓷茶具，同二三人共飲，得半日之閒，可抵十年的塵夢。喝茶之後，再去繼續修各人的勝業，無論爲名爲利，都無不可，但偶然的片刻優游乃正亦斷不可少。」（收入《知堂文集》，河北教育出版社，2002 年 1 月初版）周作人認爲和三兩好友一塊兒飲茶是忙碌的現代生活中不能缺少的清閒雅事，這說明了飲茶之心境要求閒靜；林語堂《生活的藝術》說：「一個人要欣賞好茶，必須有一些恬靜的朋友，而且人數一次不要太多。」（見頁 250，民國叢書第二編第六十五冊，上海書店，1990 年 12 月初版）；又，林清玄《茶味禪心》〈無事最可貴〉也說：「只有在無事時泡的茶最甘美，也唯有無事時喝的茶最有味……無事的人去除了生命的無渴，像秋天的潭水，那樣澄明幽靜，清澈無染，明白沒有掛礙。」（台北圓神出版社有限公司，2000 年 11 月初版）

　　唐代茶風興盛，宮廷亦不例外，唐代詩人曹鄴〈梅妃傳〉曾記
載開元年間唐玄宗和梅妃鬥茶的軼事，直接反映了大唐天子對飲茶
的喜好：

> 上與妃鬥茶，顧諸王戲曰：「此梅精也。吹白玉笛、作驚鴻舞，
> 一座光輝。鬥茶今又勝我矣！」妃應聲曰：「草木之戲，誤勝
> 陛下，設使調和四海，烹飲鼎鼐，萬乘自有心法，賤妾何能較
> 勝負也。」〔註154〕

從這則軼事可看出唐玄宗十分嗜茶，帝王對飲茶的喜好必然會帶動宮
廷的飲茶風潮，唐代茶詩裏有幾首反映著宮廷的飲茶情形，可以作爲
參考，如：

> 枝上花，花下人，可憐顏色俱青春。昨日看花花灼灼，今日看
> 花花欲落。不如盡此花下飲，莫待春風總吹卻。鶯歌蝶舞韶光
> 長，紅爐煮茗松花香。妝成罷吟恣游後，獨把芳枝歸洞房。（鮑
> 君徽〈惜花吟〉《全唐詩》卷七）
>
> 閒朝向曉出簾櫳，茗宴東亭四望通。遠眺城池山色裏，俯聆弦
> 管水聲中。幽篁引沼新抽翠，芳槿低簷欲吐紅。坐久此中無限
> 興，更憐團扇起清風。（鮑君徽〈東亭茶宴〉《全唐詩》卷七）
>
> 廊廡周遭翠幕遮，禁林深處絕喧譁。界開日影憐窗紙，穿破苔
> 痕惡筍芽。西第晚宜供露茗，小池寒欲結冰花。謝公未是深沉
> 量，猶把輸贏局上誇。（後王錢俶〈宮中作〉《全唐詩》卷八）
>
> 旋沫翻成碧玉池，添酥散出琉璃眼。（李泌〈賦茶〉《全唐詩》卷一
> ○九）
>
> 月映東窗似玉輪，未央前殿絕聲塵。宮槐茶落西風起，鸚鵡驚
> 寒夜喚人。（鮑溶〈漢宮詞二首〉其二《全唐詩》卷四八七）
>
> 白藤花限白銀花，閣子門當寢殿斜。近被宮中知了事，每來隨
> 駕使煎茶。（花蕊夫人徐氏〈宮詞〉《全唐詩》卷七九八）

據《全唐詩》的詩人小傳所述，鮑君徽善詩，德宗嘗召入宮，與侍臣

〔註154〕收入《說郛》卷三十八，筆記小說大觀第二十五編第一冊，台北：
　　　　新興書局，1979年1月。

賡和，從〈惜花吟〉和〈東亭茶宴〉的內容看來，應是反映妃嬪宮女們的飲茶生活，〈惜花吟〉描寫她們於花間啜茶消磨光陰，雖說是惜花嘆花顏之易謝，其實是嘆息女人之青春易逝、玉容易老，故花間啜茶不僅為品茗賞花，也有珍惜韶光、珍惜青春的自憐之意。〈東亭茶宴〉則反映妃嬪宮女們在宮中舉行茶宴的情景，東亭位處高勢，登之四望，景致盡收眼底，還可於青黛山色中遠眺城池，春夏之交，新篁抽翠、芳槿吐紅，茶宴上管弦鳴奏、宮女團扇歌舞，如此和諧輕鬆的茶會，實教人心醉神迷，久坐仍興味無限呢！此詩呈現出宮廷女性閒適慵懶的一面。鮑君徽這兩首詩側面反映了宮廷女性生活的百般寂寥無趣，飲茶對她們而言正是消磨閒暇、妝點生活、增添情趣最好的選擇；後王鑑俶〈宮中作〉寫皇室貴族品茗奕棋的閒趣；李泌〈賦茶〉反映宮廷飲茶保有添加佐料的習尚，及皇室貴族使用琉璃茶器；鮑溶的〈漢宮詞〉似寫宮女冷寂幽怨的宮廷歲月，茶的幽野形象此時更襯托了宮中寒夜靜得單調悲涼的情景；《全唐詩》之詩人小傳謂花蕊夫人長於宮詞，得幸蜀主孟昶，此詩描寫受到寵幸而能隨駕煎茶之經歷。

唐代宮廷尚茶，帝王也有以茶賜下的情形：

> 文宗皇帝尚賢樂善罕有倫比，每與宰臣學士論政之暇，未嘗不話才術文學之士，故時以文進者，無不諤諤焉。於是上每視朝後而閱群書，見無道之君行狀，則必扼腕歎戲，讀舜湯傳，則歡呼斂衽謂左右曰：「若不甲夜視事，乙夜觀書，何以為人君耶！」每試進士及諸科舉人，上多自出題目，及所司進所試而披覽，吟誦終日忘倦，常延學士於內廷討論經文，較量文章，令宮女以下侍茶湯飲饌。（蘇鶚《杜陽雜編》〔註155〕卷下）

這則記載描述唐文宗尚賢樂善，又好博覽群書，喜歡和文人學士討論經文、較量文章，在這種高雅的活動中令宮女以茶湯侍候，用意無非是飲茶可解渴潤喉、清思提神，亦能助益談興增添風雅，當然這則記載也從側面反映了飲茶在宮中之盛行。大唐天子以茶賜下的情形還表

〔註155〕台北：商務印書館，1979年初版。

現在殿試的場合裏，唐代王建的百首宮詞中就有一首描寫延英殿試時，天子賜茶予及第者之場面：

> 延英引對碧衣郎，江硯宣毫各別床。天子下簾親考試，宮人手裏過茶湯。(《全唐詩》卷三〇二)〔註156〕

皇帝親自主持考試，又備有茶湯賞賜，這對考中者來說真是無上之榮寵啊！由於帝王喜好飲茶，開元以後，宮廷用茶的數量也與日俱增，已非一般土貢所能滿足，必須設立一個專門生產皇室用茶的場所，因而出現了我國最早的一個專門貢焙－常州義興和湖州長興間的顧渚貢焙。關於顧渚貢焙之緣起，〈唐義興縣重修茶舍記〉說：

> 義興貢茶非舊也，前此故御史大夫實典是邦，山僧有獻佳茗者，會客賞之。野人陸羽以爲芳香甘辣，冠於他境，可薦於上。栖筠從之，始進萬兩，此其濫觴也。厥後因之，微獻浸廣，遂爲任土之貢。〔註157〕

據此記可知義興貢茶乃因陸羽之舉薦，碑中茶舍原爲顧渚貢焙之前義興採辦貢茶之處，由於貢額越來越多，於是與其相鄰的湖州長興也被迫上貢，唐代宗大曆五年乃建立了顧渚貢焙〔註158〕。到了貞元以後，「每歲以進奉顧渚山紫筍茶，役工三萬，累月方畢。」〔註159〕可見顧渚貢茶實在是義興和長興人民的一項沉重負擔啊！袁高的〈茶山詩〉即代百姓抒怨，詩曰：

> 禹貢通遠俗，所圖在安人。後王失其本，職吏不敢陳。亦有奸佞者，因茲欲求伸。動生千金費，日使百姓貧。我來顧渚源，

〔註156〕此詩一作元稹〈自述〉，又見《全唐詩》卷四二三。

〔註157〕收入於趙明誠《金石錄》卷二十九，台北：商務印書館，1981 年初版。

〔註158〕《嘉泰吳興志》〈食用故事〉：「顧渚與義興接，唐代宗以其歲造數多，遂命長興均貢。自大曆五年始分山折造，歲有定額，鬻有禁令，諸鄉茶芽，置焙於顧渚，以刺史主之，觀察史總之。」(台北成文出版社，1983 年)

〔註159〕見李吉甫《元和郡縣圖志》卷二十五，台北：藝文印書館，1966 年初版。

得與茶事親。泯輟耕農耒，采采實苦辛。一夫旦當役，盡室皆
同臻。捫葛上欹壁，蓬頭入荒榛。終朝不盈掬，手足皆鱗皴。
悲嗟遍空山，草木爲不春。陰嶺芽未吐，使者牒已頻。心爭造
化功，走挺麋鹿均。選納無晝夜，搗聲昏繼晨。眾工何枯櫨，
俯視彌傷神。皇帝尚巡狩，東郊路多堙。周迴遶天涯，所獻愈
艱勤。況減兵革困，重茲固疲民。未知供御餘，誰合分此珍。
顧省忝邦守，又慚復因循。茫茫滄海間，丹憤何由申。（《全唐
詩》卷三一四）

由此詩可知袁高曾任負責督造貢茶的地方官，故而深知茶農之疾苦。
蓋採茶、製茶是十分辛苦的工作，根據陸羽《茶經》所說，二至四月
間是採茶的季節，茶葉如筍狀的是上品，生長在沙礫參雜的肥沃土壤
上，長達四、五寸，好像剛破土而出的薇蕨嫩莖，最好趁晨露未乾時
摘採。次一等的芽葉生長在草木叢生的茶樹枝上，若一老枝有叢生三
枝、四枝、五枝的，便要摘取那其中特別突出挺拔的。下雨天和晴而
有雲的日子，都不適合採茶，在晴朗的日子裏採下的茶葉要經蒸熟、
搗爛、放至規中拍打成形，接著焙乾、穿成串、密封好的過程，方成
爲餅茶或團茶〔註160〕。可見爲了保證新鮮茶葉之質量，必須留意最
佳的採摘時間，當茶園面積較大時，就得投入更多的人力了，誠如袁
高此詩所說的茶農全家都暫停其他工作，而加入採茶的行列。他們冒
著生命危險「捫葛上欹壁」，勞累辛苦地「蓬頭入荒榛」，往往一整天
下來手足都皴裂如鱗了，還採不盈掬，而好不容易採來的茶葉還得晝
夜不停地趕製成品。然而朝廷卻不憐恤百姓的艱辛勞苦，「陰嶺芽未
吐，使者牒已頻」茶農面對那急如星火的催逼，處境眞如置身於水深
火熱之中啊！袁高同情茶農的不幸，故作此詩連同三千六百串茶一并

〔註160〕陸羽《茶經》「三之造」：「凡采茶在2月、3月、4月之間。茶之筍
者，生爛石沃土上，長四、五寸，若薇蕨始抽，凌露采焉。茶之芽
者，發於叢薄之上，有三枝、四枝、五枝者，選其中枝穎拔者采焉。
其日有雨不採，晴有雲不采。晴，采之，蒸之，搗之，拍之，焙之，
穿之，封之，茶之乾矣。」

呈貢〔註161〕，清人鄭元慶《石柱記箋釋》〔註162〕說：「自袁高以詩
進規，遂爲貢茶輕省之始。」袁高爲民請命的諍言多少減輕了的茶農
的負擔，則〈茶山詩〉一首可謂功莫大焉。與〈茶山詩〉有異曲同工
之妙的是李郢的〈茶山貢焙歌〉：

> 使君愛客情無已，客在金臺價無比。春風三月貢茶時，盡逐紅
> 旌到山裏。焙中清曉朱門開，筐箱漸見新芽來。陵煙觸露不停
> 探，官家赤印連帖催。朝饑暮蔔誰興哀，喧闐竟納不盈掬。一
> 時一餉還成堆，蒸之馥之香勝梅。研膏架動轟如雷，茶成拜表
> 貢天子。萬人爭嗷茶山摧，驛騎鞭聲春流電。半夜驅夫誰復見，
> 十日王程路四千。到時須及清明宴，吾君可謂納諫君。諫官不
> 諫何由聞，九重城裏雖玉食。天涯吏役長紛紛，使君憂民慘容
> 色。就焙嘗茶坐諸客，幾回到口重咨嗟。嫩綠鮮芳出何力，山
> 中有酒亦有歌。樂營房戶皆仙家，仙家十隊酒百斛。金絲宴饌
> 隨經過，使君是日憂思多。客亦無言徵綺羅，殷勤繞焙復長歎。
> 官府例成期如何！吳民吳民莫憔悴，使君作相期蘇爾。(《全唐
> 詩》卷五九○)

李郢此詩也是反映顧渚貢茶所帶給人民的莫大苦痛，他特別指出爲了
使貢茶趕上宮廷的清明宴，而累壞了茶農與驛騎的情形，據李肇《國
史補》所載：「長興貢，限清明日到京，謂之急程茶。」而李郢詩曰：
「半夜驅夫誰復見，十日王程路四千」可知從長興顧渚至京都長安行
程約有四千里路，爲了趕在清明日到京，驛騎必須快馬加鞭、日夜兼
程才能達成使命，是以謂之「急程茶」。除了爲趕上清明宴，也爲了
讓人君嘗鮮，自然得拼命地趕行程，誠如杜牧所云：「拜章期沃日，
輕騎疾奔雷。」(〈題茶山〉《全唐詩》卷五二二)。而爲了讓驛騎得以
早日啓程，當然茶農就得「陵煙觸露不停探」拼命採茶製茶了，不知
體恤百姓疾苦的官家還要「赤印連帖催」，並過著享樂荒淫的生活，

〔註161〕《西吳里語》：「袁高刺郡，進（茶）三千六百串，并詩一章。」(台
　　　　北：藝文印書館，1972年初版)
〔註162〕台北：藝文印書館，1965年初版。

每年春季製造貢茶時，湖常兩州刺史先祭金沙泉〔註 163〕，最後浮遊畫舫於太湖，立旗張幕於山上，攜官妓大宴而飲酒作樂〔註 164〕，正如劉禹錫所說：「何處人間似仙境，春山攜妓采茶時」〔註 165〕，又如杜牧所云：「笙歌登畫船，十日清明前……誰知病太守，猶得作茶仙。」〔註 166〕，眞與茶農的勞苦成了強烈的對比，莫怪憂民體民的李郢要說：「就焙嘗茶坐諸客，幾回到口重咨嗟。嫩綠鮮芳出何力，山中有酒亦有歌。樂營房戶皆仙家，仙家十隊酒百斛。金絲宴饌隨經過，使君是日憂思多。」貢茶實在是耗費民力財力的制度啊！

雖有惜民憂國的好官如袁高、李郢爲民喉舌勸諫皇上，然而貢茶始終未嘗廢止，皇室貴族仍舊不知民間疾苦，心安理得地享受美味的貢茶，當貢茶到京後，宮廷裏是響起一片歡騰聲的，張文規即有詩反映之，詩云：

鳳輦尋春半醉回，仙娥進水御簾開。牡丹花笑金鈿動，傳奏吳興紫筍來。（〈湖州貢焙新茶〉《全唐詩》卷三六六）

此詩寫皇后乘輦出遊而後入宮，侍女端水正要呈給她洗塵，就在這時春茶被驅日貢到，侍女喜出望外地急將消息稟告皇后，那牡丹花般的容顏展開笑靨，頭上晃動不已的金鈿說明侍女走得有多急了。這首攝

〔註 163〕五代毛文錫《茶譜》：「湖州長興縣啄木嶺金沙泉，即每歲造茶之所也。湖常兩郡接界於此，厥土有境會亭，每茶節，二牧皆至焉。斯泉也，處沙之中，居常無水，將造茶，太守具儀注，拜敕祭泉，頃之發源，其夕清溢。造供御者畢，水即微減。供常者畢，水已半之。太守造畢，即涸矣。」（原書已佚，此據陳彬藩、余悅、關博文《中國茶文化經典》引，北京：光明日報出版社，1999 年 8 月一版一刷。）徐鉉〈和門下殷侍郎新茶二十韻〉：「正當鑽柳火，遙想湧金泉。」（《全唐詩》卷七五五）即指用金沙泉修貢之事也。

〔註 164〕參考陳宗懋主編《中國茶經》茶史篇〈唐代貢茶〉，上海文化出版社，1999 年 11 月第十二次印刷。

〔註 165〕〈洛中送韓七中丞之吳興口號五首〉其五：「溪中士女出笆籬，溪上鴛鴦避畫旗。何處人間似仙境，春山攜妓採茶時。」（《全唐詩》卷三六五）從詩之內容看來，應是指刺史於督造貢茶時期攜官妓擺宴之事。

〔註 166〕杜牧〈春日茶山病不飲酒，因呈賓客〉詩，見《全唐詩》卷五二二。

取了宮廷生活瞬間畫面的七絕，固然反映出茶對宮廷生活之重要性，卻也暗示著封閉於宮廷的皇室貴族永遠是不會了解到「爾食爾茶，民苦民痛」的。除了著名的顧渚貢焙外，根據《新唐書》的記載，唐代的貢茶地區包括五道十七州郡〔註167〕，所貢之茶不僅有數量的規定，茶葉之品質也有高下之分，唐代裴汶《茶述》就說：「今宇內爲土貢實眾，而顧渚、蘄陽、蒙山爲上。其次則壽陽、義興、碧澗、淄湖、衡山。最下有鄱陽、浮梁。」〔註168〕齊己〈謝淄湖茶〉：「淄湖唯上貢，何以惠尋常？」（《全唐詩》卷八四〇）即指出淄湖亦有貢茶，一方面也說明了由於皇帝雅興所至賞賜貢茶給臣下〔註169〕，因友人大方的饋贈，齊己才能一嘗貢茶的滋味啊！此外，王枳有「今朝拜貢盈襟淚，不進新芽是進心。」之詩句（見《全唐詩》卷七九五），《全唐詩》原注：「常州舊貢陽羡茶。僖宗幸蜀，枳間關馳貢，故有此句。」連皇帝避難四川都忘不了貢茶的滋味，足見依賴貢茶之深了。

除了貢茶造成人民的苦痛外，不合理的苛政——重斂茶稅〔註

〔註167〕檢閱《新唐書·地理志》卷三十九至四十二，貢茶之地區爲河北道懷州河內郡，山南道峽州夷陵郡、歸州巴東郡、夔州雲安郡、金州漢陰郡、興元府漢中郡，淮南道壽州壽春郡、廬州廬江郡、蘄州蘄春郡、申州義陽郡，江南道常州晉陵郡、湖州吳興郡、睦州新定郡、福州長樂郡、饒州鄱陽郡、溪州靈溪郡，劍南道雅州廬山郡等。

〔註168〕原書已佚，此據陳彬藩、余悦、關博文主編《中國茶文化經典》引。

〔註169〕從韓翃〈爲田神玉謝茶表〉（《全唐文》卷四四四）、武元衡〈謝賜新火及新茶表〉（《全唐文》卷五三一）、柳宗元〈爲武中丞謝賜新茶表〉（《全唐文》卷五七一）、劉禹錫〈代武中丞謝賜新茶第一表〉、〈代武中丞謝賜新茶第二表〉（《全唐文》卷六〇二）、白居易〈謝恩賜茶果等狀〉（《全唐文》卷六六八）等文，可知唐代皇帝常將貢茶賜給臣下分享，下臣蒙賜後必須上表答謝隆恩，而文筆欠佳之臣子則會央請當時著名的文人代筆。

〔註170〕安史之亂後，因藩鎮割據、內亂外患頻仍，唐朝國庫盡空，正稅已入不敷出，遂課徵雜稅以裕國用，茶稅即是其中之一，只不過尚處於隨意斂取的階段，並未成爲固定徵收的獨立稅種，從德宗建中三年起開始徵收，至興元元年便廢置不徵。貞元八年發生水災，影響了正常的兩稅收入，以至於國用拮据，諸道鹽鐵使張滂乃重提稅茶的建議，故德宗貞元九年正月，唐政府始正式稅茶，自此稅無虛歲，

170〕，亦是文人所要批判的對象：

> 昆明春，昆明春，春池岸古春流新。影浸南山青滉瀁，波沉西
> 山紅淵淪。往年因旱池枯竭，龜尾曳塗魚喣沫。詔開八水注恩
> 波，千介萬鱗同日活。今來爭綠水照天，游魚鱍鱍蓮田田。洲
> 香杜若抽心短，沙暖鴛鴦鋪翅眠。動植飛沉皆遂性，皇澤如春
> 無不被。漁者仍豐網罟資，貧人久獲菰蒲利。詔以昆明近帝城，
> 官家不得收其征。菰蒲無租魚無稅，近城之人感君惠。感君惠，
> 獨何人？吾聞率土皆王民，遠民何疏近何親。願推此惠及天
> 下，無遠無近同欣欣。吳興山中罷榷茗，鄱陽坑裏休封銀。天
> 涯地角無禁利，熙熙同似昆明春。（白居易〈昆明春〉《全唐詩》卷
> 四二六）

茶稅儘管是唐政府非常倚重的一項財源，畢竟重斂茶稅無異於竭澤而
漁式的掠奪，必然會影響茶業經濟的發展－茶價提高，損害消費者的
利益，致買茶者減少，影響了茶葉貿易的流通。穆宗長慶年間王播的
增稅措施，就曾遭到朝臣的反對（註171〕，白居易是關懷民瘼的詩人，

穆宗長慶元年起，甚且逐步提高稅率，此外，茶葉流通的過程中，
地方政府往往又趁機設茶鹽店收稅。太和九年，文宗惑於鄭注榷茶
的思想——官營專賣（即政府全面控制茶葉的生產，壟斷茶葉貨
源，以達官製官賣的目的），命王涯兼榷茶使貫徹執行之，曾引起
百姓之怨恨與詬罵，後王涯因甘露事變伏誅，榷茶政策亦隨之廢
止，復採貞元舊制之稅茶法，大抵是把茶葉貿易置於政府的監督之
下進行，政府向商人徵收茶稅，不過茶商在販運茶葉的過程中，往
往遇到州縣及藩鎮又擅自橫徵茶商通過稅的情形，當然也就有私茶
交易的行為產生了。鹽鐵轉運使裴休對此加以整頓，一則釐革地方
橫稅，一則打擊私茶之交易，兩者雙管齊下，茶業的發展在一定程
度上獲得了改善。（以上唐代茶稅之概述，參考孫洪升《唐宋茶業
經濟》第四章第一節〈唐代榷茶〉）白居易〈昆明春〉是元和年間
所創作的新樂府，其時唐政府早已正式稅茶，且逐步提高稅率，則
白居易當是批評重斂茶稅的現象。

〔註171〕《新唐書》卷一八二〈李珏傳〉：「鹽鐵使王播增茶稅十之五，以佐
用度。珏上疏謂：『榷率本濟軍興，而茶稅自貞元以來有之，方天
下無事，忽厚斂為傷國本，一不可。茗為人飲，與鹽粟同資，若重
稅之，售必高，其弊先及貧下，二不可。山澤之產無定數，程斤論
稅，以售多為利，若價騰踊，則市者稀，其稅幾何？三不可。陛下

自然要以詩歌諷諭的方式直言進諫，他主張廢除茶稅，期盼全天下的百姓皆能蒙受雨露之霑溉，「天涯地角無禁利，熙熙同似昆明春。」，共享安居樂業的生活。

　　雖然唐代反映宮廷茶文化的茶詩數量不多，卻也令後人得以窺見一部分宮廷飲茶的面貌，得知帝王有以茶賜下的情形，並了解到皇室之需求貢茶及苛徵茶稅對茶民所造成的苦痛，這些都可以和史料相互印證的，亦是唐代茶詩的價值之一。

二、佛道茶文化

　　飲茶之所以和佛道發生關係，最初乃因茶可助於僧侶羽人之修行。蓋佛教重視息心靜坐、坐禪修行，從而開發智慧、體悟佛法，坐禪時則要求少食少眠、克服妄念與昏沈，以達到觀照明淨的狀態，而飲茶可以清神醒腦、滌蕩身心，對修禪大有幫助〔註172〕，且茶湯清淡潔淨亦符合佛教的寂靜淡泊，是以茶與佛教結下了不解之緣，馬戴〈題廬山寺〉：「別有一條投澗水，竹筒斜引入茶鐺。」（《全唐詩》卷五五六）可見茶是寺僧日常生活不可或缺的飲料；至於道教提倡修身煉丹，企圖得道成仙，則認為茶是一種能輕身換骨、使人羽化成仙的妙藥，如壺居士《食忌》說：「苦荼久食，羽化。」，《宋錄》說：「新安王子鸞、王子尚詣曇濟道人於八公山，道人設茶茗，子尚味之曰：『此甘露也，何言茶茗？』」，陶弘景《雜錄》也提到：「苦荼輕身換骨，昔丹丘子、黃山君服之。」〔註173〕，而唐代皎然〈飲茶歌送鄭容〉則謂：「丹丘羽人輕玉食，採茶飲之生羽翼」（《全唐詩》卷八二一）均指出道教把茶引入了修煉生活中。佛道以茶來幫助修行的情形也反映在唐代茶詩裏，如：

　　　　虛室獨焚香，林空靜磬長……啜茗翻真偈，燃燈繼夕陽。（李嘉

初即位，詔懲聚斂，今反增茶賦，必失人心。』帝不納。方是時禁中造百尺樓，土木費鉅萬，故播巫斂，陰中帝欲。」
〔註172〕參見本論文第二章第二節。
〔註173〕以上三段引文皆見於陸羽《茶經》「七之事」。

祐〈同皇甫侍御題薦福寺一公房〉《全唐詩》卷二○六）

注瓶寒浪靜，讀律夜船香。（盧綸〈送惟良上人歸江南〉《全唐詩》卷二七六）

茶煙裊裊籠禪榻，竹影蕭蕭掃徑苔。（牟融〈游報本寺〉《全唐詩》卷四六七）

簷底水涵抄律燭，窗間風引煮茶煙。（杜荀鶴〈宿東林寺題願公院〉《全唐詩》卷六九二）

少年雲溪裏，禪心夜更閒。煎茶留靜者，靠月坐蒼山。（曹松〈宿溪僧院〉《全唐詩》卷七一七）

石室地爐砂鼎沸，松黃柏茗乳香甌。饑餐一粒伽陀藥，心地調和倚石頭。（寒山詩《全唐詩》卷八○六）

靜室焚檀印，深爐燒鐵瓶。茶和阿魏煖，火種柏根馨。（貫休〈桐江閒居作十二首〉其三《全唐詩》卷八三○）

蠱根停雪水，曲角積茶煙。道至心機盡，宵晴瑟韻全。（周賀〈玉芝觀王道士〉《全唐詩》卷五○三）

能琴道士洞庭西，風滿歸帆路不迷……杉松近晚移茶灶，巖谷初寒蓋藥畦。（許渾〈送張尊師歸洞庭〉《全唐詩》卷五三三）

小鼎煎茶面曲池，白鬚道士竹間棋。（李商隱〈即目〉《全唐詩》卷五四○）

乳竇濺濺通石脈，綠塵愁草春江色。澗花入井水味香，山月當人松影直。仙翁白扇霜烏翎，拂壇夜讀黃庭經。疏香皓齒有餘味，更覺鶴心通杳冥。（溫庭筠〈西陵道士茶歌〉《全唐詩》卷五七七）

李嘉祐、盧綸、牟融、杜荀鶴、曹松、寒山、貫休等人之詩句，均表現出寧靜清幽的茶境和僧者清寂虛空的修行生活如影附形之關係；周賀、許渾寫道士以茶修行的清靜生活，李商隱描繪出道士用茶伴棋的悠閒光景，溫庭筠敘述西陵道士以帶有澗花香味的乳泉水煎綠如春江色的佳茶，在山月當空、松影挺直的靜夜裏端坐壇上，手搖白扇、品飲香茗、口誦《黃庭經》，那茶葉的香味長留在齒頰之間，令他感到似乎已超凡脫俗而飛升至杳冥幽遠的仙境了。這些反映佛道以茶修行

的詩歌，可謂描寫傳神，僧人道士修行之情貌如在目前。

佛道既需要茶葉、嗜好飲茶，因而禪僧羽人們往往自種、自製、自飲，唐代茶詩裏便有關於這方面的描述，如：

> 靈州碧巖下，茞英初散芳。塗塗猶宿露，采采不盈筐。陰竇藏煙濕，單衣染焙香。幸將調鼎味，一爲奏明光。(武元衡〈津梁寺采新茶與幕中諸公遍賞，芳香尤異，因題四韻，兼呈陸郎中〉《全唐詩》卷三一六)

> 獨向雙峰老，松門閉兩崖。翻經上蕉葉，挂衲落藤花。赘石新開井，穿林自種茶。時逢南海客，蠻語向誰家。(張籍〈山中贈日南僧〉《全唐詩》卷三八四)

> 山茗粉含鷹觜嫩，海榴紅綻錦窠勻。(元稹〈早春登龍山靜勝寺，時非休浣，司空特許是行，因贈幕中諸公〉《全唐詩》卷四一三)

> 二月匡廬北，冰雪始消釋。陽叢抽茗芽，陰竇洩泉脈。(白居易〈春游二林寺〉《全唐詩》卷四三〇)

> 護茶高夏臘，愛火老春秋。(李洞〈山寺老僧〉《全唐詩》卷七二一)

> 嘴紅潤鳥啼芳草，頭白山僧自扦茶。(貫休〈春游靈泉寺〉《全唐詩》卷八三五)

> 桐井曉寒千乳斂，茗園春嫩一旗開。(胡宿〈沖虛觀〉《全唐詩》卷七三一)

以上詩歌均指出寺院道觀闢有茶園，張籍、李洞之詩並描繪出僧人種茶護茶的形象。僧人不僅種茶，其製茶的功夫也是頂尖的，呂巖〈大雲寺茶詩〉即說：「玉蕊一鎗稱絕品，僧家造法極功夫」(《全唐詩》卷八五八)，李白、劉禹錫和齊己就有詩歌描述僧人之製茶：

> 叢老卷綠葉，枝枝相接連。曝成仙人掌，似拍洪崖肩。(李白〈答族姪僧中孚贈玉泉仙人掌茶〉《全唐詩》卷一七八)

> 山僧後檐茶數叢，春來映竹抽新茸。宛然爲客振衣起，自傍芳叢摘鷹觜。斯須炒成滿室香，便酌砌下金沙水……新芽連拳半未舒，自摘至煎俄頃餘……(劉禹錫〈西山蘭若試茶歌〉《全唐詩》卷三五六)

　　槍旗冉冉綠叢園，穀雨初晴叫杜鵑。摘帶嶺華蒸曉露，碾和松粉
　　煮春泉……（齊己〈聞道林諸友嘗茶因有寄〉《全唐詩》卷八四六）

李白說：「曝成仙人掌」，可見仙人掌茶應是以曬青法製成的，這是茶
葉史上關於曬青法最早的記載〔註174〕；劉禹錫寫山僧以自種之茶待
客，他採摘那春來抽出如鷹嘴般的嫩芽加以火炒，使得滿室生茶香，
此為炒青製法，詩裏說「自摘至煎俄頃餘」，便知不是經過蒸、搗、
拍、焙等工序所製成的茶餅，其製茶形式殆如散茶，不過飲用時也是
又碾成茶末而後才煎煮〔註175〕；齊己之詩寫僧友採茶製茶自飲的情
形，由於是自種之茶，採摘能夠得時，在蒸時鮮綠的茶葉上還帶著曉
露呢！在這兩首詩裏，僧人植茶、採茶、製茶又飲茶儼然是茶專家，
也可見僧人與茶關係之非比尋常了。

　　僧人既愛飲茶，又講「茶禪一味」〔註176〕，寺院也就相當重視
烹茶一事，因而培養出陸羽這樣的事茶人才兼茶學專家，並且推廣了
飲茶之道，影響中國茶文化至深至大，誠可謂佛教之無量功德啊！對
禪門來說，煎茶即是習禪，所以小沙彌習禪必須從學煎茶開始〔註
177〕，在唐代茶詩裏也有關於小沙彌煎茶的記載：

　　煮茶童子閑勝我，猶得依時把磬敲。（杜荀鶴〈贈元上人〉《全唐詩》
　　卷六九二）

　　空門寂寞汝思家，禮別雲房下九華。愛向竹欄騎竹馬，懶於金
　　地聚金沙。添瓶澗底休招月，烹茗甌中罷弄花。好去不須頻下
　　淚，老僧相伴有煙霞。（金地藏〈送童子下山〉《全唐詩》卷八○八）

〔註174〕參見王河《茶典逸況》頁 44，北京：光明日報出版社，1999 年 8
　　　　月一版一刷。
〔註175〕從詩中有「白雲滿盌花徘徊」之句可知，因為只有研成茶末，煎煮
　　　　時加以攪動，才會有白色的乳花產生，參考劉昭瑞〈中國古代飲茶
　　　　藝術〉頁 17，台北：博遠出版有限公司，1992 年 4 月再版。
〔註176〕參見本論文第六章第七節。
〔註177〕張弓《漢唐佛寺文化史》引敦煌寫本《緇門百歲篇》（S‧5529 號）：
　　　　「一十辭親願出家，手攜洰柆學烹茶。」說明唐時小沙彌入寺先學
　　　　烹茶，乃是佛寺傳統的要求。（見該書頁 919～920）北京：中國社
　　　　會科學出版社，1997 年 12 月。

山童頑且小，用之復何益。教洗煮茶鐺，雪團打鄰壁。(貫休〈冬末病中作二首〉《全唐詩》卷八二七)

烹茶童子休相問，報道門前是衲僧。(乾康〈投謁齊己〉《全唐詩》卷八四九)

觀以上詩歌所謂之「煮茶童子」、「烹茶童子」，殆爲寺院裏頭的小沙彌，從煎茶、敲磬等佛門日常清課中習禪，對有些年幼心性未定的小沙彌而言，這些工作是相當苦悶乏味的，遠不如騎竹馬、打雪團來得有趣多了，加上若是思家戀家，空門生活簡直是寂寞又可憐的，難怪金地藏的煮茗童子終究揮淚告別師父而下山返家了。又，李群玉〈龍安寺佳人阿最歌八首〉其四：「門路穿茶焙，房門映竹煙。」(《全唐詩》卷五七〇) 說明除了小沙彌外，少年女尼亦得學煎茶，同時也表現出少年女尼空門生活之清寂。可見要能耐得住寂寞與苦悶，實踐煎茶、敲磬、掃地等日常清課，用功習禪，日後小沙彌與小女尼才能體悟佛法。

茶和佛教有著不解之緣，僧人不僅愛茶、種茶、製茶、飲茶，更用茶來供養佛菩薩 [註 178]，日僧圓仁《入唐求法巡禮行記》就記載著開成六年大莊嚴寺開佛牙供養，「設無礙茶飯」之事，唐代呂從慶也有一首反映以茶供佛的詩，詩曰：

探幽過小澗，夕照未全陰。倚杖娛閒睎，聞鐘寄遠心。竹光浮古趣，松籟捲寒音。城衲烹茶出，先供座佛歆。(〈遊多寶寺〉《全唐詩補逸》卷十五)

在遊多寶寺時，呂從慶目睹了寺僧烹茶供養佛祖的情景。除了茶供養，僧人還用茶招待香客與嘉賓，就是道士也同樣以茶待來客，如以下詩歌之記載：

晚來恣偃俛，茶果仍留歡。(蔡希寂〈登福先寺上方然公禪室〉《全唐詩》卷一一四)

〔註 178〕關於佛教之茶供養，可以參考梁子《中國茶道》第三章〈佛教與茶道〉，陝西：人民出版社，1994 年 11 月一版一刷，

　　茗酌待幽客，珍盤薦彫梅。(李白〈陪族叔當塗宰遊化城寺升公清風亭〉《全唐詩》卷一七九)

　　枕簟入林僻，茶瓜留客遲。(杜甫〈已上人茅齋〉《全唐詩》卷二二四)

　　笑說金人偈，閒聽寶月詩。更憐茶興在，好出下方遲。(韓翃〈同中書劉舍人題青龍上房〉《全唐詩》卷二四四)

　　談詩訪靈徹，入社愧陶公。竹暗閒房雨，茶香別院風。(戴叔倫〈與友人過山寺〉《全唐詩》卷二七三)

　　雪上茗芽因客煮，海南沉屑為齋燒。(鄭良士〈寄富洋院禪者〉《全唐詩》卷七二六)

　　因留來客試，共說寄僧名。(齊己〈嘗茶〉《全唐詩》卷八三八)

　　柳岸晴綠十里來，水邊精舍絕塵埃。煮茶嘗摘興何極，直至殘陽未欲回。(齊己〈與節供奉大德遊京口寺留題〉《全唐詩》卷八四七)

　　開士相逢暮飲茶，高樓並坐望三巴。(李嘉祐〈七言登北山寺西閣樓馮禪師茶酌贈崔少府一首〉《全唐詩續拾》卷十六)

　　道人邀我煮新茶，盪滌胸中瀟灑。(呂巖〈西江月〉《全唐詩續補遺》卷十七)

　　容易煮茶供客用，辛勤栽果與猿攀。(黃台〈問政山〉〔註179〕《全唐詩續拾》卷三十六)

　　待客遠尋巖下蕨，烹茶滿酌洞中泉。(林仙人〈七言三首〉其三同上)

以上詩句均描寫僧人道士用茶招待香客嘉賓之情景，有時除了茗茶外，還有瓜果、彫梅、蕨菜等伴食之物，也顯示出僧人道士親切有情之一面。

　　道士以茶待客，也有施茶以募款籌建道觀的，李沖昭《南嶽小錄》〔註180〕「九真觀」條就記載著王天師施茶募款之事：

　　　　唐開元年間，有王天師仙喬。初，天師為行者，道性沖昭，有非常之志。因將嶽中茶二百餘串，直入京國，每攜茶器於城門

────────────────

〔註179〕《全唐詩續拾》引《增修詩話總龜》云：「歙州問政山，聶道士所居。」故知此詩句寫道士以茶待客也。

〔註180〕台北：藝文印書館，1965年初版。

內施茶。忽一日，遇高力士，見而異之，問其所來。乃曰：「某是南嶽行者，今爲本住九眞觀殿宇破落，特將茶來募施主耳。」於是力士上聞，玄宗召見，嘉歎久之，問曰：「爾有願否？」對曰：「鬱鬱家國盛，濟濟經道興。」上深加禮焉，俾於內殿披度，厚與金帛建置，令歸嶽中修刱觀宇，不數年而完全。

由此可見茶之用途於道教之廣泛。至於僧人以茶待客，也贈茶與人結善緣，如李白就有〈答族姪僧中孚贈玉泉仙人掌茶〉詩（見《全唐詩》卷一七八），再如以下詩歌：

芳叢翳湘竹，零露凝清華。復此雪山客，晨朝掇靈芽。蒸煙俯石瀨，咫尺凌丹崖。圓方麗奇色，圭璧無纖瑕……（柳宗元〈巽上人以竹閒自採新茶見贈酬之以詩〉《全唐詩》卷三五一）

山僧封茗寄，野客乞詩歸。（姚合〈寄張傃〉《全唐詩》卷四九七）

空門少年初志堅，摘芳爲藥除睡眠。匡山茗樹朝陽偏，暖萌如爪拏飛鳶。枝枝膏露凝滴圓，參差失向兜羅錦。傾筐短甑蒸新鮮，白紵眼細勻於研。磚排古甃春苔乾，殷勤寄我清明前……
（李咸用〈謝僧寄茶〉《全唐詩》卷六四四）

這三首詩均寫僧人以茶與人結緣，其中柳宗元和李咸用還想見僧人得時採茶、自製新茶，又趁鮮趕緊寄贈與人之情貌，僧人的殷勤厚意想必令柳、李感動非常吧！此外，僧人們也在寺院裏舉辦茶會，結交文士、宣揚佛法，如：

良友呼我宿，月明懸天宮。道安風塵外，灑掃青林中。削去府縣理，豁然神機空。自從三湘還，始得今夕同。舊居太行北，遠宦滄溟東。各有四方事，白雲處處通。（王昌齡〈洛陽尉劉晏與府掾諸公茶集天宮寺岸道上人房〉《全唐詩》卷一四一）

到此機事遣，自嫌塵網迷。因知萬法幻，盡與浮雲齊。疏竹映高枕，空花隨杖藜。香飄諸天外，日隱雙林西。傲吏方見狎，眞僧幸相攜。能令歸客意，不復還東溪。（劉長卿〈惠福寺與陳留諸官茶會〉《全唐詩》卷一四九）

虛室晝常掩，心源知悟空。禪庭一雨後，蓮界萬花中。時節流

芳暮，人天此會同。不知方便理，何路出樊籠。（武元衡〈資聖寺貴法師晚春茶會〉《全唐詩》卷三一六）

僧侶與文人在茶會上飲茶吟詩、談佛論禪，山林綠野的自然美景、飄諸天外的茗茶香氣，本易教人生起「悟以往之非，覺當下之是」的感慨，尤其此刻沐浴於十方法界中，也就特別容易接受佛法教義了，觀王昌齡、劉長卿、武元衡無不有了悟萬法空幻，悔入塵網而欲出樊籠的動念。即使茶會飲罷後仍不免牽掛俗務又蹈入紅塵，畢竟於潛移默化中接受了佛法，就僧侶們而言，藉茶會以結交文士、宣揚佛教的目的便算是功德圓滿了。

綜上所述，唐代茶詩反映了佛道以茶助修行、種茶製茶、以茶供佛、用茶待客、贈茶結緣、舉辦茶會宣揚佛法等層面，也指出寺院裏有負責為師父煎茶的烹茶童子。凡此，皆可與史料相互印證，頗具參考價值。

三、平民茶文化

中唐以後，飲茶一事成了全民的生活習慣，誠如《舊唐書・李珏傳》所說：「茶為食物，無異米鹽，人之所貴，遠近同俗，既袪渴乏，難捨斯須。」而唐代茶詩裏也有一些反映老百姓飲茶生活的作品，如：

春泥秧稻暖，夜火焙茶香。（白居易〈題施山人野居〉《全唐詩》卷四三六）

鄰屋有聲敲石火，野禽無語避茶煙。（殷堯藩〈暮春述懷〉《全唐詩》卷四九二）

燕雁下秋塘，田家自此忙。移蔬通遠水，收果待繁霜。野碓舂秔滑，山廚焙茗香……（許渾〈村舍〉《全唐詩》卷五二六）

蒸茗氣從茅舍出，繰絲聲隔竹籬聞。（項斯〈山行〉《全唐詩》卷五五四）

野色生肥芋，鄉儀搗散茶。（薛能〈西縣途中二十韻〉《全唐詩》卷五六○）

偶與樵人熟，春殘日日來……嫩茶重攪綠，新酒略炊醅……（李

郢《全唐詩》卷五八九）

白雲最深處，像設盈巖堂。村祭足茗㮈，水奠多桃漿……（皮日休〈包山祠〉《全唐詩》卷六一〇）

生於顧渚山，老在漫石塢。語氣爲茶荈，衣香是煙霧……日晚相笑歸，腰間佩輕簍。（皮日休〈茶人〉《全唐詩》卷六一一）

短僮應捧杖，稚女學擎茶。（李咸用〈訪友人不遇〉《全唐詩》卷六四五）

快活田翁輩，常言化育時。縱饒稽歲月，猶説向孫兒。茅屋梁和節，茶盤果帶枝。相傳終不忘，何必立生祠。（杜荀鶴〈和吳太守罷郡山村偶題〉《全唐詩》卷六九一）

種茶巖接紅霞塢，灌稻泉生白石根。皤腹老翁眉似雪，海棠花下戲兒孫。（滕白〈題文川村居〉《全唐詩》七三一）

數株香茗產松坡，野老新分半兩多。釣罷歸來兒説與，引瓢旋汲澗中波。（呂從慶〈德山老人送茶至〉《全唐詩補逸》卷十五）

宿雨一番蔬甲嫩，春山幾焙茗旗香。（黃夷簡《全唐詩續拾》卷四十六）

白居易等詩人攝下了老百姓日常飲茶的鏡頭，吾人可以看見茶是那麼自然地融入了他們的生活中，連稚齡的女孩也學著擎茶，天眞可愛的模樣如在目前。秋天是農村忙著收成的季節，由許渾一詩可知對辛苦勞累的百姓而言，喝喝熱茶、聞聞茶香眞是解除疲憊最好的方法。皮日休指出太湖包山一帶之百姓有以茶作祭祀品的習俗。同時，我們也看到了老百姓質樸誠摯的天性，他們不只以茶待客，更是不辭辛苦送新茶與人分享，流露在他們臉上的是恬淡自足的神情，甘心終老於田間而別無所求，這般閒適寧靜的生活情貌豈不與茶之幽野稟性合拍！

唐代茶風興盛，茶葉已成爲一種經濟商品，因此南方適合茶葉生長的地區多闢爲茶園，許多農戶兼營茶葉生產〔註181〕，孫樵〈書何易

────────────

〔註181〕參見本論文第二章第二節〈唐代茶風興盛〉。

于〉:「益昌民多即山樹茶,利私自入。」(《全唐文》卷七九五)便是說以茶葉生產作為副業,而皮日休〈崦裏〉說:「崦裏何幽奇,膏腴二十頃。風吹稻花香,直過龜山頂……罷釣時煮菱,停繰或焙茗。峭然八十翁,生計於此永。」(《全唐詩》卷六一○)可知南方百姓平時以農桑為業,遇茶事繁忙時則暫輟繰絲而製茶,生計殆無缺乏之虞矣!又如上段所引滕白〈題文川村居〉說茶稻並作的情形,亦可為證。南方廣泛種植茶樹,那茶區迷人的風光也成了詩人筆下歌詠的對象,如:

> 庭樹純栽橘,園畦半種茶。(岑參〈郡齋平望江山〉《全唐詩》卷二○○)

> 蘋洲須覺池沼俗,苧布直勝羅紈輕。清風樓下草初出,明月峽中茶始生。(張文規〈吳興三絕〉《全唐詩》卷三六六)

> 菱湖有餘翠,茗園無荒疇。(孟郊〈越中山水〉《全唐詩》卷三七五)

> 藕折蓮芽脆,茶挑茗眼鮮。(章孝標〈思越州山水寄朱慶餘〉《全唐詩》卷五○六)

> 饒陽因富得州名,不獨農桑別有營。日暖提筐依茗樹,天陰把酒入銀坑。江寒魚動槍旗影,山晚雲和鼓角聲……(章孝標〈送張使君赴饒州〉同上)

> 十畝山田近石涵,村居風俗舊曾諳。簾前白艾驚春燕,籬上青桑待晚蠶。雲暖採茶來嶺北,月明沽酒過溪南……(杜牧〈秋晚懷茅山石涵春舍〉《全唐詩》卷五二六)

> 岸沙崩橘樹,山徑入茶苗。(薛能〈石堂溪〉《全唐詩》卷五六○)

> 橘暗舟間罾網挂,茶坡日暖鷓鴣啼。(司空圖〈武陵路〉《全唐詩》卷六三三)

> 橘青逃暑寺,茶長隔湖溪。(無可〈送邵錫及第歸湖州〉《全唐詩》卷八一三)

岑參、張文規、孟郊、章孝標、杜牧、薛能、司空圖、無可等詩人均描繪出南方物產豐富,有橘樹、苧麻、菱角、蓮藕、桑樹和茗茶等並作,交織成綺麗多姿的地理景觀。其中,章孝標指出饒州正因別營茶業而得富,可見茶的經濟效益之高了。再如以下之詩歌:

陽羨蘭陵近，高城帶水閒。淺流通野寺，綠茗蓋春山。（李嘉祐〈送陸士倫宰義興〉《全唐詩》卷二〇六）

桂嶺雨餘多鶴跡，茗園晴望似龍鱗。（劉禹錫〈寄楊八壽州〉《全唐詩》卷三五九）

茗折蒼溪秀，蘋生枉渚喧。（劉禹錫〈武陵書懷五十韻〉《全唐詩》卷三六二）

秋茶垂露細，寒菊帶霜甘。（許渾〈送段覺歸東陽兼寄竇使君〉《全唐詩》卷五三一）

山路長江岸，朝陽十月中。芽新抽雪茗，枝重集猿楓。（賈島〈送朱休歸劍南〉《全唐詩》卷五七三）

楚鄉千里路，君去及良晨。葦浦迎船火，茶山候吏塵。（溫庭筠〈送北陽袁明府〉《全唐詩》卷五八三）

閒尋堯氏山，遂入深深塢。種荈已成園，栽葭寧記畝！石窪泉似掬，巖罅雲如縷。好似夏初時，白花滿煙雨。（皮日休〈茶塢〉《全唐詩》卷六一一）

茗地曲隈回，野行多繚繞。向陽就中密，背澗差還少。遙盤雲髻慢，亂簇香篝小。何處好幽期，滿巖春露曉。（陸龜蒙〈茶塢〉《全唐詩》卷六二〇）

歌聽茗塢春山暖，詩詠蘋洲暮鳥飛。（羅隱〈送霅川鄭員外〉《全唐詩》卷六六二）

顧渚山邊郡，溪將罨畫通……茶香紫筍露，洲回白蘋風。（鄭谷〈寄獻湖州從叔員外〉《全唐詩》卷六七四）

千室綺羅浮畫楫，兩州絲竹會茶山。（曹松〈春日自吳門之陽羨道中書事〉《全唐詩》卷七一七）

月向波濤沒，茶連洞壑生。（無可〈送喻鳧及第歸陽羨〉《全唐詩》卷八一三）

猛燒侵茶塢，殘霞照角樓。（貫休〈桐江閒居作十二首〉其一《全唐詩》卷八三〇）

紅邊花落瓣，綠際茗舒芽。（呂從慶〈溪西村〉《全唐詩補逸》卷十五）

李嘉祐和劉禹錫描寫南方丘陵坡地植滿茶樹，景觀有如綠蓋籠罩著春山，又似龍踞茗山綠鱗盤旋之狀；劉禹錫（〈武陵書懷五十韻〉一詩）、許渾、賈島和鄭谷則描繪出一片白蘋、寒菊、楓樹和綠茗相映的茶區美景；溫庭筠、曹松描述南方產茶區水路發達的地理景觀；羅隱記錄茶山有那繚繞動人的茶歌唱暖了春天的特殊人文風情；無可一詩說陽羨「茶連洞壑生」，可見土地之高度利用；貫休大筆彩繪出殘霞映天、茶塢似燒的桐江夕照圖，呂從慶攝取紅瓣襯綠芽的溪西一景；至於皮日休和陸龜蒙則著意描摹茶塢的幽麗景致，那春曉茗地曲隈、初夏白花煙雨的茶鄉風情著實教人心醉神迷。

有茶農植茶，便有茶商適時地至茶山收購茶葉，將茶葉投入市場，茶葉也就成了經濟商品。從唐代開始，茶商即不辭辛苦地深入產茶區與茶農交易，唐人張途的〈祁門縣新修閶門溪記〉就描述了咸通年間茶商至祁門縣收購茶葉的情形：

> 每歲二三月，齎銀緡繒素求市（茶葉），將貨他郡者，摩肩接跡而至。雖然其欲廣市多載，不果遂也。或乘負，或肩荷，或小轍，而陸也如此。縱有多市，將泛大川，必先以輕舟寡載，就其巨艎。（《全唐文》卷八〇二）

從此段文章看來，有肩挑背負、做小本生意的小販，也有用巨艎運輸、財力雄厚的大茶商，殆可想見祁門茶葉交易熱鬧的情景。其他地區之茶葉交易亦是如此，杜牧〈上李太尉論江賊書〉即云：

> 蓋以茶熟之際，四遠商人，皆將錦繒纈金釵銀釧，入山交易，婦人稚子，盡衣華服，吏見不問，人見不驚。（《全唐文》卷七五一）

可見新茶一上市，四方商人便立刻雲集茶山貿易。此外，自唐代開始，南方的草市、墟市等農村集市逐漸增多，也有茶農到周圍草市鎮出售茶葉的〔註182〕，當然茶葉的貿易又帶動了草市鎮的繁榮，如楊華《膳

〔註182〕參考孫洪升《唐宋茶葉經濟》第二章第一節〈茶葉市場網絡的形成與發展〉，北京：社會科學文獻出版社，2001年1月一版一刷。

夫經手錄》即說：「元和以前，束帛不能易一斤先春蒙頂，是以蒙頂前後之人，競栽茶以規厚利，不數十年間，遂斯安草市，歲出千萬斤。」無論是茶山交易或草市鎮的茶葉貿易，這些茶葉交易的網點構成了廣大的茶葉農村市場，草市鎮又與其他城市通過四通八達的水路運輸線連結一起，形成或稀或密之商業網絡〔註 183〕。因此，茶葉假商人之手而能銷售各地，茶商也因茶葉而獲得厚利，無怪乎商人甘願遠離家鄉而投身於茶葉貿易，白居易的〈琵琶行〉即描述商人別離妻子到著名茶區浮梁買茶之情形：「商人重利輕別離，前月浮梁買茶去。去來江口守空船，繞船月明江水寒。」（《全唐詩》卷四三五）足見浮梁為當時一大茶葉集散地，及茶商之競爭必然激烈，他才會放任妻子淒涼地獨守空船而自行前往收購茶葉了。再如以下幾首詩歌對因茶而興之草市鎮的描述：

> 水門向晚茶商鬧，橋市通宵酒客行。（王建〈寄汴州令狐相公〉《全唐詩》卷三〇〇）
>
> 倚溪侵嶺多高樹，誇酒書旗有小樓。（杜牧〈入茶山下題水口草市絕句〉《全唐詩》卷五二二）
>
> 綠水棹雲月，洞庭歸路長。春橋懸酒幔，夜柵集茶檣。（許渾〈送人歸吳興〉《全唐詩》卷五三一）
>
> 夜船歸草市，春步上茶山。（鄭谷〈峽中寓止二首〉其二全唐詩》卷六七四）
>
> 堯市人稀紫筍多，紫筍青芽誰得識。（皎然〈顧渚行寄裴方舟〉《全唐詩》卷八二一）

王建詩中的城市因水陸發達的地理優勢，使得茶葉之運輸能夠暢通無阻，故而成為茶商雲集、熱鬧通宵的不夜城；杜牧筆下的水口是顧渚匯入太湖河道口的出水口，唐代中期以前，還是一片的荒原，後因到顧渚採辦貢茶和買賣茶葉的船隻都停泊於此〔註 184〕，至杜牧的時代

〔註 183〕同上。

〔註 184〕參考陳宗懋主編《中國茶經》對此詩之說明（頁 17），上海文化出

已成了有酒樓茶肆、人煙聚集的固定草市。除了水口，皎然所提到的
堯市顯然也是顧渚山區的茶葉集散地；鄭谷之詩亦描述茶山附近之草
市繁榮，夜晚有船隻入泊的情景；至於許渾詩中所謂的「茶檣」，係
指專門運輸茶葉的船隻，洞庭湖一帶水路發達，河流兩岸便因茶船日
行夜泊而興起了許多熱鬧的集鎮〔註185〕。草市鎮的興起，自然在一
定程度上反映著唐代茶業的興盛。

　　茶既是中唐以後人民「難舍斯須」的日常飲料，人民種茶採茶
製茶除為獲利之外，也供作自家飲用之需。關於唐代反映百姓種茶
飲茶之詩歌，已如上文所述，此外，唐代詩人還記載了百姓之採茶
與製茶，如：

紫芽連白蕊，初向嶺頭生。自看家人摘，尋常觸露行。（張籍〈和
韋開州盛山十二首－茶嶺〉《全唐詩》卷三八六）

想到江陵無一事……紫芽嫩茗和枝採……（元稹〈貶江陵途中寄
樂天、杓直。杓直以員外郎判鹽鐵，樂天以拾遺在翰林〉《全唐詩》卷四
一二）

顧渚吳商絕，蒙山蜀信稀。千叢因此始，含露紫英肥。（韋處厚
〈盛山十二詩－茶嶺〉《全唐詩》卷四七九）

嫩綠微黃碧澗春，採時聞道斷葷辛。不將錢買將詩乞，借問山
翁有幾人。（姚合〈乞新茶〉《全唐詩》卷五○○）

陽崖枕白屋，幾口嬉嬉活。棚上汲紅泉，焙前蒸紫蕨。乃翁研
茗後，中婦拍茶歌。相向掩柴扉，清香滿山月。（皮日休〈茶舍〉
《全唐詩》卷六一一）

鑿彼碧巖下，恰應深二尺。泥易帶雲根，燒難礙石脈。初能燥
金餅，漸見乾瓊液……（皮日休〈茶焙〉同上）

所孕和氣深，時抽玉苕短。輕煙漸結花，嫩蕊初成管。尋來青
靄曙，欲去紅雲暖。秀色自難逢，傾筐不曾滿。（陸龜蒙〈茶筍〉
《全唐詩》卷六二○）

版社，1999 年 11 月第十二次印刷。

〔註185〕同上註。

左右搗凝膏，朝昏布煙縷。方圓隨樣拍，次第依層取。山謠縱
高下，火候還文武。見說焙前人，時時炙花脯。（陸龜蒙〈茶焙〉
同上）

天柱香芽露香發，爛研瑟瑟穿荻篾（秦韜玉〈採茶歌〉《全唐詩》
卷六七〇）

石崖採芝叟，鄉俗摘茶歌。（韓偓〈信筆〉《全唐詩》卷六八一）

二月山家穀雨天，半坡芳茗露華鮮。春醒酒病兼消渴，惜取新
芽旋摘煎。（陸希聲〈陽羨雜詠十九首－茗坡〉《全唐詩》卷六八九）

撥櫂茶川去，初逢穀雨晴。（廖融〈題伍彬屋壁〉《全唐詩》卷七六二）

鶗鴃鳴時芳草死，山家漸欲收茶子。伯勞飛日芳草滋，山僧
又是採茶時。由來慣採無近遠，陰嶺長兮陽崖淺。大寒山下
葉未生，小寒山中葉初卷。吳婉攜籠上翠微，蒙蒙香刺胃春
衣。迷山乍被落花風，度水時驚啼鳥飛。家園不遠乘露摘，
歸時露採猶滴瀝。初看怕出欺玉英，更取煎來勝金液。昨夜
西風雨色過，女宮露澀青芽老。（皎然〈顧渚行寄裴方舟〉《全唐
詩》卷八二一）

茶的製法，如陸羽所述需經採、蒸、搗、拍、焙、穿、封等七道工序
〔註186〕。首先是採摘，一般採茶都在二、三、四月間，唐人採茶多
在清晨，故張籍說：「自看人家摘，尋常觸露行。」、韋處厚云：「含
露紫英肥」、陸希聲謂：「二月山家穀雨天，半坡芳茗露華鮮。」、廖
融說：「撥棹茶川去，初逢穀雨晴」、皎然亦云：「伯勞飛日芳草滋，
山僧又是採茶時……家園不遠乘露摘，歸時露採猶滴瀝。」此外，有
時採茶還有一些忌諱，如姚合之詩所說，為製造碧澗春名茶，就必須
戒食葷菜與辛味，殆為保護茶之真香，不令其夾雜異味吧！採摘的茶

〔註186〕《茶經》「三之造」：「凡采茶在2月、3月、4月之間。茶之筍者，
　　　　生爛石沃土上，長四、五寸，若薇蕨始抽，凌露采焉。茶之芽者，
　　　　發於叢薄之上，有三枝、四枝、五枝者，選其中枝穎拔者采焉。其
　　　　日有雨不採，晴有雲不采。晴，采之，蒸之，搗之，拍之，焙之，
　　　　穿之，封之，茶之乾矣。」又，參見本節之一、「宮廷茶文化」之
　　　　說明。

葉有芽、筍、葉三種〔註187〕，如張籍和元稹所謂之「紫芽」、韋處厚所謂之「紫英」、陸龜蒙所謂之「茶筍」和皎然所謂之葉卷者便是上選，所以誠如陸龜蒙所說：「秀色自難逢，傾筐不曾滿。」可見採茶之辛苦了，難怪「鄉俗摘茶歌」（韓偓詩）唱唱茶歌解解悶，可使心情愉快些；其次，採來的茶葉要蒸熟〔註188〕，即皮日休所云：「棚上汲紅泉，焙前蒸紫蕨。」；復次，把蒸過的茶葉放在臼裏搗成糊狀〔註189〕，陸龜蒙所謂「左右搗凝膏」即為此意，而搗也叫研，考古發現有內壁帶稜的陶研盆，是用來研磨蒸過的茶葉，為小戶人家製茶所用〔註190〕，如皮日休所說：「乃翁研茗後」也；搗後之茶膏要放入模子裏拍製成茶餅，模子當時叫做規或棬，用鐵製成，形狀有圓有方，也有花形的〔註191〕，也就是皮日休、陸龜蒙所說的「中婦拍茶歌」、「方圓隨樣拍」了；製茶的第五道工序是焙乾，據陸羽所說，焙是在地上挖兩尺深、二尺五寸寬、一丈長的坑，上砌高二尺之矮牆，用泥抹平整，然後焙上用木做成兩層共高一尺的架子，叫作棚，也叫作棧。用竹子削成長二尺五寸的貫，以之穿茶烘焙，焙乾後的茶餅放到上棚〔註192〕，即陸龜蒙所謂的「次第依層取」，又皮日休之〈茶焙〉就是描

〔註187〕　《茶經》「一之源」：「陽崖陰林，紫者上，綠者次；筍者上，牙者次；葉卷上，葉舒次。」

〔註188〕　《茶經》「二之具」：「甑，或木，或瓦，匪腰而泥，籃以箅之，篾以系之。始其蒸也，入乎箅；既其熟也，出乎箅。釜涸，注於甑中。又以穀木枝三椏者制之。散所蒸牙筍并葉，畏流其膏。」大意為釜中盛水，水中放甑，甑中有小竹籃用以放茶葉，把小竹籃用竹篾繫牢，便開始蒸。等蒸熟了，嫩芽葉必須攤開，以防膏汁流失。

〔註189〕　《茶經》「二之具」：「杵臼，一曰碓，惟恒用者佳。」

〔註190〕　參考劉昭瑞《中國古代飲茶藝術》頁13，台北：博遠出版有限公司，1992年4月再版。

〔註191〕　《茶經》「二之具」：「規一曰模，一曰棬，以鐵製之，或圓，或方，或花。」

〔註192〕　《茶經》「二之具」：「焙鑿地深二尺，闊二尺五寸，長一丈。上作短牆，高二尺，泥之。貫，削竹為之，長二尺五寸，以貫茶，焙之。棚一曰棧，以木構於焙上，編木兩層，高一尺，以焙茶也。茶之半乾，升下棚，全乾，升上棚。」

寫茶焙的形貌及焙茶的情景；茶餅乾後就要穿成一串串以利於貯存或運輸〔註193〕，秦韜玉謂「爛研瑟瑟穿荻篾」即是也，製茶至此，基本上已算是完工了，最後的封，其實是指貯藏之事也〔註194〕。茶的製作過程從採至穿相當辛苦，百姓採茶有時還是冒著生命的危險〔註195〕，然而不知民間疾苦的朝廷官府卻是極盡剝削之能事〔註196〕，故皮日休和陸龜蒙這兩位憐恤百姓的詩人不禁要代怨：「如何重辛苦，一一輸膏粱。」〔註197〕、「不憚採掇勞，只憂官未足。」〔註198〕對百姓來說，苛政實在是猛於虎啊！

經由上述，可知唐代茶詩反映了百姓的飲茶生活、茶區風光、因茶而興之草市鎮的繁榮、以及百姓之採茶製茶情形，頗具一定之參考價值。當然，如皮日休、陸龜蒙等對百姓所寄予之深切同情，則充分表現了文人悲天憫人之情操，足為後世茶人之典範也。

綜觀唐代茶詩之主要內涵，可以得到以下之結論：

一、唐代茶詩之創作主體以文人居多，故而其內容在反映文人之茶文化層面特為豐富，包括塗寫唐代文人的飲茶生活、彰顯唐代文人的飲茶情趣，以及呈現唐代文人的品茗情境。透過茶詩，我們看到唐代文人已將飲茶自然地納入了日常生活中，飲茶對唐代文人而言，另有特殊的意義－放下許國忘身之重擔、開始品味閒適之人生，這種人

〔註193〕《茶經》「二之具」：「穿，江東、淮南剖竹為之，巴川峽山紉穀皮為之。」

〔註194〕《茶經》「二之具」：「育，以木製之，以竹編之，以紙糊之。中有隔，上有覆，下有床，旁有門，掩一扇。中置一器，貯煻煨火，令熅熅然。江南梅雨時，焚之以火。」封的工具是育，乃以木為框架，竹編四周，再以紙裱糊。其中分隔兩層，上有蓋，下有床，旁開側門。茶餅殆置於上層，下層則置一貯火器，平時置熱灰，遇梅雨季時便燃燒以除濕。可見封其實是講貯茶之法，而並非製茶之法。

〔註195〕李紳〈虎不食人〉詩序曰：「霍山縣多猛獸，頃常擇肉於人，每到採茶及樵蘇，常遭啖食，人不堪命。」（《全唐詩》卷四八○）

〔註196〕參見本節一、「宮廷茶文化」。

〔註197〕見皮日休〈茶灶〉（《全唐詩》卷六一一）。

〔註198〕見陸龜蒙〈茶舍〉（《全唐詩》卷六二○）。

生態度並影響了後世的文人。唐代文人獨特的飲茶情趣不僅本身深具魅力，還使飲茶超越了解渴醒腦的實用層次，而提昇至富於美感情韻的藝術層面。同時，他們用心於品茗情境的經營也啓發了後人，並作了極佳之示範。

二、雖然唐代茶詩在反映宮廷茶文化、佛道茶文化和平民茶文化方面，實不及文人茶文化來得豐富，卻能分別抓住其特色，點出各個層面不同的追求：

（1）宮廷掌有絕對優勢，因帝王敕令百姓貢茶，故可享受到當時品質最精良的茶葉，皇帝並將享用不完的茶葉分給一部分臣子、或於延英殿試賜茶及第者，聊以附庸風雅。因此，宮廷之茶文化重在誇耀其無與倫比的權勢，專蒐珍貴之茶葉以供御用享樂，當然可憐的黎民就得承受貢茶的苦痛了。

（2）僧人道士之飲茶，主要爲了藉茶修行，或驅睏提神以參禪悟道、或保健養生以求羽化成仙，故而佛道之茶文化較偏重飲茶的實際功效。

（3）平民把茶視爲無異於米鹽的食物，普通百姓不似文人那般追求飲茶的情趣，對他們而言，飲茶就是飲茶，飲茶可以解渴滌煩、消除疲憊，如同餓了就吃飯一般的平常，是生活中不須多假思索、極其自然的習慣之一。他們飲茶、種茶、採茶、製茶，還於採茶時哼唱茶歌以消解工作之苦悶與勞累，那茶區迷人的風光及草市鎮的繁榮是他們所締造出的成果，平民的茶文化可謂最眞實質樸、自然活潑的。

三、文人茶文化重視美感與情韻、宮廷茶文化重視誇耀與享樂、佛道茶文化重視以茶助修行，而平民之茶文化最爲質樸自然，此四大層面構成了唐代豐富多姿的飲茶文化，也證明了飲茶在唐代已然是雅俗皆好之道了。

第六章　唐代茶詩之茶道思想

雖然陸羽之《茶經》考察茶事、總結了前人的飲茶經驗，從而設計了一套烹茶、飲茶的特定程式，並賦予茶深刻的文化內涵，不過「茶道」一詞卻未在《茶經》中出現過。「茶道」這個詞語最早見於封演《封氏聞見記》及皎然〈飲茶歌誚崔石使君〉：

> 楚人陸鴻漸為茶論，說茶之功效，并煎茶炙茶之法，造茶具二十四事，以都統籠貯之，遠近傾慕，好事者家藏一副。有常伯熊者，又因鴻漸之論廣潤色之，於是茶道大行。（《封氏聞見記》卷六）

> 越人遺我剡溪茗，採得金牙爨金鼎。素瓷雪色縹沫香，何似諸仙瓊蕊漿。一飲滌昏寐，情來朗爽滿天地。再飲清我神，忽如飛雨灑輕塵。三飲便得道，何須苦心破煩惱。此物清高世莫知，世人飲酒多自欺。愁看畢卓甕間夜，笑向陶潛籬下時。崔侯啜之意不已，狂歌一曲驚人耳。孰知茶道全爾真，唯有丹丘得如此。（〈飲茶歌誚崔石使君〉《全唐詩》卷八二一）

《封氏聞見記》中的「茶道」一詞係指關於飲茶之種種，包括茶知識、茶文化、茶效、茶具、茶器等相關茶事，煎茶炙茶之法及特定的飲茶程式等飲茶原理；至於皎然所謂「茶道」之意，觀詩之內容，當特指飲茶一事所蘊含的精神內涵，即透過煎茶品茶之過程以除寐清神、滌煩破執，進而淨化心靈、修身養性、體悟大道。儘管陸羽本人沒有提

出「茶道」這一詞語，從他的《茶經》裏，吾人卻可以感受到陸羽不把飲茶看作是一般的解渴健身之事，它已脫離了飲食層次，上升至修身養性的精神層次，成為使生命達到純淨完美的途徑，是追求人生至理的同意語〔註1〕，整部《茶經》可謂飽含著深刻之思想內涵的。皎然愛茶嗜茶，對茶頗有心得，又為陸羽的知交〔註2〕，他所提出的「茶道」概念是可以和陸羽的《茶經》相互補充、相互印證的。綜合上述，可知這個起源於唐代的「茶道」一詞含義甚廣，包含種種茶事、茶理及貫穿整個飲茶過程的思想精神〔註3〕。

　　「茶道」的內涵已如上述，檢視唐代茶詩，詩中描寫的茶事、茶理都可算是廣義的茶道，包括文人茶道、宮廷茶道、佛道茶道與平民茶道，已論述於第四章。本章則擬由思想層面來探討唐代茶詩中所透顯的茶道精神，故命題為〈唐代茶詩之茶道思想〉，根據筆者之分析，主要可歸納為「以茶怡情」、「和諧平靜」、「隨遇而安」、「淡泊儉約」、「崇尚自然」、「悲天憫人」、「茶禪一味」等七端，茲論述如下：

第一節　以茶怡情

　　基本上，中唐以後文人選擇香茶代美酒，把園林生活與飲茶連繫起來，乃希望透過飲茶以放鬆身心涵養性情，從而品味閒適的人生〔註

〔註 1〕　參見本論文第四章第二節對陸羽之介紹。

〔註 2〕　參見本論文第四章第二節對皎然之介紹。

〔註 3〕　自唐代「茶道」一詞出現以來，歷代茶人都沒有為它下一個明確的定義，時至今日，現代學者才紛紛提出見仁見智的觀點，日本人更視茶道為日本文化的代表（關於專家學者對茶道的解釋，可以參看林治《中國茶道》頁83～87「日本對茶道的解釋」、「我國學者對茶道的解釋」，北京：中華工商聯合出版社，2001年6月第三次印刷）。本文無意對茶道下新的定義，不過說明唐人對「茶道」一詞的看法，並通過唐人的茶道概念，來檢視唐代茶詩中的茶道思想。

〔註 4〕　參見本論文第二章第三節、第五章第一節之一、「品味閒適」，及第五章第三節之一、「環境」其2的「園林煎茗」。

4），這正是「以茶怡情」的思想體現，而這種思想自然也會反映在茶
詩裏，如朱灣即於詩中明白揭示著：「香茶陶性靈」（〈贈饒州韋之晉
別駕〉《全唐詩續拾》卷十六）。再如以下詩歌所云：

竹下忘言對紫茶，全勝羽客醉流霞。塵心洗盡興難盡，一樹蟬
聲片影斜。（錢起〈與趙莒茶宴〉《全唐詩》卷二三九）

閒臨靜案修茶品，獨傍深溪記藥科。（陸龜蒙〈和襲美冬曉章上人
院〉《全唐詩》卷六二六）

茶汲清泉煮，投閒息萬機。（唐彥謙〈遊南明山〉《全唐詩》卷六七一）

嘗頻異茗塵心淨，議罷名山竹影移。（黃滔〈宿李少府園林〉《全唐
詩》卷七〇五）

流華淨肌骨，疏瀹滌心原。（顏真卿〈五言月夜啜茶聯句〉《全唐詩》
卷七八八）

嵐飛黏似霧，茶好碧於苔。但使心清淨，從渠歲月催。（貫休〈題
靈溪暢公壁〉《全唐詩》卷八三〇）

道人邀我煮新茶，盪滌胸中瀟灑。（呂巖〈西江月〉《全唐詩續補遺》
卷十七）

滌慮破煩，靈芝之侶。（李聿〈茗侶偈〉《全唐詩續拾》卷十七）

顏真卿、呂巖、李聿指出茶具有疏瀹心原、盪滌胸懷、滌慮破煩之
功效，蓋認為以茶具此功效，故茶湯洗盡塵心之際，同時也淨化了
心靈，如同錢起、黃滔、貫休所言。所以陸龜蒙主張閒暇時可以藉
著品茶來修養心性，殆因細品茗茶可以培養一顆從容不迫的心，唐
彥謙之說煮茶品茶能夠使人心境清閒乃至於忘機息慮，正可以和陸
龜蒙之論相互補充。

　　飲茶之所以能夠陶冶性靈，除了茶效有益於淨化心靈、慢節奏的
煮茶品茶過程有助於培養一顆從容悠游的心之外，還在於茶那野幽之
本質與好潔之性格讓人激賞、足以效法，韋應物於此頗有心得：

潔性不可污，為飲滌塵煩。此物信靈味，本自出山原。聊因理
郡餘，率爾植荒園。喜隨眾草長，得與幽人言。（〈喜園中茶生〉
《全唐詩》卷一九三）

在韋應物的筆下，茶的野幽本質與好潔品格是相當鮮明的。韋應物乃不經意地種植它，它依然能夠保持其山原本色，與周圍之春草共生，同時又不因自身之高潔而卑視眾草〔註5〕，似這般坦然隨緣、寧靜自在、清高卻不孤傲的性格實在教人激賞，當然懂得欣賞茶格的人也必然是幽人了，而詩人之形象也與茶之形象疊合在一起。詩中「得與幽人言」一句闡明了飲茶乃是進行著「人與茶之對話與溝通」，則人與茶相交，寧不受茶之潛移默化乎！此即「啜茗長幽情」（〈松花壇茶宴聯句〉《全唐詩續拾》卷十七）之意也。

通過以上之論述，可以得知「以茶怡情」的思想為：由於茶具有滌慮破煩、疏瀹心原的功效，飲之可使人投閒息萬機，意即細品茗茶能讓心境清閒，透過煎飲茗茶的繁瑣過程培養一顆從容不迫的心，屏除雜念、忘機息慮進而淨化心靈；再者，飲茶實為人與茶之對話，當吾人沉浸在茶的世界裏，感受茶的幽野本質與好潔品格，從中可以陶冶人之性情。因此，唐人主張藉著品茶以達到淨化心靈、陶冶性情的目的。

第二節　和諧平靜

唐代文人喜歡以茶會友，觀茶詩之描寫茶會場面，大抵與會賓客素質整齊、志趣相投，會中往往結合藝文活動，彼此抒發情意、一同感受生命的美好與歡樂，充滿著愉悅融洽的氣氛〔註6〕。固然，會場嘉賓相談暢適無拘，卻不似酒談般之放縱形骸、謔浪喧鬧，而是舉止得體、平靜詳和〔註7〕。這是一種追求人際和諧、心境平靜的思想，實為中國傳統文化中庸精神的體現，試看《中庸》：

喜怒哀樂之未發，謂之中；發而皆中節，謂之和。中也者，天

〔註5〕　本詩的解說參考了于良子《茶藝》頁67對此詩之分析。（杭州浙江：攝影出版社，2001年5月第四次印刷）
〔註6〕　參見本論文第五章第三節之二、「人境」3、「茶會」之論述。
〔註7〕　參見本論文第五章第一節之四、「啜茶清談」之比較茶談與酒談。

下之大本也；和也者，天下之達道也。致中和，天地位焉，萬
物育焉。〔註8〕

喜怒哀樂乃人人皆有之情感，當它未發動時，此心是寂然不動的，自
無過與不及之弊病，這就叫做「中」；當情感發動了也能無過與不及、
恰如其分，這便是「和」。「中」爲天下之大本，「和」則是天下都可
通行的達道，蓋天地之運行與萬物之生養亦循此中和之道，人如能將
中和之道推而極之，便能參天地而贊化育了。這種中和之道表現在人
生哲學上，即是中節達禮、無過與不及，而唐代茶人追求人際之和諧、
心境之平靜是此思想之具體呈現也。

再如以下茶詩所述：

茶果邀眞侶，觴酌洽同心。（韋應物〈簡寂觀西澗瀑布下作〉《全唐
詩》卷一九二）

……桂楫迎閒客，茶甌對説詩。……心靜無華發，人和似古時。
（李嘉祐〈贈王八衢〉《全唐詩》卷二〇七）

靜坐將茶試，閒書把葉翻。（裴説〈喜友人再面〉《全唐詩》卷七二〇）

事簡公庭靜，開簾暑氣中。依經煎綠茗，入竹就清風。（李中〈晉
陵縣夏日作〉《全唐詩》卷七四九）

……愛甚眞成癖，嘗多合得仙。亭台虛靜處，風月豔陽天。自
可臨泉石，何妨雜管弦。（徐鉉〈和門下殷侍郎新茶十二韻〉《全唐詩》
卷七五五）

觀以上茶詩，不管是與人對啜或獨自品飲，亦都講究氣氛和諧平靜也。

除了文人具有追求和諧平靜的茶道思想外，佛門通過飲茶以參禪
悟道，重視息心靜坐以歸於平和清寂，道人藉茶修行亦強調空靈虛靜
〔註9〕，可見唐詩中「和諧平靜」之茶道思想乃融匯了儒、釋、道三
家之精神。

〔註8〕　見蔣伯潛廣解、宋朱熹集註《學庸》頁3，台北：啓明書局，，
〔註9〕　參見本論文第五章第四節之二、「佛道茶文化」之論述。

第三節　隨遇而安

　　陸羽《茶經》總結前人的飲茶經驗及親身實踐的飲茶心得，依據
茶的原理設計出一套煮茗的方式與特定的飲茶程式，並於「四之器」
中介紹二十四件煎飲茗茶的器具，不過，若非處於城邑之中，二十四
件茶器畢竟攜帶不便，因此陸羽也考量了因地而制宜的情況：

> 其煮器，若松間石上可坐，則具列廢。用槁薪、鼎鑼之屬，則
> 風爐、灰承、炭檛、火筴、交床等廢。若瞰泉臨澗，則水方、
> 滌方、漉水囊廢。若五人以下，茶可末而精者，則羅廢。若援
> 藟躋岩，引絚入洞，於山口炙而末之，或紙包，合貯，則碾、
> 拂末等廢。既瓢、盌、筴、札、熟盂、醝簋悉以一筥盛之，則
> 都籃廢。(《茶經》「九之略」)

其意若煮茶於松間、泉上、溪邊，可以就地取材省去一些茶器而不用。
若五人以下飲茶，茶又可碾得精細，就不需再用羅篩。至於攀藤登岩
或拉牽粗繩索進入山洞，可以事先就炙茶弄成粉末，或以紙包或放於
盒中，則又能省去碾、拂末的攜帶。要是瓢、盌、筴、札、熟盂、醝
簋全都能裝入筥中，那麼都籃也可以省去了。陸羽這種權變而不執著
的想法，唐代文人把它體現在煎煮茗茶上，表現出一種隨遇而安的精
神，試看以下之詩歌：

> 粉細越筍芽，野煎寒溪濱。恐乖靈草性，觸事皆手親。敲石取
> 鮮火，撇泉避腥鱗。熒熒爨風鐺，拾得墮巢薪。潔色既爽別，
> 浮氳亦殷勤。以此委曲靜，求得正味真。宛如摘山時，自歠指
> 下春。湘瓷泛輕花，滌盡昏渴神。此遊愜醒趣，可以話高人。
> (劉言史〈與孟郊洛北野泉上煎茶〉《全唐詩》卷四六八)

> 四面無炎氣，清池闊復深。蝶飛逢草住，魚戲見人沉。拂石安
> 茶器，移床選樹陰。幾回同到此，盡日得閒吟。(朱慶餘〈鳳翔
> 西池與賈島納涼〉《全唐詩》卷五一四)

> 閒來松間坐，看煮松上雪。時於浪花裏，併下藍英末。傾餘精
> 爽健，忽似氛埃滅。不合別觀書，但宜窺玉札。(陸龜蒙〈煮茶〉
> 《全唐詩》卷六二〇)

幾日區區在遠程，晚煙林徑喜相逢。姿容雖有塵中色，巾屨
猶多岳上清。野石靜排爲坐榻，溪茶深煮當飛觥。留連話與
方經宿，又欲攜書別我行。（伍喬〈林居喜崔三博遠至〉《全唐詩》
卷七四四）

劉言史與孟郊在洛北野外煎茶往往就地取材，他們敲石取火、汲取泉
水、撿拾墮巢，克服野外煎茶的種種不便，這是對於環境有很大適應
性的一種表現；朱慶餘和賈島池畔煮茶，拂石便安放茶器，不再另置
具列〔註10〕，實踐了陸羽通達權變的思想；陸龜蒙在〈煮茶〉詩裏描
寫松間閒坐，便就地取用雪水煮茶，飲後更覺神清氣爽，隨興自在的
形象相當鮮明；伍喬與崔三博林徑喜相逢，有感於人生聚散之無常，
他們隨排野石爲坐榻，煎煮溪茶以敘舊，頗有隨緣而珍惜當下之意。
如此不執著強求的生命態度，乃隨遇而安的思想體現。

　　大體而言，唐代文人對飲茶環境的選擇表現出不喜奢華、樂於親
近大自然的特點，無論池邊竹叢、清泉松間、野寺山林、青潭綠巖或
疊嶂園苔，皆可以怡然自得地拂石安茶器〔註11〕。他們勇於超越《茶
經》理論之羈絆，視環境之方便而就地取松枝、折竹條、撿墮巢、拾
落葉權充柴薪；或隨興之所至而取瀑布、雪水、冰水、檐溜、井水、
甚至於收集露水以煮茶；至於《茶經》理論最忌諱的薰煙，文人也能
陶然其中欣賞那氣韻生動之美〔註12〕。凡此，均透顯出文人不囿於理
論，能視環境而作權變、隨興任運而又能恬然自得，與上段所述之思
想一致，這都是隨遇而安的精神表現。

〔註10〕《茶經》「四之器」：「具列，或作床，或作架，或純木、純竹而制之。
　　　　或木或竹黃黑可扃而漆者，長三尺，闊二尺，高六寸。具列者，悉
　　　　斂諸器物，悉以陳列也。」所謂具列，就是能把茶器聚集在一起陳
　　　　列的床式或架式的用具。
〔註11〕參見本論文第五章第三節之一、「環境」之論述。
〔註12〕參見本論文第五章第二節之論述。

第四節　淡泊儉約

　　從兩晉南北朝起，就有如陸納、桓溫、齊武帝等有識之士不滿貴族聚斂成風、競相誇豪鬥富的惡習，乃主張以茶代酒款待客人、以茶替牲作為祭品，倡導節儉樸素的風氣，這種以茶養廉的觀念〔註13〕，正是儉約的思想。這種思想為陸羽所吸收、繼承，更加以發揚光大，他在《茶經》「一之源」裏說：「茶之為用，味至寒。為飲，最宜精行儉德之人。」陸羽把「精行儉德」的精神注入於茶事中，強調茶人要有「行為精誠純一、德性謙遜樸素」〔註14〕的品格情操，他自己更是身體力行：畢生致力於茶學的研究而不慕名利，居處之青塘別業自然樸素而不奢華〔註15〕。耿湋曾讚美陸羽「一生為墨客，幾世作茶仙。」他卻謙遜地說：「喜是攀闌者，慚非負鼎賢。」〔註16〕，陸羽要求自己做個精進不懈的人，可見自我期許極高。此外，陸羽還在一首〈歌〉裏明白地揭示他的人生觀：

　　　　不羨黃金罍，不羨白玉杯。不羨朝入省，不羨暮入臺。惟羨西

〔註13〕　參見本論文第二章第一節。
〔註14〕　《管子・心術》下：「形不正者德不來，中不精者心不治。」（台北：商務印書館，1967年）是以「精」有精誠、純一之意；又《荀子・非十二子》：「儉然，恈然，……是子弟之容也。」（李滌生《荀子集釋》頁107，台北：學生書局，1986年10月四刷）可見「儉」有謙遜之意。細繹陸羽《茶經》之意、觀陸羽之行事，則「精行」殆指行為精誠純一也，至於「儉德」當指德性謙遜又能不尚奢華，綜合言之，「精行儉德」乃「行為精誠純一、德性謙遜樸素」的意思。
〔註15〕　皎然〈喜義興權明府自君山至，集陸處士羽青塘別業〉：「應難久辭秩，暫寄君陽隱。已見縣名花，會逢闉是粉。本自尋人至，寧因看竹引。身閑白雲多，門占春山盡。最賞無事心，籬邊釣溪近。」〈同李侍御萼、李判官集陸處士羽新宅〉：「素風千戶敵，新語陸生能。借宅心常遠，移籬力更弘。釣絲初種竹，衣帶近栽藤。戎佐推兄弟，詩流得友朋。柳陰容過客，花徑許招僧。不為牆東隱，人家到未曾。」（《全唐詩》卷八一七）從這兩首詩看來，陸羽的青塘別業乃建在遠離塵囂的自然界中，那身閑白雲多、門占春山盡、籬邊近釣溪、柳陰竹叢、花徑藤蔓無不訴說著主人喜愛自然、樸素無華的性格。
〔註16〕　此處耿湋和陸羽之對答內容，引自耿湋、陸羽之聯句詩〈連句多暇贈陸三山人〉，見《全唐詩》卷七八九。

　　江水，曾向金陵城下來。(《全唐詩》卷三〇八)

此詩清楚地表示他不羨慕擁有財富、不羨慕做高官，只願像那奔流不
息的西江水，終生致力於茶學而永不懈怠。這種無心爲官一心事茶的
執著追求，誠爲淡泊名利、精行儉德的表現，「淡泊儉約」可說是陸
羽一生最好的寫照。

　　不獨陸羽，唐代還有很多淡泊儉約的茶人，試看以下茶詩的描述：

京兆小齋寬，公庭半藥欄。甌香茶色嫩，窗冷竹聲乾。盛德中
朝貴，清風畫省寒。能將吏部鏡，照取寸心看。(岑參〈暮秋會
嚴京兆後廳竹齋〉《全唐詩》卷二〇〇)

終年常避喧，師事五千言。流水閒過院，春風與閉門。山茶邀
上客，桂實落前軒。莫強教余起，微官不足論。(秦系〈山中贈
張正則評事〉《全唐詩》卷二六〇)

幾年爲郡守，家似布衣貧。沽酒迎幽客，無金與近臣。搗茶書
院靜，講易藥堂春。歸闕功成後，隨車有野人。(于鵠〈贈李太
守〉《全唐詩》卷三一〇)

菊地繞通履，茶房不壘階。憑醫看蜀藥，寄信覓吳鞋。盡得仙
家法，多隨道客齋。本無榮辱意，不是學安排。(張籍〈和左司
元郎中秋居十首〉其八《全唐詩》卷三八四)

得道應無著，謀生亦不妨。春泥秧稻暖，夜火焙茶香。水巷風
塵少，松齋日月長。高閒眞是貴，何處覓侯王。(白居易〈題施
山人野居〉《全唐詩》卷四三六)

茅堂對薇蕨，暖爐一裘輕。醉後楚山夢，覺來春鳥聲。採茶溪
樹綠，煮藥石泉清。不問人間事，忘機過此生。(溫庭筠〈贈隱
者〉《全唐詩》卷五八一)

籬疏從綠槿，檐亂任黃茅。壓酒移溪石，煎茶拾野巢。靜窗懸
雨笠，閒壁挂煙匏。支遁今無骨，誰爲世外交？(皮日休〈臨
頓為吳中偏勝之地，陸魯望居之，不出郛郭，曠若郊墅，余每相訪，欵
然惜去，因成五言十首奉題屋壁〉《全唐詩》卷六一二)

中宵茶鼎沸時驚，正是寒窗竹雪明。甘得寂寥能到老。一生心
地亦應平。(司空圖〈偶詩五首〉其五《全唐詩》卷六三四)

圓塘綠水平，魚躍紫蓴生。要路貧無力，深村老退耕。犢隨原
草遠，蛙傍墊籬鳴。撥棹茶川去，初逢穀雨晴。(廖融〈題伍彬
屋壁〉《全唐詩》卷七六二)

嚴京兆公庭泰半闢為藥圃，後齋竹影映茶甌，顯示京兆乃喜愛樸實之
清風人物；秦系只願師事老子，結廬山中過著「流水閒過院，春風與
閉門。」飄逸自得的生活，而無意於出入朝廷；李太守為官清廉，往
來皆幽客；張籍之茶房沒有疊疊台階，結構樸素而幽雅，四周栽植的
菊花說明了主人的淡泊高潔；施山人野居風塵少，松齋裏躬耕焙茶日
月長，高閒勝過侯王無數；溫庭筠所認識的隱者茅堂深居，採茶煮藥、
不問世事而忘機山林；陸龜蒙隱居臨頓，疏籬亂檐、雨笠煙蓑的景象
說明其生活之幽野閒適、為人之淡泊名利，皮日休比之為支遁；司空
圖甘於寒窗煮茶的歲月；伍彬退耕深村，依時採茶，田園生活寧靜又
恬適。上述之茶人，不管是居廟堂之上，或處江湖之遠，大抵是尚儉
而少經營、守分而安己志，可謂淡泊儉約的茶人。

再如以下茶詩：

一昨陪錫杖，卜鄰南山幽。年侵腰腳衰，未便陰崖秋。重岡北
面起，竟日陽光留。茅屋買兼土，斯焉心所求。近聞西枝西，
有谷衫黍稠。亭午頗和暖，石田又足收。當期塞雨乾，宿昔齒
疾瘳。裴回虎穴上，面勢龍泓頭。柴荊具茶茗，徑路通林丘。
與子成二老，來往亦風流。(杜甫〈寄贊上人〉《全唐詩》卷二一八)
治田長山下，引流坦溪曲。東山有遺堂，南野起新築。家世素
業儒，子孫鄙食祿。披雲朝出耕，帶月夜歸讀。身勤竟亡疲，
園圃欣在目。野芳綠可採，泉美清可掬。茂樹延晚涼，早田候
秋熟。茶烹松火紅，酒吸荷杯綠。解佩臨清池，撫琴看修竹。
此懷誰與同，此樂君所獨。(戴叔倫〈南野〉《全唐詩》卷二七三)
筥篋曉攜去，驀箇山桑塢。開時送紫茗，負處沾清露。歇把傍
雲泉，歸將挂煙樹。滿此是生涯，黃金何足數。(皮日休〈茶籯〉
《全唐詩》卷六一一)
天賦識靈草，自然鍾野姿。閒來北山下，似與東風期。雨後探

芳去，雲間幽路危。唯應報春鳥，得共斯人知。（陸龜蒙〈茶人〉
《全唐詩》卷六二○）

杜甫在〈寄贊上人〉裏說有茅屋可居住、有田可耕稼、宿昔齒疾瘳、
柴荊具茶茗、又得與贊上人往來，則斯願足矣，蓋表明了不慕榮利財
富、淡泊無所求的心志；戴叔倫〈南野〉一詩描寫晝耕夜讀的田園生
活，身雖勤而不覺疲，乃因芳綠泉美的田園景色使人心曠神怡，又可
自在灑脫地解佩臨清池、撫琴看修竹、或烹茶吸酒，如此恬靜淡然的
田園交響曲怎不教人樂在其中？皮日休〈茶籯〉和陸龜蒙〈茶人〉均
歌詠茶人守分事茶、寧靜自足的形象。上述詩歌都充分流露出淡泊儉
約的思想。

　　總之，唐代茶詩不僅繼承了前代「以茶養廉」倡導儉約的優良傳
統，更進一步強調茶人要有不慕榮華、寧靜自足的淡泊情操，此即「淡
泊儉約」的茶道思想，而唐代有不少茶人更是躬自蹈之的實踐者。

第五節　崇尚自然

　　中國傳統文人在處理出處仕隱的人生課題時，往往是遵循著「天
下有道則見，無道則隱。」的法則〔註17〕，基本上，唐代文人之所以

〔註17〕　見《論語・泰伯》：「子曰：『篤信好學，守死善道。危邦不入；亂邦
　　　　不居。天下有道則見；無道則隱。邦有道，貧且賤焉，恥也；邦無
　　　　道，富且貴焉，恥也。』」又，《論語・公冶長》：「子曰：『道不行，
　　　　乘桴浮于海，從我者其由與？』子路聞之喜。子曰：『由也，好勇過
　　　　我，無所取材。』」《論語・憲問》：「子曰：『邦有道，危言危行。邦
　　　　無道，危行言孫。』」蓋孔子以爲士人應衡量局勢、裁度事理以決定
　　　　仕隱，天下有道時則出仕，若刑政綱紀已然紊亂，則可隱居以求明
　　　　哲保身也。《孟子・告子》：「陳子曰：『古之君子，何如則仕？』孟
　　　　子曰：『所就三；所去三。迎之致敬以有禮，言，將行其言也。則就
　　　　之。禮貌未衰，言弗行也，則去之。其次：雖未行其言也，迎之致
　　　　敬以有禮，則就之。禮貌衰，則去之。其下：朝不食，夕不食，飢
　　　　餓不能出門戶，君聞之曰：「吾大者不能行其道，又不能從其言，使
　　　　飢餓於我土地，吾恥之。」周之，亦可受也，免死而已矣。』」孟子
　　　　之說比孔子更具體，畢竟仕隱不只是政治理想得以實現與否的問
　　　　題，它還關係著士人現實的食祿生死，必須多方考量、兼顧理想與

普遍嗜茶，和中唐以後的社會危機有著很大的關連性，當時的士大夫在改革失敗、理想破滅後多半選擇隱入「壺中天地」以療傷止痛，園林成了他們躲避官場是非的避風港，而茗茶具有滌慮破煩的功效，飲之可使人心情放鬆而獲得心靈上的平靜，因此，品茗乃爲中唐以後園林生活追求閒適的一大重要內容〔註18〕。當文人仕途失意或遭受挫折而隱逸江湖、園林，在大自然的懷抱裏，很容易把山水林園視爲知音，中國文學上之所以存在著大量的山水詩、田園詩，這是一個很重要的原因〔註19〕，到了唐代，文人再把飲茶納入隱逸生活中，與山水林園連繫在一起，形成了唐代茶詩多有自然山水、園林景致之描寫的面貌。唐代文人喜愛於竹裏烹茗、松下品茗、花間啜茗、野外煮茗、園林煎茗，即使是在建築物內飲茶，不論書齋、書院、幽齋、堂屋或茗

現實，才能得其情理。然而春秋以後的士已是從傳統宗法關係裏獨立出來的食祿階層，一旦不仕成爲遺佚者，便無俸祿可吃，再也沒有其他穩定的經濟來源，也就難免挨餓受凍了，所以不仕者只能寄身陋巷藜藿之間，隱居避世的只有棲居岩穴深山，如顏回、原憲，及《莊子·達生》裏的單豹、張毅等。即使入漢，隱者也還是蓬戶穴牖或岩居穴處，直到東漢中期之張衡才在〈歸田賦〉中提到隱居之田園環境。魏晉之後，一介士人憑著徜徉於山水之間就能夠傲視王侯，模仿自然景觀的園林開始迅速發展。至初盛唐隱逸文化成熟，眾多入仕者身在魏闕卻情遊江湖，園林亦普及，而中唐的白居易更明白地揭示「中隱」的精神，園林已是士大夫在社會危機日益嚴重的局勢下，必須要有的喘息空間。可見中國傳統文人往往是以「天下有道則見，無道則隱」作爲處世原則的，能仕則仕，不能仕時則投身於大自然的懷抱中，過著隱逸的生活，只是隱逸生活的面貌代有轉變罷了。關於隱逸文化的發展，可以參考王毅《園林與中國文化》第二編第二章〈士大夫出處仕隱的矛盾與隱逸文化的發展〉，上海：人民出版社，1991 年 7 月第二次印刷。

〔註18〕參見本論文第二章第三節之論述。

〔註19〕形成中國山水田園詩的原因很多，隱逸文化是其中一端，關於此問題，可以參見王國瓔《中國山水詩研究》第一部分貳、〈中國山水詩的產生——魏晉時代〉第二章「隱逸與山水」，以及參、〈中國山水詩的流變——南朝至晚唐〉第四章「山水與田園情趣合流」，台北：聯經出版事業公司，1988 年 4 月第二次印行；葛曉音《山水田園詩派研究》第一章〈山水田園詩溯源〉，遼寧大學出版社，1993 年 1月。

舍、茶房、茶軒、茶亭、茶棚等，其結構也多樸素幽靜、盡可能和大自然景色融爲一體〔註20〕。這顯示了唐代文人不愛繁複的人工妝點而喜歡親近自然，有「崇尙自然」的茶道思想。

　　中國傳統哲學思想裏有一個根源性的觀念，認爲人類所賴以生存的大地空間，不是機械性物質性的天地，而是洋溢著生命、充滿了價值的天地，中國哲人觀察自然萬物，往往從自然萬物中獲得人生的啓發，甚至於德性的提示，在他們心目中自然萬物與人類不是對立的，而是可以相互感通的，所以中國哲人喜歡將人類自我的生命融入天地萬物，而成爲渾然一體的大生命，這便是「天人合一」的宇宙觀，它形成了中國文化的獨特精神，同時也是中國人心中的理想境界〔註21〕。文學作品固然是作者的心聲，呈現了作者的思想、流露出作者的情感，但是文學創作者的思想、觀念必然會受其歷史文化精神之薰陶於潛移默化中〔註22〕，因此「天人合一」的文化精神當然也會對唐代文人產生影響，且早已浸潤在他們的文學作品裏，就茶詩而言，唐代文人崇尙自然，他們對待自然萬物的態度，乃無形中以人的精神流注於物，與物相交流進而交融，泯除了物我之間的界限，如白居易自云：「藥圃茶園爲產業，野麋林鶴是交遊。」（〈重題〉《全唐詩》卷四三九）、陸龜蒙想像皮日休的茶宴「綺席風開照露晴」（〈襲美留振文宴，龜蒙抱病不赴，猥示唱和，因次韻酬謝〉《全唐詩》卷六二六）、曹松品茶

〔註20〕　參見本論文第五章第三節〈呈現唐代文人之品茗情境〉之一、「環境」。

〔註21〕　關於「天人合一」的思想，詳見李威熊《中國文化精神的探索》第六章〈中國人的人生理想境界──天人合一〉，台北：黎明文化事業股份有限公司，1985 年 11 月初版；李鍌、邱燮友、周何、應裕康編著《中國文化概論》第二章第三節之一、「中國文化的宇宙觀，是天人合一」，台北：三民書局，1994 年 8 月十三版；韋政通《中國文化概論》第四章第一節之三、「天人合一」，台北：水牛出版社，1999 年 9 月五版七刷。

〔註22〕　參見王熙元〈中國文學中的文化精神〉二、「文學與文化的關係」，收入《中華文化的過去現在和未來》，北京：中華書局，1992 年。

「靠月坐蒼山」（〈宿溪僧院〉《全唐詩》卷七一七）、齊己遙想道林諸友嘗茶時應是「穀雨初晴叫杜鵑」（〈聞道林諸友嘗茶因有寄〉《全唐詩》卷八四六）、李郢品茗「如雲正護幽人墊」（〈酬友人春暮寄枳花茶〉《全唐詩》卷八八四）。在這些茶人的心中，山月風雲皆有情，野麋、林鶴、杜鵑更是人類的好朋友，人與自然是可以和諧共處的。

再看以下詩歌：

> 淙流絕壁散，虛煙翠澗生。叢際松風起，飄來灑塵襟。窺蘿玩猿鳥，解組傲雲林。茶果邀真侶，觴酌洽同心。曠歲懷茲賞，行春始重尋。聊將橫吹笛，一寫山水音。（韋應物〈簡寂觀西澗瀑布下作〉《全唐詩》卷一九二）

> 平津舊東閣，深巷見南山。卷箔嵐煙潤，遮窗竹影閒。傾茶兼落帽，戀客不開關。斜照窺簾外，川禽時往還。（李嘉祐〈題裴十六少卿東亭〉《全唐詩》卷二〇六）

> 不與江水接，自出林中央。穿花復遠水，一山聞杏香。我來持茗甌，日屢此來嘗。（姚合〈杏溪十首—杏水〉《全唐詩》卷四九九）

> 住此園林久，其如未是家。葉書傳野意，簷溜煮胡茶。雨後逢行鷺，更深聽遠蛙。自然還往裏，多是愛煙霞。（賈島〈郊居即事〉《全唐詩》卷五七三）

韋應物和道人於簡寂觀西澗瀑布下方共嘗茗茶，不單是兩人觴酌洽同心，萬物亦生機盎然，那叢際生起之松風飄來灑塵襟，猿鳥自得與人和睦共處，天地人物一片和諧寧靜；李嘉祐品茶於東亭，深巷南山、嵐煙竹影與夕照中往還的川禽，交織成一幅恬淡閒靜的寫意山水畫，茶人也坐忘於圖畫裏；姚合深愛杏溪「穿花復遠水，一山聞杏香。」的出塵幽靜，日屢來此溪畔品茗，人和自然相互對話，物我已無隔閡；賈島久居郊野，鷺鷥相逢是好友、蛙鳴入耳覺親切，葉書能傳郊居之野意、簷溜不妨取用以煎茶，物我交流十分融洽。在這些茶詩裏，物我不是緊張對立，而是各適其所、和平共處，甚至於相融相得的。

綜上所述，唐代文人有崇尚自然的茶道思想，它表現在品茗環境

的選擇上或是置身自然界與萬物爲友、或是結構樸素力求自然；至於
形諸作品中，文人受中國傳統之文化精神－「天人合一」的濡染所致，
崇尚自然者往往會欣賞自然萬物，與之和諧相處，進而與萬化冥合，
物我并納諸大適之境，使得唐代茶詩呈現出天人和諧、物我相得的自
然精神。

第六節　悲天憫人

　　中國茶人的不祧之祖－陸羽，他把「精行儉德」的精神注入茶事
中，要求茶人要有儉約淡泊的品格情操，而他自己一生的行事更爲後
世茶人樹立了良好的典範。在《茶經》「四之器」裏，陸羽還親自設
計了一個煮茶用形似古鼎的風爐，風爐的一足寫著「聖唐滅胡明年
鑄」，表明此爐乃安史之亂平定後之第二年所造，風爐三足間的三個
窗口上並刻鑄有「伊公鼎、陸氏茶」六字〔註 23〕。伊尹是有莘氏之媵
臣，入宮後透過調鼎中羹的道理向商湯喻示治國的王道〔註 24〕，陸羽
以伊尹自比，蓋有心通過茶道以闡發修身齊家治平之道也，他又把平
定安史之亂的事愼重地鑄在風爐上，說明了陸羽雖一心事茶而無意於
仕途，實則內心深處隱含匡時濟世的理想，這是儒家積極入世的精神
〔註 25〕。可見，陸羽固然淡泊名利、不愛仕途之羈絆，卻也不忘關懷

〔註 23〕　《茶經》「四之器」：「風爐以銅錢鑄之，如古鼎形……凡三足，古文
　　　　書二十一字，……一足云：『聖唐滅胡明年鑄』。其三足間設三窗，……
　　　　上并古文書六字，一窗之上書『伊公』二字，一窗之上書『羹陸』
　　　　二字，一窗之上書『氏茶』二字，所謂『伊公羹、陸氏茶』也。」
〔註 24〕　見《史記》卷三〈殷本紀〉：「伊尹名阿衡，阿衡欲奸湯而無由，乃爲
　　　　有莘氏媵臣，負鼎俎，以滋味說湯，致于王道。」，《新校本史記三
　　　　家注并附編二種一》，台北：鼎文書局，1985 年 3 月七版。
〔註 25〕　參考梁子《中國唐宋茶道》第一章四、〈《茶經》茶道的思想精神〉，
　　　　陝西：人民出版社，1994 年 11 月；錢大寧〈陸羽《茶經》的人文精
　　　　神〉，收入《農業考古・中國茶文化專號 19》，2000 年第二期；林治
　　　　《中國茶道》第一章第一節〈茶聖陸羽與中國茶道〉，北京：中華工
　　　　商聯合出版社，2001 年 6 月三刷。

社會，有著「憂以天下、樂以天下」悲天憫人之廣闊胸襟。

除了陸羽，唐代其他詩人也曾在茶詩中表達了關懷社會、悲天憫人的思想：著名如袁高〈茶山詩〉（《全唐詩》卷三一四）和李郢〈茶山貢焙歌〉（《全唐詩》卷五九〇）均反映出顧渚貢茶爲人民帶來了莫大的苦痛，諸如官府對茶農急如星火的催逼、茶農採得手足皆鱗皴、督造製茶之官員卻趁機大擺金絲宴讌、驛騎爲趕上清明宴入宮而疾奔雷等等，看在袁、李眼裏，不免憂思嗟歎，而意欲以詩諫君，兼爲茶農一抒丹憤了〔註26〕。即使如隱居而不願入仕的盧仝和陸龜蒙、官場失意而嚮往閒適生活的皮日休亦不忘憂以天下，盧仝的〈走筆謝孟諫議寄新茶〉（《全唐詩》卷三八八）憐恤黎民蒼生採製貢茶的艱辛與勞苦，諷喻受貢者生活之奢靡與荒淫〔註27〕；陸龜蒙在〈茶舍〉（《全唐詩》卷六二〇）中說茶農「不憚採掇勞，只憂官未足。」、皮日休在〈茶灶〉（《全唐詩》卷六一一）中憐恤茶農「如何重辛苦，一一輸膏粱。」。此外，還有白居易〈昆明春〉（《全唐詩》卷四二六）之反對重斂茶稅〔註28〕，皆體現了悲天憫人的人文精神。

總之，飲茶能使人沉澱俗念塵慮、心境從容閒適，但不是教人情感麻木、無所動心，乃在能力所及的條件下負起淑世的責任〔註29〕，如袁高、李郢；或似陸羽、盧仝、陸龜蒙於獨善其身的同時，也始終不忘對社會家國心存關懷之情。這種「悲天憫人」的人文精神承襲自儒家，乃唐代文人一種崇高之茶道思想的呈現。

第七節　茶禪一味

由於飲茶可以清神醒腦有助於禪修，茶便成了僧人無可取代的飲料，同時也滲透到寺院的日常生活裏：僧侶們種茶製茶飲茶、以茶供

〔註26〕參見本論文第五章第四節之一、「宮廷茶文化」之引述。
〔註27〕參見本論文第五章第三節之二、「人境」1、「獨飲」之引述。
〔註28〕同註26。
〔註29〕參見本論文第七章第四節〈理性內省的詩歌精神〉之論述。

養佛、贈茶結緣、用茶待客等等〔註30〕。飲茶與佛教關係可謂十分密切，尤其是禪宗，生活觸處皆佛法，而飲茶既然是生活的一部分、與佛理又有相應相通之處〔註31〕，當然也可以通過飲茶來參禪悟道，唐末趙州從諗禪師便以「吃茶去」來啓發僧徒：

> 師問新到 (僧)：「曾到此間麼？」曰：「曾到。」師曰：「吃茶去。」又問僧，僧曰：「不曾到。」師曰：「吃茶去。」後院主問曰：「爲什麼曾到也云『吃茶去』，不曾到也云『吃茶去』？」師召：「院主！」主應喏。師曰：「吃茶去。」〔註32〕。

蓋從諗禪師深諳禪與茶，以爲兩者之間義蘊相通，故用「吃茶去」啓發僧徒之禪智慧心，此即茶禪一味的思想。唐代文人多與禪師僧人往來密切〔註33〕，有些還是詩僧的身份，當然也會在詩裏反映出這種思想，如：

> 他日願師容一榻，煎茶掃地學忘機。(李洞〈寄淮海惠澤上人〉《全唐詩》卷七二三)
>
> 識妙聆細泉，悟深滌清茗。(皎然〈白雲上人精舍尋杼山禪師兼示崔子向何山道上人〉《全唐詩》卷八一六)
>
> 稍與禪經近，聊將睡網賒。(皎然〈對陸迅飲天目山茶因寄元居士晟〉《全唐詩》卷八一八)
>
> 三飲便得道，何須苦心破煩惱。(皎然〈飲茶歌誚崔石使君〉《全唐詩》卷八二一)

〔註30〕 參見本論文第五章第四節之二「佛道茶文化」之論述。
〔註31〕 林治在《中國茶道》第三章之一、「禪茶一味的思想基礎」裏分析茶事與佛理相通之處有四：一曰「苦」，佛教之四諦以苦爲首，茶性亦苦，可幫助修習佛法之人在品茗時參破苦諦；二曰「靜」，佛教主靜，茶亦須靜品，而禪宗靜坐修禪時更可藉飲茶以提神醒腦；三曰「凡」，禪宗要人從平凡事物中去契悟大道，茶道的本質亦是從日常生活中去感悟宇宙的奧妙和人生哲理；四曰「放」，佛教修行特別強調放下，品茶亦要人放下手頭的工作融入茶香中，讓茶湯滌蕩心胸。(北京：中華工商聯合出版社，2001 年 6 月三刷) 其說精闢，值得採納。
〔註32〕 《五燈會元》卷四〈趙州從諗禪師〉。
〔註33〕 參見本論文第三章第一節〈結交僧道，訪遊寺觀〉。

石鼎秋濤靜，禪回有岳茶。(齊己〈題真州精舍〉《全唐詩》卷八四○)
李洞指出佛門教人通過煎茶掃地等生活瑣事來體悟佛法；皎然和齊己
兩位詩僧均藉飲茶以參禪，表明了茶禪一味的思想。

《五燈會元》又記載唐代文人陸希聲曾拜見仰山慧寂禪師，陸
問：「和尚還持戒否？」師曰：「不持戒。」又問：「還坐禪否？」師
曰：「不坐禪。」於是慧寂禪師便作一偈曰：

滔不持滔戒，兀兀不坐禪。曬茶兩三、、，意在钁頭邊。(慧寂〈偈〉
《全唐詩續拾》卷三十三)

慧寂禪師以曬茶兩三、代替持戒和坐禪，乃明示學人參悟在心、圓通
在意，不必執著於表象，日常生活即是道也，其意「佛法但平常，莫
作奇特想」〔註34〕。其他禪師之茶詩偈如：

幽谷生靈草，堪爲入道媒。樵人採其葉，美味入流杯。靜慮澄
虛識，明心照會臺。不勞人氣力，直聳法門開。(無住〈茶偈〉
《全唐詩續拾》卷十五)

百丈有三訣，喫茶珍重歇。直下便承當，敢保君未徹。(道恒〈頌〉
《全唐詩續拾》卷四十四)

掃地煎茶及針把，更無餘事可留心。山門有路人皆到，我戶無
門那畔尋？(居遁〈偈頌〉《全唐詩續拾》卷四十八)

備米柴茶是事般，茅茨蓬戶不驚人。晨朝有粥齋時飯，資我如
常任運身。冬至息心隨分過，春來量力事須勳。支持若得今生
度，來世還如無事人。(同上)

覺倦燒爐火，安鐺便煮茶。就中無一事，唯有野僧家。(同上)

無住〈茶偈〉直指茶爲入道的媒介，因茶可導引人進入虛靜澄澈的境
界，無須苦心求索，在專注一境的狀態下，實有助益於僧人步入禪境，
從而明心見性、體悟佛法也；道恒〈頌〉更說「百丈有三訣，喫茶珍
重歇。」把吃茶與悟道直接連繫起來，以爲佛法並非遙不可及，破迷

〔註34〕 本詩之解說曾參考石山〈佛教與茶文化〉，收入《農業考古·中國茶
文化專號19》，2000年第二期。

開悟應在當下體驗，可惜常人多未參透此理；居遁〈偈頌〉喻示煎茶掃地吃飯等日常生活即是道，該喝茶便喝茶、該吃飯就吃飯，此等無做作的行爲、隨著適當的機緣自如地動作，就是禪「本來無一物」的道理，所謂平常心即是道也。

　　綜合上述，可知由於飲茶與佛門因緣極深，加上茶道與禪理相應相通之故，禪師往往通過飲茶來接引後學參禪悟道，從而形成「茶禪一味」的思想，其意蘊在於：煎茶飲茶隨分過，不執著於表象，當下便可破迷開悟，所謂生活即是禪、平常心即是道也。

　　唐代茶詩所反映之茶道思想，主要有「以茶怡情」、「和諧平靜」、「隨遇而安」、「淡泊儉約」、「崇尚自然」、「悲天憫人」、「茶禪一味」等犖犖大者，吾人可以看出唐代茶詩之茶道思想是以儒家思想爲其主體，而融匯了儒、釋、道諸家之精華：儒家重德性之修養、具積極入世的人生觀，「以茶怡情」、「悲天憫人」正是儒家精神的表現；道家主張順應自然、反對矯情僞作，「隨遇而安」、「崇尚自然」正反映出道家之思想；「茶禪一味」乃佛教透過茶事實踐以參禪悟道的思想；而「淡泊儉約」揉合了儒家講廉潔重修身，和老子強調清心寡欲、崇尚儉樸的思想；至於「和諧平靜」則爲儒、釋、道三家茶道的共通精神。蓋唐代儒、釋、道三家思想都非常興盛，學術傾向於調和融匯三家思想，而這種學術思想也同時影響著唐代的茶詩人，可見作家難免會受社會思潮之制約，文學作品實與社會思想有著密不可分的關係。

第七章　唐代茶詩之藝術特色

　　雖然唐代茶詩之作者眾多，各有其擅場〔註1〕，不過，由於詩人描寫「茶」這一題材奠基於共同特殊的時代背景〔註2〕，故而從整體上來看唐代茶詩的藝術特色，可以發現到以下共同的藝術傾向：雅化生活的詩歌情趣、不拘一格的詩體運用、直敘曉暢的詩歌語言、理性內省的詩歌精神及清幽閒適的詩歌意境。茲論述如下：

第一節　雅化生活的詩歌情趣

　　中唐以前，那些過於平凡的日常瑣務與身邊雜事，是很難被文人寫入詩歌中的〔註3〕，尤其六朝時期，詩歌幾乎成了貴族的專利品，詩歌題材多半局限在以宮廷爲中心的範圍之內，文人即使把目光投向大自然，寫出優美的山水詩，詩中體現的仍是高遠玄妙的意趣和孤芳自賞的情感，乃所謂之「雅人深致」也〔註4〕。然而中唐以後，由於

〔註 1〕　見本論文第四章之論述。

〔註 2〕　參見本論文第二章之論述。

〔註 3〕　固然如《詩經・國風》、兩漢樂府、南朝吳歌西曲、北朝樂府、唐代敦煌曲子辭和竹枝詞等，所詠多是日常瑣物與身邊雜事，不過其本質爲民間歌謠，有別於文人的創作。民間歌謠內容豐富活潑，本來就與廣大人民的日常生活息息相關的。關於民間歌謠的內容與特性，可以參考劉守華、巫瑞書主編《民間文學導論》第十五章〈民間歌謠〉武漢長江文藝出版社 1993 年 2 月一版一刷。

〔註 4〕　參考莫礪鋒〈論宋詩的「以俗爲雅」及其文化背景〉之說。

文人的審美情趣產生變化〔註5〕，他們的目光自然地轉向了生活周遭的瑣事上，把那平凡細瑣碎的事物寫入詩歌裏，這種現象可由杜甫後期的作品中看出端倪，如「穿花蛺蝶深深見，點水蜻蜓款款飛。」（《全唐詩》卷二二五）、「黃鶯過水翻回去，燕子銜泥濕不妨。」（《全唐詩》卷二三一）、「娟娟戲蝶過閒幔，片片輕鷗下急湍。」（《全唐詩》卷二三三）等，均是纖巧細屑的生活偶拾。不過，在杜甫是偶一爲之的，到了中唐已成了普遍的詩歌創作取向〔註6〕，至於晚唐之皮日休、陸龜蒙連篇累牘地歌詠漁具、酒具、樵具和茶具，則可說是樂此而不疲了，而茶詩之所以正式形成於唐代，即奠基於此種創作取向上。

　　中唐以後，茶已成了人們生活中不可或缺的日常飲料，茶葉對一般百姓來說，本是無異於柴米油鹽的平凡俗物〔註7〕，但是文人以其敏銳的審美眼光發掘茶獨特的文學意蘊，在文人的心目中，茶葉卻是超越了柴米油鹽、潔性不可污的輕靈雅物〔註8〕，飲茶則已然是文人高雅生活的內容之一，具有一定的文化意義和美感情趣〔註9〕。唐代文人將茶援入詩歌中，其具體表現：在文人的筆下，飲茶一事成了品味閒適人生之媒介，文人描寫飲茶讀書、茶詩同行、啜茶清談、烹茶待客、茶伴行旅、以茶送別等，無不是帶著詩意的眼光，把平凡的飲茶生活寫得極有情趣與韻味，展現出雅化的文人風情〔註10〕。即使是敘述煮茶飲茶之瑣屑細節，文人依然能結合其他文學意象（如松、竹、

〔註 5〕　參見本論文第二章第四節。

〔註 6〕　參見本論文第二章第四節。

〔註 7〕　李乃龍在《雅人深致與宗教情緣—唐代文人的生活樣態》一書的引言中提到「俗」字的意思約有三層：一是「大眾化、習見、通行」；二是「趣味不高、令人討厭」；三有欲望之意，即慾壑難填、重利輕義也。（台北文津出版社 2000 年 5 月初版一刷）就茶而言，其俗是表現在第一層上，以其爲日常慣見、民生之必需品也。

〔註 8〕　韋應物〈喜園中茶生〉：「潔性不可污，爲飲滌塵煩。此物信靈味，本自出山原。」（《全唐詩》卷一九三）

〔註 9〕　參見本論文第五章第一節、第二節和第三節之論述。

〔註 10〕　參見本論文第五章第一節之論述。

巢、落葉、冰、雪、露），寫出擇薪的幽野瀟灑、取水的意蘊無窮、煎飲的文雅雋永，並賦予茶煙高逸深遠的形象，同時呈現出持賞茶甌的優雅情趣〔註11〕，以及品茗情境的幽野閒逸與藝術美感〔註12〕。此外，在反映其他茶文化方面，也能以宏觀的角度勾勒出宮廷、佛道和平民等不同層面飲茶的特色與追求，闡揚飲茶此一生活細事豐富的文化意蘊。

　　總之，茶葉乃是體輕小巧之細物，飲茶本非經國不朽之盛事，唐代文人卻將此平凡細物賦予豐富的文學意蘊，以獨特的審美眼光發掘此平凡瑣事的情趣與韻味。透過品嚐生活中此一平凡卻閒適而雋永的小歡小樂，唐代文人爲詩歌找到了一個嶄新的創作題材，並把它處理得極爲高雅優美，使唐代茶詩呈現出雅化生活的詩歌情趣。

第二節　不拘一格的詩體運用

　　六百多首的唐代茶詩，各種體裁可謂一應俱全的〔註13〕，現就各體舉例如下：

一、古　詩

　　這類茶詩很多，包括樂府歌辭、五言古詩和七言古詩，其中還有不少是詠茶名篇。在樂府歌辭方面，白居易的〈琵琶行〉（《全唐詩》卷四三五）雖意在「藉他人之酒杯澆胸中之塊壘」，實乃抒發不得志之詩作，卻也反映出唐代茶葉貿易發達的一面〔註14〕，而崔珏的〈美人嘗茶行〉則著意於仕女嘗茶的描繪，捕捉其慵懶閒散之媚態，是唐代茶詩中獨樹一幟的佳作，不妨一看：

　　　雲鬟枕落困春泥，玉郎爲碾瑟瑟塵。閒教鸚鵡啄窗響，和嬌扶

〔註11〕參見本論文第五章第二節之論述。
〔註12〕參見本論文第五章第三節之論述。
〔註13〕本文此處詩體的分類標準並不統一，乃爲了凸顯茶詩詩體之多樣化而不得不然也。
〔註14〕參見本論文第五章第四節之三、「平民茶文化」。

起濃睡人。銀瓶貯泉水一掬，松雨聲來乳花熟。朱唇啜破綠雲時，咽入香喉爽紅玉。明眸漸開橫秋水，手撥絲簧醉心起。臺時卻坐推金箏，不語思量夢中事。(《全唐詩》卷五九一)

這位美人有玉郎為之碾茶，煎茶所用的泉水還特以銀瓶貯藏，可見應是甘泉水，表明此美人為貴婦女。當她輕啓朱唇啜一口香茶後，不禁眉開眼笑有了好情緒，待欲彈箏遣興時，忽地想起夢中情事，卻又推箏不語暗思量。崔玨此詩把品茶和仕女的閒情連繫起來，拈出女性特有的柔媚，好一幅仕女品茶彈箏圖。此外，李郢的〈茶山貢焙歌〉(《全唐詩》卷五九○) 反映茶農倍遭摧殘的同時，也記述了有關紫筍茶的製造方法及品質特色，是唐代茶詩中的名作 [註15]。又如劉禹錫的〈西山蘭若試茶歌〉[註16] (《全唐詩》卷三五六) 記述僧人之採茶、製茶、煎茶待客，秦韜玉的〈採茶歌〉(《全唐詩》卷六七○) 描寫採茶、製茶、碾茶、煎茶，以及品茶後詩思朗暢的情形 [註17]，均是唐代的詠茶名作。

在五言古詩方面，李白的〈答族姪僧中孚贈玉泉仙人掌茶〉(《全唐詩》卷一七八) 可作為代表，此詩記述名茶「仙人掌茶」的出處、品質和功效等，可視為一篇重要的茶葉歷史資料。再如李群玉〈龍山人惠石廩方及團茶〉(《全唐詩》卷五六八) 描寫採茶、製茶、碾茶、煎茶和品茶之心得，亦是描述飲茶文化不遑多讓之佳作 [註18]。又如劉言史的〈與孟郊洛北野泉上煎茶〉(《全唐詩》卷四六八) 寫野外煎

〔註15〕 參見本論文第五章第四節之一、「宮廷茶文化」引。

〔註16〕 參見本章第三節對此詩之解說。

〔註17〕 詩曰：「天柱香芽露香發，爛研瑟瑟穿荻篾。太守憐才寄野人，山童碾破團團月。倚雲便酌泉聲煮，獸炭潛然蚪珠吐。看著晴天早日明，鼎中颯颯篩風雨。老翠看塵才下熟，攪時繞箸天雲綠。耽書病酒兩多情，坐對閩甌睡先足。洗我胸中幽思清，鬼神應愁歌欲成。」

〔註18〕 詩曰：「客有衡岳隱，遺余石廩茶。自云凌煙露，采擷春山芽。珪璧相壓疊，積方莫能加。碾成黃金粉，輕嫩如松花。紅鑪爨霜枝，越兒斟井華。灘聲起魚眼，滿鼎漂清霞。凝澄坐曉燈，病眼如蒙紗。一甌拂昏寐，襟鬲開煩挐。顧渚與方山，誰人留品差。持甌默吟味。搖膝空咨嗟。」

茶之幽野逸趣和飲茶之心靈體驗，令人悠然神往。至於袁高之〈茶山詩〉（《全唐詩》卷三一四）批判貢茶之勞民傷財，不愧為直言極諍的詩史之作也〔註19〕。

　　在七言古詩方面，最著名的作品，則非盧仝之〈走筆謝孟諫議寄新茶〉（《全唐詩》卷三八八）莫屬了。他用優美的詩句表達對茶的深切感受，包括獲得陽羨名茶的至驚至喜、飲茶後一連串如拾級而上的美妙體驗、有感好茶得之不易而悲憫茶農之艱辛與苦痛〔註20〕，盧仝此詩以其獨特的藝術手法和精彩的品茶內容而流傳至今、廣為人知。此外，皎然的〈顧渚行寄裴方舟〉（《全唐詩》卷八二一）記載顧渚山茶葉的生長季節和生長狀態，也描寫了茶人採茶製茶鑑別茶葉的情形，可說是反映唐代顧渚茶概況極有價值的一篇史料〔註21〕。

二、絕　句

　　這一類的茶詩也很多，五言和七言都有。在五言絕句方面，如白居易〈吟元郎中白鬚詩，兼飲雪水茶，因題壁上〉（《全唐詩》卷四四二）寫飲雪水茶、〈山泉煎茶有懷〉（《全唐詩》卷四四三）寫獨飲之孤清，渴望和同好持甌論道的心情；朱景玄〈茶亭〉（《全唐詩》卷五四七）寫茶亭之幽靜。

　　在七言絕句方面，如杜甫〈又於韋處乞大邑瓷盌〉（《全唐詩》卷二二六）之歌詠白瓷盌；劉禹錫〈嘗茶〉（《全唐詩》卷三六五）寫品嚐僧人所贈之茶；姚合〈乞新茶〉（《全唐詩》卷五○○）寫以詩乞碧澗春名茶；陸龜蒙〈秘色越器〉（《全唐詩》卷六二九）歌詠越窯秘色瓷碗的優美色澤；陸希聲〈陽羨雜詠十九首－茗坡〉（《全唐詩》卷六八九）描繪陽羨茗坡之秀麗，兼述詩人煎茶解酒的情貌；成彥雄〈煎茶〉（《全唐詩》卷七五九）描述與寺僧共煎蜀茶幽野瀟

〔註19〕　參見本論文第五章第四節之一、「宮廷茶文化」引。

〔註20〕　參見本論文第五章第三節之二、「人境」其 1、「獨飲」對此詩之詳評。

〔註21〕　參見本論文第五章第四節之三'「平民茶文化」引。

灑之情形。

三、律　詩

　　這類茶詩也不少，五律、七律和排律均有。在五言律詩方面，如錢起〈過長孫宅與朗上人茶會〉（《全唐詩》卷二三七）寫和朗上人共同品茗的情形；皇甫冉〈送陸鴻漸棲霞寺採茶〉（《全唐詩》卷二四九）記述陸羽採茶的情形，是有關於一代茶聖相當可貴的資料〔註22〕；李德裕〈憶茗芽〉（《全唐詩》卷四七五）描繪自己品茶雍容閒逸的形象〔註23〕。

　　在七言律詩方面，如白居易〈謝李六郎中寄蜀新茶〉（《全唐詩》卷四三九）答謝李六郎中贈新茶給他這位愛茶行家、〈夜聞賈常州、崔湖州茶山境會，想羨歡宴，因寄此詩〉（《全唐詩》卷四四七）描寫為顧渚貢茶而辦的著名之境山茶會〔註24〕；鄭谷〈峽中嘗茶〉（《全唐詩》卷六七六）不僅描寫峽中嘗茶的滋味，更是一首極為難得記載有關茶托的茶詩〔註25〕；徐夤〈尚書惠蠟面茶〉（《全唐詩》卷七○八）敘述製作、煎煮蠟面茶的情形〔註26〕；劉兼〈從弟舍人惠茶〉

〔註22〕　詩曰：「採茶非採菉，遠遠上層崖。布葉春風暖，盈筐白日斜。舊知山寺路，時宿野人家。借問王孫草，何時泛椀花。」
〔註23〕　參見本論文第五章第三節之四、「心境」引。
〔註24〕　參見本論文第五章第三節之二、「人境」其 3、「茶會」對此詩之解說。
〔註25〕　詩曰：「簇簇新英摘露光，小江園裏火煎嘗。吳僧漫說鴉山好，蜀叟休誇鳥嘴香。合座半甌輕泛綠，開緘數片淺含黃。鹿門病客不歸去，酒渴更知春味長。」詩中的「座」即是茶托也。參考廖寶秀〈從考古出土飲器論唐代的飲茶文化〉之說《故宮學術季刊》第八卷第三期 1991 年。
〔註26〕　詩曰：「武夷春暖月初圓，採摘新芽獻地仙。飛鵲印成香蠟片，啼猿溪走木蘭船。金槽和碾沉香末，冰碗輕涵翠縷煙。分贈恩深知最深，晚鐺宜煮北山泉。」蠟面茶出建州，又名蠟茶，在唐宋時期非常著名。宋代高承《事物紀原》卷九「蠟茶」條：「楊文公《談苑》云：『蠟茶出建州。陸羽《茶經》尚未知之，但言福建等州未詳。往往得之，其味極佳。』江左近日方有蠟面之號，丁謂《北苑茶錄》曰：『創造之始，莫有知者。』質之三館檢討杜鎬，亦曰：『在江左日，

（《全唐詩》卷七六六）描述從弟贈之貢茶的深情厚意，以及炙茶煎茶的情形。

在排律方面，如杜牧〈題茶山〉（《全唐詩》卷五二二）、徐鉉〈和門下殷侍郎新茶二十韻〉（《全唐詩》卷七五五）和齊己〈詠茶十二韻〉（《全唐詩》卷八四三）文句優美、對仗工整、內容豐富，可作為代表。杜詩描寫有關奉詔修貢茶之情形，其中還提及以金沙泉修貢之事，為記錄唐代貢茶的一篇珍貴資料；徐詩記載有關紫筍貢茶之採製方法和品茶之心得；齊己詩則描寫茶的生長、採製、入貢、功效、烹煮和寄贈等一系列茶事。

四、宮　詞

這種詩體乃以帝王宮中的日常瑣事或宮女之抑鬱幽怨為題材，唐代茶詩中此類詩體倒是不多，僅王建〈宮詞百首〉其七（《全唐詩》卷三〇二）描寫帝王以茶湯賜延英殿試及第者、鮑溶〈漢宮詞二首〉其二（《全唐詩》卷四八七）以「宮槐茶落西風起」襯托冷寂幽怨之宮女生涯、花蕊夫人〈宮詞〉（《全唐詩》卷七九八）描寫隨駕煎茶等三首作品。

五、寶塔詩

元稹的〈一字至七字詩‧茶〉（《全唐詩》卷四二三）是唐代茶詩中唯一的一首寶塔詩，就是在其他詩中也是不可多得的，茲錄於下：

茶香葉，嫩芽。

慕詩客，愛僧家。

碾雕白玉，羅織紅紗。

銚煎黃蕊色，碗轉曲塵花。

始記有研膏茶。」歐陽修《歸田錄》亦云出福建，不言所起。按唐氏諸家說中，往往有蠟面茶之語，則是自唐有之也。」又，宋代程大昌《演繁露》續集卷五「蠟茶」：「其乳泛湯面，與熔蠟相似，故名蠟面茶也。」

夜後邀陪明月，晨前命對朝霞。

洗盡古今人不倦，將至醉後豈堪誇。

全詩一開始便點出了主題「茶」，接著指出茶具味香形美之特性。第
三句說茶深受詩客與僧家之愛慕。四、五兩句寫煎茶的情形：先用白
玉雕碾碾碎茶葉，再以紅紗製成的茶羅過篩，投入銚中煎成黃蕊色
後，盛在茶碗中浮餑沫。第六句寫茶之爲飲乃朝夕皆宜。最後言茶之
功效，不論古今，凡飲茶者都會有滌盡昏寐、精神朗暢的感受，特別
是醉後飲用可醒醒。此詩形式獨特、文句優美，內容更是富於概括性，
不愧爲大詩人之傑作也。

六、聯句詩

　　所謂聯句詩，是指由兩人或多人所共同完成的一首意思聯貫、相
連成章之詩歌。聯句茶詩主要即見於唐代，多爲宴飲場合上的即興之
作或朋友間之酬答。兩人合作之聯句茶詩如陸羽和友人耿湋所作之
〈連句多暇贈陸三山人〉（《全唐詩》卷七八九），詩中耿湋描述陸羽
用心於茶道之鑽研，並預言陸羽將以出色的茶學成就而流芳萬世〔註
27〕，這是朋友之間的酬答聯句詩。至於作於宴飲場合的多人聯句詩，
如以顏眞卿爲首的兩次茶會所作的〈五言月夜啜茶聯句〉（《全唐詩》
卷七八八）、〈竹山連句題潘氏書堂〉（《全唐詩補逸》卷十七），前一
首詩描述月灑清輝的靜夜裏，騷人墨客品茗論書、抒發情意的美好境
況；後一首則描寫眾人盛會於潘氏書堂品茶談論、彈琴奕棋的歡樂〔註

〔註27〕詩曰：「一生爲墨客，幾世爲茶仙。（湋）喜是攀闌者，慚非負鼎賢。
　　　　（羽）禁門聞曙漏，顧渚入晨煙。（湋）拜井孤城裏，攜籠萬壑前。
　　　　（羽）閒喧悲異趣，語默取同年。（湋）歷落驚相偶，衰羸猥見憐。
　　　　（羽）詩書聞講誦，文雅接蘭薈。（湋）未敢重芳席，焉能弄綵箋。
　　　　（羽）黑池流研水，徑石澀苔錢。（湋）何事親香案，無端狎釣船。
　　　　（羽）野中求逸禮，江上訪遺編。（湋）莫發搜歌意，予心或不然。
　　　　（羽）」
〔註28〕以上兩首詩歌見本論文第五章第三節之二、「人境」其 3、「茶會」
　　　　引。

28〕。又如嚴維等八人於雲門寺小溪茶宴所作之聯句詩－〈雲門寺小溪茶宴懷院中諸公〉（《全唐詩續拾》卷十七），描寫諸公茶宴於雲門寺小溪邊之清雅樂事〔註29〕。

七、唱和詩

皮日休和陸龜蒙的唱和詩在唐代茶詩中可謂是別具一格的，皮日休〈茶中雜詠〉序云：「茶之事，由周至於今，竟無纖遺矣。昔晉杜育有荈賦，季疵有茶歌，余缺然於懷者，謂有其具而不形於詩，亦季疵之餘恨也。遂為十詠，寄天隨子。」（《全唐詩》卷六一一）其意該有詩歌之形式以闡明茶事，遂寫五言古詩十首寄給好友陸龜蒙，而陸亦隨即作〈奉和襲美茶具十詠〉（《全唐詩》卷六二〇）相和，每首詩題均與皮日休之作相同，內容包括〈茶塢〉、〈茶人〉、〈茶筍〉、〈茶籝〉、〈茶舍〉、〈茶灶〉、〈茶焙〉、〈茶鼎〉、〈茶甌〉、〈煮茶〉等，描寫茶鄉風情、反映茶農疾苦、記錄有關茶史料、茶具，描述煮茶種種，可說是一份相當珍貴的茶葉文獻〔註30〕。

〔註29〕同上註。
〔註30〕皮日休、陸龜蒙之唱和詩：
　　1、〈茶塢〉
　　　皮日休：閒尋堯氏山，遂入深深塢。種荈已成園，栽葭寧計畝！
　　　　　　　石窪泉似掬，巖罅雲如縷。好是初夏時，白花滿煙雨。
　　　陸龜蒙：茗地曲隈回，野行多繚繞。向陽就中密，背澗差還少。
　　　　　　　遙盤雲髻慢，亂簇香篝小。何處好幽期，滿巖春露曉。
　　2、〈茶人〉
　　　皮日休：生於顧渚山，老在石漫塢。語氣為茶荈，衣香是煙霧。
　　　　　　　庭從㯭子遮，果任獳師虜。日晚相笑歸，腰間佩輕簍。
　　　陸龜蒙：天賦識靈草，自然鍾野姿。閒年北山下，似與東風期。
　　　　　　　雨後探芳去，雲間幽路危。唯應報春鳥，得共斯人知。
　　3、〈茶筍〉
　　　皮日休：褎然三五寸，生必依巖洞。寒恐結紅鉛，暖疑銷紫汞。
　　　　　　　圓如玉軸光，脆似瓊英凍。每為遇之疏，南山挂幽夢。
　　　陸龜蒙：所孕和氣深，時抽玉苕短。輕煙漸結華，嫩蕊初成管。
　　　　　　　尋來青靄曙，欲去紅雲暖。秀色自難逢，傾筐不曾滿。
　　4、〈茶籝〉

綜上所述，唐代茶詩之體裁包括古詩、絕句、律詩、宮詞、寶塔詩、聯句詩和唱和詩等，其中如寶塔詩乃詩海中難得一見的，在唐代茶詩中都能找到，則其詩體之運用是相當靈活而不拘於一格的。

皮日休：筐筥曉攜去，驀個山桑塢。開時送紫茗，負處沾清露。
歇把傍雲泉，歸將挂煙樹。滿此是生涯，黃金何足數。

陸龜蒙：金刀劈翠筠，織以波紋斜。製作自野老，攜持伴山娃。
昨日鬥煙粒，今朝貯綠華。爭歌調笑曲，日暮方返家。

5、〈茶舍〉

皮日休：陽崖枕白屋，幾口嬉嬉活。棚上汲紅泉，焙前蒸紫蕨。
乃翁研茗後，中婦拍茶歌。相白掩柴扉，清香滿山月。

陸龜蒙：旋取山上材，架爲山下屋。門因水勢斜，壁任巖隈曲。
朝隨鳥俱散，暮與雲同宿。不憚採掇勞，只憂官未足。

6、〈茶灶〉

皮日休：南山茶事勤，灶起巖根旁。水煮石發氣，薪然杉脂香。
青瓊蒸後凝，綠髓炊來光。如何重辛苦，一一輸膏粱。

陸龜蒙：無突抱輕嵐，有煙映初旭。盈鍋玉泉沸，滿甌雲芽熟。
奇香襲春桂，嫩色凌秋菊。煬者若我徒，年年看不足。

7、〈茶焙〉

皮日休：鑿彼碧巖下，恰應深二尺。泥易帶雲根，燒難凝石脈。
初能燥金餅，漸見乾瓊液。九里共杉林，相望在山側。

陸龜蒙：左右搗凝膏，朝昏布煙縷。方圓隨樣拍，次第依層取。
山謠縱高下，火候還文武。見說焙前人，時時炙花脯。

8、〈茶鼎〉

皮日休：龍舒有良匠，鑄此佳樣成。立作菌蠢勢，煎爲潺湲聲。
草屋暮雲陰，松窗殘雪明。此時勺複茗，野語知逾清。

陸龜蒙：新泉氣味良，古鐵形狀醜。那堪風雪夜，更值煙霞友。
曾過賴石下，又住清溪口。且共薦皋盧，何勞傾斗酒。

9、〈茶甌〉

皮日休：邢客與越人，皆能造茲器。圓如月魂墮，輕如雲魄起。
棗花勢旋眼，蘋沫香沾齒。松下一時看，支公亦如此。

陸龜蒙：昔人謝塸堤，徒爲妍詞飾。豈如珪璧姿，又有煙嵐色。
光參筠席上，韻雅金罍側。直使于闐君，從來未嘗識。

10、〈煮茶〉

皮日休：香泉一合乳，煎作連珠沸。時有蟹目濺，乍見魚鱗起。
聲疑松帶雨，餑恐煙生翠。尚把瀝中山，必無千日醉。

陸龜蒙：閒來松間坐，看煮松上雪。時於浪花裏，併下藍英末。
傾餘精爽健，忽似氛埃滅。不合別觀書，但宜窺玉札。

第三節　直敘曉暢的詩歌語言

詩至盛唐，藝術形式可謂已臻於登峰造極之狀態了，無可避免地有著明顯形式化的情形產生，如講究聲律、詞序詞性高度自由、感情意境凝鍊等，特別是近體詩為了要用簡鍊的五言或七言以表達深邃而高度集中之情境，形式更是成熟而定型，往往有意象密集化、語序省略且錯綜的特性〔註31〕，如「竹喧歸浣女，蓮動下漁舟。」（王維〈山居秋暝〉《全唐詩》卷一二六）、「香稻啄餘鸚鵡粒，碧梧棲老鳳凰枝。」（杜甫〈秋興八首〉其八《全唐詩》卷二三〇）、「雞聲茅店月，人跡板橋霜。」（溫庭筠〈商山早行〉《全唐詩》卷五八一）之類的句子，語序顛倒或羅列名詞，是不符合散文語法的。此類句式美則美矣，若是千篇一律，亦不免疲態盡露、缺乏生機與變化，且藝術之表現手法如宣告定型，必將日趨僵化，相對地也限制了創作之自由。故雄才之士窮則思變而力求突破，一如杜甫，茲引其茶詩兩首說明之：

> 南京久客耕南畝，北望傷神坐北窗。晝引老妻乘小艇，晴看稚子浴清江。俱飛蛺蝶元相逐，並蒂芙蓉本自雙。茗飲蔗漿攜所有，瓷罌無謝玉為缸。（〈進艇〉《全唐詩》卷二二六）
> 大邑燒瓷輕且堅，扣如哀玉錦城傳。君家白盌勝霜雪，急送茅齋也可憐。（〈又於韋處乞大邑瓷盌〉同上）

〈進艇〉一詩雖不免講究對仗，卻也文從字順，頗具散文之氣；〈又於韋處乞大邑瓷盌〉以古文中習見之虛詞「且」、「也」入詩，則誦詠時便增添迤邐頓挫之氣，大類散文也。如以上兩首詩歌不再羅列密集化的意象，語序大抵流暢自然，其詩歌語言是接近散文而顯得直敘曉暢。再就唐代茶詩而言，一因內容多描寫飲茶生活、記述茶事、書寫飲茶心得，或是批判貢茶、反映茶文化，故不乏選用古體詩創作者〔註32〕，乃因古體詩之形式自由，便於謀篇佈局及敷陳說理也，加以詩

〔註31〕　參考梅祖麟〈文法與詩中的模稜〉《中央研究院史語研究所集刊》第三十九本 1969 年；葛兆光〈從宋詩到白話詩〉一、「以文為詩：從唐詩到宋詩」收入《宋詩綜論叢編》。

〔註32〕　參見本章第二節。

作結構謹嚴、層次分明、說理清暢，無時空錯綜、多元交叉轉換視角或共時性描寫之情形，使得詩歌語言偏於鋪陳直敘。二因爲了自如地表達上述之內容，擇用語序自然、意脈貫通的散文語言是最適合的，故其造語往往不避虛詞口語，使得詩句顯得疏朗曉暢、明白如話。先就第一部分擇詩數首說明如下：

> 常聞玉泉山，山洞多乳窟。仙鼠如白鴉，倒懸清溪月。茗生此中石，玉泉流不歇。根柯灑芳津，採服潤肌骨。叢老卷綠葉，枝枝相接連。曝成仙人掌，似拍洪崖肩。舉世未見之，其名定誰傳。宗英乃禪伯，投贈有佳篇。清鏡燭無鹽，顧慚西子妍。朝坐有餘興，長吟播諸天。(李白〈答族姪僧中孚贈玉泉仙人掌茶〉《全唐詩》卷一七八)

> 山僧後簷茶數叢，春來映竹抽新茸。宛然爲客振衣起，自傍芳叢摘鷹觜。斯須炒成滿室香，便酌砌下金沙水。驟雨松聲入鼎來，白雲滿盌花徘徊。悠揚噴鼻宿醒散，清峭徹骨煩襟開。陽崖陰嶺各殊氣。未若竹下莓苔地。炎帝雖嘗未解煎，桐君有籙那知味。新芽連拳半未舒，自摘至煎俄頃餘。木蘭霑露香微似，瑤草臨波色不如。僧言靈味宜幽寂，采采翹英爲嘉客。不辭緘封寄郡齋，礫井銅爐損標格。何況蒙山顧渚春，白泥赤印走風塵。欲知花乳清冷味，須是眠雲跂石人。(劉禹錫〈西山蘭若試茶歌〉《全唐詩》卷三五六)

> 越人遺我剡溪茗，採得金牙爨金鼎。素瓷雪色縹沫香，何似諸仙瓊蕊漿。一飲滌昏寐，晴來朗爽滿天地。再飲清我神，忽如飛雨灑清塵。三飲便得道，何須苦心破煩惱。此物清高世莫知，世人飲酒多自欺。愁看碧卓罋間夜，笑向陶潛籬下時。崔侯啜之意不已，狂歌一曲驚人耳。孰知茶道全爾眞，唯有丹丘得如此。(皎然〈飲茶歌誚崔石使君〉《全唐詩》卷八二一)

李白以平淡如白描的寫實手法記述有關仙人掌茶的種種：詩開頭即指出仙人掌茶的產地及其生長環境，繼而描述茶的主人、茶的特徵和製作方法。底下筆鋒一轉提到其族姪中孚僧精通佛理兼擅詞藻、又是個愛茶之人，他作了茶與詩一起送給李白品嚐，自然期盼得到李白的認

同，果然，李白也答以此詩，並給予肯定，同時也點明了詩題之意；劉禹錫的試茶歌先寫山僧自種之茶已可採摘，僧人多情特地爲客採茶製茶的情貌。接著描述煎茶之情形與飲後之感受：包括認爲山僧後檐爲適合茶生長的好地方、讚揚山僧茶之味佳、香清、色美。底下透過僧之言「靈味宜幽寂，采采翹英爲嘉客」，強調茶性靈、幽靜的高標品格，山僧會特爲嘉客採製之，嘉客之品性足與茶性相配則不言而喻了。最後，劉禹錫以爲口碑載道的蒙頂名茶和高貴難得的顧渚貢茶皆不免沾染了俗世氣息，乃有意反襯山僧茶之輕靈幽寂，更喻意唯有脫俗超塵之人才能領略個中滋味，不但給予山僧茶最高的評價，也爲試嘗山僧茶畫下了優美的句點；皎然之詩起始說明有人以剡溪茶相贈，將茶煎後以白瓷甌盛之，其味可比仙家之玉液瓊漿，底下從「滌昏寐」到「清我神」再到「便得道」，乃運用層遞法抒發飲後之深刻感受，最後以丹丘子作比，闡揚茶道思想：認爲飲茶使大腦清醒、思路清晰，對事物看得更透徹，更能洞悉世事之理，也就易於開悟得道。得了道，自然也就能破愁拋愁了，不必飲酒自欺說要銷愁，更不會有如畢卓盜飲被縛之荒唐行徑〔註33〕，大可笑看陶淵明之把酒東籬了。觀以上三首詩，結構謹嚴、層次分明、說理清暢，其謀篇佈局符合邏輯架構而無時空錯綜之情形，敘述視角固定不變，描寫過程爲直線排列之歷時性〔註34〕，尤其劉禹錫和皎然之詩末了轉折陡急，具有散文命意曲折

〔註33〕 畢卓，晉人，放達好酒，嘗因醉夜至甕下盜飲，爲掌酒者所縛，明旦視之，乃畢吏部也，遽釋其縛，卓乃引主人宴於甕側而去。事見《晉書》卷四十九。

〔註34〕 葛兆光〈從宋詩到白話詩〉以爲唐代詩歌語言形式完全成熟後，詩歌（特別是近體詩）有著以下的表現特徵：
　　1、敘述視角：由於代表敘述主體的主語消失，多元交叉轉換的視角取代了日常語言中的固定不變視角。
　　2、描述過程：由於語序的省略與錯綜，平行呈列的共時性凸現取代了日常語言中的直線排列的歷時性描寫。
　　3、時空關係：由於標示時空的虛詞的消失，感覺架構取代了邏輯架構。
　　4、語言形式：各句各聯乃至全詩的勻稱構造及雙重對位式排列取代

之美，詩歌語言顯然偏於鋪陳直敘。

再就上述之第二部分援詩以證之：

潔性不可污，為飲滌塵煩。此物信靈味，本自出山原。聊因理郡餘，率爾植荒園。喜隨眾草長，得與幽人言。（韋應物〈喜園中茶生〉《全唐詩》卷一九三）

採茶非採菉，遠遠上層崖。布葉春風暖，盈筐白日斜。舊知山寺路，時宿野人家。借問王孫草，何時泛椀花。（皇甫冉〈送陸鴻漸棲霞寺採茶〉《全唐詩》卷二六〇）

三獻蓬萊始一嘗，日調金鼎閱芳香。貯之玉合才半餅，寄與阿連題數行。（盧綸〈新茶詠寄上西川相公二十三舅大夫二十舅〉《全唐詩》卷二七九）

暖床斜臥日曛腰，一覺閒眠百病銷。盡日一餐茶兩椀，更無所要到明朝。（白居易〈閒眠〉《全唐詩》卷四六〇）

中宵茶鼎沸時驚，正是寒窗竹雪明。甘得寂寥能到老，一生心地亦應平。（司空圖〈偶詩五首〉其五《全唐詩》卷六三四）

二月山家穀雨天，半坡芳茗露華鮮。春醒酒病兼消渴，惜取新芽旋摘煎。（陸希聲〈陽羨雜詠十九首－茗坡〉《全唐詩》卷六八九）

岳寺春深睡起時，虎跑泉畔思遲遲。蜀茶倩箇雲僧碾，自拾枯松三四枝。（成彥雄〈煎茶〉《全唐詩》卷七五九）

九日山僧院，東籬菊也黃。俗人多泛酒，誰解助茶香。（皎然〈九日與陸處士羽飲茶〉《全唐詩》卷八一七）

春山谷雨前，並手摘芳煙。嫩綠難盈筐，清和易晚天。且招鄰院客，試煮落花泉。地遠勞相寄，無來又隔年。（齊己〈謝中上人寄茶〉《全唐詩》卷八四〇）

了日常語言或散文語言的散漫形式。（收入《宋詩綜論叢編》高雄麗文文化事業股份有限公司 1993 年 10 月初版一刷）大抵說來，散文語言是接近於日常語言的，故筆者以為葛氏所指出的盛唐詩歌的四大表現特徵，其實可視為格律發展成熟後，對詩歌與散文語言之異同所作的比較分析，而本文對這三首詩的評析即參考葛氏此說。

嫩芽香且靈，吾謂草中英。夜臼和煙搗，寒爐對雪烹。惟憂碧粉散，嘗見綠花生。最是堪珍重，能令睡思清。（鄭邀〈茶詩〉《全唐詩》卷八五五）

觀上引諸詩，大抵語序正常流動、意脈貫通，敘述主體清晰可知，甚至如鄭愚之詩乾脆直說「吾謂」。這些詩歌不避諱散文習見之虛詞如「才」、「更」、「亦」、「也」、「且」、「又」、「最」等字，並援用「本自」、「聊因」、「率爾」、「倩個」、「無所要」、「正是」之類口語化的詞彙入詩，使得詩句顯得疏朗而曉暢、明白而如話。

　　從以上之分析可以得知：唐代茶詩因其內容多以敘述茶事、或抒寫便捷的生活感受及飲茶心得為主，亦有批判貢茶的議論入詩，故不少採用古體詩創作，便於敷陳說理，其詩作多半結構謹嚴、層次分明、說理清暢，無時空錯綜、多元交叉轉換視角或共時性描寫之情形；至於在近體詩方面則不避諱以散文習見之虛詞口語入詩，大類以古文之句法為詩，即詩歌散文化的情形，故整體說來，唐代茶詩的詩歌語言著重於直敘曉暢，當然，這也反映著中唐以後詩歌的藝術表現傾向，同時下開了宋代「以文為詩」之先河〔註35〕。

第四節　理性內省的詩歌精神

　　基本上，從中唐以後酒潮逐漸消退而茶風興起的文化現象，即可

〔註35〕唐代茶詩這種直敘曉暢的語言特色，其表現手法實頗接近宋詩的「以文為詩」。「以文為詩」此一名詞最先由北宋人所提出，是對韓愈詩歌之一大藝術表現手法的概括。然此表現手法實濫觴於杜甫，經韓愈之恢宏推展而大成於宋代詩人，終為宋詩之一大特色也（此問題於本論文第二章第四節已有提及。又，可再參看張高評《宋詩之新變與代雄》參之第三節〈「以文為詩」與宋詩特色之形成〉台北洪葉文化事業有限公司 1995 年 9 月初版一刷），其具體內容大致為「以古文常見的議論入詩、以古文的章法和句法為詩」（參考程千帆〈韓愈以文為詩說〉收入《宋詩綜論叢編》　高雄麗文文化事業股份有限公司 1993 年 10 月初版一刷），觀唐代茶詩之語言表現，其實已開了宋代「以文為詩」之先河。

嗅出理性時代來臨的信息。在積極參政企圖力挽狂瀾的努力接連失敗後，大多數文人的思考重心與人生價值取向已由外在的經世致用、建立功業轉向內在的哲理探索和修身養性，身心俱疲的他們大多選擇退入於「壺中天地」，過那從容閒適、平靜安逸的生活，而文人的生活習尚此時也由好酒轉向嗜茶〔註36〕。由於茶的根本特性在於清醒，飲茶使文人開始清醒理性地面對人生，開始認真地思索該怎樣生活，他們不再幻想著「致君堯舜上，再使風俗淳」（杜甫〈奉贈韋左丞丈二十二韻〉《全唐詩》卷二一六），那「時來整六翮，一舉凌蒼穹。」（岑參〈北庭貽宗學士道別〉《全唐詩》卷一九八）與「公侯皆我輩，動用在謀略」（高適〈和崔二少府登楚丘城作〉《全唐詩》卷二一一）的盛世氣概逐漸隱沒，「濟人然後拂衣去，肯作徒爾一男兒！」（王維〈不遇詠〉《全唐詩》卷一二五）及「待吾盡節報明主，然後相攜臥白雲。」（李白〈駕去溫泉後贈楊山人〉《全唐詩》卷一六八）的浪漫激情更是早已冷卻，他們視自己為世俗間一極普通的份子，注意當下日常生活裏的小歡小樂〔註37〕。故文人飲茶之意義正在於：透過飲茶，文人可以放鬆身心涵養性情，從而品味閒適的人生；飲茶，使文人找到了排遣憂患的辦法和新的安身立命之所。飲茶既是理性內省的精神表現，那麼這種精神必然也會滲入茶詩中，使唐代茶詩呈現出理性內省的詩歌精神，如袁高〈茶山詩〉（《全唐詩》卷三一四）與李郢〈茶山貢焙歌〉（《全唐詩》卷五九○）之批判貢茶，他們身為貢茶使，卻能在修貢與哀彼蒼生之間取得平衡點。他們不似那些只管安心飲酒作樂而不顧茶農疾苦的修貢官吏，除了如期完成使命避免失職外，又不忘藉著詩歌反映了茶農的不幸－如袁高將詩連同三千六百串茶一并呈貢〔註38〕，角色的扮演掌握得恰如其分，在力所能及的條件下，盡一己的責任關懷社稷百姓，這便是理性內省的精神表現。

〔註36〕參見本論文第二章第三節〈飲茶符合文人之心理需求〉。
〔註37〕參見本論文第二章第三節及第五章第一節之一、「品味閒適」。
〔註38〕參見本論文第五章第四節之一、「宮廷茶文化」。

　　在唐代茶詩中，尤以茶道思想最能體現理性內省的精神：唐代文
人強調飲茶之心境貴在閒適虛靜，而這顆閒適虛靜的心正是理性平
和、內斂自省的心。唯有以閒靜之心方能從容地悠游於茶的世界裏，
與茶作深情之對話，品出茶之眞味〔註39〕，且透過慢節奏的品茶過程
可以涵養性情，此即「以茶怡情」的思想。同時，在茶湯的洗滌之下，
神清氣爽、心靈更見澄澈，更能朗照世事、洞察物理，從而體悟宇宙
人生的哲理，那「和諧平靜」、「隨遇而安」、「淡泊儉約」、「悲天憫人」、
「崇尚自然」和「茶禪一味」的茶道思想〔註40〕，無不透顯出理性內
省的精神。這種理性內省的茶道思想貫注於生活中，外顯的是從容閒
適的生活態度〔註41〕，理性冷靜地看待人生中的別離〔註42〕，以及中
唐之後平和內斂的飲茶讀書〔註43〕，凡此皆反映於唐代茶詩中，使唐
代茶詩呈現出理性內省的詩歌精神。

　　透過以上之論述，可見唐代茶詩深具理性內省的精神，這不僅是
唐代茶詩的藝術主體表現之一，同時也反映著中唐以後的詩歌精神，
更是宋詩高唱揚棄悲哀、內斂自省、理性思辨的前奏曲〔註44〕。

〔註39〕　參見本論文第五章第三節之四、「心境」。
〔註40〕　參見本論文第六章〈唐代茶詩之茶道思想〉。
〔註41〕　參見本論文第五章第一節之一、「品味閒適」。
〔註42〕　參見本論文第五章第一節之七、「以茶送別」。
〔註43〕　參見本論文第五章第一節之二、「飲茶讀書」。又，中唐以後尚學的讀
　　　　書風氣自有其形成之因，如與士人階層自身的發展有關，知識型官員
　　　　增多，士人經世致用意識增強，開始以廣博的知識體系構建一種知識
　　　　型的士人形象；元和以來學術觀念改變，學人的知識結構擴大，不再
　　　　局限於辭賦與經學，更注重知識的廣博；唐代後期惡化的政治拒絕了
　　　　文人的政治熱情，他們只得又回到學者的本色，充實自己以思考現實
　　　　政治問題；隨著文化的發展，書籍的流通與積累大大地改善了士人求
　　　　知的條件等等（關於中唐以後好學尚學之風的形成因素，可以參考查
　　　　屏球《唐學與唐詩－中晚唐詩風的一種文化考察》北京商務印書館
　　　　2000年5月一版一刷）。不過，本文此處強調的是在尚學的背景下，
　　　　文人又選擇茗飲伴讀，茶的清醒特性與尚學的理性特質交相鼓蕩，則
　　　　唐代茶詩中關於飲茶讀書的描寫，透顯的是一種理性內省的詩歌精
　　　　神。
〔註44〕　關於宋詩揚棄悲哀，呈現出內斂自省、理性思辨之基本面貌此一問

第五節　清幽閒適的詩歌意境

　　意境是中國古代的傳統文藝理論,大抵流行的觀點認為係指作者的主觀情意與客觀物境互相交融而形成的藝術境界〔註45〕,不過,這是就意境的一般規律而言。若就其特殊本質而論,最主要的是表現在「境生象外」這一點上的,作家要能抓住具有典型意義的景象,借助於對它作生動的描寫,而象徵、暗示出一個能讓讀者可以領會的、存在於想像之中的無形廣闊而深邃的境界〔註46〕,此即梅堯臣所謂的「狀難寫之景如在目前,含不盡之意見於言外」也〔註47〕。就唐代茶

題,可以參考吉川幸次郎《宋詩概說》序章第七節〈宋詩的人生觀—悲哀的揚棄〉聯經出版事業公司 1988 年 9 月；韓經太《中國詩歌史論》第一章〈宋詩與宋學精神〉吉林教育出版社 1995 年 12 月；楊玉華《文化轉型與中國古代文論的嬗變》第五章第三節〈詩性的升華:內斂自省的心態與平淡自然的審美理想〉成都巴蜀書社 2000 年 7 月一版一刷。其中,楊書更指出中唐以後自省內斂的士人心態與反求諸內的精神探求,實影響了宋代詩學呈現出一種自覺追求體系建構,熱衷理論研析的特色,乃形成宋詩具理性內省精神的遠因。

〔註45〕參考袁行霈〈論意境〉《文學評論》1980 年第四期；宗白華《美學與意境·中國藝術境界之誕生》台北淑馨出版社 1989 年 4 月。

〔註46〕張少康在《古典文藝美學論稿·論意境的美學特徵》中指出,把意境解釋為情景交融、主觀與客觀統一的藝術形象,這種普遍流行的觀點只說出意境作為藝術形象的一般規律,而並未進一步說明它的特殊本質。張氏深入分析古代許多文學批評家對意境的看法,以為古代意境的特殊性最主要的就表現在「境生象外」這一點上,意即善於寫詩的人應創造一個能讓讀者去領會、想像的無形廣闊而深邃的境界,其基本特徵是:以有形表現無形,以有限表現無限,以實境表現虛境,使有形描寫和無形描寫相結合,使有限的具體形象和想像中的無限豐富形象相統一,使再現真實實景與它所暗示、象徵的虛境融為一體,從而造成強烈的空間美、動態美、傳神美,給人以最大的真實感和自然感。(台北淑馨出版社 1989 年 11 月出版)此說分析精闢,極具參考價值。

〔註47〕見歐陽修《六一詩話》:「聖俞嘗語余曰:『詩家雖率意,而造語亦難。若意新而語工,得前人所未道者,斯為善也。必能狀難寫之景如在目前,含不盡之意見於言外,然後至矣。』」(收入於《宋詩話全編》第一冊,江蘇古籍出版社 1998 年 12 月)其意要把不易描寫的景象形象生動地描繪出來,使讀者彷彿親眼目睹一般;作者所要表達的情意隱含在形象裏,讓讀者通過形象去領會,而留給讀者回味和想

詩的表現而言，文人往往能抓住事物具有典型意義的形象，於生動地描述品茶或茶事之同時，帶領讀者進入閒適悠邈的境界裏，試看以下兩首詩：

落日平臺上，春風啜茗時。石闌斜點筆，桐葉坐題詩。翡翠鳴衣桁，蜻蜓立釣絲。自今幽興熟，來往亦無期。(杜甫〈重過何氏五首〉其三《全唐詩》卷二二四)

長松樹下小溪頭，班鹿胎巾白布裘。藥圃茶園為產業，野麋林鶴是交遊。雲生潤戶衣裳潤，嵐隱山廚火燭幽。最愛一泉新引得，清泠屈曲繞階流。(白居易〈香爐峰下新卜山居，草堂初成，偶題東壁〉五首其三《全唐詩》卷四三九)

杜甫之詩宛如一幅和諧雅致的飲茶垂釣圖：夕照平臺緩緩地移動著，春風無聲地吹拂著四周，翡翠鳥啾啾地鳴唱著，蜻蜓靜立在釣絲上，那品茗者就坐在梧桐蔭裏題詩垂釣，似這樣的幽興之會乃不期而遇的，品茗者之精魂已與靜謐的大自然融為一體了。全詩情感平靜恬淡，節奏舒緩閒適，動靜相生、情景交融，令人讀後想見那清幽閒適的境界，不覺悠然神往；白居易描寫其草堂新居之貌：香爐峰下，長松參天、溪水潺湲、藥圃凝翠、茶園飄香，還有一彎清泉縈繞著草堂緩緩流過台階，陪伴草堂主人的是野麋與林鶴，恁般景致，好個世外桃源圖！而主人忘情於此的高逸形象如在目前，全詩洋溢著清幽閒適的田園氣息。

再如以下幾首：

古松凌巨塔，修竹映空廊。竟日聞虛籟，深山只此涼。僧真生我靜，水淡發茶香。坐久東樓望，鐘聲振夕陽。(劉得仁〈慈恩寺塔下避暑〉《全唐詩》卷五四四)

廣亭遙對舊娃宮，竹島蘿溪委曲通。茂苑樓臺低檻外，太湖魚鳥徹池中。蕭疏桂影移茶具，狼藉蘋花上釣筒。爭得共君來此住，便披鶴氅對清風。(皮日休〈褚家林亭〉《全唐詩》卷六一四)

像的空間。

喬木帶涼蟬，來吟暑雨天。不離高枕上，似宿遠山邊。簟冷窗中月，茶香竹裏泉。吾廬近溪島，憶別動經年。(張喬〈題友人林齋〉《全唐詩》卷六三九)

寺在帝城陰，清廬勝二林。蘚侵隋畫暗，茶助越甌深。巢鶴和鐘喚，詩僧倚錫吟。煙莎後池水，前跡杳難尋。(鄭谷〈題興善寺〉《全唐詩》卷六七六)

茅齋深僻絕輪蹄，門徑緣莎細接溪。垂釣石臺依竹壘，待賓茶灶就巖泥。風生谷口猿相叫，月照松頭鶴並棲。不是無端過時日，擬從窗下躡雲梯。(杜荀鶴〈山居寄同志〉《全唐詩》卷六九二)

寂寞三冬杪，深居業盡拋。徑松開雪後，砌竹忽僧敲。茗汲冰銷溜，爐燒鵲去巢。共談慵僻意，微日下林梢。(黃滔〈冬暮山舍喜標上人見訪〉《全唐詩》卷七〇四)

繫馬松間不忍歸，數巡香茗一枰棋。擬登絕頂留人宿，猶待滄冥月滿時。(黃滔〈題靈峰僧院〉《全唐詩》卷七〇六)

少年雲溪裏，禪心夜更閒。煎茶留靜者，靠月坐蒼山。露白鐘尋定，螢多戶未關。嵩陽大石室，何日譯經還？(曹松〈宿溪僧院〉《全唐詩》卷七一七)

策杖尋幽客，相攜入竹扃。野雲生晚砌，病鶴立秋庭。茶美睡心爽，琴清塵慮醒。輪蹄應少到，門巷草青青。(李中〈訪山叟留題〉《全唐詩》卷七四七)

野泉煙火白雲間，坐飲香茶愛此山。巖下維舟不忍去，青溪流水暮潺潺。(靈一〈與元居士青山潭飲茶〉《全唐詩》卷八〇九)

慈恩寺有古松凌巨塔、修竹映空廊，呈現出清逸幽靜的韻味，劉得仁與寺僧靜坐品茶，淡淡的茶香令人心神出塵，不覺「坐久東樓望，鐘聲振夕陽」，此詩寫得含蓄平淡、意境清幽恬靜；皮日休筆下的褚家林亭位於湖光山色間，與館娃宮遙遙相對，古蹟森然，也為林亭憑添幾許清逸幽遠之情，來此品茗蕭疏桂影中、垂釣委曲蘿溪畔，人亦顯得悠然自得，令讀者有彷如跌入時光隧道，回到那杳渺閒適的太古之想；張喬以喬木涼蟬、簟冷窗月勾勒出林齋的清幽野逸，於此品茶、

聽泉，竹間飄散的茶香氣與涓涓的泉水聲交織成一幅氣韻生動的畫面；鄭谷以青蘚覆侵古壁畫、寺池杳然無蹤襯托出興善寺之古意盎然，鶴唳、鐘聲與僧吟更使人有隔絕塵世之想，飲茶於此靜謐悠遠的情境中，能不感到清幽閒適乎！杜荀鶴的茅齋深僻幽靜，門徑接溪，山居生活有竹壘釣臺、巖泥茶灶、谷猿叫風、月照松鶴等勝事，讀者自可想像其山居品茶之清幽閒適了；黃滔〈冬暮山舍喜標上人見訪〉初寫山舍之清寂，再述與標上人對啜茗茶之意趣：他們擇鵲巢為薪、以冰水煮茗，諧談之間，不覺時光之移轉，淡淡的落日已悄悄地溜下了林梢，其茗談之沉浸忘情、節奏之閒適舒緩則意在言外。至於〈題靈峰僧院〉則把高逸象徵的奕棋與品茶連繫起來〔註48〕，寫出松間香茗一枰棋的清幽與閒適；曹松之詩描寫與少年僧人靜夜煎茶的情景，「靠月坐蒼山」一句自然地將人物與蒼穹融為一體，那心融於山水的神韻呼之欲出，品茶者的怡然之情栩栩如生地展現在讀者眼前；李中與山叟共品佳茗，竹扃野雲、秋庭病鶴構成山間的野逸情趣，還有使人屏絕塵慮的清琴聲迴盪在耳邊，好一幅幽雅閒適的山間品茶圖；靈一和元居士飲茶青山潭，野泉潺湲、煙火繚繞、白雲悠悠，如此景色教人心曠神怡而不欲歸去，只見雙影沉浸於山色中而不知日之將入，青溪潺潺，流水聲中流走了時光，而飲茶清幽閒適的意境，也自然地浮現於讀者的心中。

　　觀以上之詩歌，吾人可以發現唐代文人將琴音、奕棋、觀畫、釣舟、鶴跡等事物援入茶詩中，乃因這些事物均具有典型意義：琴音悠揚可沉澱俗慮、奕棋象徵高逸清遠、觀畫為雅閒之事、釣舟富於隱逸之情趣、鶴鳥使人有超塵脫俗之想。茶本具幽野之稟性，再把以上事物與飲茶連繫在一起，不僅情趣相符，更加添茶境之幽靜深邃，那清幽閒適的品茶情境也生動自然地浮現於讀者眼前，使讀者有「境生象外」之感。此外，唐代文人還往往把茶事置於寺院或廣闊的山水空間

〔註48〕棋具清遠高逸之象徵義，參見本論文第五章第三節之三、「藝境」其2、「奕棋」。

來描寫，如上所引之詩歌，長松古寺予人雍穆靜謐之想，至於野泉潺潺、白雲悠悠或夕照移轉，則多隱含時光悄然流逝之意蘊，凡此，皆有助於塑造出心融於自然、沉浸於茗茶的生動形象，而透過這部分實景的描繪，作者也已暗示、象徵出一個清幽閒適的品茗情境，構成了一個極具藝術魅力的詩歌意境。其他如李嘉祐〈題裴十六少卿東亭〉（《全唐詩》卷二〇六）、錢起〈山齋獨坐喜玄上人至〉（《全唐詩》卷二三七）、戴叔倫〈與友人過山寺〉（《全唐詩》卷二七三）、李德裕〈憶茗芽〉（《全唐詩》卷四七五）、姚合〈寄元緒上人〉（《全唐詩》卷四九七）、周賀〈題畫公院〉（《全唐詩》卷五〇三）、張祐〈題普賢寺〉（《全唐詩》卷五一〇）、喻鳧〈蔣處士宅喜閒公至〉（《全唐詩》卷五四三）、賈島〈過雍秀才居〉（《全唐詩》卷五七二）、陸龜蒙〈奉和襲美初多章上人院〉（《全唐詩》卷六二二）、鄭谷〈重陽日訪元秀上人〉（《全唐詩》卷六七五）、盧延讓〈松寺〉（《全唐詩》卷七一五）、李中〈夏日書依上人壁〉（《全唐詩》卷七四八）、常達〈山居八詠〉其一（《全唐詩》卷八二三）、貫休〈題靈溪暢公墅〉（《全唐詩》卷八三〇）等等，均能於描寫飲茶的同時，呈現出清幽閒適的詩歌意境。這種詩歌意境的呈現，實爲中唐以後文人選擇品味閒適人生的反映〔註49〕。

綜觀唐代茶詩之藝術特色，大抵在詩歌情趣、詩歌語言與詩歌精神等方面，反映了中唐之後詩歌取材生活化、直敘曉暢、理性內省的藝術表現取向，而清幽閒適的詩歌意境，是中唐以後文人選擇品味閒適人生於詩歌中的投射。至於不拘一格的詩體運用，則使唐代茶詩展現了活潑、多樣化的風貌。

〔註49〕參見本論文第五章第一節之一、「品味閒適」。

第八章　結　論

　　通過以上各章之論述，現就唐代茶詩作一總體性的評價，而此問題可由詩歌本身之價值、文化反映之層面等兩方面來談：

第一節　就詩歌本身之價值而言

一、清幽閒適的詩境令人神往

　　鍾嶸〈詩品序〉云：「動天地、感鬼神，莫近乎詩。」又說：「使味之者無極，聞之者動心，是詩之至也。」這是說詩歌的效用是無所不至的，其藝術感染力之強，有時是令人不可思議的，如漢武帝讀司馬相如的〈大人賦〉大悅，飄飄有凌雲之氣似游天地之間意即是也（見《史記》卷一一七〈司馬相如列傳〉）。可見，好的文學作品能在潛移默化中打動讀者的情感，撼動人們的心靈，甚至於改造人們的靈魂，誠如德國姚斯（H‧R‧Jauss）所說：

> 閱讀經驗能夠將人們從一種生活實踐的適應、偏見和困境中解脫出來。在這種實踐中，它賦予人們一種對事物的新的感覺，這一文學的期待視界將自身區別於以前歷史上的生活實踐中的期待視界。歷史上生活實踐中的期待視界不僅維護實際經驗，而且也預期非現實的可能性，擴展對於新的要求、願望和目標

　　來說的社會行爲的有限空間，從而打開未來經驗之路〔註1〕。其意文學能改變人們原有生活經驗的視界，使人們對世界產生新的感覺、新的眼光從而建立起新的經驗視界，打開通向未來之路。因此，文學對於人生之重要性實乃毋庸置疑的。

　　唐代茶詩人擅長抓住事物具有典型意義的形象，於生動地描述品茶或茶事的同時，把清幽閒適的茶境自然地呈現在讀者的眼前〔註2〕。對處於科技一日千里、網路資訊發達、生活步調緊湊的二十一世紀人類來說，早已習慣了五光十色的刺激，感官心靈也日趨麻痺，乃至於以對立、偏頗的眼光來看待世界，物化了有情的宇宙。此時若能正視這些優美的詩篇，平心靜氣地閱讀它們，無異於爲逐漸枯竭的心靈注入一清涼劑，引發生命的美感，重新看待世界，感受宇宙萬物的有情，當吾人在詩人的帶領下進入那閒適悠邈的境界裏，它們便能適時地安慰、澄清、綏靖、提昇那苦悶、渾濁、狂亂、低級的人生，一如唐代詩人置身於茗茶的世界中，以調和愁懣憤激的衷腸、撫平心靈深處的創痛與憂惶。因此，唐代茶詩的美學價值，對現代人來說，就是創造那清幽閒適的詩境，讓人平息浮蕩譟動的心君，予人美的感受，令人神往不已。

二、具體而微反映中晚唐詩歌之風貌

　　茶葉，本似柴米油鹽般之平凡俗物；飲茶，本如喫飯睡覺般之日常瑣事，唐代文人卻能以獨特的審美眼光，發掘此平凡俗物、日常瑣事的情趣與韻味，賦予豐富的文學意蘊，把這細小瑣碎的題材處理得極爲高雅優美，使詩歌呈現出雅化生活的情趣；唐代茶詩之內容多描寫飲茶生活、記述茶事、抒發飲茶心得，或是批判貢茶、反映茶文化，故而不少選用形式自由之古體，以便於謀篇佈局和敷陳說理，且其詩

〔註1〕引自（聯邦德國）H. R. 姚斯著《走向接受美學》頁 51，，收入於周寧、金元浦譯，滕守堯審校《接受美學與接受理論》，瀋陽遼寧人民出版社，1987 年 9 月，
〔註2〕見本論文第七章第五節之論述。

語之語序多半正常流動、意脈貫通、敘述主體清晰可知，甚至有不避虛詞口語，近似散文之語言者，「直敘曉暢的詩歌語言」誠是唐代茶詩之一大藝術表現手法〔註3〕；唐代文人強調飲茶之心境貴在閒適虛靜，而這顆閒適虛靜的心正是理性平和、內斂自省的心，用這樣的一顆心品茶，自然也將這種心境反映在詩歌中，使唐代茶詩呈現出理性內省的詩歌精神〔註4〕；晚唐以後，許多茶詩往往用字妍麗、對仗精美、寫景纖巧幽深，流露出華美的詩風〔註5〕。此則唐代茶詩藝術表現之概括。

大致說來，中唐以後詩歌的創作趨向於發掘平凡的日常瑣物與身邊雜事，語言直敘曉暢，並透顯出「理性內省」的詩歌精神。晚唐以後，則詩風日趨華美。觀唐代茶詩的主體藝術表現，暗合中晚唐詩歌的發展趨勢，故知唐代茶詩誠具體而微地反映了中晚唐詩歌之風貌。

三、深具「承先啓後」之時代意義

茶詩在唐代以前可謂寥若晨星，然而唐以前漫長的飲茶歷史爲唐代茶風的興盛奠定了深厚的基礎，其間所產生的一些零星茶詩，也多少對唐代的茶詩起了一定的影響。中唐以後茶詩大增，特別是專意詠茶之詩歌始興於唐，這些詠茶詩的出現爲後世詩人又新添了一個詩歌創作題材；再者，由於唐代茶詩的藝術表現出色，後世詩人也喜愛借鏡之：（1）唐人詠茶的詩句往往成爲後世詩人的資產，每常引之入詩或化用之、融鑄之〔註6〕。（2）唐代茶詩雅化生活的

〔註3〕 見第七章第三節。
〔註4〕 見第七章第四節。
〔註5〕 見第四章第三節。
〔註6〕 著名如杜牧的「今日鬢絲禪榻畔，茶煙輕颺落花風。」（〈題禪院〉）結合鬢絲與茶煙，寫出了蒼老蕭瑟的心境，爲後代文人喜歡引用的一種意象。（見本論文第四章第二節之四、「高逸深遠的茶煙歌詠」）；盧仝的「七椀吃不得也，唯覺兩腋習習清風生。」（〈走筆謝孟諫議寄新茶〉）中之「七椀茶」、「兩腋清風」每被嗜茶善烹的騷人墨客所引。又，石韶華《宋代詠茶詩研究》：「宋代詠茶詩用典，殊爲平常。

詩歌情趣、以文爲詩的表現手法〔註 7〕，在藝術表現上啓發了宋代詠茶詩〔註 8〕。（3）唐代茶詩人批判貢茶，體現著關懷社會、悲天憫人的精神，也爲宋代茶詩人作了很好的示範〔註 9〕。

　　唐代茶詩既奠基於前代零星茶詩的基礎上，爲中國古典詩壇開闢了一新的詩歌題材，且又灌漑滋養了後代的詠茶詩，因此，從文學史的角度來看，唐代茶詩乃深具「承先啓後」之時代意義。

第二節　就文化反映之層面而言

一、反映唐代茶文化之層面廣泛具有史料參考之價值

　　唐代舉凡文人雅士、皇室貴族、僧人羽客或布衣處士，無不有茶詩之作，所反映之茶文化包含文人、宮廷、佛道和平民等四大層面，可謂相當廣泛的。其主要內涵爲：塗寫中唐以後文人的飲茶生活、彰顯唐代文人的飲茶情趣、呈現唐代文人的品茗情境，此爲反映文人茶文化之層面也〔註 10〕；刻劃宮廷飲茶的情形、描寫帝王賜茶予及第者、記載唐代的貢茶（包括貢茶的製造過程、刺史督造時一面逼催茶農一面假祭祀金沙泉之名而攜妓擺宴、以及驛騎疾馳送茶入京的情

不但喜引歷史茶事，更喜以唐人詠茶詩句爲資產，引用入詩。融鑄生新者有之，襲故乏善者亦有之……」（見頁 249，台北：文津出版社有限公司，1996 年 9 月）
〔註 7〕參見本論文第二章第四節及第七章第一節。
〔註 8〕石韶華《宋代詠茶詩研究》頁 77：「以俗爲雅的審美觀念，也促使『茶』廣泛地成爲詩人的創作題材。」，「以俗爲雅」的審美觀念實則發軔於杜甫，至中唐已成了普遍的詩歌創作取向。又同書頁 249：「宋人承前人『以文爲詩』之流而衍之，特別突出了以議論爲詩和以賦爲詩的部分，這兩項藝術技巧，在宋代詠茶詩裡，亦被廣泛運用。」可見宋代詠茶詩實受到唐代茶詩很大的啓發。
〔註 9〕石韶華《宋代詠茶詩研究》第五章第六節〈茶風茶俗的批判〉指出宋代詩人如趙汝騰、沈與求、張孝祥、蘇軾、晁沖之、徐璣等都曾賦詩批判貢茶動員役工的浩繁、以及引發的相關社會惡習。
〔註 10〕見第五章第一、二、三節。

形），此為反映宮廷茶文化之層面也〔註11〕；描述僧家道人以茶助修行、種茶製茶、用茶待客，記載寺院以茶供佛、僧人贈茶結緣，並指出寺院裏有負責為師父煎茶的烹茶童子，此為反映佛道茶文化之層面也〔註12〕；歌詠老百姓的飲茶生活、描繪茶區的風土民情、獵取百姓採茶製茶的鏡頭、記述唐代草市鎮的茶業貿易，此為反映平民茶文化之層面也〔註13〕。

　　唐代茶詩所反映之茶文化的層面是如此之廣，不但可以和相關茶史料相互印證，甚至可以補充史料記載之不足：（1）陸羽《茶經》雖於理論上規範了一定的煮茗方式與飲茶程序，不過關於唐人實際飲茶的情形卻未加著墨，至於張又新《煎茶水記》專意判別水第，蘇廙《十六湯品》旨在品評茶湯，溫庭筠《採茶錄》殘卷所記乃文人之瑣碎茶事，王敷〈茶酒論〉藉茶酒爭勝反映部分民間飲茶風俗，其他史書則記載茶葉相關史實等，而唐代茶詩所反映各階層的飲茶情形〔註14〕，便可補茶書史書這方面的不足。尤其陸羽推崇煮飲餅茶〔註15〕，對於他種飲法及其所需之茶器便略而不載，因此唐代茶詩中所見之茶托、茶瓶〔註16〕等，正可作為後人研究古代茶器之參考。（2）唐人所寫與茶聖陸羽交遊之茶詩，可供研究陸羽者之參考〔註17〕，甚至能提供有力的證據，如齊己〈過陸鴻漸舊居〉可為陸羽寫過自傳之佐證〔註18〕。（3）唐代茶詩之記載唐人茶會〔註19〕，陸龜蒙〈秘色越器〉和徐夤

〔註11〕　見第五章第四節之一、「宮廷茶文化」。
〔註12〕　見第五章第四節之二、「佛道茶文化」。
〔註13〕　見第五章第四節之三、「平民茶文化」。
〔註14〕　見第五章之論述。
〔註15〕　見第五章註75。
〔註16〕　茶托見鄭谷〈峽中嘗茶〉詩，參見本論文第七章第二節引；茶瓶見張蠙〈贈棲白大師〉詩，參見本論文第五章第二節之一、「幽野瀟灑的擇薪方式」引。
〔註17〕　如皇甫曾、皇甫冉兄弟皆有茶詩記述陸羽，見第四章第二節對此二人茶詩之介紹。
〔註18〕　見第四章第三節對齊己茶詩之介紹。
〔註19〕　見第五章第三節之二、「人境」其3、「茶會」。

〈貢餘秘色茶盞〉之歌詠秘色瓷碗〔註20〕，徐夤〈尚書惠蠟面茶〉之敘說蠟面茶〔註21〕，貫休〈上馮使君山水障子〉之描寫茶畫〔註22〕……凡此吉光片羽，彌足珍貴，皆具有史料之參考價值。

二、藉以窺知中唐以後文人之生命情調與生活型態

中唐以後茶風熾盛，可說已至全民皆飲的地步，就文人之階層來看，研究唐代茶詩，便可發現中晚唐文人們飲茶讀書、因茶興而賦詩吟詩、啜茶清談、烹茶待客、行旅攜茶、以茶爲人送別〔註23〕，茶已滲入他們的生活作息裏，隨意自然地和其他日常行事融爲一體。他們還以文人特有的審美眼光、文學想像賦予茶事活潑之情趣、豐富茶事之文學意蘊〔註24〕，並連繫琴、棋、書、畫、歌舞等雅事〔註25〕，使飲茶超越了解渴醒腦的實用層次，提昇至富於情韻美感的藝術層面，飲茶遂於文人那裏發展成一門休閒藝術。另一方面，從中唐開始，由於傳統文化體系內部矛盾發展及其生命力之逐漸衰竭，使得士大夫們任何試圖參與、調節集權政治的努力，都無法挽回頹勢，反而加劇士大夫階層和集權制度的矛盾、加深社會危機的程度、更強化了專制體制，士大夫本身也受盡了磨難與苦痛。因此，他們開始清醒地面對人生，了解到自己能力的有限，不再去追求那具永恆性的大悲大歡，而注意當下日常生活裏的小歡小樂，讓自己活得更輕鬆自在。茶葉之體性輕細小巧，符合士大夫文人們追求輕鬆自在的要求，慢節奏的煮飲過程充滿無窮的情趣，可讓人放鬆身心涵養性情，從而品味閒適的人生，飲茶對中唐以後的士大夫來說，其意義正在於此〔註26〕。所以，當文人把飲茶藝術納入園林生活中，

〔註20〕見第五章第二節之五、「愛賞不已的茶甌持玩」。
〔註21〕見第七章第二節引。
〔註22〕見第五章第三節之三、「藝境」其3、「觀書畫」引。
〔註23〕見第五章第一節。
〔註24〕見第五章第二節。
〔註25〕見第五章第三節之三、「藝境」。
〔註26〕見第二章第三節之論述。

這顯示出中唐以後文人的生命情調已趨向於輕逸而不再厚重〔註27〕，其生活型態以追求閒趣和愜意為主。

自中唐之文人開始熱衷構築園林過中隱生活，並耽於其間的飲茶、奕棋、吟詩、書畫等閒適之趣後，宋元明清之文人皆仿傚之，且越來越沉溺於壺天中隱〔註28〕，可見中唐正是中國傳統文人文化轉型的關鍵點。所以，唐代茶詩既反映了中晚唐文人的飲茶生活，展現其生命情調與生活型態，則研究唐代茶詩之同時，也能因而窺知中唐以後文人的生命情調與生活型態了。

三、據以考察唐代以下茶道及茶道思想的發展

雖然唐代的主流茶道－陸羽所提倡的碾煎飲法〔註29〕，自五代、宋以下已不時興，從碾茶成末沖以沸水的點注法、置散茶於壺或盞直接沏泡法，至今之多數年輕人逕飲加工過的罐裝茶飲料〔註30〕，代代皆有所創新。不過，唐代文人把解渴醒腦的飲茶活動提昇為充滿美感情趣的品茗藝術，他們幽野瀟灑的擇薪方式、意蘊無窮的取水之道、聞茶香、觀茶色、味茶湯、欣賞茶煙、持玩茶甌，乃至於對品茗情境的經營等等，均深深地影響了後世文人〔註31〕，時至今日，依然有人喜愛收集珍藏茶器、講究品茶的藝術、重視品茗的情境，而茶會的規

〔註27〕 劉學君在《文人與茶》一書中謂宋代文人的體性輕，並認為梅堯臣對歐陽修所下「輕逸」之評語，實符合宋代文人的人格體性。筆者竊意以為唐代茶詩中所呈現出的中晚唐人之生命情調實已趨向於輕逸了。

〔註28〕 參考王毅《園林與中國文化》第八編〈中國古代文化體系與中國古典園林體系的終結〉之說法。

〔註29〕 見本論文第五章第二節之三、「文雅雋永的煎飲過程」。

〔註30〕 關於各代茶道的演變，可以參考劉昭瑞《中國古代飲茶藝術》一、〈茶與飲茶小史〉：王玲《中國茶文化》第一編〈中國茶文化形成發展的概況〉；姚國坤、王存禮、程啓坤著《中國茶文化》一、〈茶文化之源〉之 2、「古今飲茶」；沈漢、朱自振著《中國茶酒文化史》第七章〈飲茶風俗和沖泡技藝〉等。

〔註31〕 見本論文第五章第二節、第三節之論述。

模是越來越龐大，甚至於成為國際性的組織，則唐代文人在品茗方面的貢獻至為鉅大；再就唐代茶詩中所透顯的茶道精神來看，「以茶怡情」、「和諧平靜」、「隨遇而安」、「淡泊儉約」、「崇尚自然」、「悲天憫人」、「茶禪一味」等思想，亦對後人產生極大的影響，並積澱成為中國茶道思想的特質了〔註32〕。

在日本茶道已在國際間打響了名號，而中國茶道又在近代之砲火煙硝與貧窮苦難中遭受摧折的現代，一談到茶道，許多人便誤以為是日本的國粹，殊不知「中國茶文化是一個大體系，日本茶道是摘取中國歷史上茶藝形式、茶道精神的部分內容，而又根據自己民族特點所創立的茶文化分支。」〔註33〕，就連「茶道」一詞也是起源於中國的唐朝〔註34〕，身為炎黃子孫的吾人，實在應該好好正視固有的優良傳統文化，並加以發揚光大才是。研究唐代茶詩誠有助於了解傳統茶道及茶道思想之根源，當然，有志者還可據以考察唐代以下茶道及茶道思想的發展，進而發揚中國傳統茶文化之精蘊。

〔註32〕陳香白《中國茶文化》中篇〈中國茶道——中國茶文化之核心〉特就中國茶道思想的層面來探討，指出中國的茶道形成於唐代，並分析中國茶道的核心思想為「和」，重要的義理內涵為追求人與自然的和諧關係——「天人合一」，促進人際的相互了解，重視以茶修養身心，強調茶人的德性……，他認為中國茶道的核心及義理定格於唐代。（山西人民出版社，2000年1月三刷）；林治《中國茶道》第二章〈中國茶道的基本精神〉謂中國茶道有四諦，即和、靜、怡、真，總地來說，其意「在茶事活動中融入哲理、倫理、道德，通過品茗來修身養性、陶冶情操、品味人生、參禪悟道，達到精神上的享受和人格上的澡雪，這才是中國飲茶的最高境界——茶道。」（見該書頁87）又謂臺灣中華茶藝協會第二屆大會通過的茶藝基本精神是「清、敬、怡、真」，蓋以為飲茶的真諦在於啟發智慧與良知，使人在生活中淡泊明志，儉德行事，臻於真、善、美的境界。（頁88）由此可見形成於唐代的茶道思想，實對後代茶人產生了莫大的影響，並積澱成為中國茶道思想的特質。

〔註33〕引自王玲《中國茶文化》頁328。

〔註34〕見本論文第六章之前言。

參考文獻

(按作者或編者姓氏筆劃爲序)

壹、茶學專著

1. 于良子:《談藝》(浙江:攝影出版社,2001 年 5 月)。

2. 田藝蘅(明):《煮泉小品》。

3. 王玲:《中國茶文化》(北京:中國書店,1992 年 12 月)。

4. 王河:《茶典逸況》(北京:光明日報出版社,1999 年 8 月)。

5. 王國安、要英編著:《茶與中國文化》(上海:漢語大詞典出版社,2001 年 6 月)。

6. 朱自振、陳祖槼編:《中國茶葉歷史資料選輯》(北京:農業出版社,1981 年)。

7. 朱小明:《茶史茶典》(台北:世界文物出版社,1990 年 7 月)。

8. 朱自振、沈漢著:《中國茶酒文化史》(台北:文津出版社,1995 年 12 月)。

9. 余悅:《問俗》(浙江:攝影出版社,1999 年 2 月)。

10. 余悅:《茶路歷程》(北京:光明日報出版社,1999 年 8 月)。

11. 阮浩耕編著:《茶之文史百題》(浙江:攝影出版社,2001 年 7 月)。

12. 林清玄:《茶味禪心》(台北:圓神出版社有限公司,2000 年 11 月)。

13. 林治:《中國茶道》(北京:中華工商聯合出版社,2001 年 6 月)。

14. 吳智和、許賢瑤主編:《中國茶書提要》(台北:博遠出版有限公司,1990 年)。

15. 吳旭霞:《茶館閒情》(北京:光明日報出版社,1999 年 8 月)。

16. 姚國坤、王存禮、程啓坤：《中國茶文化》（台北：洪葉文化事業有限公司，1995 年 1 月）。

17. 胡建程、浩耕合著：《紀茗》（浙江：攝影出版社，2000 年 2 月）。

18. 范增平：《茶藝學》（台北：萬卷樓圖書有限公司，2000 年 6 月）。

19. 梁子：《中國唐宋茶道》（陝西：人民出版社，1994 年 11 月）。

20. 孫洪升：《唐宋茶業經濟》（北京：社會科學文獻出版社，2001 年 1 月）。

21. 陸羽（唐）：《茶經》，收入《說郛》卷八三，（台北：新興書局（筆記小說大觀第二五編第二冊），1979 年 1 月）。

22. 陳香：《茶典》（台北：國家出版社，1988 年 9 月）。

23. 陳彬藩、余悅、關博文主編：《中國茶文化經典》（北京：光明日報出版社，1999 年 8 月）。

24. 陳宗懋：《中國茶經》（上海：文化出版社，1999 年 11 月）。

25. 陳香白：《中國茶文化》（山西：人民出版社，2001 年 1 月）。

26. 許次紓（明）：《茶疏》（上海：商務印書館，1936 年）。

27. 許賢瑤編譯：《中國古代喫茶史》（台北：博遠出版有限公司，1991 年 2 月）。

28. 寇丹編著：《鑒壺》（浙江：攝影出版社，2000 年 2 月）。

29. 張堂恒、劉祖生、劉岳耘編著：《茶‧茶科學‧茶文化》（遼寧：人民出版社，1994 年 3 月）。

30. 張科編著：《說泉》（浙江：攝影出版社，1999 年 2 月）。

31. 童啓慶：《習茶》（浙江：攝影出版社，2001 年 5 月）。

32. 聞龍（明）：《茶箋》（上海：神州國光社，1928 年）。

33. 趙佶（宋）（宋徽宗）：《大觀茶論》（上海：商務印書館，1930 年）。

34. 蔡襄（宋）：《茶錄》（台北：新文豐出版公司（叢書集成新編第四十七冊），1985 年 1 月）。

35. 劉昭瑞：《中國古代飲茶藝術》（台北：博遠出版有限公司，1992 年 4 月）。

36. 劉修明：《中國古代的飲茶與茶館》（台北：商務印書館，1995 年 6 月）。

37. 劉學君：《文人與茶》（北京：東方出版社，1997 年 6 月）。

38. 錢時霖：《中國古代茶詩選》（浙江：古籍出版社，1989 年 8 月）。

39. 《製茶技術》（中華民國行政院農業委員會茶業改良場，2001 年 12 月）。

貳、一般論著

一、文學、美學論著

1. 王忠林等合著：《中國文學史初稿》（台北：福記文化圖書有限公司，1985年5月）。

2. 王國瓔：《中國山水詩研究》（台北：聯經出版事業公司，1988年4月）。

3. 王運熙、顧易生：《中國文學批評史》（台北：五南圖書出版有限公司，1993年3月）。

4. 安旗：《李白研究》（台北：水牛圖書出版事業有限公司，1992年）。

5. 石韶華：《宋代詠茶詩研究》（台北：文津出版社，1996年9月）。

6. 吉川幸次郎（日本）：《宋詩概説》（台北：聯經出版事業公司，1988年9月）。

7. 成復旺、黃保眞、蔡鍾翔著：《中國文學理論史》（北京：出版社出版，1991年9月）。

8. 宗白華：《美學與意境》（台北：淑馨出版社，1989年4月）。

9. 林語堂：《生活的藝術》（上海書店（民國叢書第二編第六十五冊），1990年12月）。

10. 吳庚舜、董乃斌主編：《唐代文學史》（北京：人民文學出版社，1995年12月）。

11. 周作人：《知堂文集》（河北教育出版社，2002年1月）。

12. H.R.姚斯（聯邦德國）：《走向接受美學》，收入周寧、金元浦譯，滕守堯審校：《接受美學與接受理論》（瀋陽：遼寧人民出版社，1987年9月）。

13. 皎然（唐）：《詩式》（台北：商務印書館，1965年）。

14. 黃叔琳校注：《文心雕龍注》（台北：開明書店，1985年10月）。

15. 葉慶炳：《中國文學史》（台北：學生書局，1997年8月）。

16. 敏澤：《中國文學理論批評史》（吉林：教育出版社，1993年3月）。

17. 張少康：《古典文藝美學論稿》（台北：淑馨出版社，1989年11月）。

18. 張高評：《宋詩之新變與代雄》（台北：洪葉文化事業有限公司，1995年9月）。

19. 葛曉音：《山水田園詩派研究》（遼寧：大學出版社，1993年1月）。

20. 賈晉華：《唐代集會總集與詩人群研究》（北京：大學出版社，2001年6月）。

21. 楊玉華：《文化轉型與中國古代文論的嬗變》（成都：巴蜀書社，2000年七月）。

22. 劉大杰:《中國文學發展史》(台北:華正書局,1986年6月)。

23. 劉守華、巫瑞書主編:《民間文學導論》(武漢:長江文藝出版社,1993年2月)。

24. 蔡英俊:《比興、物色與情景交融》(台北:大安出版社,1986年5月)。

25. 韓經太:《中國詩歌史論》(吉林:教育出版社,1995年12月)。

26. 蕭華榮:《中國詩學思想史》(上海;華東大學出版社,1996年4月)。

二、詩話筆記類

1. 文震亨(明):《長物志》(台北:藝文印書館(百部叢書集成),1966年)。

2. 李商隱(唐):《義山雜纂》(台北:新興書局,1988年)。

3. 李肇(唐):《翰林志》(台北:藝文印書館,1965年)。

4. 李沖昭(唐):《南嶽小錄》(台北:藝文印書館,1965年)。

5. 李昉(宋):《太平廣記》(台北:新興書局,1988年)。

6. 吳喬(清):《圍爐詩話》(台北:藝文印書館(適園叢書本),1967年)。

7. 周勛初校證、王讜(宋)撰:《唐語林校證》(北京:中華書局,1987年)。

8. 胡應麟(明):《詩藪》(台北:廣文書局,1973年)。

9. 胡震亨(明):《唐音癸籤》(台北:木鐸出版社,1982年)。

10. 封演(唐):《封氏聞見記》(台北:新文豐出版公司,1983年)。

11. 徐獻忠(明):《吳興掌故集》(台北:成文出版社,1983年)。

12. 陸時雍(明):《詩鏡總論》,收入《歷代詩話》第四函,(江蘇:無錫久保文庫,1916年)。

13. 曹臣(明):《舌華錄》(上海:新文化書社,一九三四年)。

14. 曹鄴(唐):〈梅妃傳〉,收入《說郛》卷三十八,(台北:新興書局(筆記小說大觀第二十五編第一冊),1979年1月)。

15. 屠隆(明):《考槃餘事》(台北:藝文印書館,1965年)。

16. 許學夷(明):《詩源辨體》(北京:人民文學出版社,1987年)。

17. 葉燮(清):《原詩》,收入丁福保編:《清詩話》(台北:木鐸出版社,1988年9月)。

18. 程大昌(宋):《演繁露續集》(北京:中華書局,1991年)。

19. 圓仁(日僧):《入唐求法巡禮行記》(台北:文海出版社,1971年)。

20. 楊華（唐）：《膳夫經手錄》（台北：新文豐出版公司，1989 年）。

21. 趙翼（清）：《甌北詩話》（台北：廣文書局，1971 年 5 月）。

22. 趙璘（唐）：《因話錄》（台北：藝文印書館，1965 年）。

23. 歐陽修（宋）：《六一詩話》，收入於《宋詩話全編》第一冊，（江蘇：古籍出版社，1998 年 12 月）。

24. 謝榛（明）：《四溟詩話》（台北：藝文印書館，1967 年）。

25. 韓偓（唐）：《金鑾密記》（上海：商務印書館，1930 年）。

26. 蘇鶚（唐）：《杜陽雜編》（台北：商務印書館，1979 年）。

三、經史類

1. 王欽若（宋）：《冊府元龜》（台北：中華書局，1967 年）。

2. 孔穎達（唐）等：《毛詩正義》（台北：藝文印書館，1989 年 1 月）。

3. 司馬光（宋）：《資治通鑑》（台北：商務印書館，1967 年）。

4. 李肇（唐）：《唐國史補》（台北：藝文印書館，1966 年）。

5. 李吉甫（唐）：《元和郡縣圖志》（台北：藝文印書館，1966 年）。

6. 李林甫（唐）：《唐六典》（台北：商務印書館（四庫全書珍本），1976 年）。

7. 辛文房（清）：《唐才子傳》（台北：廣文書局，1969 年）。

8. 宋雷（明）：《西吳里語》（台北：藝文印書館，1972 年）。

9. 杜佑（唐）：《通典》（台北：商務印書館，1987 年）。

10. 房玄齡（唐）撰：《晉書》（台北：藝文印書館，1972 年）。

11. 范曄（南朝宋）：《後漢書》（台北：藝文印書館，1958 年）。

12. 陳壽（晉）：《三國志》（台北：藝文印書館，1958 年）。

13. 常璩（晉）：《華陽國志・巴志》（台北：中華書局，1966 年 3 月）。

14. 莊綽（宋）：《雞肋編》（台北：商務印書館，1966 年）。

15. 喬繼堂等編著：《中國皇帝全傳》（北京：工商出版社，1996 年 3 月）。

16. 楊衒之（北魏）：《洛陽伽藍記》（台北：正文書局，1982 年 9 月）。

17. 楊家駱主編：《新校本史記三家注并附編二種一》（台北：鼎文書局，1985 年 3 月）。

18. 賈公彥（唐）等：《周禮注疏》（台北：藝文印書館，1989 年 1 月）。

19. 趙明誠（宋）：《金石錄》（台北：商務印書館，1981 年）。

20. 鄭元慶（清）：《石柱記箋釋》（台北：藝文印書館，1965 年）。

21. 劉昫（後晉）等撰：《舊唐書》（台北：藝文印書館，1972 年）。

22. 蔣伯潛廣解、朱熹（宋）集註：《論語》（台北：啓明書局）。

23. 蔣伯潛廣解、朱熹（宋）集註：《孟子》（台北：啓明書局）。

24. 蔣伯潛廣解、朱熹（宋）集註：《學庸》（台北：啓明書局）。

25. 談鑰（宋）：《嘉泰吳興志》（台北：成文出版社，1983 年）。

26. 歐陽修、宋祁（宋）撰：《新校本新唐書》（台北：鼎文書局，1978 年）。

27. 蕭子顯（南朝梁）：《南齊書》（台北：藝文印書館，1972 年）。

四、別集類

1. 文徵明（明）：《文徵明集》（上海古籍出版社，1987 年）。

2. 李綱（宋）：《梁溪集》（台北：故宮博物院，1997 年）。

3. 孫枝蔚（清）：《溉堂續集》（上海：古籍出版社，1979 年）。

4. 唐之淳（明）：《唐愚士詩》（台北：商務印書館（四庫全書本），1983 年）。

5. 郭芬（清）：《學源堂詩集》（台北：文海出版社，1970 年）。

6. 黃滔（唐）：《黃御史文集》（台北：商務印書館，1979 年）。

7. 陸游（宋）：《陸放翁全集》（台北：河洛出版社，1975 年 5 月）。

8. 楊倫（清）編輯：《杜詩鏡詮》（台北：藝文印書館，1978 年 3 月）。

9. 楊萬里（宋）：《楊誠齋文集》（台南成功大學複印本）。

10. 楊爵（明）：《楊忠介集》（台北：商務印書館（四庫全書本），1983 年）。

11. 楊勇：《陶淵明集校箋》（台北：正文書局，1987 年 1 月）。

12. 劉辰翁（宋）：《須溪集》（台北：商務印書館（四庫全書本），1973 年）。

13. 蕭穎士（唐）：《蕭茂挺文集》（台北：商務印書館（四庫全書本），1981 年）。

14. 謝翱（宋）：《晞髮集》（台北：商務印書館（四庫全書本），1983 年）。

15. 蘇軾（宋）：《蘇軾詩集》（北京：中華書局，1992 年 4 月）。

五、總集選集類

1. 丁仲祜編：《全漢三國晉南北朝詩》（台北：藝文印書館，1983 年）。

2. 昭明太子（南朝梁）：《文選》：（台北：藝文印書館，1989 年 1 月）。

3. 徐陵（南朝陳）編：《玉臺新詠》（台北：商務印書館，1968 年）。

4. 疾風選注：《陸放翁詩詞選》（台北：華正書局，1974 年 10 月）。

5. 清聖祖御定、曹寅等修纂：《全唐詩》（北京：中華書局，1996 年 1 月）。

6. 陳尚君輯校：《全唐詩補編》（北京：中華書局，1992 年 10 月）。

7. 張溥編：《漢魏六朝百三家集》（台北：新興書局，1963 年）。

8. 隋樹森：《全元散曲》（台北：漢京文化事業有限公司，1983 年 12 月）。

9. 逯欽立輯校：《先秦漢魏晉南北朝詩》（台北：木鐸出版社，1983 年 9 月）。

10. 傅璇琮等編：《全宋詩》（北京大學，1991 年）。

11. 董誥（清）等奉編：《全唐文》（上海：古籍出版社，1993 年）。

12. 潘重規編著：《敦煌變文集新書》（台北：文津出版社，1994 年 12 月）。

六、思想文化類

1. 王毅：《園林與中國文化》（上海：人民出版社，1991 年 7 月）。

2. 王熙元：〈中國文學中的文化精神〉，收入《中華文化的過去現在和未來》（北京：中華書局，1992 年）。

3. 李威熊：《中國文化精神的探索》（台北：黎明文化事業股份有限公司，1985 年 11 月）。

4. 李滌生：《荀子集釋》（台北：學生書局，1986 年 10 月）。

5. 李鍌、邱燮友、周何、應裕康編著：《中國文化概論》（台北：三民書局，1994 年 8 月）。

6. 李斌城、李錦繡、張澤咸、吳麗娛、凍國棟、黃正建著：《隋唐五代社會生活史》（北京：中國社會科學出版社，1998 年 7 月）。

7. 李乃龍：《雅人深致與宗教情緣－唐代文人的生活樣態》（台北：文津出版社，2000 年 5 月）。

8. 尚永亮：《科舉之路與宦海浮沉－唐代文人的仕宦生涯》（台北：文津出版社，2000 年 5 月）。

9. 尚永亮、李乃龍合著：《浪漫情懷與詩化人生－唐代文人的精神風貌》（台北：文津出版社，2000 年 5 月）。

10. 姚南強：《禪與唐宋作家》（江西：人民出版社，1998 年 1 月）。

11. 查屏球：《唐學與唐詩－中晚唐詩風的一種文化考察》（北京：商務印書館，2000 年 5 月）。

12. 桓譚（漢）：《新論》（台北：藝文印書館，1965 年）。

13. 孫昌武：《唐代文學與佛教》（台灣新店：谷風出版社，1987 年 5 月）。

14. 孫昌武：《道教與唐代文學》（北京：人民文學出版社，2001 年 3 月）。

15. 游國恩：《游國恩學術論文集》（北京：中華書局，1989 年）。

16. 張弓：《漢唐佛寺文化史》（北京：中國社會科學出版社，1997 年 12 月）。

17. 管仲（春秋）：《管子》（台北：商務印書館，1967 年）。

18. 寧稼雨：《魏晉風度》（北京：東方出版社，1992 年 9 月）。

19. 裴建平：《法門寺佛教文化奇跡—舍利・寶塔・地宮》（四川：教育出版社，1996 年 9 月）。

20. 瞿明安：《隱藏民族靈魂的符號—中國飲食象徵文化論》（昆明：雲南大學出版社，2001 年 7 月）。

七、工具書

1. 李昉（宋）：《太平御覽》（台北：商務印書館，1967 年）。

2. 李時珍（清）：《本草綱目》（北京：學苑出版社，1992 年 12 月）。

3. 范之麟、吳庚舜主編：《全唐詩典故辭典》（湖北：辭書出版社，1989 年 2 月）。

4. 高承（宋）：《事物紀原》（台北：藝文印書館，1967 年）。

5. 程千帆等撰寫：《唐詩鑑賞辭典》（上海：辭書出版社，1992 年 8 月）。

6. 歐陽洵（唐）：《藝文類聚》（上海：古籍出版社，1965 年）。

參、論文與期刊

一、論　文

1. 呂瑞萍：《宋代詠茶詞研究》（臺灣：師範大學國文研究所碩士論文，2000 年）。

2. 李書群：《唐代飲茶風氣及其對文學影響之研究》（臺灣大學中文研究所碩士論文，1992 年）。

3. 蔣作貞：《唐人飲茶風尚——兼論茶的產銷、茶法、製造》（東海大學歷史研究所碩士論文，1995 年）。

二、期　刊

1. 王能傑：〈白樂天之茶飲藝術〉，《國立臺灣體專學報》第一期，1992 年 6 月。

2. 王宏樹、汪前合撰:〈飲茶對人體的保健作用與生理功能〉,《農業考古·中國茶文化專號7》,1994年第二期。

3. 布目潮渢(日本):〈白居易的喫茶〉,收入許賢瑤編譯《中國古代喫茶史》,台北:博遠出版有限公司,1991年2月。

4. 石山:〈佛教與茶文化〉,《農業考古·中國茶文化專號19》,2000年第二期。

5. 周勛初:〈元和文壇的新風貌〉,《唐代文學研究》第三輯,(桂林:廣西師範大學出版社,1992年8月)。

6. 周兆望:〈略論兩晉南北朝飲茶風氣的形成和轉盛〉,《農業考古—中國茶文化專號7》,1994年第二期。

7. 袁行霈:〈論意境〉,《文學評論》,1980年第四期。

8. 梅祖麟:〈文法與詩中的模稜〉,《中央研究院史語研究所集刊》第三十九本,1969年。

9. 陳貽焮:〈從元白和韓孟兩大詩派略論中晚唐詩歌的發展〉,收入《論詩雜著》,北京大學出版社,1989年。

10. 陳欽育:〈唐代茶的生產與運銷〉,《故宮文物月刊》第七卷第九期,1989年12月。

11. 莫礪鋒:〈論宋詩的「以俗為雅」及其文化背景〉,國際宋代文化研討會論文,1991年7月。

12. 程光裕:〈茶與唐宋思想界及政治社會關係〉,收入《中國茶藝論叢》第一輯,(台北:大立出版社,1985年5月)。

13. 程千帆:〈韓愈以文為詩說〉,《古代文學理論研究叢刊》第一輯。

14. 楊承祖:〈論元結詩的直樸現實特色〉,《第二屆國際漢學會議論文集》(台北:中央研究院,1989年6月)。

15. 葛兆光:〈從宋詩到白話詩〉,收入《宋詩綜論叢編》,高雄:麗文文化事業股份有限公司,1993年10月。

16. 廖寶秀:〈從考古出土飲器論唐代的飲茶文化〉,《故宮學術季刊》第八卷第三期,1991年。

17. 廖寶秀:〈圭璧相壓疊,積芳莫能加—試論唐代圭璧形餅茶與茶碾〉,《故宮文物月刊》九卷六期,1991年9月。

18. 錢時霖:〈陸文學自傳真偽考〉,《中國茶葉加工》,1988年第一期。

19. 錢時霖:〈陸文學自傳真偽考辨〉,《農業考古·中國茶文化專號19》,2000年第二期。

20. 錢大寧:〈陸羽《茶經》的人文精神〉,《農業考古·中國茶文化專號

19》，2000 年第二期。

21. 嚴耕望：〈唐人習業山林寺院之風尚〉，收入《唐史研究叢稿》，新亞
　　研究所，1996 年。

附錄：唐代茶詩目錄

說　明：

1. 本表之茶詩係根據北京中華書局於一九九六年出版的《全唐詩》
   及一九九二年出版的《全唐詩補編》輯錄而成。（《全唐詩補編》
   包括王重民之《補全唐詩》和《補全唐詩拾遺》、孫望《全唐詩補
   逸》、童養年《全唐詩續補遺》、陳尚君《全唐詩續拾》等）。
2. 詩題一望即知爲茶詩者，不附詩句；由詩題難以判別爲茶詩者，
   附上有關茶事的詩句，以明其確爲茶詩。
3. 詩作錄自《全唐詩》者，但標卷數；詩作錄自《全唐詩補編》者，
   將於備註欄詳標出處。
4. 作者欄空白者，表作者同上；卷數亦同。
5. 若一首詩作者兩見，亦說明於備註欄。

作者	詩題	卷數	詩句	備註
鮑君徽	〈惜花吟〉	7	紅爐煮茗松花香	
	〈東亭茶宴〉			
錢俶	〈宮中作〉	8	西第晚宜供露茗	
李泌	〈賦茶〉（句）	109	旋沫翻成碧玉池	
蔡希寂	〈登福先寺上方然公禪室〉	114	茶果仍留歡	
王維	〈酬黎居士淅川作〉	125	石唇安茶臼	
	〈贈吳官〉		無箇茗糜難御暑	
	〈酬嚴少尹徐舍人見過不遇〉	126	君但傾茶碗	
	〈河南嚴尹弟見宿弊廬訪別人賦十韻〉	127	茶香透竹叢	
裴迪	〈西塔寺陸羽茶泉〉	129		
儲光羲	〈喫茗粥作〉	136		
王昌齡	〈洛陽尉劉晏與府掾諸公茶集天宮寺岸道上人房〉	141		
劉長卿	〈惠福寺與陳留諸官茶會〉	149		
李華	〈雲母泉詩〉	153	氣染茶甌馨	
孟浩然	〈清明即事〉	159	酌茗聊代醉	
李白	〈答族姪僧中孚贈玉泉仙人掌茶〉	178		
	〈陪族叔當塗宰遊化城寺升公清風亭〉	179	茗酌待幽客	
韋應物	〈澄秀上座院〉	192	何人適煮茗	
	〈簡寂觀西澗瀑布下作〉		茶果邀眞侶	
	〈喜園中茶生〉	193		
張謂	〈道林寺送莫侍御〉	197	飲茶聊勝酒	
岑參	〈聞崔十二侍御灌口夜宿報恩寺〉	198	煮茗柴門香	
	〈郡齋平望江山〉	200	園畦半種茶	
	〈暮秋會嚴京兆後廳竹齋〉		甌香茶色嫩	
包佶	〈抱疾謝李史部贈訶黎勒葉〉	205	茗飲暫調氣	
李嘉祐	〈送陸士倫宰義興〉	206	綠茗蓋春山	
	〈題裴十六少卿東亭〉		傾茶兼落帽	
	〈同皇甫侍御題薦福寺一公房〉		啜茗翻眞偈	
	〈贈王八衢〉	207	茶甌對說詩	
	〈奉和杜相公長興新宅即事呈元相公〉		映日自傾茶	
	〈秋曉招隱寺東峰茶宴送內弟閻伯均歸江州〉			

作 者	詩　　題	卷數	詩　句	備　註
	〈與從弟正字從兄兵曹宴集林園〉		美酒香茶慰所思	
	〈七言登北山寺西閣樓馮禪師茶酌贈崔少府一首〉			《全唐詩續拾》卷十六
皇甫曾	〈送陸鴻漸山人採茶回〉	210		
高　適	〈同群公宿開善寺贈陳十六所居〉	212	飲酒不勝茶	
杜　甫	〈寄贊上人〉	218	柴荊具茶茗	
	〈巳上人茅齋〉	224	茶瓜留客遲	
	〈夜宴左氏莊〉		煎茗引杯長	
	〈重過何氏五首〉其三		春風啜茗時	
	〈進艇〉	226	茗飲蔗漿攜所有	
	〈又於韋處乞大邑瓷盌〉			
	〈迴櫂〉	233	端居茗續煎	
錢　起	〈山齋獨坐喜玄上人夕至〉	237	言忘綠茗杯	
	〈過長孫宅與朗上人茶會〉	237		
	〈過張成侍御宅〉	239	杯裏紫茶香代酒	
	〈與趙莒茶宴〉			
張　繼	〈山家〉	242	莫嗔焙茶煙暗	一作顧況詩
韓　翃	〈送南少府歸壽春〉	243	楚雨移茶灶	
	〈尋胡處士不遇〉	244	晴日照茶巾	
	〈同中書劉舍人題青龍上房〉		更憐茶興在	
皇甫冉	〈送陸鴻漸棲霞寺採茶〉	249		
	〈尋戴處士〉	250	擣茶松院深	一作許渾詩
秦　系	〈山中贈張正則評事〉	260	山茶邀上客	
嚴　維	〈奉和獨孤中丞遊雲門寺〉	263	新詩酌茗論	
顧　況	〈焙茶塢〉	267		
	〈過山農家〉		莫嗔焙茶煙暗	一作張繼詩
戴叔倫	〈南野〉	273	茶烹松火紅	
	〈春日訪山人〉		分泉遶煮茶	
	〈與友人過山寺〉		茶香別院風	
	〈題橫山寺〉		老衲供茶盌	
盧　綸	〈送惟良上人歸江南〉	276	注瓶寒浪靜	
	〈新茶詠寄上西川相公二十三舅大夫二十二舅〉	279		

作　者	詩　　題	卷數	詩　句	備　註
王　建	〈七泉寺上方〉	297	煮茶傍寒松	
	〈酬柏侍御聞與韋處士同遊靈臺寺見寄〉		竹籠盛茶甌	
	〈荊南贈別李肇著作轉韻詩〉		蜀茶憂遠熱	
	〈飯僧〉	299	消氣有薑茶	
	〈原上新居十三首〉其七		鎖茶藤篋密	
	〈寄汴州令狐相公〉	300	水門向晚茶商鬧	
	〈宮詞百首〉其七	302	宮人手裏過茶湯	
陸　羽	〈歌〉	308		
于　鵠	〈送李明府歸別業〉	310	茅屋有茶煙	
	〈贈李太守〉		搗茶書院靜	
袁　高	〈茶山詩〉	314		
武元衡	〈津梁寺採茶與幕中諸公遍賞芳香尤異因題四韻兼呈郎中〉	316		
	〈資聖寺賁法師晚春茶會〉			
蕭　祐	〈遊石堂觀〉	318	碧甌浮花酌春茗	
權德輿	〈伏蒙十六叔寄示喜慶感懷三十韻因獻之〉	322	烹茶含露新	
	〈奉和許閣老霽後慈恩寺杏園看花同用花字口號〉	326	支頤啜茗花	
	〈與沈十九拾遺同遊棲霞寺上方於亮上人院會宿二首〉其二		開吟茗花熟	
羊士諤	〈南池晨望〉	332	茶對石泉清	
令狐楚	〈奉和嚴司空重陽日同崔常侍崔郎及諸公登龍山落帽臺佳宴〉	334	茗碗寒供白露芽	一作元稹詩
裴　度	〈涼風亭睡覺〉	335	一甌新茗侍兒煎	
韓　愈	〈燕河南府秀才得生字〉	339	芳茶出蜀門	
柳宗元	〈同劉二十八院長述舊言懷感時書事奉寄灃州張員外使君五十二韻之作因其韻增至八十通贈二君子〉	351	邀持當酒茶	
	〈巽上人以竹閒自採新茶見贈酬之以詩〉			
	〈奉和周二十二丈酬郴州侍郎衡江夜泊得韶州書并附當州生黃茶一封率然成篇代意之作〉	352		

作　者	詩　　題	卷數	詩　句	備　註
	〈夏晝偶作〉		山童隔竹敲茶臼	
劉禹錫	〈西山蘭若試茶歌〉	356		
	〈秋日過鴻舉法師寺院便送歸江陵〉	357	客至茶煙起	
	〈病中一二禪客見問因以謝之〉		添爐烹雀舌	
	〈酬樂天閒臥見寄〉	358	詩情助茶爽	
	〈送蘄州李郎中赴任〉	359	松花滿盌試新茶	
	〈寄楊八壽州〉		茗園晴望似龍鱗	
	〈武陵書懷五十韻〉	362	茗折蒼溪秀	
	〈浙西李大夫述夢四十韻并浙東元相公酬和斐然繼聲〉	363	茶爐依綠筍	
	〈洛中送韓七中丞之吳興口號五首〉其五	365	春山擁妓採茶時	
	〈嘗茶〉			
張文規	〈吳興三絕〉	366	明月峽中茶始生	
	〈湖州貢焙新茶〉			
孟　郊	〈越中山水〉	375	茗園無荒疇	
	〈與王二十一員外涯遊昭成寺〉	376	話茗含芳春	
	〈題韋承總吳王故城下幽居〉		畫情茶味新	
	〈宿空姪院寄澄公〉	378	茗椀華舉舉	
	〈送玄亮詩〉	379	茗啜綠淨花	
	〈憑周況先輩於朝賢乞茶〉	380		
張　籍	〈山中贈日南僧〉	384	穿林自種茶	
	〈寄友人〉		採茶尋遠澗	
	〈贈姚合少府〉		爲客燒茶灶	
	〈夏日閒居〉		茶過卯時煎	
	〈和陸司業習靜寄所知〉		僧到出茶床	
	〈和左司元郎中秋居十首〉其六		秋茶莫夜飲	
	〈和左司元郎中秋居十首〉其八		茶房不壘階	
	〈送枝江劉明府〉	385	應過碧澗早茶時	
	〈茶嶺〉	386		
	〈送旺師〉		九星臺下煎茶別	
盧　全	〈示添丁〉	387	日高始進一椀茶	

作者	詩　　題	卷數	詩　　句	備　　註
	〈蕭宅二三子贈答詩二十首－客謝竹〉		必有煎茶厄	
	〈走筆謝孟諫議寄新茶〉	388		
	〈憶金鵝山沈山人二首〉其一		一片新茶破鼻香	
李賀	〈始爲奉禮憶昌谷山居〉	390	土甌封茶葉	
劉叉	〈冰柱〉	395	滿甌泛泛烹春茶	
元稹	〈解秋十首〉其六	402	夢覺茶香熟	
	〈和友封題開善寺十韻〉	408	旋蒸茶嫩葉	
	〈貶江陵途中寄樂天杓直直以員外郎判鹽鐵樂天以拾遺在翰林〉	412	紫芽嫩茗和枝采	
	〈奉和嚴司空重陽日同崔常侍崔郎中及諸公登龍山落帽臺佳宴〉	413	茗碗寒供白露芽	一作令狐楚詩
	〈早春登龍山靜勝寺時非休浣司空特許是行因贈幕中諸公〉		山茗粉含鷹觜嫩	
	〈春分投簡陽明洞天作〉	423	亥茶闐小市	
	〈一字至七字詩－茶〉			
白居易	〈昆明春〉	426	吳興山中罷榷茗	
	〈首夏病間〉	429	或飲一甌茗	
	〈麴生訪宿〉		茶果迎來客	
	〈春遊西林寺〉	430	陽叢抽茗芽	
	〈詠意〉		或飲茶一甌	
	〈香鑪峰下新置草堂即事詠懷題於石上〉		斸壍開茶園	
	〈食後〉		起來兩甌茶	
	〈宿藍溪對月〉	431	聊將茶代酒	
	〈山路偶興〉		泉憩茶數甌	
	〈郡齋暇日辱常州陳郎中使君早春晚坐水西館書事詩十六韻見寄亦以十六韻酬之〉		稍藝煎茶火	
	〈官舍〉		起嘗一甌茗	
	〈送張山人歸嵩陽〉	435	殘茶冷酒愁殺人	
	〈琵琶行〉		前月浮梁買茶去	
	〈題施山人野居〉	436	夜火焙茶香	
	〈蕭員外寄新蜀茶〉	437		

作者	詩　題	卷數	詩　句	備　註
	〈題周皓大夫新亭題字二十二韻〉	438	茶香飄紫筍	
	〈北亭招客〉	439	深爐敲火炙新茶	
	〈遊寶稱寺〉		茶新碾玉塵	
	〈春末夏初閒遊江郭二首〉其一		濃煎白茗芽	
	〈重題四首〉其二		藥圃茶園爲產業	
	〈謝李六郎中寄新蜀茶〉			
	〈清明日送韋侍御貶虔州〉	440	出火煮新茶	
	〈江州赴忠州至江陵以來舟中示舍弟五十韻〉		泛甌茶如乳	
	〈吟元郎中白鬚詩兼飲雪水茶因題壁上〉	442		
	〈新居早春二首〉其二		留客伴嘗茶	
	〈新昌新居書事四十韻因寄元郎中張博士〉		蒙茶到始煎	
	〈山泉煎茶有懷〉	443		
	〈東院〉		病來肺渴覺茶香	
	〈偶作二首〉其二	445	或飲茶一盞	
	〈履道新居二十韻〉	446	攜茶上小舟	
	〈夜泛陽塢入明月灣即事寄崔湖州〉	447	爲報茶山崔太守	
	〈夜聞賈常州崔湖州茶山境會想羨歡宴因寄此詩〉			
	〈春盡勸客酒〉		行茶使小娃	
	〈琴茶〉	448		
	〈贈東鄰王十三〉		破睡見茶功	
	〈宿杜曲花下〉		斑竹盛茶櫃	
	〈鏡換杯〉	449	茶能散悶爲功淺	
	〈病假中龐少尹攜魚酒相過〉		閒停茶椀從容語	
	〈自題新昌居止因招楊郎中小飲〉		寒食深爐一椀茶	
	〈不出〉		席上餘杯對早茶	
	〈酬夢得秋夕不寐見寄〉		渴聽碾茶聲	
	〈想東遊五十韻〉	450	僧待置茶甌	
	〈蕭庶子相過〉		愛酒不嫌茶	

作　者	詩　　　題	卷數	詩　句	備　　註
	〈即事〉		籠暖焙茶煙	
	〈偶吟二首〉其二		晴教曬藥泥茶灶	
	〈晚起〉	451	融雪煎香茗	
	〈府西池北新葺水齋即事招賓偶題十六韻〉		午茶能散睡	
	〈立秋夕有懷夢得〉	452	夜茶一兩杓	
	〈睡後茶興憶楊同州〉	453		
	〈何處堪避暑〉		覺來茶一甌	
	〈重修香山寺畢題二十二韻以紀之〉	454	泉冷洗茶甌	
	〈營閒事〉		晚送一甌茶	
	〈晚春閒居楊工部寄詩楊常州寄茶同到因以長句答之〉			
	〈早服雲母散〉		酒渴春深一椀茶	
	〈和楊同州寒食乾坑會後聞楊工部欲到知予與工部有宿酲〉	455	引手索茶時	
	〈新亭病後獨坐招李侍郎公垂〉	456	趁泥暖茶灶	
	〈閒臥寄劉同州〉		鼻香茶熟後	
	〈池上逐涼二首〉其二		茶教纖手侍兒煎	
	〈楊六尚書新授東川節度使代妻戲賀兄嫂二絕〉其二		可能空寄蜀茶來	
	〈謝楊東川寄衣服〉	457	春茶未斷寄秋衣	
	〈繼之尚書自余病來寄遺非一又蒙覽醉吟先生傳題詩以美之今以此篇用伸酬謝〉	458	茶藥贈多因病久	
	〈春盡日〉	459	渴嘗一盌綠昌明	
	〈閒眠〉	460	盡日一餐茶兩碗	
	〈招韜光禪師〉	462	齋罷一甌茶	
劉　眞	〈七老會詩〉	463	山茗煮時秋霧碧	
楊嗣復	〈謝寄新茶〉	464		
楊　衡	〈經端溪峽中〉	465	搴茗庶䓲熱	
车　融	〈遊報本寺〉	467	茶煙裊裊籠禪榻	
劉言史	〈與孟郊洛北野泉上煎茶〉	468		
	〈立秋日〉		老性容茶少	

作 者	詩 題	卷數	詩 句	備 註
李德裕	〈故人寄茶〉	475		一作曹鄴詩
	〈憶平泉雜詠－憶茗芽〉			
李 涉	〈春日三朅來〉其二	477	山上朅來採新茗	
	〈題宇文秀才櫻桃〉		趁愁得醉眼麻茶	
韋處厚	〈盛山十二詩－茶嶺〉	479		
李 紳	〈憶壽春廢虎坑余以春二月至郡主吏舉所職稱霍山多虎每歲採茶爲患擇肉於人至春常修陷阱數十所勒獵者採其皮睛余悉除罷之是歲虎不復爲害至余去郡三載〉	480		
	〈別石泉〉	482	茗折香芽泛玉英	
鮑 溶	〈漢宮詞〉	487	宮槐茶落西風起	
殷堯藩	〈暮春述懷〉	492	野禽無語避茶煙	
施肩吾	〈蜀茗詞〉	494		
	〈春霽〉		煎茶水裏花千片	
	〈句〉		茶爲滌煩子	
	〈過桐廬場鄭判官〉		偶因榷茗來桐廬	《全唐詩續補遺》卷六
姚 合	〈送別友人〉	496	燒竹煎茶夜臥遲	
	〈送狄兼謨下第歸故山〉		煮藥污茶鐺	
	〈寄張溪〉	497	山僧封茗寄	
	〈寄楊工部聞題毘陵舍弟自罨溪入茶山〉			
	〈病中辱諫議惠甘菊藥苗因以詩贈〉		熟宜茶鼎裏	
	〈寄元緒上人〉		消冰煮茗香	
	〈題金州西園九首之五－藥徑〉	499	折新坐煎茗	
	〈杏溪十首之七－杏水〉		我來持茗甌	
	〈乞新茶〉	500		
	〈和元八郎中秋居〉	501	茶將野水煎	
	〈尋僧不遇〉		花落煎茶水	
	〈病僧〉	502	茶煙熏殺竹	
周 賀	〈同朱慶餘宿翊西人房〉	503	山茶稱遠泉	
	〈贈朱慶餘校書〉		茶會石橋僧	
	〈玉芝觀王道士〉		曲角積茶煙	

作 者	詩　　題	卷數	詩　句	備　　註
	〈題晝公院〉		茶疾竹薪乾	
	〈早秋過郭涯書堂〉		澗水生茶味	
鄭　巢	〈送象上人還山中〉	504	空窗靜搗茶	
	〈送琇上人〉		茶煙開瓦雪	
	〈秋日陪姚郎中登郡中南亭〉		隔石嘗茶坐	
崔　涯	〈竹〉	505	靜落茶甌與酒杯	
章孝標	〈思越州山水寄朱慶餘〉	506	茶挑茗眼新	
	〈方山寺松下泉〉		野客偷煎茗	
	〈送張使君赴饒州〉		日暖提筐依茗樹	
	〈題碧山寺塔〉		午後茶煙出翠微	《全唐詩逸》卷上
李敬方	〈題黃山湯院〉	508	善烹寒食茗	
張　祜	〈題普賢寺〉	510	更共嘗新茗	一作朱慶餘詩
	〈閒居作五首〉其四		旋碾新茶試	《全唐詩補逸》卷八
	〈江南雜題三十首〉其二十二		小小調茶鼎	同上
	〈宋城道中逢王直方八韻〉		茶風無奈筆	《全唐詩補逸》卷九
	〈題天竺寺〉		嫩綠茶新焙	同上
	〈苦雨二十韻〉		淺淺斟茶鼎	《全唐詩補逸》卷十
朱慶餘	〈宿陳處士書齋〉	514	向爐新茗色	
	〈鳳翔西池與賈島納涼〉		拂石安茶器	
	〈夏日題武功姚主簿〉		僧來茶灶動	
	〈與石晝秀才過普照寺〉		更共嘗新茗	一作張祜詩
	〈題任處士幽居〉		杉露滴茶床	
	〈和劉補闕秋園寓興之什十首〉其九		未廢執茶甌	
	〈秋宵宴別盧侍御〉	515	綠茗香醒酒	
李　遠	〈贈潼關不下山僧〉	519	香茗一甌從此別	
杜　牧	〈遊池州林泉寺金碧洞〉	522	攜茶臘月遊金碧	
	〈題茶山〉			
	〈茶山下作〉			
	〈入茶山下題水口草市絕句〉			
	〈春日茶山病不飲酒因呈賓客〉			
	〈題禪院〉		茶煙輕颺落花風	

作　者	詩　　題	卷數	詩　句	備　註
	〈秋晚懷茅山石涵村舍〉	526	雲暖採茶來嶺北	一作許渾詩
	〈句〉	527	夜柵集茶牆	一作許渾詩
許　渾	〈村舍〉	528	山廚焙茗香	
	〈尋戴處士〉	529	攜茶松院深	一作皇甫冉詩
	〈溪亭二首〉其二		茶香秋夢後	
	〈送人歸吳興〉	531	夜柵集茶牆	一作杜牧詩
	〈送段覺歸東陽兼寄竇使君〉		秋茶垂露細	
	〈送張尊師歸洞庭〉	533	杉松近晚移茶灶	
	〈湖州韋長史山居〉	534	泉遶松根助茗香	
	〈和友人送僧歸桂州靈巖寺〉		松花浮水注瓶香	
	〈秋晚懷茅山石涵村舍〉	536	雲暖採茶來嶺北	一作杜牧詩
	〈冬日宣城開元寺贈元孚上人〉	537	露茗山廚焙	
李商隱	〈即目〉	540	小鼎煎茶面曲池	
	〈訪白雲山人〉		煮茶歸未去	《全唐詩補逸》卷十二
喻　鳧	〈送潘咸〉	543	煮雪間茶味	
	〈冬日題無可上人院〉		茶間踏葉行	
	〈夏日龍翔寺居即事寄崔侍御〉		雙影樹間茶	
	〈龍翔寺居喜胡權見訪因宿〉		煮茗就花欄	
	〈蔣處士宅喜閻公至〉		嘗茗議空經不夜	
	〈句〉		煮雪間茶味	《全唐詩續拾》卷二十八
	〈春寒夜宿先天寺無可上人房〉		羅茗議天台	同上（《全唐詩》卷六四九作方干詩）
劉得仁	〈夏夜會同人〉	544	烹茶玉漏中	
	〈慈恩寺塔下避暑〉		水淡發茶香	
	〈宿普濟寺〉	545	飲茶除假寐	
朱景玄	〈茶亭〉	547		
項　斯	〈早春題湖上顧氏新居二首〉其一	554	留茶僧未來	一作賈島詩
	〈山行〉		蒸茗氣從茅舍出	
馬　戴	〈題廬山寺〉	556	竹筒斜引入茶鐺	
	〈送宗密上人〉		雪盡茗芽新	
薛　能	〈新雪八韻〉	558	茶興留詩客	
	〈寄終南隱者〉		茶中見鳥歸	

作者	詩　　題	卷數	詩　句	備　註
	〈送人自蘇州之長沙縣官〉		茶煮朝宗水	
	〈春日閒居〉		茶美夢初驚	
	〈石堂溪〉	560	山徑入茶苗	
	〈蜀州鄭使君寄鳥觜茶因以贈答八韻〉			
	〈留題〉		茶興復詩心	
	〈題漢州西湖〉		嘗茶春味渴	
	〈西縣途中二十韻〉		鄉儀搗散茶	
	〈謝劉相寄天柱茶〉			
	〈夏日青龍寺尋僧二首〉其二		蜀茗半形甌	
	〈寄題巨源禪師〉		天晚自煎茶	
	〈新雪〉	884	閒吟只愛煎茶澹	見《全唐詩・補遺三》
李群玉	〈龍山人惠石廩方及團茶〉	568		
	〈飯僧〉		清晨潔蔬茗	
	〈與三山人夜話〉	569	茶芳向火天	
	〈龍安寺佳人阿最歌八首〉其四	570	門路穿茶焙	
	〈答友人寄新茗〉			
賈　島	〈送張校書季霞〉	571	彼土生桂茶	
	〈黃子陂上韓吏部〉	572	爽味茗芽新	
	〈原東居喜唐溫琪頻至〉		茶試老僧鐺	
	〈雨中懷友人〉		嘗茶近竹幽	
	〈早春題友人湖上新居兩首〉其一		留茶僧未來	一作項斯詩
	〈過雍秀才居〉		煮茗汲鄰泉	
	〈寄令狐綯〉	573	防患與通茶	
	〈再投李益常侍〉		嘗茶見月生	
	〈送黃知新歸安南〉		瘴土不生茶	
	〈送朱休歸劍南〉		芽新抽雪茗	
	〈郊居即事〉		簷溜煮胡茶	
溫庭筠	〈西陵道士茶歌〉	577		
	〈贈隱者〉	581	採茶溪樹綠	
	〈和趙嘏題岳寺〉	582	澗茶餘爽不成眠	
	〈送北陽袁明府〉	583	茶山候吏塵	

作者	詩 題	卷數	詩 句	備 註
	〈宿一公精舍〉		茶爐天姥客	
李郢	〈茶山貢焙歌〉	590		
	〈春日題山家〉		嫩茶重攪綠	
	〈自水口入茶山〉			
	〈邵博士溪亭〉		野茶無限春風葉	
	〈題惠山〉	884	茶火數星山寂然	見《全唐詩·補遺三》
	〈酬友人春暮寄枳花茶〉			
崔珏	〈美人嘗茶行〉	591		
曹鄴	〈題山居〉	592	掃葉煎茶摘葉書	
	〈故人寄茶〉			一作李德裕詩
鄭愚	〈茶詩〉	597		一作鄭邀詩
林寬	〈陪鄭誠郎中假日省中寓直〉	606	茶拆岳僧封	
皮日休	〈初夏即事寄魯望〉	609	茗脆不禁炙	
	〈孤園寺〉	610	茶香凝皓齒	
	〈包山祠〉		村祭足茗糈	
	〈崦裏〉		停繰或焙茗	
	〈茶中雜詠－茶塢〉	611		
	〈茶中雜詠－茶人〉			
	〈茶中雜詠－茶筍〉			
	〈茶中雜詠－茶籯〉			
	〈茶中雜詠－茶舍〉			
	〈茶中雜詠－茶灶〉			
	〈茶中雜詠－茶焙〉			
	〈茶中雜詠－茶鼎〉			
	〈茶中雜詠－茶甌〉			
	〈茶中雜詠－煮茶〉			
	〈臨頓為吳中偏勝之地陸魯望居之不出郛郭曠若郊墅余每相訪欸然惜去因成五言十首奉題屋壁〉其二	612	煎茶拾野巢	
	〈奉和魯望秋日遣懷次韻〉		茶旗經雨展	
	〈江南書情二十韻寄秘閣韋校書貽之商洛宋先輩垂文二同年〉		茶教弩父摘	

作者	詩　題	卷數	詩　句	備　註
	〈過雲居院玄福上人舊居〉	613	壁間空帶舊茶煙	
	〈夏景沖澹偶然作二首〉其一	614	茗爐盡日燒松子	
	〈友人以人參見惠因以詩謝之〉		不用金山焙上茶	
	〈冬曉章上人院〉		石鼎初煎若聚蚊	
	〈寒夜文宴得泉字〉		滿瓶同圻惠山泉	
	〈褚家林亭〉		蕭疏桂影移茶具	
	〈開夜酒醒〉	615	酒渴漫思茶	
	〈題惠山泉二首〉其一			《全唐詩續補遺》卷九
	〈題惠山泉二首〉其二			同上
陸龜蒙	〈襲美先輩以龜蒙所獻五百言既蒙見和復示榮唱至於千字提獎之重蔑有稱實再抒鄙懷用伸酬謝〉	617	酌茗煩甌犠	
	〈奉酬襲美先輩吳中苦雨一百韻〉		茶槍露中擷	
	〈奉和襲美茶具十詠－茶塢〉	620		
	〈奉和襲美茶具十詠－茶人〉			
	〈奉和襲美茶具十詠－茶筍〉			
	〈奉和襲美茶具十詠－茶籯〉			
	〈奉和襲美茶具十詠－茶舍〉			
	〈奉和襲美茶具十詠－茶灶〉			
	〈奉和襲美茶具十詠－茶焙〉			
	〈奉和襲美茶具十詠－茶鼎〉			
	〈奉和襲美茶具十詠－茶甌〉			
	〈奉和襲美茶具十詠－煮茶〉			
	〈奉和襲美初冬章上人院〉	622	茶待遠山泉	
	〈京口與友生話別〉	623	茶試遠泉甘	
	〈江南秋懷寄華陽山人〉		嘗茶試石甖	
	〈奉和襲美夏景沖澹偶作次韻二首〉其二	625	開開茗焙嘗須遍	
	〈和訪寂上人不遇〉	626	茶器空懷碧醳香	
	〈和襲美冬曉章上人院〉		閒臨靜案修茶品	
	〈襲美留振文宴龜蒙抱病不赴猥示倡和因次韻酬謝〉		祇將茶荈代雲舥	
	〈秘色越器〉	629		

作　者	詩　　題	卷數	詩　　句	備　註
	〈謝山泉〉		自向前溪摘茗芽	
司空圖	〈重陽日訪元秀上人〉	632	宜茶偏賞雪溪泉	一作鄭谷詩
	〈即事二首〉其二		茶爽添詩句	
	〈武陵路〉	633	茶坡日暖鷓鴣啼	
	〈暮春對柳二首〉其一		剛須又摸越溪茶	
	〈暮春對柳二首〉其二		小娥旋拂碾新茶	
	〈偶詩五首〉其五	634	中宵茶鼎沸時驚	
	〈丑年冬〉		何如今喜折新茶	
	〈力疾山下吳村看杏花十九首〉其十一		碾盡明昌幾角茶	
	〈撫事寄同游〉（句）		春添茶韻時過寺	《全唐詩續補遺》卷九
張　喬	〈題友人林齋〉	639	茶香竹裏泉	
李咸用	〈謝僧寄茶〉	644		
	〈僧院薔薇〉	645	客引擎茶看	
	〈冬夜與修睦上人宿遠公亭寄南嶽玄泰禪師〉		語合茶忘味	
	〈訪友人不遇〉		稚女學擎茶	
	〈雪十二韻〉		僧愛用茶煎	
	〈和吳處士題村叟壁〉		甘茶掬白泉	
方　干	〈寒食宿先天寺無可上人房〉	649	罷茗議天台	《全唐詩續拾》卷二十八作喻鳬詩
	〈山中言事〉	651	燒松啜茗學鄰翁	
	〈初歸鏡中寄陳端公〉		雲島採茶常失路	
	〈賊退後贈劉將軍〉	652	二年戰地成桑茗	
	〈題懸溜巖隱者居〉	653	常趁芳鮮摘茗芽	
羅　鄴	〈夏日題遠公北閣〉	654	甌憐畫茗香	
羅　隱	〈送雪川鄭員外〉	662	歌聽茗塢春山暖	
章　碣	〈夏日湖上即事寄晉陵蕭明府〉	669	行來賓客奇茶味	
秦韜玉	〈採茶歌〉	670		
唐彥謙	〈逢韓喜〉	671	借書消茗困	
	〈拜越公墓因遊定水寺有懷源老〉		玉井秋澄試茗泉	
	〈遊南明山〉		茶汲清泉煮	
鄭　谷	〈寄獻湖州從叔員外〉	674	茶香紫筍露	

作者	詩　　題	卷數	詩　句	備　註
	〈峽中寓止二首〉其二		春步上茶山	
	〈西蜀淨眾寺松溪八韻兼寄小筆崔處士〉	675	澹烹新茗爽	
	〈詠懷〉		茶格共僧知	
	〈故少師從翁隱巖別墅亂後榛蕪感舊愴懷遂有追紀〉		茶遲雪後新	
	〈送吏部曹郎中免官南歸〉		茶新換越甌	
	〈雪中偶題〉		亂飄僧舍茶煙溼	
	〈宜春再訪芳公言公幽齋寫懷敘事因賦長言〉		顧渚一甌春有味	
	〈重陽日訪元秀上人〉		宜茶偏賞霅溪泉	一作司空圖詩
	〈峽中嘗茶〉	676		
	〈蜀中三首〉其二		蒙頂茶畦千點露	
	〈題興善寺〉		茶助越甌深	
	〈南宮寓直〉		僧攜新茗伴	
	〈宗人惠四藥〉	677	四味清新助茶香	
韓偓	〈己巳年正月十二日自沙縣抵邵武軍將謀撫信之行到縗一夕為閩相急腳相召卻請赴沙縣郊外泊船偶成一篇〉	681	一甌香沫火前茶	
	〈信筆〉		鄉俗摘茶歌	
	〈便風〉	682	茶煙睡覺新無事	
	〈橫塘〉	683	越甌犀液發茶香	
吳融	〈和睦州盧中丞題茅堂十韻〉	685	煙冷茶鐺靜	
	〈和韓致光侍郎無題三首十四韻〉其三		茗煎雲沫聚	
	〈富春二首〉其二		茶煙漁火遙看處	《全唐詩續拾》卷三十六
陸希聲	〈陽羨雜詠十九首－茗坡〉			
林嵩	〈贈天台王處士〉	690	茶煙巖外雲初起	
杜荀鶴	〈懷廬岳書齋〉	691	煮茶窗底水	
	〈和吳太守罷郡山村偶題二首〉其二		茶盤果帶枝	
	〈山居寄同志〉	692	待賓茶灶就巖泥	
	〈題玄德上人院〉		解眠茶煮石根泉	
	〈贈元上人〉		煮茶童子閒勝我	

作者	詩題	卷數	詩句	備註
	〈春日山中對雪有作〉		滿添茶鼎候吟僧	
	〈題衡陽隱士山居〉		布水宵煎覓句茶	
	〈宿東林寺題願公院〉		窗間風引煮茶煙	
張蠙	〈贈樓白大師〉	702	融冰曉注瓶	
	〈夏日題老將林亭〉		籠開鸚鵡報煎茶	
黃滔	〈題東林寺元祐上人院〉	704	茶攜遠泉看	
	〈送陳樵下第東歸〉		青山烹茗石	
	〈冬暮山舍喜標上人見訪〉		茗汲冰銷溜	
	〈題友人山齋〉		句成苔石茗	
	〈題鄭山人居〉		斟茗說天台	
	〈題道成上人院〉		茗煮蜀芽香	
	〈寄湘中鄭明府〉		茶擔乳洞泉	
	〈宿李少府園林〉	705	嘗頻異茗塵心盡	
	〈宿宣一僧正院〉	706	茶取遠泉試	
	〈和吳學士對春雪獻韋令公次韻〉		茶鐺入旋融	
	〈壺公山〉		茶推醉醒煎	
	〈題靈峰僧院〉	707	數巡香茗一枰棋	
殷文圭	〈和友人送衡尚書赴池陽副車〉		肉芝牙茗撥雲收	
徐夤	〈尚書惠蠟面茶〉	708		
	〈斷酒〉		採茗早馳三蜀使	
	〈輦下贈屯田何員外〉	709	菊待重陽擬泛茶	
	〈貢餘秘色茶盞〉	710		
崔道融	〈謝朱常侍寄貺蜀茶剡紙二首〉其一	714		
盧延讓	〈松寺〉	715	茶香時撥澗中泉	
曹松	〈山中寒夜呈進士許棠〉	716	煎茶取折冰	
	〈山中言事〉		雲涯煎茶火	
	〈贈衡山糜明府〉		爨茶岳影來	
	〈宿溪僧院〉	717	煎茶留靜者	
	〈春日自吳門之陽羨道中書事〉		兩州絲竹會茶山	
路德延	〈小兒詩〉	719	茶催小玉煎	
裴說	〈喜友人再面〉	720	靜坐將茶試	

作 者	詩 題	卷數	詩 句	備 註
李 洞	〈宿鳳翔天柱寺窮易玄上人房〉	721	茶吸白露鐘	
	〈山寺老僧〉		護茶高夏臘	
	〈宿長安縣蘇雍主簿廳〉		井鎖煎茶水	
	〈題慈恩友人房〉	722	江色映茶鍋	
	〈錦城秋寄懷弘播上人〉		憶就茗林居	
	〈送舍弟之山南〉		印茶泉遶石	
	〈和知己赴任華州〉		吟詩煮柏茶	
	〈贈曹郎中崇賢所居〉	723	茶鐺影裏煮孤燈	
	〈贈昭應沈少府〉		華山僧別留茶鼎	
	〈寄懷海惠澤上人〉		煎茶掃地學忘機	
	〈和曹監春晴見寄〉		顧渚香浮淪茗花	
	〈宿葉公棋閣〉		供茗溪僧藝廢巢	
鄭良士	〈寄富洋院禪者〉	726	雪上茗芽因客煮	
胡 宿	〈沖虛觀〉	731	茗園春嫩一旗開	
滕 白	〈題文川村居〉		種茶巖接紅霞塢	
李建勳	〈病中書懷寄王二十六〉	739	藥氣染茶甌	
	〈宿友人山居寄司徒相公〉		隔紙烘茶蕊	
伍 喬	〈林居喜崔三博遠至〉	744	溪茶深煮當飛觥	
陳 陶	〈題僧院紫竹〉	745	幽香入茶灶	
李 中	〈寄廬岳鑒上人〉	747	烘壁茶煙暗	
	〈獻中書韓舍人〉		烹茶留野客	
	〈獻徐舍人〉		茶煙過竹陰	
	〈寄廬山白大師〉		泉美茶香異	
	〈訪龍光智謙上人〉		茶煙上氎袍	
	〈訪山叟留題〉		茶美睡心爽	
	〈贈上都先業大師〉		煮茗同吟到日西	
	〈贈謙明上人〉		新試茶經煎有興	
	〈題柴司徒亭假山〉	748	茶煙朝出認雲歸	
	〈贈朐山楊宰〉		煮茗汲寒池	
	〈贈朐山孫明府〉		自烹新茗海僧來	
	〈獻中書張舍人〉		煮茗山房冷	

作 者	詩 題	卷數	詩 句	備 註
	〈書郭判官幽齋壁〉		煮茗留僧月上初	
	〈夏日書依上人壁〉		最憐煮茗相留處	
	〈晉陵縣夏日作〉	749	依經煎綠茗	
	〈宿青溪米處士幽居〉		清神旋煮茶	
	〈冬日書懷寄惟真大師〉	750	煮茶燒栗興	
	〈獻中書潘舍人〉		茶譜傳溪叟	
徐 鉉	〈和蕭郎中小雪日作〉	752	獨試新爐自煮茶	
	〈和陳洗馬山莊新泉〉	755	何日煎茶醞香酒	
	〈和門下殷侍郎新茶二十韻〉			
梁 藻	〈南山池〉	757	擬摘新茶靠石煎	
孟 貫	〈贈棲隱洞譚先生〉	758	松火夜煎茶	
	〈夏日登瀑頂寺因寄諸知己〉		煮茗白雲樵	
成彥雄	〈煎茶〉	759		
周 庠	〈寄禪月大師〉	760	栽松更碾味江茶	
廖 融	〈題伍彬屋壁〉	762	撥櫂茶川去	
楊 夔	〈送杜郎中入茶山修貢〉	763		
劉 兼	〈從弟舍人惠茶〉	766		
顏真卿等	〈五言月夜啜茶聯句〉	788		
耿湋等	〈連句多暇贈陸三山人〉	789	幾世作茶仙（耿湋）	
韓愈等	〈會合連句〉	791	茗盌纖纖捧（孟郊）	
皮日休等	〈寂上人院聯句〉	793	嘗泉欲試茶（陸龜蒙）	
清晝（皎然）等	〈與崔子向泛舟自招橘絕箸里宿天居寺憶李侍御嶗渚山春遊後期不及聯一十六韻以寄之〉	794	茗園可交袂（崔子向）	
王 枳	〈句〉	795	不進新芽是進心	
李弘茂	〈詠雪〉（句）		甜於泉水茶須信	
卞 震	〈即事〉（句）		茶香解睡磨鐺煮	
花蕊夫人	〈宮詞〉其六十五	798	每來隨駕使煎茶	
魚玄機	〈訪趙鍊師不遇〉	804	鄰院為煎茶	
寒 山	〈詩三百三首〉其一九一	806	松黃柏茗乳香甌	

作　者	詩　　　題	卷數	詩　句	備　　註
金地藏	〈送童子下山〉	808	烹茗甌中罷弄花	
靈　一	〈妙樂觀〉	809	忽見一人擎茶椀	一作護國詩
	〈與元居士青山潭飲茶〉			
護　國	〈題醴陵育玉仙觀歌〉	811	路逢一人擎茶椀	一作靈一詩
無　可	〈送邵錫及第歸湖州〉	813	茶長隔湖溪	
	〈送喻鳧及第歸陽羨〉		茶連洞壑生	
皎　然	〈送許丞還洛陽〉	815	剡茗情來亦好斟	
	〈山居示靈澈上人〉		行踏春蕪看茗歸	
	〈遙和康錄事李侍御萼小寒食夜重集康氏園林〉		還持綠茗賞殘春	
	〈白雲上人精舍尋杼山禪師兼示崔子向何山道上人〉	816	悟深滌清茗	
	〈答裴集陽伯明二賢各垂贈二十韻今以一章用酬兩作〉		烹茗開禪牖	
	〈訪陸處士羽〉		何山賞春茗	
	〈陪盧判官水堂夜宴〉	817	烹茗釣淪漣	
	〈晦夜李侍御萼宅集招潘述湯衡海上人飲茶賦〉			
	〈九日與陸處士羽飲茶〉			
	〈送李丞使宣州〉	818	聊持剡山茗	
	〈對陸迅飲天目山茶因寄元居士晟〉			
	〈日曜上人還潤州〉	819	露茗猶芳邀重會	
	〈飲茶歌誚崔石使君〉	821		
	〈飲茶歌送鄭容〉			
	〈顧渚行寄裴方舟〉		山中茶事頗相關	
	〈湖南草堂讀書招李少府〉		茶樽獨對余	
常　達	〈山居八詠〉其一	823	啜茶思好水	
僧　鸞	〈贈李粲秀才〉		清同野客敲越甌	
子　蘭	〈夜直〉	824	茶煮禁泉香	
可　止	〈雪十二韻〉	825	煮茶融破練	
貫　休	〈苦熱寄赤松道者〉	826	澗茗園瓜麴塵色	
	〈題弘顗三藏院〉	827	岳茶如乳庭花開	
	〈冬末病中作二首〉其二		教洗煮茶鐺	

作　者	詩　　題	卷數	詩　句	備　註
	〈寄王滌〉		風靜茶煙直	
	〈上馮使君五首〉其四		茶煮桃花水	
	〈書倪氏屋壁三首〉其一		茶烹綠乳花映簾	
	〈別杜將軍〉	828	採蕈鋤茶在窮野	
	〈歸故林後寄二三知己〉	829	談笑有茶煙	
	〈題宿禪師院〉	830	茶香別有泉	
	〈桐江閒居作十二首〉其一		猛燒侵茶塢	
	〈桐江閒居作十二首〉其三		茶和阿魏煖	
	〈桐江閒居作十二首〉其六		清吟茗數杯	
	〈題靈溪暢公壁〉		茶好碧於苔	
	〈題師穎和尚院〉		煮茗然楓栿	
	〈劉相公見訪〉		茶香有碧筋	
	〈和韋相公見示閒臥〉	831	茶思岳瀑煎	
	〈上馮使君山水障子〉		露茗煮紅泉	
	〈寄懷楚和尚二首〉其一		石炭煮茶遲	
	〈題淮南惠照寺律師院〉	832	茗滑香黏齒	
	〈贈靈鷲山道潤禪師院〉		薪拾紛紛葉	
	〈別東林僧〉		孤雲傍茗甌	
	〈士馬後見赤松舒道士〉	833	堰茗蒸紅棗	
	〈題方公院寄夏侯明府〉		簷垂塢茗香	
	〈寶禪師見訪〉		茶煙黏衲葉	
	〈和毛學士舍人早春〉		茶癖金鐺快	
	〈贈造微禪師院〉	834	茶開紫閣封	
	〈酬周相公見贈〉	835	睡忘東白洞平茶	
	〈春遊靈泉寺〉		頭白山僧自扞茶	
	〈題蘭江言上人院二首〉其二	836	茶煮西峰瀑布冰	
	〈避地毗陵寒月上孫徹使君兼寄東陽王使君三首〉其三		松聲冷浸茶軒碧	
	〈山居詩二十四首〉其三	837	好茶擎乳坐莓苔	
	〈山居詩二十四首〉其二十		閒擔茶器緣青障	
	〈山居詩二十四首〉其二十一		香閣茶棚綠罐齊	
	〈陪馮使君遊六首－登干霄亭〉		白雲堆裏茗煙青	
	〈陪馮使君遊六首－迎仙閣〉		露茗何須白玉杯	

作　者	詩　　題	卷數	詩　句	備　註
	〈春遊涼泉寺〉		茗甌擎乳落花遲	
	〈將入匡山宿韓判官宅〉		簾卷茶煙縈墮葉	
	〈寄題詮律師院〉		一茶中見數帆來	
	〈夏雨登干霄亭上宋使君二首〉其二		野果一枝堪薦茗	《全唐詩續補遺》卷十三
齊　己	〈嘗茶〉	838		
	〈逢鄉友〉		茶香在白甌	
	〈送中觀進公歸巴陵〉		相憶遶茶叢	
	〈山寺喜道者至〉	839	茶好味重迴	
	〈寄江西幕中孫魴員外〉		茶影中殘月	
	〈寄敬亭清越〉	840	鼎嘗天柱茗	
	〈謝韜湖茶〉			
	〈題眞州精舍〉		石鼎秋濤靜	
	〈送人遊衡岳〉		應寄岳茶還	
	〈謝中上人寄茶〉			
	〈謝人惠扇子及茶〉	841		
	〈寄孫鵾呈鄭谷郎中〉		茶添話語香	
	〈聞落葉〉	842	煮茗燒乾脆	
	〈懷東湖寺〉		茶軒白鳥還	
	〈又寄彭澤畫公〉	843	嘗茶味不同	
	〈詠茶十二韻〉			
	〈赴鄭谷郎中招遊龍興觀讀題詩板調七眞儀像因有十八韻〉		始貴巡茶爽	
	〈匡參寓居樓公〉		茶香古石樓	
	〈寄舊居鄰友〉		晚鼎烹茶綠	
	〈宿沈彬進士書院〉	844	窗扉初掩岳茶香	
	〈過陸鴻漸舊居〉	846	煮茶泉影落蟾蜍	
	〈聞道林諸友嘗茶因有寄〉			
	〈與節供奉大德遊京口寺留題〉	847	煮茶嘗摘興何極	
	〈詠茶〉（句）		爐動綠凝鐺	
	〈詠茶〉（句）		白甌封題寄火前	
	〈送人歸吳〉		深山綠過茶	《全唐詩續拾》卷五十
尙　顏	〈與陳陶處士〉	848	山茶獨自攜	

作　者	詩　　題	卷數	詩　句	備　註
虛　中	〈獻鄭都官〉		茶開蜀國封	
	〈贈天昕禪老〉		會茶多野客	《全唐詩續拾》卷四十九
棲　蟾	〈居南嶽懷沈彬〉		茗外獨支頤	
	〈寄問政山聶威儀〉		茶味敵人參	
修　睦	〈睡起作〉	849	茶礙去年春	
乾　康	〈投謁齊己〉		烹茶童子休相問	
若　水	〈題慧山泉〉	850	野客偷煎茗	
鄭　邀	〈茶詩〉	855		一作鄭愚詩
呂　巖	〈大雲寺茶詩〉	858		
	〈通道〉		思茶逐旋煎	
	〈西江月〉		道人邀我煮新茶	《全唐詩續補遺》卷十七
李昌符	〈婢僕詩〉	870	箇箇能噇空腹茶	
蔣貽恭	〈謝郎中惠茶〉			
無名氏	〈嘲毛炳彭會〉	872	彭生作賦茶三片	
崔　櫓	〈和友人題僧院薔薇花三首〉其一	884	可惜香和石鼎茶	
路半千	〈賞春〉		待客來煎柳眼茶	《全唐詩逸》卷中
呂從慶	〈山中作〉		左安藥爐右茶具	《全唐詩補逸》卷十五
	〈遊多寶寺〉		城衲烹茶出	同上
	〈溪西村〉		綠際茗舒芽	同上
	〈德山老人送茶至〉			同上
顏真卿等	〈竹山連句題潘氏書堂〉		晝歇山僧茗	《全唐詩補逸》卷十七
賈　餗	〈貢茶唱和〉（句）		不貢新茶只貢心	《全唐詩續補遺》卷五
張又新	〈謝廬山僧寄谷簾水〉		竹櫃新茶出	同上
胡　嶠	〈飛龍磵飲茶〉（句）			《全唐詩續補遺》卷十
福　全	〈湯戲－注湯幻茶〉			同上
陳元光	〈觀雪篇〉		茶壺團素月	《全唐詩續拾》卷八
	〈候師夜行七唱〉其三		採茶喜鑽新榆火	同上
陸善經	〈寓汩羅芭蕉寺〉		香浮茗雪滋肺腑	《全唐詩續拾》卷十二
無　住	〈茶偈〉			《全唐詩續拾》卷十五
朱　灣	〈贈饒州韋之晉別駕〉		香茶陶性靈	《全唐詩續拾》卷十六
大曆年浙東聯唱集	〈松花壇茶宴聯句〉			《全唐詩續拾》卷十七
	〈雲門寺小溪茶宴懷院中諸公〉			同上

作　者	詩　　題	卷數	詩　　句	備　　註
李　聿	〈茗侶偈〉			同上
郎士元	〈句〉		馬令無茶分	《全唐詩續拾》卷十八
陽　城	〈謁贈何國子監司籍堅〉		童稚候門烹雀舌	《全唐詩續拾》卷二十二
靈　默	〈越州觀察使差人問師以禪住持依律住持師以偈答〉		儞茶兩三坑	《全唐詩續拾》卷二十三
德　誠	〈撥權歌〉其三十六		酌山茗，折蘆花	《全唐詩續拾》卷二十六
從　諗	〈十二時歌〉其四		來者祇道覓茶喫	《全唐詩續拾》卷三十
	〈十二時歌〉其五		唯道借茶兼借紙	同上
	〈十二時歌〉其六		茶飯輪還無定度	同上
	〈十二時歌〉其八		油麻茶，實是珍	同上
慧　寂	〈偈〉		醆茶兩三椀	《全唐詩續拾》卷三十三
高　駢	〈夏日〉		茶盈杯椀睡魔降	同上
鄭良士	〈題鳴峰巖二首〉其二		石鼎烹來新茗甘	《全唐詩續拾》卷三十四
黃　台	〈問政山〉		容易煮茶供客用	《全唐詩續拾》卷三十六
林仙人	〈七言三首〉其三		烹茶滿酌洞中泉	同上
五代外鎮官	〈謝學士遺茶〉			《全唐詩續拾》卷四十二
陶彝之	〈效胡嶠飲茶詩〉			同上
道　恒	〈頌〉		喫茶珍重歇	《全唐詩續拾》卷四十四
羅　隱	〈送灶詩〉		一盞清茶一縷煙	《全唐詩續拾》卷四十五
皮光業	〈索茗題巨舠〉			同上
黃夷簡	〈山居詩〉		春山幾焙茗旗香	《全唐詩續拾》卷四十六
錢　昱	〈昇山靈巖寺〉		山靜帶茶香	同上
義　存	〈詠魚鼓二首〉其一		師僧喫茶飯	《全唐詩續拾》卷四十七
居　遁	〈偈頌〉其十九		掃地煎茶及針把	《全唐詩續拾》卷四十八
	〈偈頌〉其六十六		備米柴茶是事殷	同上
	〈偈頌〉其八十八		安鐺便煮茶	同上
王　鼎	〈贈僧〉		烹茗鳥啣薪	《全唐詩續拾》卷四十九
雲端和尚	〈郁山主贊〉		從茲不出茶川上	同上
存初公	〈天池寺〉		仙人爲我洗茶杯	《全唐詩續拾》卷五十三
張　傑	〈句〉		葫蘆架上釣茶鎚	《全唐詩續拾》卷五十四
法珍	〈山居〉其一		積香櫥內新茶熟	同上
無名氏	〈無雙歌〉		月清露冷隔茶煙	《全唐詩續拾》卷五十六
宋人著作中所載唐五代神仙鬼怪詩	〈于則夢汧陽神紫相公謝供茶贈詩〉			《全唐詩續拾》卷五十七